中国·河南

新乡当代小小说选编

主编　范子平

精选新乡当代小小说

来自牧野大地的名家名篇

讲好中国故事，品味艺术人生

郑州大学出版社

图书在版编目(CIP)数据

新乡当代小小说选编 / 范子平主编. — 郑州 : 郑州大学出版社, 2021. 12

ISBN 978-7-5645-8329-3

Ⅰ. ①新… Ⅱ. ①范… Ⅲ. ①小小说 - 小说集 - 中国 - 当代 Ⅳ. ①I247.82

中国版本图书馆 CIP 数据核字(2021)第 233410 号

新乡当代小小说选编

XINXIANG DANGDAI XIAOXIAOSHUO XUANBIAN

策划编辑	部　毅	封面设计	曾耀东
责任编辑	部　毅	版式设计	苏永生
责任校对	席静雅	责任监制	凌　青　李瑞卿

出版发行	郑州大学出版社有限公司	地　　址	郑州市大学路 40 号(450052)
出 版 人	孙保营	网　　址	http://www.zzup.cn
经　　销	全国新华书店	发行电话	0371-66966070
印　　刷	河南瑞之光印刷股份有限公司		
开　　本	710 mm×1 010 mm　1 / 16	彩　　页	2
印　　张	23.25	字　　数	335 千字
版　　次	2021 年 12 月第 1 版	印　　次	2021 年 12 月第 1 次印刷

书　　号	ISBN 978-7-5645-8329-3	定　　价	98.00 元

新乡市小小说学会成立大会会场

新乡市小小说学会成立大会于2020年11月22日在卫辉市卧龙岩景区召开，范子平当选为第一届会长。省作协副主席杨晓敏，《小小说选刊》主编秦俑，卫辉市委副书记、市长范士富，新乡市作协主席赵文辉，新乡县委常委浮俊红，卫辉市政协副主席侯振云等到会祝贺

方兴集团董事局杜永忠主席（右三）、张守蕊女士（右二）与新乡市小小说学会作家座谈

师生情谊——范子平与杜永忠、张守蕊夫妇

内容简介

新乡市的小小说创作在全国各地市中成绩凸显，涌现了一批又一批优秀作品，上选刊多，收入年选本多，被选用为各地中高考试卷阅读题多，获奖多。获得小小说选刊奖、微型小说选刊奖和省级奖项的有 50 多人次，产生两位中国小小说金麻雀奖得主，形成了朝气蓬勃的“新乡小小说作家群”。本书就是这个作家群几十年创作成绩的一个结晶。一篇篇短小凝练的作品，通过一个个耐人寻味的故事，徐徐展现出有着浓郁豫北风情的社会画卷，生动地塑造了各色各样鲜活的小人物，反映了中国共产党领导下牧野大地的时代变迁和社会进步。

序

牧野大地的文学劲旅

新乡市北依太行，南临黄河，代表着海河水系的卫河穿域而过，是古代大运河的重要水脉，曾经是鄘国卫国之要地，新中国成立初期曾为区域(含当前豫北地区)以及山东、山西、河北部分地区的平原省省会城市，向来是人文历史厚重的地区，称得上钟灵毓秀、人杰地灵。

商纣王、周武王以及秦皇、汉武、唐宗、宋祖都曾在这里留下印痕，名士大家从孔子和他的弟子们，到汉朝水利专家杜诗与写出《九章算术》的张苍都在此生活过。历代政治家们从比干、姜子牙到陈平、周勃等，一直到民国总统徐世昌和民国名人郭仲隗，都是牧野子孙。汉朝张良，宋朝岳飞、王彦等也都在牧野大地留下了英雄业绩。文学家们与这里的热土血脉相承，《诗经》中的《鄘风》《卫风》就诞生在此。中国第一个女诗人许穆夫人、宋代著名词人贺铸出生在这里。竹林七贤曾在这里重笔浓抹过他们的政治抱负与文学理想，唐代大诗人高适曾在此地写下“拜迎长官心欲碎，鞭挞黎庶令人悲”的千古名句。现当代这里也是人才辈出，包括嵇文甫、李春昱、任阵海、崔俊芝等著名院士，以及写出《铁道游击队》的刘知侠，获茅盾文学奖的刘震云等名家。郭小川等也曾在这片热土上耕耘吟唱，海外著名作家柏杨、尹雪曼也都忘不了新乡故土的风土人情。

改革开放以来，新乡的文学事业放出异样的光彩。王绶青、李洪程、冯杰、侯钰鑫、戴来、刘德亮、张眉、王斯平等作家和诗人声誉鹊起，名闻遐迩。近年来中短篇有赵文辉、安庆、张玉玲等人的作品多次被选刊转载，吴斗勤、范子平、史国新、原上秋、赵长春、王保银等也发表有中短篇；范子平、张克鹏、吴斗勤、安庆、花想容等人的长篇引起了社会的广泛关注；散文前有刘文新、陈海文，后有尚新娇、郑胜玲、冯平安、芭蕉雨声、郁溪等耕耘得该领域一片郁郁葱葱；诗歌则有李山、小葱、清让、范蓉、王保友、恒元等连上《诗刊》、连获各种大奖;杂文随笔有郭振亚、周士君、刘吉同、雷长风、李辉等领一方风骚;报告文学则有董传军、李辉、杜毅文等写得风生水起。同样,作为20世纪80年代以来不断拓展领域的小小说文体,在新乡也显示了骄人的业绩,涌现了一批又一批优秀作品,出现了朝气蓬勃的“新乡小小说作家群”,他们共同续写着今天新乡文坛的崭新篇章。由于时代的发展,网络信息传播速度的加快,小小说愈来愈深入地渗透社会生活,发挥着越来越大的影响和作用。

我在新乡市文学界有不少朋友,出于岗位职责的敏感和乡情,从20世纪90年代初开始,我尤其关注着新乡市的小小说创作,先后为新乡市的小小说作家撰写过十多篇评论文章。我认为,新乡市的小小说创作总体上在全国各地市中堪称一流方阵,在当代小小说领域中占有重要地位。著名评论家雷达,南通大学教授李建东,都撰写过多篇对新乡市的小小说作品和作家的评论。焦作大学薛丽君曾经申报了课题项目,专程来新乡调研并发表了《新乡市小小说作家群研究》,对范子平、赵文辉、安庆、田双伶等人的小小说进行了重点剖析。

梳理和概括起来,新乡市小小说事业的发展具有以下特点。

一是新乡小小说作家队伍人数众多,实力强劲。改革开放以来,曾发表过小小说的有数百人,坚持小小说创作且不断在国内报刊上发表的小小说作家有四十余人,其中涌现了一批在全国有知名度的小小说作家,如范子平、赵文辉、安庆、苏景义、赵长春、张玉玲、原上秋、郑俊甫等,新乡籍长期在外地工作的小小说名家有刘志学、田双伶、朱宏、王庆高、王保友等,另外还有张松、赵清川、杜毅文、王保银、张晓峰等。

赵文辉、安庆、范子平曾同为郑州小小说学会理事。河南省小小说学会成立,范子平当选为学会副会长,赵文辉后补选为副会长,张玉玲、赵长春为理事,原上秋后补选为理事、副秘书长。以创作小小说为主或曾经以创作小小说为主的新乡作家有二十多名省作协会员,四位中国作协会员。本届新乡市作家协会九位主席团成员加上秘书长领导班子共十人,就有八位发表过小小说,其中有四五位是以小小说创作为主的。新乡市小小说学会的八位副会长中,新乡市作协领导班子成员就占了六位,从某种意义上也说明了小小说在新乡市文学中的分量。

二是新乡小小说作家积极参加各种高规格的小小说笔会与活动,促进整体创作水平有了质的提高,极大地推进了新乡市的小小说创作。赵文辉、葛长海、赵长春、范子平、安庆、田双伶、朱宏、张松、张玉玲、杨琳芳等多次参加了《百花园》《小小说选刊》组织的龙湖笔会和“中国郑州·小小说节”等重大业界活动,还参与并协助组织了一些在新乡的小小说活动。2005 年秋天,新乡市作协与百花园杂志社联合在新乡举办了“新乡市作家高级培训班”,新乡市小小说作家有三十多人参加听课。2008 年 6 月,《小小说选刊》《百花园》编辑部与新乡市作协、新乡县作协联合在关山举办了“中国小小说青春笔会”,新乡市小小说作家有十多位参加。2014 年 11 月 15 日,《小小说选刊》与省、市作协联合在辉县举办了“赵文辉小小说研讨会”;2015 年 11 月 21 日,省、市作协在新乡市举办了“范子平小小说研讨会”。2020 年 11 月,新乡市小小说学会在卫辉市龙卧岩景区召开了成立大会,范子平被选举为第一届会长。此举将进一步强化新乡市小小说团队的力量,推动新乡市小小说的写作与创新。

三是新乡市小小说推出了一批佳作名篇,出现了一批在全国都叫得响的小小说作家。一种文体的兴盛繁荣,需要有一批批脍炙人口的经典性作品奠基支撑,需要有一茬茬代表性的作家脱颖而出,需要从实践中来又能接受实践检验的理论规范,也需要接受二代以上读者的阅读认可。当然,作为小小说作家,如能有一二十篇佳作在全国产生广泛影响,就完全可以称得上优秀作家了。而各种选刊如《小说选刊》《小小说选刊》《微型小说选刊》《中华文学选刊》《短篇小说选刊》《中华文摘》《读者》《青年文摘》《青年博览》都多次选载过新乡市小小说作家的作品。据统计,新乡市上过选刊的小小说作家有二十余人。各种选刊和选本选载过的新乡市作家的小小说作品,初步统计当在六百篇次以上。

新乡市有十多位作家代表作入选《中国当代小小说大系》《建国 60 周年文学作品选》《新中国 60 年文学大系》《中国微型小说百年经典》《超人气现代名家小说丛书》等文集。有十多位新乡市作家出版有一本或多本小小说专著。

2010 年,由中国作协副主席何建明作序出版的“中国小小说名家档案”系列百部小小说集,新乡人就占四部:刘志学《长大了俺都嫁给你》、范子平《欧文的试验》、赵文辉《掌上花开》、安庆《此岸的时光》。

2012 年,教育部、中央电视台联合主办的“开学第一课”活动主题拓展阅读经典系列《名家名篇经典阅读:人类与梦想》,选取了范子平创作的《上大学去》(时代文艺出版社 2012 年 4 月版)。

2015 年，北京出版社出版《社会主义核心价值观优秀文学读本》，选取范子平《女儿的班主任》。

2018 年，田双伶在《天池》开设了个人专栏；之后赵长春在《嘉应文学》《小说月刊》等报刊开设了个人专栏。

2018 年，河南省小小说学会评选出“改革开放 40 年河南省 40 篇小小说佳作”，新乡作家的作品就占了 6 篇：范子平《谁怕谁》、赵文辉《刨树》、田双伶《亲密油条》、安庆《漂在河床上的麦穗》、张玉玲《风的感觉》、刘志学《长大了俺都嫁给你》。

同年，《天池》杂志评选“改革开放 40 年中国 40 篇小小说优秀作品”，田双伶《薄荷的邀请》与范子平《上大学去》入选，并且在该杂志“华章回放”栏目再次推介。

同年，中国作家网公布的中国小小说学会联盟评选出的“改革开放 40 年中国小小说百篇经典”，新乡就有范子平《上大学去》和赵文辉《刨树》入选。

2021 年 6 月 30 日，《中华读书报》刊登了我撰写的《当代小小说理论概述》长文。我在该文“作家与代表作”部分中，阐述了在当代小小说领域，作品的精度构成衡量作家站位的高度，并列举了当代堪称精品的三十多篇小小说，其中就有范子平《上大学去》和赵文辉《黑羊白汤》。

21 世纪初，赵文辉《刨树》、范子平《薄姬》、安庆《漂在河床上的麦穗》先后获《小小说选刊》双年度的全国小小说优秀作品奖。其后新乡小小说作家持续获得中国小小说多种权威奖项，如《小小说选刊》优秀作品奖、佳作奖，《百花园》原创作品奖、征文奖、金奖大赛奖、微型小说选刊年度奖、微型小说学会年度奖等。赵文辉的小小说集《布衣心情》获“第一届河南省文学奖”，小小说集《苦水玫瑰》获省杜甫文学奖。安庆、范子平、赵文辉、王保银等的小小说集子还多次获得新乡市“五个一工程奖”。金麻雀网网刊奖与省学会评选的“双年度小小说优秀作品奖”（一等奖）、佳作奖，新乡市的小小说作家都多次获得。

范子平《上大学去》《女儿的班主任》《坐大巴》等先后被用为河南省统考、湖南省统考与湖北七市联合摸底考试，以及武汉、泉州、福州、吉林、忻州、泰安等地市统一中招或高考摸底试卷阅读练习题，赵长春《赵家米铺》《朵田》《护秋》等先后被用为广西、安徽、重庆以及荆州、淮安、徐州、池州、柳州、运城等地市统一考试试卷阅读题。赵文辉、安庆等新乡市作家皆有不少作品入选中小学考试试卷阅读理解题和中小学辅导材料。

范子平、赵文辉两人获得中国小小说领域最高奖项的“小小说金麻雀奖”。

新乡小小说创作成就是辉煌的，产生的社会影响也是广泛的。新乡的小小说作家们有思考的静气，也有充足的自信。

新乡市的小小说创作有一个发展过程。20世纪80年代，苏景义、张眉、高来沸、史国新、甘思孟、刘万勤、范子平、高怀昌、王保友等在报刊上发表了一批小小说，语言朴实生动，虽然故事情节相对简单，整体上说来思想含量和艺术审美还较为稚嫩，属于小小说发轫时期探索性较强的作品，但对全市后来的小小说创作具有启蒙和带动的意义。

1987年，范子平在《百花园》(当时并非小小说专刊)2期头题发表《欧文的试验》，随即被《小小说选刊》《微型小说选刊》《工人日报》等转载，《百花园》还发表了评论并被《小小说选刊》转载，在全国引起一定反响。此篇小小说文后附评论被选入农村读物出版社1988年版《微型小说荟萃》，又作为现代文阅读理解题选入1988年、1989年多地高考模拟试卷，选入教科书《高中语文单项集约达标》(河南教育出版社1989年版)，以后仍不断有书刊选载，如《新课程语文导刊》《初中文学千字文》《大语文(中学卷)》《最受中学生喜爱的100篇微型小说》等。这可以视为新乡小小说开始引发关注的一个标志。

进入20世纪90年代后期，新乡市老一代小小说作家大部分沉寂。赵文辉、安庆等异军突起，创作发表了大量小小说，《苦水玫瑰》《张木匠》《刨树》《刘棉花》《爱情疤痕》《漂在河床上的麦穗》《黑马》等吸引了读者的目光，多次被选刊转载也多次获得重要奖项，引起了小小说读写者的广泛注意。

进入新世纪以后，范子平、苏景义两位各具风格的中年作家拾笔再写，与崛起的小小说青年新锐作家安庆、赵文辉相呼应。刘志学、田双伶、朱宏、王庆高等在外工作的新乡人也写出了名气。大学青年教师赵长春、机关青年干部郑俊甫与女作家张玉玲等加入了小小说创作队伍，阅读和思考积累的文学素养使得他们的小小说写作一起步就在较高的台阶上，再加上韧性的创作坚持，为新乡市小小说创作增添了有生力量。杂文作家周士君、雷长风、刘吉同、李辉涉猎其中，也别开生面。同一时期写作小小说打出一定名气的还有张松、赵清川、葛长海、杜毅文、王保银、杨彤云、陈荣霞、杨琳芳、李清文、张晓峰、陈来峰、孙智慧、王之双、赵全功、张志明、王平稳、尚庆海、吴水群、李军等人。原上秋属于起步较晚的中年作家，但有灵敏的文学悟性，很快就成为新乡市小小说的骨干作家之一。以这些人为中坚力量，新乡市小小说创作队伍迅速扩大。近几年，赵文辉又开始一度中断了的小小说创作，以“餐饮人系列”为主要题材，出手不凡，《小说选刊》《小小说选刊》等经常见到他的名字，作品连连获奖，如2021年元旦前后的“河南省第一届期刊奖”“河南省小小说学会双年度优秀作品奖”（一等奖）等。他后来获得“第九届小小说金麻雀奖”，自是水到渠成。

新乡市作家的小小说创作是各具艺术特色的，读此选本，有一种沉甸甸的收获感。

范子平的小小说作品有着强烈的忧患意识和批判意识，有他人难以企及的对历史和传统的反思深度，文笔冷峻细腻，善于把聚焦点对准人物的心理层面，以反映生命与生存状态，具有立意上的超越性。他文风质朴，意在笔先，言情状物显得从容不迫。在构思上常有旁逸斜出的情节，把所要表达的信息哗然释放出来。他构思的机智，比较集中地体现在抓住生活中内容与形式的反差、现象与本质的矛盾来提炼故事情节，这让他的小小说拥有了幽默、讽刺以及抒情的力量。《上大学去》已经成为中国小小说持续转载率最高的作品之一。

赵文辉立足于豫北乡下，以豫北风土人情为背景而写就了一系列具有浓郁地方特色的小小说，其最大的特点在于：艺术而本色地勾勒出豫北乡村具有典型性的人物形象；原汁原味地呈现豫北乡下具有独特地域特点的风俗人情，并充满激情地赞美了豫北人古道热肠的人性之美。现实中的人情世故跃然纸上。作品场景丰富，生动亲切，文风朴素，视野独特。他注意在小小说创作中有机地运用豫北方言去写作。地域性的语言表达和塑造人物个性，惟妙惟肖，趣味盎然，令人忍俊不禁。《刨树》获小小说双年度优秀作品奖，被多种报刊和选本转载，成为豫北文学一道亮丽的风景线。

安庆热爱大自然，赞美大自然，崇尚简单、纯朴的乡村生活，对农村生活场景有真切的审美感受，其小小说蕴含一种浓烈的情绪，对生存状态的迷茫，对亲友的祭奠和挂念，或者是出自对某些往事的追忆回望而生的感怀。其文字秀美，抒情气息浓郁，常常为故事营造一个清新优美的诗意氛围。《漂在河床上的麦穗》《黑马》是审美意味浓郁的好作品。

苏景义精心研究故事的结构，他的小小说语言简练，情节曲折回环，环环相扣，故事性特别强。曾经获得《微型小说选刊》年度奖第一名。《反面演员》被《微型小说选刊》评为“2000 年度我最喜爱的微型小说”。

赵长春小小说着重写南阳故乡的乡土乡情，努力展示袁店河畔业已或行将消失的风俗，以个体记忆来补充历史的空白，以生命的冷暖来丰富现实的肌理。他并不着意凸显人与人之间的正面冲突，而是努力在乡土的回味中催发新的希望，给人以温馨之感。

田双伶有着良好的古典音乐功底与中国古典文学素养，因此她的小小说总是自然而然地弥漫着音乐和诗意的美感，从而营造出一种空灵古雅的艺术氛围。她的情感题材小说大多写得委婉含蓄，充满女性叙事的温和柔美，具有标题美、语言美、意境美、人性美的美学境界。这种浓郁的书卷气和古典美的写作品质，使她在小小说领域中显得卓逸不群。

张玉玲的小小说一路用华丽感伤的文字、编织着“小我”的故事，在个人感情的世界里遨游。俊男靓女的白领人生，咖啡屋烛光下的“中产阶层”，这些现代生活中的活跃元素，构成了作者笔下精心雕琢的对象。文字描写上的柔美婉约，情节上的缠绵悱恻，纵写红颜薄命、多愁善感的女性，在与命运的抗争中依然是注重平静之下的潜流暗涌。

刘志学的小小说，以其质朴的叙述和简洁的语言把读者带入日常而真实的生活图景，然后通过情节的递进和场景的切换，自然而然地展现出人物命运和内心世界。他对中国传统的叙事手法理解颇深，也运用自如，常常能在平实的文字中，准确地描绘出人物的生存状态与丰富的内心世界，让读者通过客观形象的画面和人物相遇，零距离地感受作品丰富的内涵，同时也让作家对景物描写，修饰得恰到好处。

原上秋 2014 年开始小小说创作，至今已在报刊上发表了一百多篇。《老张其人》等十多篇小小说被选刊转载，《活着就是幸福》等作品被列入中学生教材分析题。他以幽默有趣且带有哲理性思辨的语言，揭示出深刻的社会问题，也能够在短小的篇幅里逼真地描写人的心理活动。

王庆高的小小说写得平实好看，不以创作技巧取胜，依靠的是扎实丰厚的生活功底，谦和持重，娓娓道来，属于典型的“生活型”作家。从王庆高发表的近百篇小小说中依稀可以看到他的人生轨迹：乡下贫穷而欢乐的童年、军营里火热而充实的青春、城市里真诚而善良的人生追求。受到读者广泛好评的《醉花郎》《北京牌皮鞋》等，就是那些回忆型的小小说。

郑俊甫的小说虽然本自生活的真实，却是最有艺术想象力的。精确的语言使得情节在艺术想象中优美地飞舞，结尾回味意义多重，一幅完整的动态画面如在眼前，人物则栩栩如生地站立起来，给读者带来强大的内心冲击。他的历史小说把探索的触角伸向历史的烟尘，以穿越的方式，化身历史夹缝里那一个个小人物，体会他们的所思所想，酸甜苦辣。在那些一波三折的细节里，展现历史人物性格色彩的丰富性，为读者呈现了一幅幅古韵袅袅的画卷。

一兵是小小说新生代中比较有代表性的作家，虽然接触这种文体时间不长，但他勤奋、执着，一支笔在唤作“古桥村”的故乡土地上不停耕耘着。他走村串巷，明察暗访，查阅史料典籍，将那些散落民间的风物掌故、历史传说，以小小说的形式，再现并复活了一幅豫北古桥村的历史画卷，让读者回味咂摸，感受历史的脉搏颤动。

近年来，赵文辉、赵长春、郑俊甫以井喷之势连连发表佳作，许多都被选刊转载。此外，新乡市小小说作家群又新添了徐鹏亮、侯振云、刘长利、邹海霞、许宗耀、刘焦莉、江红斌、桑应德、浮岳松、吕艳慧、刘传勋等新面孔，以不俗的创作为小小说团队注入大有希望的新生力量。

新乡市的小小说还在蓬勃成长中，具有广阔的发展前景。新乡市小小说学会要出选本，是新乡市的第一个小小说精选本，这是一件很有意义的事情。本着自己对该地区小小说成长史的关注参与以及引领和了解，我应邀写下这篇文字，是为序。

杨晓敏

2021 年 10 月

作者简介：杨晓敏，河南获嘉人，中国作家协会会员、河南省作家协会副主席、河南省小小说学会会长。曾任郑州小小说传媒有限公司董事长、总编辑，主持编审《小小说选刊》《百花园》《小小说出版》二十八年，达千余期；编发推介《金麻雀网刊》五千期。著有《雪韵》《清水塘祭》《冬季》《我的喜马拉雅》《当代小小说百家论》《小小说是平民艺术》等。主编《中国当代小小说大系》《小小说金麻雀获奖作家作品集》《中国年度小小说》等百余种，四百余卷。

目 录

刨树 赵文辉 001
黑羊白汤 赵文辉 004
崖上人家 赵文辉 007
父亲和鸭贩子 赵文辉 010
桂花桥 田双伶 013
桔梗谣 田双伶 017
我能否将你比作一个夏日 田双伶 021
石头记 田双伶 026
去南方 原上秋 029
老张其人 原上秋 032
让你的船下水吧 原上秋 034
这里的山会歌唱 原上秋 037
流浪乐手 安 庆 040
黑 马 安 庆 044
漂在河床上的麦穗 安 庆 047

小鞋店 安　庆 050
醋熘婆娘 周士君 053
错过的美丽 阎　霜 056
钱上的牙印 赵清川 059
敬惜字纸 赵长春 062
赵家米铺 赵长春 065
护　秋 赵长春 068
棋　子 杜毅文 071
桃李花蹊 杜毅文 074
看　画 杜毅文 078
隔世的你 苒小雨 081
陶　艺 苒小雨 084
寻找莫子西 苒小雨 087
绝　症 侯振云 091
光棍刘 侯振云 094
太史简 郑俊甫 097
给你一个你想要的假设 郑俊甫 101
刺客豫让 郑俊甫 105
刀　客 郑俊甫 108
文坛轶事 史国新 111
孤独的恶作剧 李　辉 113
栓　套 王保银 117

"环眼"老申 王保银 120
戏迷父子 王保银 123
窗台上的绿萝 朱　宏 126
迷　失 朱　宏 129
加倍流逝的岁月 朱　宏 131
龙潭沟的光棍汉 雷长风 134
鲁迅的邻居 雷长风 137
城中草与乡村草的对话 刘吉同 139
钓 陈海文 142
茫茫风雨路 陈海文 145
认　亲 陈海文 148
生死跳伞 苏景义 151
下辈子还给您当学生 苏景义 154
得失之间 苏景义 156
牵　挂 韩世平 158
迎客杏 高怀昌 161
我是湖长 高怀昌 164
悟　草 高怀昌 167
东方的太阳日日新 王庆高 169
雪地里的脚印 王庆高 173
结婚证 王庆高 176
邻　居 甘思孟 179

种麦时节 甘思孟 181
背街的买卖 甘思孟 183
诀　窍 刘万勤 185
柱子的桃花运 刘万勤 188
鸡　毛 刘万勤 191
搓背小伙 靳长文 194
割　麦 靳长文 196
颁奖嘉宾 一　兵 198
归心似箭 一　兵 202
入伏饺子 一　兵 206
饭场上 刘长利 209
送 轩　窗 212
开　荒 陈来峰 215
麦　王 陈来峰 218
晓晓家的战争 陈来峰 221
借　刀 张晓峰 223
形象猪 晨　雨 226
寻找英雄 晨　雨 229
巨　钟 晨　雨 231
猪头李 许宗耀 233
李大本 许宗耀 236
娘的枣花馍 郁　溪 239

俺那一亩三分地　郁　溪　242
乡村鸡事　张志明　245
稻草垛上的猫　张志明　249
隐　藏　张志明　253
古　风　杨彤云　257
绝　戏　孙智慧　260
榜　样　孙智慧　263
童　话　孙智慧　265
绝　地　王之双　268
神奇的来电显示　王之双　271
玉石蛋　王平稳　274
女儿的预言　王平稳　277
斗　棋　王平稳　280
舞台效果　张　松　283
一种清香　张　松　286
别把爱情当回事　葛长海　289
石门沟往事　葛长海　293
我和收废品的老任是亲戚　葛长海　296
方鸟蛋　刘焦莉　299
怀　旧　孟宪航　302
紫槐花　张建广　305
七　月　董美华　309

把二叔种在土地里 江红斌 313
七嫂是我的邻居 黄　文 317
哑　嫂 宋雪梅 319
亲情如歌 陈与点 323
花蕊夫人的笑 刘志学 326
致　仕 刘志学 330
木锤爷 刘志学 333
游戏而已 刘志学 337
想当画家的秀姑 范子平 340
刺杀未遂 范子平 343
撒手锏 范子平 346
蝈蝈儿张 范子平 349

后记 352

刨 树

赵文辉

这年冬天的一天，男人吃了饭去邻居家打麻将。男人今天手气真臭，一个劲儿点炮，兜里的十块钱没几圈就输光了。欠人家，人家不让，男人急得脸红脖粗，说："我还会耍赖？"人家就揭他的老底："谁不知道你家里媳妇当家，她要不给你钱，你拿啥还我们？"男人觉脸上无光，只好腾了位子。在麻将场待了一会儿，再没人搭理他，觉得无趣就起身回家。小北风刀子一样刮着，卷起一股股雪面儿堆到墙根处。一到街上男人就把脖子缩进了袄领里，真冷呀！

到了家门口，却见两个汉子蹲在他家门口墙角避风，两辆破自行车像两个醉汉一样歪在一边，每辆车上都绑了一张铁铲子。"刨树的？"男人问他们。他们点点头，身子缩得更小了一些。男人又问："没找到活儿？"一个汉子答："这鬼天气，喊了半天，除了一嘴雪，连个鸟也没有。"男人瞧他俩冻得脸色乌青，清水鼻涕挂在鼻尖儿下，就有些不忍，对他俩说："去家里暖和暖和？"两个汉子捂着快要冻僵的手，连说遇上好心人了。

进屋的时候，男人瞅了一眼南墙根那棵榆树，有了一个想法。可是进了屋，却又不敢跟媳妇说。给两个汉子倒了白开水，拨开煤球炉让两人烤火。汉子掏出烟，男人也拿出烟，推让一番，只好交换吸了。过了一个时辰，风一下住了，只有零星小雪飘着，两个汉子站起身。“得去寻活儿了。”一个汉子说，另一个汉子接话：“这鬼天气，寻也是白寻。”这时男人又隔着窗子瞅了一眼那棵榆树，望一眼媳妇，等两个汉子快出门了才鼓起勇气对媳妇说：“要不，把咱那棵榆树刨了？”男人说罢看着媳妇，有些不安。

媳妇正在专心致志地剪一只花喜鹊，喜鹊眼总是剪不好，急得她头上快冒汗了。听了男人的问话，她连头也没抬，只“啊”了一声。男人犹豫着，不知这一声“啊”是同意了还是没听清，就又问了一遍。这次女人回答清楚了：“刨吧。”却又问：“不是还不够一根檩条？”男人不吭声，望了媳妇好一阵，才开了口：“刨吧，这雪天他俩人……”媳妇没再说啥。

两个汉子一听说有活干，浑身是劲儿，也不觉得冷了。他俩对男人说：“刨树还是老规矩，不收钱，树皮归俺，不过晌午得管一顿饭。”又补充说：“好孬饭都中，只要叫吃饱，俺的饭量大。”男人知道他们把树皮铲去是做香的，过春节烧的香都是榆树皮做的。刨树时逢上树大了高了，他们除了铲树皮还会收一点钱。男人点点头。一个汉子来到榆树下，往掌心喷了两口唾沫，双手抓着树干“嗖嗖嗖”就上去了。男人心里一惊，这身手要去偷东西，厉害着呢。这时汉子从腰后抽出斧头，开始卸树杈。

媳妇也开始做饭。男人凑过来，问：“啥饭？”“米饭。”

“啥菜？”“白菜，还有一疙瘩豆腐。”男人迟疑了一下，怯怯地问：“不割点肉？”女人瞪他一眼：“才吃过两天，割啥肉？”

男人不吭了，出去瞧了一会儿刨树的汉子，进屋又对媳妇说一遍：“割点肉吧？”媳妇忽然明白了，笑了一下，说：“想割你去割吧。”男人却磨蹭着不走，女人问：“你咋不去？”男人说没钱，女人说早上不是给了你十块钱，男人脸一红说，输了。女人心疼钱想发作，却见刨树的汉了正站在院当中，就忍住了。从兜里摸出一张票子递给男人，白了男人一眼。男人前脚跨出门槛，后脚留在屋里，他转过身问：“割几斤？”女人说：“想割几斤割几斤，还用问我？”声音很大，仿佛说给院子里的汉子听。媳妇就是这样，平时在家霸道得很，一个人说了算，可一有外人，却处处让着男人，很给男人脸面，让男人没法不死心塌地听她的。

这棵榆树对两个汉子来说是小菜一碟，很快就放倒了，开始铲树皮。

吃饭时，汉子见碗里稠稠的肉片，确实意外了一下。俩人吃过饭，把树皮捆扎好，绑到车梁上，一个汉子说："大哥大嫂真是好心人，还专门割了肉，当客待俺呢。"媳妇又往男人脸上贴金："都是你大哥的主意。"推了车要走，男人发现一个汉子没戴手套，这寒冬腊月的！就拿眼瞅媳妇，媳妇明白了，跑屋里拿出一双手套递给那个汉子："把你大哥的手套戴上，要不手会冻烂的。"汉子接了，也不会说啥客气话，跨上车却瓮声瓮气地丢下一句话："过两天俺来给你家拗一对小椅子。"

过了几天，两个汉子果真来了。在院子里点下一堆火，拣从榆树上卸下来的几根大树杈放上熏，熏软了开始拗。他们还带了钉子和扒角，拗过了又钉一阵，一对新崭崭的小椅子放在了男人和媳妇面前。小椅子模样很乖，像两个穿了新衣裳准备过年的娃娃一样。

选自《小小说选刊》2003年第10期

作者简介：

赵文辉，男，1969年出生，河南辉县人。中专毕业后干过棉检员、超市经理、副刊编辑等，后以开酒店为生。在《北京文学》《长城》《莽原》等刊物发表小说若干，部分被《小说选刊》《中华文学选刊》《北京文学》《中篇小说月报》《小小说选刊》《微型小说选刊》转载，《刨树》入选《2011中国年度短篇小说》。曾获第一届河南省文学奖、第二届杜甫文学奖和第九届小小说金麻雀奖。任中国作家协会会员、河南省文学院签约作家、新乡市作协主席。

黑羊白汤

赵文辉

是一个清冷的冬夜，我和老婆骑着电动车，在这个江湖气十足的豫北小县穿行。我们的饺子馆转让五年了，我很想念它，也时不时地下下馆子，找找那种感觉。老婆鬓角已见醒目的斑白，我也成了一个双下巴的蓝围裙大叔——如今我们在家包饺子，去小吃店推销，还上了美团外卖。

一家“黑羊白汤”的吸塑发光招牌吸引了我，进门时，老婆像往常一样提醒我：“一人一碗羊肉汤，不准要菜啊。”她知道我爱面子，像很多下馆子的人一样，总觉得单吃一碗烩面不是那回事。

这是一家民院改造的饭馆，主营烧烤、烩面、羊肉汤。院子里黑乎乎一片，楼梯、烧烤炉集满了黑烟，地面的油腻两次粘掉我鞋底。生意却不孬，满满一屋子人。厨房是明档，一口直径近一米的大铁锅里咕嘟咕嘟冒着热气，一套全羊骨架在锅里起伏，时隐时现。“好汤！”我情不自禁在心里叫了一声。有一桌客人刚走，我们坐下来。服务员边摆小件餐具边问我们吃什么。老婆报了一碗羊肉汤，一碗羊杂碎汤，说咱俩可以换着吃。

不多一会儿，羊肉汤和羊杂碎汤端了上来，浓香的白汤上漂了一层翠绿的香菜末。一眼就能看出是纯骨头熬的，没有借助三花淡奶增白。我挖了一勺羊油炒制的辣椒面儿撒进去，很干的那种，见了热汤便有一轮让人心悦的娇丽红色慢慢洇开。口水都快出来了,我迫不及待地盛了一勺。热汤正要进口,啪一声响,接着传来一声严厉的喊叫:“服务员!”

我手中的勺子一哆嗦。

扭头一看,邻桌坐了四个和我年龄差不多的中年人——那种在城内三关混油了的生意人:有俩小钱儿,到哪儿嗓门都贼大贼大。给我们点菜的那个服务员笑吟吟地走过去,问他们有啥需要。一个“地包天”指着桌上一盘湘味小炒肉,责怪五花肉过油了,不是生炒的,他一口就吃出来了;另外酸辣土豆丝是用刨菜器刨的,没有刀切的味道好。“地包天”一副内行得意的样子,服务员连连道歉,说下回一定注意。另外仨人黑着脸不说话,一人嘴角叼了一颗香烟,像是要跟人打架一样。我心里突然七上八下起来。凭我的经验,一碰见这样的客人,麻烦就到不了头。

后来他们点了主食,一人一只手工馒头,还吩咐服务员送一碟小米椒,切成细圈,再倒点生抽。我咧了一下嘴,今年的小米椒跟去年的香菜差不多,死贵死贵,18 元一斤了。果然,服务员迟疑了一下,说需要请示老板。“地包天”马上变了脸,手中的酒杯狠狠一墩。柜台里的老板娘看出他们不好惹,忙起身吩咐服务员:“快去厨房端吧。”

对这一碗靓汤的兴致全没了,我额头瞬间挂满了汗珠,老婆也全身绷紧。我在心里提醒自己,又不是自家开的饭店。但我还是管不住眼睛,留心着那边的动静。

馒头端上来,只一会儿,一碟小米椒就完了,他们要求再送一碟。老板娘犹豫片刻,还是答应了。第二碟小米椒上来,其中一个人突然一拍桌子,我心里猛然一咯噔。当年在我们饺子馆,不少客人“招呼”店家的方式就是这样。他一脸怒气,举着手里的手工馒头叫老板娘看,说他们饭馆儿竟敢拿发霉的馒头来坑人。老板娘赶紧从吧台里出来,说她愿拿小店 13 年的声誉保证,手工馒头都是今天下午新蒸的。“地包天”在一旁冷笑一声,问这些黑点如何解释。老板娘答不上来,喃喃道,真是新蒸的呀。那四个人很不好惹,扬言要给食品卫生监督局打电话。服务员从厨房端出一个不锈钢蒸格让他们看,里面的馒头还冒着热气。他们依然不依不饶,又是拍照又是录视频,扬言要发朋友圈。“其实是发酵粉没揉开,我们在家蒸馒头,也遇见过这种情况。”屋角就餐的一对老夫妻替他们解了围,这对白发苍苍的老夫妻轻声慢语,却不容置疑。我进来这么长时间,愣没注意到这对老夫妻。最后“地包天”他们很不情愿地安静下来。

我和老婆额头沁满了汗珠,只想赶快喝完汤走人,虽然按我平时的习惯是要加一次汤的。这时那四个人先去结账,问多少钱,老板娘告诉他们 276 元。“地包天”以命令的口吻说:“把零头免了!”老板娘点点头,“好吧,给 270 吧。”“地包天”差点儿跳起来:“你打发叫花子吧!”看来他心目中的零头和老板娘的零头完全不是一回事。他们沉默了一会儿,见老板娘没有表态,就把账结了。“地包天”问老板娘要发票,老板娘给他们撕过,笑着说:“慢走,欢迎下次光临!”她的笑容马上凝固了,只见“地包天”把发票一点点撕碎,像电影里的慢镜头一样,又一片一片扔到了吧台上。我的心颤了一下,我老婆比我还紧张。我再次提醒自己,这不是我们开的饭店。我想起开饺子馆那些年,我们一直小心翼翼,还是不能让客人满意。他们走后台布上会留下几个烟头烙的窟窿,还有的临走撂下一句:“再不会来第二回了。”吓得我们追到车跟前苦苦哀求,他们却不告诉我们原因。

“地包天”他们走后,我喝完最后一口汤又抽了一张餐巾纸,打算去结账。我站起身的时候,听见有一桌客人喊道:“服务员,开水!”

“嗯,来了。”我怎么都没想到,我老婆居然脆生生地答应了一声,接着,她的腿像装了弹簧一样跳起来,拎起我们桌上那壶开水飞奔而去。“黑羊白汤”那个慢了半拍的服务员和我一样瞪大了眼睛。

选自《小说选刊》2020 年第 5 期

崖上人家

赵文辉

根叔打了几次电话要我回去一趟,他在电话里说:“你是市报记者,又是咱村第一个大学生,叔心里这疙瘩全指望你了。”其实我只是20世纪80年代一名小中专生,村里人高看我了。从电话里我听出了根叔的纠结和苦闷。

星期天,爬了十八道弯,又驱车穿越了那条著名的挂壁公路,我回到了生我养我的崖上村。这是一个美得不说理的地方,一年四季,天空湛蓝得使人窒息。望着乡邻们院前院后那些正在努力卷心的白菜,乡愁的烧疼瞬间包围了我。我们整个村子都建在悬崖上,地势险绝,清一色的石头房,石巷、石路、石磨、石碾,古老的风格被顽强地留存。根叔的“崖上人家”,更是悬崖中的悬崖,石屋的根基是从崖边第一块石头开始的。当年我的一幅照片引来了数不清的摄影爱好者,也有千里迢迢跑来瞄一眼扭头就走的游客。如今,这里已经提升为5A级景区,乡里县里市里都在争抢这块宝地。

根叔还是老样子,快七十岁的人了,身子骨依然如山枣木般结实,他给我让烟。几十年来他一直抽这个牌子的香烟:软蓝色的河南产的“散花”烟,他一直有勇气把这款三块钱一盒的香烟当作自己的口粮,尽管“崖上人家”给他挣来了意想不到的财富。当初来这个景区的客人,一半冲着挂壁公路,一半冲着他家的炖土鸡:在山坡捡吃松子、青草的走地鸡,肉质鲜嫩紧致、有嚼头，出锅时上面黄澄澄一汪鸡油。那时的景区还很纯真。

烟从根叔鼻孔里喷出来，汇入秋分时节清冷的空气中，根叔叹一口气，讲了不久前发生的一件事。他下山去镇里修理柴油三轮车，像以往一样，修车师傅一打开水箱就笑了：“崖上来的吧？”根叔很骄傲地点点头：用了五年的三轮车水箱里愣没一点水垢，就像“崖上人家”那些电热壶一样。修车师傅冷不丁问他：“听说你们一只土鸡卖到一百八十块了？”

根叔摇摇头，“五一”“十一”的时候，景区门口黑压压一片，部分游客排一天队都进不去。炖土鸡的价格也从最初的 60 元，依次涨到 80、100、120、150 元，并且一路飙升到 180 元。根叔狠不下这个心，一直标价 88 元。三轮车快修好的时候，那位师傅突然说：“你们卖的是假土鸡！”接着他告诉根叔，县里农贸市场送小鸡的在他这修过车，一整车宰好的白条鸡，全是鸡场淘汰的蛋鸡，都被送进景区当土鸡卖了。“一只蛋鸡不过 20 多块钱，收人家 180，真敢要啊！”修车师傅愤愤不平地说。临走，他又指着修好的水箱说：“崖上的人心，不如崖上的水清啊！”

根叔像被人狠狠抽了一巴掌，脖子根都红了，恨不得找个地缝钻进去。

我听了叹一口气，人心不古，乡邻们的确变了。刚才来崖上的时候，经过那个著名的小陡坡，晒满了玉米，多次上过电视的陈奶奶端着簸箕坐在门洞一块青石上。陈奶奶的脸是核桃壳颜色的，皱纹累累。有几个采风的艺术家冲她举起了相机，还有两个美院学生支起画夹。这时我看见陈爷爷从门洞里走出来，手里举着一只牌子，上面用粉笔歪歪斜斜写着：当模特，一次 5 元。

我问根叔这次要我回来做什么。根叔的指甲边缘上落了一坨烟灰，他说他心里憋屈得很。这些年来，一心想保证土鸡品质的他在后山用铁丝网圈了十几亩山坡。他没卖过一只假土鸡。客人并不买账，人家 150 元，他 88 元，很多客人摇摇头走了。那些家饭店门口都用笼子圈了几只土鸡，客人相中哪只就把哪只拽出来到厨房宰杀。一进厨房，小鸡的嘴就被铁丝绑住了。

根叔的表情很痛苦，他的身后是一棵被闪电劈开的古柏，树干枯焦，树顶却是绿意盎然。根叔摇摇头：去年，香菜涨到25元一斤，他仍然使用香菜，客人却没有叫好。最后，根叔仿佛做了一个重大决定似的抬起头看着我说："你能不能写一篇报道，假土鸡的报道？"

我沉默了。我想起了另一件事，那一年的蜂蜜事件。一对从信阳来的夫妇在山弯处支下100多只蜂箱，天天穿着防蜂衣在现场割蜂蜜，游客抢着买，甚至留下联系方式要求邮购。后来村里一个发小告诉我，那100多只蜂箱中只有30多只有蜜蜂出入，后面伸进山坳里的都是空箱。我一时很愤怒，就写了一篇报道。结果县领导找到报社，指责我在扼杀一个刚刚起步的景区，阻挠家乡的经济发展。再回村里，很多人见了我都绕道走。我为此郁闷了好长时间。除非我不想再回老家了，也可能涉及我的饭碗问题——假如我答应根叔的话。可是我又不忍拒绝根叔，根叔的忧患深深灼疼了我。我需要时间来处理这件事。这时已近中午，来"崖上人家"就餐的客人多起来，根叔带着几个家庭成员忙起来。

那天中午，根叔一共卖出6份炖土鸡，有一个长期在山里创作的老画家带着几个朋友来品尝，离开的时候冲根叔竖大拇指："他们捆到一块，也不如你！"他对山里的农家饭庄了如指掌，他清楚那些鬼把戏。

当时根叔还在院子的地锅上炒最后一道菜，手掌与勺子的接触，在他的心中猛然唤起一股柔情。令他自己都吓一跳的是，泪水瞬间盈满了他的眼眶。

选自《湖南文学》2020年第6期

父亲和鸭贩子

赵文辉

1984 年的初夏,10 点钟的天空像牵牛花一样发蓝。父亲的作坊门口,猫高高地蹦起来进攻尺蛾,一对来杭母鸡在原色的柳圈椅扶手上打盹,喉咙发出咕咕的叫声。那时那刻,我的“嘉陵 100”梦已经破碎,断了三根肋骨的父亲正躺在床上呻吟。

几日前,父亲还蹲在这把柳圈椅上,手里端着一只漆皮剥落的搪瓷茶缸,笑意盈然地看着一簸箕又一簸箕破壳而出的鸡崽从作坊端出来。十里八村捉小鸡的大婶大妈围了一圈,每人胳膊上都挎着一只竹篮,提前铺好了麦秸。一只只鸡崽被她们捧在手里端详,遇见特别漂亮的,会忍不住亲一口鸡崽的小嘴嘴。最后,挑好的鸡崽被小心翼翼地放进竹篮,用带来的小棉被盖住,仰起头问父亲:

“赵师傅,小鸡捉回家咋喂呀!”

父亲不厌其烦地一一回答:小米先用温水泡软了,一次少喂点,勤饮水……其实她们都知道怎么喂,还是觉得问一问父亲心里踏实,仿佛只有听了父亲的交代,这些鸡崽才肯长大似的。

那一年,极度厌学的我任凭父亲用鞋底抽打,就是不肯拿起书本,最后,无奈的父亲只好收留他的儿子做了一名学徒。其实我的理想是养长毛兔,要么学无线电修理,但没敢说出来,怕父亲揍我。父亲开始手把手教我孵小鸡的技术,最先学的是照蛋:一只空纸箱两边各挖一个小孔,里面悬一只60瓦的电灯泡。作坊的灯全关掉,红色的光从两只小孔射出来。已经孵化了7天的鸡蛋需要全部在小孔里照一遍,我跟着父亲学习识别已经开始发育的胚胎,无精蛋被筛了出来。无精蛋被做成松花变蛋出售,我经常被派去赵家祠堂折松树枝,扔进熬料的大锅里。我一直认为变蛋上的松花就是这样修炼而成的。

我学艺很上心,专门买了一个笔记本,把松花蛋配方、鸡的发育过程一一记在上面。父亲早已从当初的不快解脱出来,对我疼爱有加,郑重其事地告诉我:"攒够了钱给你买一辆摩托车。""真的?"我都不敢相信我的耳朵,问父亲:"建设50还是嘉陵100?"父亲一撇嘴:"建设50算个啥,连个档位都没有。"我差点蹦起来。要知道,当年看过《人生》之后的我一直以高加林自拟,在悄悄寻访身边的刘巧珍。我相信,一辆"嘉陵100",肯定会缩短我与"刘巧珍"之间的距离。

不只孵小鸡,父亲的作坊也孵鸭子。母鸭崽值钱,公鸭崽不值钱,那时候,豫北一带不兴吃鸭肉。但是公鸭崽从没积压过,每次都被鸭贩子趸光。有一个叫江山的鸭贩子,是我远门表哥,老是抱怨给他留的少。起初我很纳闷,当地人都不稀罕的公鸭崽为什么到他们手里这么受欢迎;直到有一天,姥姥被二舅用手推车推着闯进我家,气冲冲地给了父亲一巴掌,还把我家熬稀饭的牛蛋锅掷到地上,我才知道了事情的原委。

父亲和我当初一样,都以为江山他们能耐大——他们往南到过南阳,往西到过山西,一定是找到了公鸭的大买主。但是我们错了。他们只要一出方圆二十里就开始他们的买卖:把公鸭崽的生殖器掐掉当母鸭卖,早在两年前就开始了。捉鸭人醒悟后采取了措施,不再付全款,只付三分之一。鸭贩子的坏主意也跟着来了:给公鸭崽灌石灰水,赊给人家不到七天,肠子烧坏全死掉。三分之一鸭款到手,他们已经赚了——趸我们的价钱很低很低。

他们打一枪换一个地方，手段也在不断升级。江山居然带着两大笼子公鸭崽去了我姥姥那个村，在我姥姥的帮助下全赊了出去。姥姥中午还管了他一顿鸡蛋卤捞面，半斤烧酒。没几日，江山又来了，头戴孝帽脚穿白鞋，去赊过他鸭子的人家挨个叩头，鼻一把泪一把，说他娘倒头了没钱埋葬……不到半天，赊出的鸭账收回七八成，不少好心人家甚至一分不差给他清了。又过几天，这些鸭子全蹬腿儿了。大家觉得不对劲，找村里的兽医解剖后，真相大白。又有人打听到，江山的娘几年前就已经去世了。捉鸭人愤怒了，寻上门来，把姥姥家的门框都快挤崩了，还有人用石头把姥姥过年给我们蒸“十大碗”的一口20印铁锅砸了个大窟窿。

父亲涨红着脸，二话不说，找出存款折去村里的信代员家把钱全取出来，骑上车就出了门。他沿着江山他们行骗的足迹，走村串户，赔礼退钱。父亲一天走了方圆几十里的十几个村庄，返回时天已经彻底黑了，加上两顿饭没吃，筋疲力尽的父亲一不小心栽进了路边的深沟，车把狠狠戳住了胸脯，当场就晕了过去。我们找到他时已是后半夜，那天晚上天色凝重，一片漆黑，黑得可以用小刀一块一块切下来。

来年春天，我们家的作坊又开工了。鸭贩子来我家趸鸭崽都小心翼翼——父亲的脾气变坏了，一句话不顺，就把他们撵出门外。公鸭崽一个都不卖，倒入村西的黄水河里。我记得那时候的黄水河水深流急，在石头上翻卷着白色的浪花，公鸭崽被岸两边茂盛的灯芯草收留，生死未卜。

选自《微型小说选刊》2021年第6期

桂花桥

田双伶

还未进八月，木樨镇就被桂花的香气沁透了。

风一过，桂花桥两岸的桂花扑簌簌地落，镇上的人会端了笸箩筐子，去采桂花，做桂花酒。

木樨镇几乎家家户户都做桂花酒，通常用晾干的桂花拌了白糖，在坛子里发酵三天，然后加入高粱酒或米酒，密封避光保存，三个月后就成了。

可桥东桂花街的黄阿婆和别人不同，她做的是桂花稠酒。先用清水泡糯米，撇去浮沫。接下来蒸米，上笼，烧大火，等米熟了，离火，把米摊在案上晾凉，撒曲面拌匀，装到缸里，用白布盖上，再加上草垫捂着。三天后，将缸口横置两个木棍，铜丝箩架到上面，箩中倒一些酒醅，用生水淋几次，再撒上晾干的桂花，加热烧开……酒澄清后，黏稠，绵甜，醇香，散发着浓郁的桂花香气。

这样的桂花稠酒活血益气，醒神补虚，是黄阿婆娘家的家传佳酿。镇上好多人家都请她到家里做稠酒。因她不情愿做，请她做酒总是要费些口舌，和她嘻嘻哈哈地扯东说西，最后颤巍巍地堆起笑，终于把做酒的心意说出来了。她把目光移向别处，抻抻衣衫，拢拢额前鬓角的发，合了眼帘，摇摇头说："啊呀呀，可真是麻烦。"口里恨恨的，脸上也是不耐烦的样子，最终还是搁不住人家歉意讨好的笑，拢拢头发，起身往门外走，嘴里叨叨着："阿弥陀佛，我这不喝酒的人，偏要给你们去做酒吃，真是造孽。明年不给你们做了！"

到了中秋，木樨镇家家户户围在一起吃月饼赏月，喝陈年的桂花稠酒，就会有人想起黄阿婆。花好月圆夜，她孤零零的一个人。就连广寒宫里的嫦娥，身边还有个捧酒的人呢。不过，若不是年轻时的那件事，她也不会落个形单影只。

黄阿婆年轻时，从五里之外的村子嫁到木樨镇。那年回娘家，中午吃多了母亲做的桂花稠酒，傍晚时分微醺着赶路回家。偏偏那天路上遭了雨，内热加风寒，走到桂花桥上，人就昏沉沉的了。

至今黄阿婆也说不清自己那天是不是过了桥，也说不清那天发生的事。她只记得被一个女人的尖声号叫惊醒，醒来发现自己光了上身，满身酒气。旁边，医生朱一尧又是拽那女人又是捂她嘴巴，却不济事。

原本待在屋里避雨的人们都跑出来看。朱家诊所门外，被麻脸女人拖着搡着的黄阿婆，浑身绵软，脸庞泛着红晕，光着上身抱着双臂，躺在石板路上打哆嗦。麻脸女人手里扬着一件衣裳，对着她又跳又骂。朱一尧在一旁急得挓挲着手说不出话来。

无论朱一尧如何对人解释，无论镇上的人如何劝，黄阿婆的婆婆还是嫌她坏了名声，也没告诉她在外经商的男人，就把她赶出了门。

她索性从桥西搬到桥东的桂花街，租了一间门面，与朱一尧的诊所隔桥相望，开了家糖果铺子。

后来，木樨镇的人闲了就会说起这事，有人说是她昏倒在朱家门前的，有人说是她借着酒意引诱朱一尧的……可这事，外人怎能说得清呢？再说还有物证在人家手里呢。

闲的时候，黄阿婆就坐在门前帮邻家做针线。有时，会愣愣地对着桂花桥发呆。桂花桥一拱如月，一米多宽，没有扶栏，青条石铺就，年代久了被磨得光滑。也许因为南方天气多雨，桂花桥总是潮潮的。即便晴天，阳光也没怎么强过，从远处望，沿河两岸一色墨瓦盖顶的房檐上氤氲着淡淡的雾气，好像照相馆里打的柔光。这些年，即便生病，那窄窄的桂花桥，她再也没走过一步。

朱一尧的老婆天天坐在门前，望见桥对面的糖果铺子，只要看见有人进了门，就朝那边啐一口，咬着牙狠狠地骂上一句："勾引人的骚货。"

只有朱一尧偶然遇见黄阿婆，脸上讪讪的。

可是，麻脸女人起先利利索索的一个人，自从天天搬到门口坐，就得了怪病，浑身瘫软无力，泥巴一样。朱一尧调了好多方子，也治不好。有一天，桥东老孙家送来一壶桂花酒，她耐不住酒的香，就尝了一口，竟然喝干了。喝完后，觉得精气神儿一下子就上来了，第二天也不靠椅子坐，倚着门框和人打招呼。过了两天，又觉得失神无力，她让朱一尧去老孙家讨些桂花酒喝。朱一尧叹了口气说："那酒，是黄阿婆做的。"

麻脸女人的脸就沉了下去。她依然瘫软在门前，望着黄阿婆家的铺子，再仰脸瞅门前桂树上稠密的叶子，眼瞧着桂花簌簌地落下来，被风吹散到河里……

趁着秋后几天的好日头，麻脸女人让朱一尧采了自家天井里的桂花晾干，端了满满一笸箩过了桥。

"我这样的人，做不出什么好酒的。再说，人吃多了酒，谁知道会惹出什么是非来。您请回吧。"黄阿婆倚着门，一只脚踩着门槛，目光落在桥上，冷冷地对麻脸女人说。

隔壁老孙看见，慌忙关门回了屋。

麻脸女人端了笸箩，一步一软地回到桥对面去，桂花碎碎地撒了一路。

那年黄阿婆做的桂花稠酒，比往年都多，给东家送一坛，西家送一罐。而朱一尧，就东一家西一家地借酒。麻脸女人精气神儿比以往好了许多，手脚也有了力气，在家里帮着朱一尧晒药材，再也没有坐在门前对着糖果铺子啐口水。

黄阿婆给隔壁老孙家送了一坛子桂花稠酒，让他给朱一尧，说："再怎么说，人家救过我的命。"

霜降后，寒意明显重了，树上的桂花也落尽了。夜晚，黄阿婆坐在屋里呆呆地出神，忽然听到一阵喧闹声，她忙打开门往外看。桥边人影攒动，像是有人落了水。

隔壁老孙头从那边回来，见了她，口里唉唉地叹气："朱先生家的，大抵是吃多了酒，落到水里，寒气热气激着，人已经不行了……唉，怎么不知道天寒了，那桥就会滑呀。朱先生说，她说好久不出门了，趁着有月亮出去走走；还说天凉，又带了件衣裳……"

次日，镇上的人说，麻脸女人被捞起来时，手里还紧紧攥着一件衣裳。

木樨镇的人都摇头叹气，知道天凉，那衣裳为什么还不穿身上？她这一辈子，怎就跟件衣裳过不去呢？

夜晚，黄阿婆站在窗前，看见桂花桥上泛着清冷的白，不知道是霜，还是月光。忽然，听见门外有脚步声。隔窗往外看，一个人影朝院里扔进一包东西，转身走了。

黄阿婆的泪，就流下来了。她沉沉地坐到凳子上，想给自己斟一杯酒喝。有多少年没尝桂花稠酒，她已记不清了。

选自《中国小小说年度佳作（2012）》，贵州人民出版社 2013 年版

作者简介：

田双伶，河南新乡人。中国民主促进会会员，中国散文学会会员，河南省作协会员。中学时期开始发表诗歌、散文等作品，现多以散文和短篇创作为主，文风温婉古雅，简静暖心。著有《爱情鸦片》《薄荷的邀请》等。

桔梗谣

田双伶

两盏热茶放在面前，店主含笑说，尝尝，新到的茉莉毛尖。

茶香让我赞叹不已。身旁的姑娘连连说，茶好喝，很好喝。

道别时，店主奉上名片，我谢了店主，接过来。姑娘也接下一张，小心地放进包里。我们互相发现对方包里都放了厚厚一沓名片。

我说，我得多认认茶，以后想开一家茶店。

我也是想开茶店呀。姑娘说。

两人都欣喜起来。于是结伴一家家逛过去，认了许多种茶，说了一路的话，还买了好看的茶具与小物件。

出了茶城，我对那个叫金花的朝鲜族姑娘说，我明年才毕业，开店只是个梦想，以后难说呢。

金花来自吉林延边，和姐姐一起在北京生活。她说，没事的，我在五道口已经找好了店面，你闲了就来帮我，当作我们一起开店啦。

春五月，天暖花开，清静可喜。周末，我坐公交转地铁去茶店，和金花一起摆茶插花，将大袋茶分装到一个个茶桶里。写茶签时，她汉字写得不熟练，用毛笔更难，一撇一捺写得吃力，就嘱我写。我用小楷仔仔细细地写上，奇兰、百瑞香、醉海棠、西施银芽……一个个诗意醉人的茶名，越写心里越欢喜。

茶店生意很好,多是附近几所大学的学生来买茶,许多留学生对中国的茶喜爱非常,用不太熟练的中文讨教茶文化和古典诗词。有人饶有兴趣地问,为什么茶店叫“桔梗谣”。金花说,那是我家乡的一首歌谣,很好听的,说完她扬声便唱:“桔梗哟,桔梗哟,桔梗哟,白白的桔梗哟长满山野,只要挖出一两棵就可以满满地装上一大筐,哎嗨哎嗨哟,哎嗨哎嗨哟……”随在座的人合掌打拍,我的脑海里幻想着开满金达莱的山坡上,一个个朝鲜族姑娘身着袄裙,欢快地唱《桔梗谣》……

若哪天清闲,我们就去附近的电影院看场电影,或去那家韩国人开的小店里吃炒米条,每种吃食都辣得人嘶嘶哈哈的。有时她会跑到学校找我,和我一起去听课,听不懂了就低声笑说,我好笨,没考大学是上天恩赐。可是,她和那些留学生们交谈时,汉语、英语与韩语流畅转换,让我惊叹不已。

每次去,我会带上书或鲜花,到店里插花摆盏忙得不亦乐乎,金花在一旁笑吟吟地看着,沏上我爱喝的茉莉毛尖。中午金花妈妈会给我们送饭来,米饭上配了泡菜和脆甜的水果片。这位六十多岁的朝鲜族妇人,银发抿得光净,眼里闪着光亮,衣着素朴,笑时用手掩口,温和地看我们说笑,嗔怪说女生不能声音太大,要低眉,要含笑……

那段时光,我课余或去马连道茶城闲逛寻茶,给茶店捎货;或去“桔梗谣”,品尝香气不同的茶;在茶香中,和金花一起读诗练字……夏日傍晚,我们站在过街天桥上,看远处灯火和人来车往流水般的街衢,金花忽而笑了,说,真好。

什么好呢?我问她。

她歪着头天真地说,你看,我们还年轻,开了茶店,彼此遇到一个喜欢喝茶的好姐妹。

可是,那年春天,一场疫情将人驱逐得东奔西散。平日喧闹的街上突然间行人寥寥,空旷冷清,到处都传播着比病毒还令人恐怖的讯息。她打来电话急切切地给我念防病毒的药方，金银花、连翘、板蓝根、甘草……我说已经出不了门了。不多时，金花竟然远远跑到学校，将一大包中药塞给我，嘱咐我怎么煎怎么服，而后戴着口罩匆匆离开。

几日后，我带着书籍和衣物返回家乡。金花也和妈妈一起回了延边。

京城的日子恍若前世。一日，金花打来电话说，我们这里漫山的金达莱花都开了，你能不能来看？又说，等安定下来，我们还一起回北京开茶店吧。

安定？怎么才算安定呢？灾难远去，还是人生安稳？

三四个月后，恐慌渐渐平息。金花又回到京城，守着茶店。

我去了学校一趟办理各种手续。到了茶店，看到常用的杯盏，光阴凝滞，一切如昨。

茶汤初沸。金花端茶给我，我接过她的茶盏，缓缓饮下。

我回到家乡，生活无波无澜。洗衣时，走路时，煮茶时，心底缓缓浮起《桔梗谣》的旋律。我会在一瞬间愣怔，不知什么时候已经会唱这首歌了。想起和金花一起品茶逛街的情景，真是一帧安宁静好的画面。

接到金花的电话，她说去了趟云南，喜欢上了那里，回去就把茶店转让了，带着所有积蓄在昆明开了一家茶楼。不久，收到她寄来的一听彩云红。后来，在昆明的两年里，她赔光了积蓄，又被确诊了乳腺癌。秋尽时，身心俱疲的她盘了茶楼，回到北京做手术。疗养一段时间后，又把茶店接了过来。

许是年纪渐长，人就开始陆陆续续地经历种种困顿苦厄。我又到另外一个城市工作，终是在辗转不定的际遇中和她失去了联系。

十年。以往买张车票抬脚就去的京城，因种种羁绊，整整十年未去。可是，每每感到懊丧或愤懑时，我就想起京城一隅的“桔梗谣”，想坐到那里，和金花一杯接一杯地饮茶。

一次聚会，有位朋友说要去北京，我问她，如果有空能否去趟五道口，并说，若茶店还在的话，帮我捎几味茶。我用小楷写了茶店地址和几种茶名。

两周后，朋友给我捎回了茶，里面多了一包茉莉毛尖。我心里霎时喜悦起来,问起店主的样子,朋友说,是个微胖的朝鲜族妇人,怀里抱着咿呀的孩子。

我手捧茶包,细细嗅着茶香。忽见包茶的金丝绵纸上,写着几个字:松花酿酒,春水煎茶。彼时,我曾教金花写文氏小楷的这几个字,写了一遍又一遍。

我冲好茶,端着温热的茶汤,觉得千百滋味都在里面,将所有话语都道尽了。

选自《天池》2019 年第 9 期“双伶专栏”

我能否将你比作一个夏日

田双伶

“叮”的一声，烤箱里的灯缓缓暗下来，杏仁混合着黄油的香气已诱得我守候多时了。

妈妈把装好的一盘杏仁酥递给我，说，给雪姨送去。

雪姨住我家对门。我用脚尖轻踢门板响过三两声后，她打开门看到我，忙俯身接过我手中的盘子，低头轻嗅，呵，好香。

她拉我进屋，把盘子放到圆几上，又端出精美的果盘，里面是我爱吃的太妃糖和大杏仁。她让我挑喜欢的吃，而后舀了一勺咖啡送到我嘴里，笑着说，你还小，尝一口就好了。咖啡好苦，一点都不好喝。她看我的目光一直停留在墙角的钢琴上，就把我拉到钢琴前，边弹边一句一句教我唱歌：Edelweiss，edelweiss，every morning you greet me……

可是美丽如仙的雪姨，家属院的人都不爱理她。虽说我们住的是一所高校的家属区，她似乎是个特别的存在。她是很多人口中那个“不吃饭的人”，每天喝咖啡，吃牛角面包，唱英文歌，四季都穿高跟鞋、长裙，波浪长发，看英文版的书。邻居们拎着蔬菜水果在院子里遇到了，会聚到一起说菜谱、聊家常，没有人和她交流。教师们经常在大门口的餐馆聚餐，也从未有人喊过她。我曾听到楼上的陆阿姨用浓重四川口音的普通话说，人家是吃西餐的人，吃不惯粗茶淡饭的。

也许与她的父亲黎教授有关。黎教授性情耿直，在学术界颇有名望，因为在一次大会上怒斥学校里某些人的学术作假和教学管理问题，一下子得罪了许多人。那年黎教授病重，身为他的独生女儿，雪姨从英国回来照顾他。几个月过去，黎教授病情不见好转，她只好中断了在国外的学习，留校在图书馆外文部。

一年半后，黎教授病故。听妈妈说，雪姨已没有一个在世的亲人了，以后还是会出国离开这里的。

雪姨并没有离开。她除了工作时间在外文部，就是回家整理黎教授遗留下来的书稿，几乎不与人来往。随着黎教授的书一本本出版，让原本在学术上就憎恨于他的人心存不满。偏偏雪姨与黎教授一样的性情孤傲，因为是博士肄业，她又不屑于为了职称写论文，每天就是查阅资料、写笔记，独来独往，对一切都冷冷的。即便那天她被后勤处通知搬离家属楼到教工公寓时，脸上也平静得没有任何表情。

雪姨不再是我们的对门邻居。爸妈都有课的时候，仍是把我放在她那儿。

林立的书架间，雪姨在整理书，我跟在她身后，她只有偶尔在整书的间隙扭过头看到我时，嘴角弯弯地翘起来，在我看来，已是甜美的笑意了。

来外文部的人不是很多，来去也默然无声，找书，借书，还书。大多时候，雪姨坐在工作台前看书，我就趴在她身旁画画或玩。窗外，有鸟鸣啁啾，微风轻拂的树梢。光从窗户外射进来，在她的身上笼了一层淡淡的光晕，她的长发，她瘦瘦的肩膀，她低头的样子，美极了。可是，当她抬起头时，目光是冷冷的，从不和人对视。

那天下班后，她拉我跑进空旷的大礼堂，孤独地站在台上，仿佛面对满场观众，仰起头，一字一句似乎在向天空诘问：

名字代表什么？

我们所称的玫瑰，

换个名字还是一样芳香。

…………

窗外的一束阳光穿透下来，映在她长长的卷发上。

“雪姨，你是主角吗？”我问她。

“孩子，记住，我们都是自己命运的主角。”

而后，她领我去教工公寓。走在筒子楼长而漆黑的走廊里，我瞪大眼睛忽左忽右地看一扇扇紧闭的门。等走进她的房间，她端出糖果让我吃，而后端了一杯咖啡坐在窗前，独自啜饮。她的长发垂下来，遮住脸颊，我看不到她的神情，只觉得眼前的身影苍老疲惫。

妈妈来接我的时候，告诉雪姨，听人事处的人说，雪姨没有职称，这次或许会被调到后勤部门，要想想办法。她听了，说：“到哪里都一样。”

雪姨仍是面无表情地整理一摞摞的书。那天，从一摞还来的书里，我看到露出的一个牛皮信封，抽出来，打开一看，上面是一行行看不懂的英文。我铺展开就用彩铅在背面画蝴蝶和大树。正画着，雪姨看到了，她摘下手套，拿起来细细地看，渐渐眉目舒缓，双眸里泛起光泽。

她望了望书桌前看书的人们，又望了望窗外，俯下身轻声问我：“你喜欢阿姨吗？”

我点点头。

“那你喜欢阿姨什么呢？”

“你的长头发，你看书的样子，你教我唱英文歌，还有你的咖啡……”

雪姨抿唇而笑。

午后，在夏日的蝉鸣声中，她轻声读了起来：“Shall I compare thee to a summer’s day……”

原来英文诗如此动听，我迷恋极了。

回家我告诉爸妈，妈妈说："那会不会是一封情书？"而后摇了摇头。

雪姨的黑眸变得盈盈闪亮，脸上渐渐有了笑容，与来外文部的人有了些许言语。有一次，外语系的学生们请她去辅导英文戏剧的排练，我在大礼堂看到舞台上的雪姨，她在用流利的英文激情诉说，神采飞扬，恣意盎然，和以往的她判若两人。

新学期开学，我上了小学。听说雪姨被调到新建的分校图书馆，在很远的郊外。

那天是个阴天，雪姨骑着一辆红色坤车来到我家，她兴奋地告诉我妈妈，她重新申请到英国一所大学读博士。妈妈开心又忙乱地给她做杏仁酥，又拉起她的手坐在窗前说话。她下楼后，我跑到阳台上喊她。她停下来，一只脚点地，冲我招招手，而后摁响一串清脆的车铃声，撒满碎花朵的连衣裙随风飘曳，渐渐远去……

两天后，搬家公司的车将一箱箱物品搬到我家。雪姨的钢琴、书籍、精致的茶具餐具，都留给了我们。

从此再也没有她的消息。

时隔多年，我在一所大学任教，每次去图书馆，都会下意识地在外文部的门口停留一会儿。我脑海里会闪现出她低头看书的样子。我的雪姨，我的女神，您知道吗？因为您，我喜欢上了英文，您教我唱的英文歌，是多么美丽动听啊。

暑期在家，我翻寻书架上雪姨留给我们的原版英文书籍。忽然，一张折叠的信纸从书页中滑落下来。我拾起来看，纸页已经发黄，背面是我幼时画的大树和蝴蝶，正面的开首写道：致黎雪。

这是一封未署名的信，我仔细看那一行行流利的斜体英文，原来是莎士比亚十四行诗：

Shall I compare thee to a summer's day？

Thou art more lovely and more temperate

Rough winds do shake the darling buds of May,

And summers lease hath all too short a date:

…………

在夏日的蝉鸣声中,我轻声读了起来。

选自《天池》2019 年第 7 期“双伶专栏”

石头记

田双伶

他还记得那时她俏皮的样子，用手指拈着一粒玻璃珠，举到他眼前，幽幽地问："看，这是什么？"

"猫眼。"他配合着一字一顿地说，而后笑了。

那一幕最终成了定格。他们的故事如一折老套的戏，两个门户不登对的人相爱，在男方父母的威逼下，戛然而止。

那是一个秋天的夜晚，她欣欣然赴约而来，他借一杯清茶的距离，把她远远地隔开。茶由温到凉，他拿出一件玉佛手，拉过她的手放在掌心，嗫嚅着说，你看，天然的山流水料，留个念想吧。

玉佛手在灯下泛着莹润的光泽，她紧紧抿着唇，接过了它。他看到那张苍白的脸和清亮决绝的眸子，泪都没有一滴。

那一瞬间，他心里疼了一下。

后来遇到的女孩子，再没有她那样温善灵秀，却一个个比她通透，耍着娇嗔要东要西，双眸里掩饰不住对他家世的倾慕。他从小和父亲赏玉相玉，心思清明。他想寻的，是净纯如玉的女子。父母不允，是他婉拒一段又一段恋情的盾牌。再说，临末送玉，补偿也好，赠礼也罢，文雅还不失礼。

也听说过她的点滴，在古城的采玉斋谋了清闲薄酬的事情做，与人辨玉学琴，临帖作画。他很欣慰，一个心性纯净的女子，应该与那风雅器物为伴。后来，又听说她嫁了一个爱慕她的男子。渐渐地，音信杳杳。

他索性凉了心，听从父母之命，与父亲一位老友的女儿成了婚，过着俗日子。他生性是个散淡的人，偶尔兴起去山里采玉，平素就与三五好友喝茶对弈、焚香听琴，过着古雅的日子。时而他会恍惚看到前世的自己——一个穿绸衫、托鸟笼，浪荡于街头的纨绔子弟。

那天，朋友急急地来找他，说是在青云香馆看中一块玉，请他去相。他迟疑着，朋友说，天凉了，香馆里有样式考究的泥炉，可以去那里起炭煮茶。

他早就听闻青云香馆，古城的风雅闲人常去那里雅集，待走进去才惭愧自己的孤陋。香馆原是一处旧宅，被店主整修得非常雅致，几上摆放的香品玉器，案上的插花瓷瓶和茶具，壁上的禅意画，处处皆见主人的品位。临窗的茶案前，一位素净娴雅的女子在凝神燃香。朋友耳语，她，就是香馆主人。当她抬起脸时，他心里一下子如崩溃的雪山。两人都怔住。

刹那间，恍如隔世。

她朝他淡然一笑。

朋友说，世事都讲究个缘，那天无意间看中了竹垫上的玉佛手，也是有缘，今天请了位识玉的朋友来估个价，请回家。

她说，这玉佛手是当年有人送我留个念想的，按说是情意之物，不是卖品。你若觉得和它有缘，那就让它随缘，给您添个雅意吧。说完，手心里托着那玉佛手，送到他眼前，问："您是识玉的人，给它估个价吧？"

他一时恍惚无语，眼前浮现出她当年的俏皮模样，举起玻璃珠在他眼前晃，幽幽地问："看，这是什么？"

他接过来，摩挲着佛手上的斑纹，感觉似曾相识。朋友切切地望着他。

他手足无措，口舌生涩，清了清嗓子说，若是个情意之物，还是留着吧。

茶，就喝得有些无味了。

末了，他说，雅物成了买卖就俗了，不如这样吧，若主人应允，玉佛手让他带走赏玩几天,平日还放在香馆里,闲了可以来赏。

她释然,看得出并无诚意出手。朋友憾然;而他,怅然。

次日,将近中午他才起床,撩把清水濯了一下脸,神色黯然地愣了一会儿,去找朋友下棋。棋才走了几步,他啜口茶压低了声说,那玉佛手买不得,不过是一般的玉料琢成的,况且还有瑕斑。

朋友刚被吃了个卒,脸上不悦,哼了一声说,你常说“君子无人不佩玉,显贵无人不藏玉”,我好不容易看中一件有缘的宝贝,你却挡着拦着……

他闷不作声,拈起车炮不管不顾地横冲直撞,敲得棋盘啪啪响。他实在无法说出,那是多年前他从一堆废料里随手拿出的凡常石头,只不过形似佛手,并非玉质。

傍晚时分,他与朋友多喝了几杯花雕,趁着微醺绕过一条条狭窄街巷,寻到了香馆,借着醉意说起过往的事:当年我眼拙,那块山流水……

她莞尔一笑,说,记得你曾告诉过我一句行话,玉不骗人。其实那佛手,不是山流水,是上好的翡翠。当年你没看出来罢了。佛手上有一片黑癣,可翡翠上的黑为绿引,如今绿随黑长,翠意已出,这几年我一直随身带着,确实是块温润好玉。

他无力地垂下头,说,我不算是一个识玉的人。

她说,玉石本来就不分那么清的,就看人怎么去赏了。

月色皎洁,风里散着一缕缕桂花的冷香。她在一旁煮茶,眼神宁静,月光一样落在面前氤氲着茶香的杯盏上。送她玉佛手的那晚,也是这样的秋夜。如果不是年少懵懂,此时她该是他温善可亲的妻了吧?

月下的他,苍凉地坐着。

选自《视野》2013 年第 15 期

去南方

原上秋

夏天的夜晚，村里人都会爬到屋顶去睡。堂哥也在屋顶，他不睡，他满怀心事。半夜，他站在屋顶边缘，极目往南远眺。堂哥家的南边是个水坑，坑里的蛤蟆此时正吵成一片。越过吵声，是一片黑，再远，就靠想象了。

白天就不一样了。堂哥站在屋顶，能看见水坑那边的田，田那边影影绰绰是一片树林。他脑子一直在想，树林那边是什么呢？

这个问题困扰着他。茂密的树叶落尽，那里还是一片迷茫。门口一棵大槐树只剩几片残叶坚守的时候，下了一场大雪，整个世界都拼接到一块儿了。堂哥踩着嘎吱嘎吱作响的雪爬到屋顶，再看的时候吓一跳。眼前的大坑在雪白的地球上像一块伤疤，隐显着一种疼，给满怀壮志的他带来一丝忧伤。

他心里说，不能再等了，开春之后，必须出发。

春天说来就来，堂哥谁也没有招呼，他去了南方。他去南方的消息在半年之后我才得知，他换了一个新手机号码，电话里不悲不喜地说他到了南方。

我那时候正跟着一个工程队到处拆房子，成天灰头土脸。不弃不离的原因是它比种地挣得多。白天拆房，天到暮色，人聚一起，大口吃肉，大口喝酒。日子过得快活，也容易腻歪。我好奇堂哥在南方干什么，我想追随他去南方看看。

我让堂哥发个定位，他在电话里问:“什么定位?”显然，他对玩手机还很不在行。

此后不久的一天，我正和一伙工友端着大碗喝酒，手机嘀了一声。堂哥发来的定位让我大吃一惊。他没有出内黄县，定位显示他在内黄县林场，离羊各庄只有 30 多里。

有一点是真的，它确确实实在羊各庄的南面。

我电话问他在哪里，他一口咬定在南方。我说，南方总有个名字吧。他说，说了你也不知道，就挂掉了。

我们如火如荼正干得起劲，上级一个通知叫停了下来。附近工程队在拆房过程中砸死一个人，所有工程队都要进行整顿。

我在澡堂泡了一个舒服的澡，躺在按摩床上的时候去南方的念头又跳了出来。反正拆房子的活不叫干了，去南方看看堂哥是个机会，如果能发财就跟着他发财，大不了当是一次旅游。

我坐上去内黄县林场的车，不到一个小时就到了堂哥定位的地方。下了车，我给堂哥打电话。堂哥很吃惊，我出发前没有告诉他，他大概觉得突然。他沉默了好一会儿，说，别动，我去接你。

半个小时之后，堂哥开着一辆破旧三轮停在我的身边。我拿根烟递上去，没急着上三轮。我掩饰不住对他的失望，说，你原来根本就没去南方。

堂哥说:“这不是南方?”

我说:“7 块钱的车票，这也算南方?”

堂哥一扭头，把一口烟吐进风里，说:“这不是南方，你说是哪方?”

堂哥住在一片林子里，这是不是他在屋顶看到的林子，不得而知，但感觉这片林子很大，有森林的气魄。那天和堂哥一起喝了很多酒，堂哥的话多了起来，后来稀里哗啦地哭了。他反复地说:“我 28 岁了，我都 28 啦……”

我猜想有两个意思：第一，到现在一事无成；第二，还没听说他有女朋友。

从堂哥的话里，我知道这里是陵水镇。林场离镇不远，但他和小镇保持着距离，从没把自己的生活当成小镇的一部分。之所以这样，是因为他没想过成为这个镇的永久居民，随时准备着走。

偶有从小镇过来的人，坐在堂哥的屋前棚下，喝着免费的茶，说些奇闻异事。也就是这时候，我听说堂哥在等一个人，是一个漂亮女人。女人就住在小镇上，他们约好一起去南方。在等待过程中，堂哥养了一群猪。那些猪显然没有受到优待，个个瘦骨伶仃。

我猜想，堂哥指望把猪卖了，攒好和女人一起去南方的路费。

从堂哥那里回来，我没有了能去的地方，又灰头土脸地拆房了。

混沌的日子过了一年之后，堂哥在微信里主动发出一个定位。这回，那个水滴一样的定位点确确实实在祖国的南端。他说，他成家了，现在过得很好。

我祝福他，并说我也喜欢南方，有机会一定去看他。

他没说让去，也没说不让去，只回了一个呲着大牙的笑脸。

选自《小小说选刊》2020 年第 15 期

作者简介：

原上秋，河南省小小说学会副秘书长，新乡市作家协会副主席。作品散见《解放军文艺》《北方文学》《百花园》《小说月刊》《河南日报》等报刊，有作品被《小说选刊》《小小说选刊》《微型小说选刊》选载。出版小说集《路边的灯》《寻找会飞的鱼》。

老张其人

原上秋

老张一扭头，瞥见一只手，很诡谲，伸进一只小包。他没有看清小包的主人是谁，却看见一双火辣辣的眼睛盯着自己。这时候抽回眼光已经晚了，小偷已经发现了他。老张心里一阵慌乱。公共汽车晃悠着往前走，若无其事。乘客们有的想心事，有的在交谈，大部分都没发现身边发生了什么。

此时正是下班高峰，每一站都有几个人要上要下。小偷得手之后没有随即下车，而是窥探再次得手的机会。这对老张是一种折磨。老张平时和一帮老头喜欢议论时政，遇见不平也是义愤填膺，在梦里无数次和歹徒搏斗过。但是，那仅仅是思想层面的东西。现在，小偷就在眼前，制服小偷不仅仅需要正义，更需要勇气和行动。一瞬间，老张有点看不起自己。因为他打算保持沉默。然而，他做不到心安理得。作为唯一的目击者，这个视而不见让老张有生以来第一次感觉脸红。

小偷第二次下手了，和第一次一样，还是干净利落。

这一次老张强迫自己不去看，就假装和其他人一样，只是一位缺乏警惕的乘客。但是，不行。他挤着的眼睛在关键时候开启一丝缝隙，将那一只手伸进别人裤兜的动作尽收眼底。老张的血液此刻沸腾了一下，但随即被莫名的心态釜底抽薪，眼见的沸腾只是咕嘟了一下沫子。老张在心里头和小偷在那一个瞬间做了几个回合的较量，但都失败得很彻底。有那么一个念头涌动一下，他要挺身而出。但这个念头酝酿时间过久，他的犹豫不决让生活失去了一次生动和壮烈，事件的发展驶向了另一个方向。

汽车摇晃了一下，停住了。老张看见小偷下车了，旋即消失在人流的海洋。

这时，有人大叫，我的包。又一个人也叫，我的包。车厢内一阵骚乱。有小偷，抓小偷啊。有人大叫。

小偷下车了。老张指认了小偷的踪迹。老张绘声绘色地讲述了小偷的盗窃过程，全车的人都把目光投在他的身上。

老张讲完了，令人惊奇的是，所有的目光没有随着讲述的结束而抽回，他被异样的眼神编制的笼子套住，异常局促。

我怎么了？老张这才发现，情况很不对劲。

我又不是小偷！老张恼怒了。

他的恼怒情绪一直延续到家门口。一群老头正在讨论国家大事，好几个人摩拳擦掌，要在国家需要的时候挺身而出。老张原先也是这里的常客，今天突然觉得自己没有资格参与他们的交流，就闷不作声地绕开走了。几个老头和老张打招呼，老张理也不理。

走到楼道口，一只宠物狗“嗒嗒”地朝老张跑来。老张飞起一脚，小狗在空中划出一条大跨度弧线，在几米远的地方落地，哀号不止。

从一楼跑出来一位老太太，冲着老张怒叫：你个王八老张，你是不是疯了！

选自《小说选刊》2017 年第 6 期

让你的船下水吧

原上秋

黄河在这里拐了个弯，匆匆奔向大海。在这个弯处，留下无数的故事，有惊悚，有温馨，不变的是和光阴一样的流淌。文昌顺着河往上游走，边走边喊："女儿，小娥……"他的喊叫被涛声带走，被河风吹散，像轻飘的呻吟。文昌断定女儿小娥是因为家里穷才出走的。文昌有好大的力气，却拽不住小娥倏忽消失的衣裙。

到了郑州，文昌已经是一个名副其实的乞丐了。他的蓬头垢面与城市文明形成反差，差点去了收容所。文昌不停地诉说，我是找女儿小娥的。文明城市用文明的方式把他遣送回了村里。

被遣回的文昌独自干喝了半瓶"老村长"，蒙着被子一睡不想起。他的手里一直攥着小娥的照片。

镇里包村干部是老曹，村干部报告说有三户今年不能脱贫摘帽。老曹在名单上盯一眼，就来找文昌："文昌，你这熊样五大三粗当贫困户，你感觉很光荣是不是?!"

文昌被老曹拉到一个建筑工地，他在那里和泥、搬砖、运材料。文昌的心思还在郑州，他干了三天就不再去了。

老曹望着文昌破败的家发愁。文昌的渔船靠着墙根，像一条晒干的鱼。

老曹说："文昌，你老婆跑了，闺女跑了，为啥？还不是因为穷。你不好好干，过几天你喂的猪啊鸡啊都会跑了。"

文昌被老曹拉到一个编织厂，十几个老头唱着歌用桑条编织箩筐。老头们说文昌唱一个。文昌埋头编筐，他不唱。他的心思在郑州，他干了三天就不再去了。

老曹和村干部打了几十个电话，寻到了小娥。小娥在郑州一家制衣厂踩缝纫机。她说她不是嫌弃家里穷，她是看不到希望才离家出走的。

老曹朝文昌的屁股上踢了一脚，说文昌你听听，你这个熊样咋能给孩子希望。

从一条老船边，到一堆空酒瓶，老曹在文昌的家，走出一条曲线。这是一条抛物线。抛物线的起端在船上，落点是一堆散发着颓废气息的啤酒瓶。老曹对文昌说，我再给你个机会，要是再三天打鱼两天晒网，贫困户给你抹了，送你到山上当和尚。

文昌到河滩里去栽树。河滩里的村庄都搬走了，废墟变成了耕地。文昌把一棵棵树苗埋进土里，不多时便有一群鸟落了上来，它们扎堆笑啊唱啊，谁说黄河滩只有叹息。但是高兴是它们的，文昌的心思在郑州，他干了三天就不再去了。

老曹感觉文昌的病因在女儿身上。

小娥回来了。镇里在新区辟了一片工业园，有一间厂房给了小娥。小娥牵着从田地里走来的姐妹，一起踩起缝纫机，做了很好看的衣裳。这些衣裳挑出最好的，送到了郑州。城里人讲究，他们舍得花钱。那些不好的，留给自己穿。她们知道，好衣裳迟早会穿在自己身上，她们现在要脱贫。

文昌从被子下面拱出来，他想找点活干。他苦苦盼望的女儿，带回了他的魂，也带给他力气。

老曹说："文昌，你个熊样，回家喝酒吧，喝晕在家睡觉。"文昌说："不喝了，也不睡了。"老曹说："你不想当和尚了？"文昌说："小娥回来了，我要给她希望。”

文昌说,他想去河里打鱼。

老曹说政府不让干的事,你就别动那歪脑筋。老曹转念想到了文昌的船,想到了滩区的树,想到了树上的鸟,想到了游人。他给领导建议,办一个黄河生态游览区,让鸟和人来个约会,让黄河里的金子跳上岸来。

文昌把斑驳的老船打磨又打磨,还刷上一层亮漆。他的船好久不亲近水了,水是它渴望的情人。老曹说:“等绿化起来了,你的船再下水。记住,不是打鱼,是看管这片林子,还有这片水。”

文昌这回是主动回到滩区栽树的,一开始是一个人,后来上来很多人。从岸滩到堤外,茂茂盛盛,全是树。春风一吹,绿了整个堤岸。

老曹说:“让你的船下水吧。”

文昌从河里捞了两条真正的黄河鲤鱼,他要用鱼请老曹和村干部喝几盅。老曹在电话里怼他:“不摘贫困帽儿,谁也不会喝你的酒。”

文昌让小娥过来,小娥说,郑州要的一批衣裳快到期限了,她们必须加班赶出来。

文昌很失落,他坐在那里呆呆地等。等啊等,不知道过了多久,从门外进来一个人,是出走很久的老婆回来了。她的身后,是一脸春风的小娥。紧接着,老曹也满脸笑意地来了。老曹从来就没给过文昌笑脸,这个笑意义非凡。

文昌也笑了。醒来发现已是早晨。初升的太阳把亮光洒在河面,像铺了一层金子,花花地闪眼。

选自《山西文学》2020 年第 3 期

这里的山会歌唱

原上秋

我把山娃送去的时候，十几个老人一起说，来吧来吧。十几个老人嘴巴说话，手里的活儿一刻也没有停下。他们都忙着编筐。我打听过，每完成一个，挣四块钱。老人们不停地唱歌，他们说来吧来吧之后，又一起唱起来。歌声像流过山涧的河，欢腾不息。

山娃可不是老人，他是一个牛犊一样的山里娃仔。山娃去过上海，他在上海开吊车。他坐在高高的吊车上看过高耸的楼、宽阔的街和潮涌一样的车流。

有一天，他一脚踩空，身体重重地砸在了上海。

山娃从上海回来，少了一条腿。他再也走不出大山。山娃每天看着门口的桃树发呆，桃树上一群一群的小鸟和他说话。他像树一样安静，像山一样沉默。

那一年我扶贫到了桃花源，想不到这个诗一样的名字却和贫困联系在一起。春天里，漫天的桃花盖住大山，整个世界灿烂一片。这里的风景能写出很多诗，却打不出多少粮食。他们靠山吃山，有时候山也吃人。每年都有生命消殒在开山的工地，像树叶一样沤在泥土里。

老人编的柳筐，就是开山运石的器具。他们换回微薄的报酬，有时候换来亲人的尸体。

老人们知道,生活不能只有眼泪,还应该有欢乐。德顺老汉说,我们唱歌吧。歌声随即而起,歌声从盛满柳条的小棚,飘满桃花源。快乐被风带着,塞满死寂的大山皱褶。

山娃来了,山娃唱一个！十几个老人给山娃喝彩。山娃不唱,山娃埋头编筐。山娃在上海,听了很多流行歌曲。一个人的时候,山娃把右手握成话筒,能把天地唱暗。今天他却唱不出来了,他空空的裤管里,掩藏着他的忧伤。

桃花源不只有桃树,旮旯缝道野生着柳条。桃花解决不了人的饥饿,柳条能。桃花源的老人都是魔术师,他们能将手中的柳条变成各色家庭用具。

山娃从一天编一个,到现在能一天编四个了。老人再鼓动山娃唱一个的时候,三娃唱了。三娃唱的是从上海学到的歌曲,既新潮又好听。老人们用脚板拍打着地面,荡起的尘埃迷离了眼睛,有上海滩大舞台的美奂效果。

德顺老汉八十九岁了,他的手竟然灵活得像一个小伙子。十几个老人中他编得最快,也最好。他的歌大家也爱听。他是这里名副其实的领袖。他的很多歌曲都是自编自创的,腔调里满含大山的沧桑。他满嘴的牙齿早已不知去向,他的歌有一种含混不清的美感。听着他的歌,有人会指着他的表情说,看,多像山里的桃花。当然不是指的颜面,是那种凛冽里怒放的灿烂。

山娃一天编六个筐,赶上了德顺老汉。山娃唱歌也不再羞羞答答,他渐渐成了大棚里欢乐的主角。不管谁一曲终了,山娃都会嗨、嗨、嗨,像一个出征归来的将军,敲起得胜战鼓。

上级进行扶贫成果验收,我把山娃、德顺老人和他的伙伴请到了舞台上。他们干着编筐的活儿,唱着快乐的歌,一下子把领导们震住了。领导看惯了阳春白雪的舞台,山里人的精神风貌让他们吃惊。领导听罢挨个握着山娃他们的手说,桃花源虽说经济还不富裕,但你们的精神最富有。

为了青山绿水，那些在山上打洞的人都撤下来了。

山娃和德顺老人没有停止编筐，我把他们的柳筐推介到一个水果产区，平常的水果因精美的柳编衣裳而销量倍增。水果商踏着山水而来，他在大棚里学会了歌唱。那天水果商和山娃他们一起唱，众人南腔北调但乐在其中。水果商学会了快乐，他一路背着柳筐，嘴里哼着歌，在行人眼里就是一副山里人走南闯北的模样。他说他卖的简直是柳编手艺，水果只是里面的装点。

山娃一天编八个筐，超过了德顺老汉。那一年，德顺老汉彻底退休了。他一头栽进他正在编织的筐里，再也没有醒来。

德顺老汉家里就剩他一个人。

他的老伴儿早年得病，因没钱医治死在了山上，儿子和孙子先后死在了打石头的洞里。

山娃和十几个老人用柳条编织了一副棺材，德顺老人很舒服地睡在了里面。他被埋在山上一棵大桃花树的树下，山坳里的风来到这里，会有桃花伴舞，有枝头和鸣。

每一个过来欣赏桃花的人，都仿佛听到山在歌唱。

选自《小小说选刊》2020 年 10 期

流浪乐手

安 庆

再见那个流浪的萨克斯手是在“阿德”。

那一刻我按捺不住，撇开和我一起的朋友，匆匆走向演出台。也许他不流浪了，但我依然愿意称他为流浪的乐手，我依然喜欢他自由洒脱、旁若无人、全神贯注的台风，一个流浪的艺人，但他的音乐即刻能贯穿一个人的魂魄。那一次见他是在自由大街的地摊上，没有话筒、没有演出台，他就随意地站在地摊的一个角落，风把他的萨克斯曲吹入我的耳蜗，也许我就是在他的《回家》中喝多了，他让我忽然对久违的家和亲人有一种惭愧。那一夜我烂醉如泥，后来被送到医院，醒来时医生告诉我，送我的人带着乐器，我一下子想起了地摊上的乐手，之后我一直想见到他。我穿过人群，在一楼的酒桌间穿梭，时光在我的脚步中哗哗啦啦流过，他旁若无人的演奏那样潇洒。一曲终止，我谦恭地靠近乐手，我看见了他盛满音符的眼睛。我说，一个夜晚，你应该记得吧，在自由大街的牧马渠边，你救过我，把我送到医院。他握着萨克斯，目光凝神地看我，我等待着他的点头。可是他说，先生，我还要演奏，我不知道。我提醒他，就是你，那天晚上我喝得太多……

萨克斯又悠然地响起，整个大厅被他的音乐濡染，二楼三楼的廊台上站出来很多人。

我开始跟踪乐手。

那一夜我一直等在阿德酒店的门外，终于等到他的出来，整个“阿德”乃至整个C市都静了。我看见乐手搀着一个醉酒的人，那个人走着吐着，骂骂咧咧，我听不清他骂的话，我想起我醉酒被救的情景。乐手把醉酒者扶到路边，帮他擦着嘴角，伸手截了一辆出租车。我驱车跟在他后面，一直跟着他把那人送到家里。从小区出来，他孤独地站在大街，长发拂动。我想打开车门请他上车，可他又坐上了迎面过来的出租车。我跟踪他去了一栋民居，看着他上了二楼。这种民居我租住过，知道它的简陋。我悄悄地站在楼下，看到一扇窗内亮起灯光，接着听见了破窗而出的一缕音乐，这个喜欢音乐的流浪乐手，回到家还在音乐里沉浸。

第二天我又跟踪乐手去了一个地摊，这次在东大街，他又是很晚回去，我看见他面对静下来的大街有些失落，东大街离他住的地方不远，他怏怏地走在大街上，灯光拉长乐手的身影。他没有回家，去了牧野湖边，很久，我又听见了柔婉又刚性的萨克斯曲，月光在湖面上铺洒。就是这天晚上，在我离开他的窗下时，我看见一个女孩儿正仰头看着他的窗户，长发在月光下飘扬。

我们终于去了一家茶坊，他依然背着他的乐器，这个流浪乐手有些呆板或者固执。他对我说：“其实，我不是搪塞，我是真的不认得你了。”夜深了，我们要了一种很淡的茶，茶香在灯光下轻溢。他告诉我：“我救过的人不止一个，很多，你可能不知道我的工作，我的工作就是在每天的夜晚帮助醉酒的人回家。”

我惊愕。

他说：“真的，你不用吃惊，两年了，一直都是这样，我一直都在坚持，我了解醉酒的人，不是每个人都为了贪酒，很多人是有另外的原因，在酒中寻找安慰，比如你那天，如果不错的话，你就是那个一直喊着回家、回家、回家的人。”

“对！”

我听他继续说下去。

“很多酒醉的人其实都想着回家，都念叨着这两个字，哪怕有一丝理智，都会记住这两个字。也许这就是很多人喜欢听《回家》的原因。有一次我救了一个人，我实在劝不动他，我把他放在路边的一棵树下，等他清醒，我一遍又一遍轻轻地吹奏《回家》，直到他泪流满面，他伸出手，说：‘兄弟，送我，我们回家。’还有一次我救的是一个女人，我也是一次又一次地吹着《回家》，直到把她唤醒，等到她的家人。我已经这样送过将近100个人回家。”

“100人？”

“对，这是我的目标，救够100个人，我也许会离开C城。”

“离开C城？”

“对！我不是C城人，我就是一个音乐的浪子，我的快乐在流浪中，以前我在一个乐队，失意加上失恋的时候离开乐队，想就这样只身天涯，我挎着萨克斯流浪到C城。一个深夜我醉了，几乎酒精中毒，不省人事，在一个大路边又被一辆小车挂倒，一个人救了我，把我送到医院，我活过来了，他让我懂得了感恩。”

“感恩？”

“对！从此我落脚在了C城，我开始每天晚上的流浪演奏，以流浪演奏谋生，我每天都去一个地方，等待帮助酒醉的人，把它当成了我的职业，为救一个人、帮一个人快乐，同时一直在寻找那个救我的人。”

“那次在‘阿德’……”我说。

他说：“也是一次例外，我不想去那种大酒店，我救过一个人，那个人和‘阿德’有关……”

我说到他窗前的那个女孩儿，我好几次都见到她，好像在听他的吹奏。

“对！”他说，“她很固执，那是我救过的一个女孩儿，那一次她喝了太多的酒，我跟踪她，她在深夜打的去了一个湖边，在她跳进湖里时我救了她，她告诉我她的经历，她想解脱的原因，我整整陪了她一夜，给她吹奏《回家》《秋夜吟》……告诉她我的经历，我为什么留在C城，天明的时候我送她回家。有一天，她跟踪我，找到我住的地方，天天在窗前听我吹奏，《回家》就是为她吹奏的。"

我听着，不想说话，仿佛说话会破坏一种气氛。

过了好久，我说："会有故事吗？"

他沉默着，手握萨克斯，仰着头，眼看着房顶。停了一会儿，他说："我答应在完成我的承诺后再和她相处……"

我说："祝福你们。"

他笑一笑算是回答。

我说："真想听你的乐声。"

茶坊静得差不多只剩下我俩，征得茶坊主人的同意，他演奏的依然是那首充满激情和柔情的《回家》。他抱着萨克斯，目光看着窗外，说："也许我该回家了，如果找不到那个人，在我帮够100个人后……"

选自《小小说选刊》2010年第4期

作者简介：

安庆，本名司玉亮。中国作协会员，河南文学院签约作家，鲁迅文学院第22届高研班学员，河南"中原小说八金刚"之一。曾获第三届"河南省文学奖"、第二届"杜甫文学奖"、第八届"万松浦文学奖"、河南省第十二届"五个一"工程奖等。多篇小说被选刊转载，收入多种年度选本。出版小说集《流浪乐手》《遍地青麻》《扎民出门》，长篇小说《镇》等。

黑 马

安 庆

那一年秋后犁地，我们借了岳父家的马。

套上马，我在前边牵着马的笼头。然而，这匹马很不配合，它比较认生，像是知道犁的不是它家的地，就有些使性。它呼呼地走几步就停下来，头一扬，尾巴一甩，让在后边扶犁的哥哥几次摔倒。后来它又尥蹶子，我新婚的妻子来牵它，它照样不看面子，照样走几步又尾巴一甩停下来，太阳老高了还没犁几垄地。

我赌气地把马牵回家，拴在院里的一棵榆树上，我开始教训马，用鞭子抽马，满脸汗水地骂着马，我想让马屈服，然后服服帖帖地犁地。可是马恼了，又拼命地尥起蹄子，发出愤怒的叫声，尾巴翘起老高。我越是整它，它越反抗，我恼火地从地上抓起一块砖头，使劲地向马投去，我听见咚的一声，马颤抖了一下，接着它的一条腿踮了起来，马的屁股上浸出一层潮湿。

马无奈地叫着，我看见了马眼里的哀怨，凭我对动物的接触，我知道那是马最无奈的叫声。马在最痛苦的时候不是嘶鸣。

当时我不知道马的那一条腿就这样完了。我颤抖着去解开马的缰绳，那条被我砸伤的腿稍一碰地就即刻弹起来，那条腿它再也没有放下来，四条腿的马现在要三条腿走路了。

我心情沉重地把马重新拴回。马残了，我不知道该怎样向妻子交代，我知道我是无意的，但我在冲动的刹那害了一匹马。

我听见了妻子的哭声，一边哭一边念叨：咋弄啊，好好的一匹马，牵来时好好的，怎么就站不起来了？让我跟娘家怎么交代啊。我忽然害怕起来，对着那匹马流出了眼泪，我想逃跑。我对家里人说，不犁了，我自己把地全剜了。我扛着铁锹在地里呼呼地剜地，有时就独自一个人坐在地头发呆。

那匹马后来被一个屠宰场拉走了，在马被拉走时我的心针扎一样地疼，妻子躲在一个角落偷偷地看着马被拉走。一匹马在睁着眼时就被屠夫牵走，太伤它的心了，简直是一种残忍。我就这样成了一匹马的杀手。

站在村外的旷野是一个深夜，我忽然看见那匹马向我奔来，马鬃在夜风中抖动，它沉默地站在我的对面，好像是一次邂逅，又好像是一种等待、一种示威。我站着，想向马诉说我的忏悔，可是黑马转眼间又消失在无边的旷野，我听见风的涌动。忽然感觉我的愧疚和一匹马的生命相比多么卑微。

我离开了家去一个城市流浪，我的打工生活就这样开始了。我的目标是用一年的工钱买回一匹膘肥体壮的大马，然后和妻子一起牵着送到岳父家。这也许可以使我的心少一分惭愧。那段时间我一闭上眼，它齐刷刷的鬃毛、黑色的眼睛就出现在我的面前，让我的惭愧在夜的漆黑里惊醒。我更加拼命地干活，想尽快还了我的心债。有一次我遇见了一个老乡，他问我是不是司家小二。我说我是。他说，你们家里人到处找你。我吓了一跳，更加愧疚。可是，我不想见他们，因为我还没有挣到马钱，我往邮筒里塞了一封报平安的家信，又换了一个工地。

我决定再远走他乡，去遥远的草原，义务地做一个牧人，喂养和放牧草原上的那些马，让我的心在放牧中找到安慰。和包工头结了几个月的工钱，我在一个夜晚扛起了行李。我先走上回家的路，想看看村外的河和我的叫瓦塘南街的村庄。我站到沧河桥上，你们想不到我看见了什么，我在沧河桥上看见了一个女人牵着一匹马，瘦弱的身影很像我的妻子。我甚至听见了马的响鼻，就是黑马临走前那一声让我永远记挂的响鼻，在朦胧的夜色里我真看见了一匹马的夜影……

是我的妻子，牵着岳父家的那匹黑马。

她在那个晚上告诉我，马的命是主贵的。它不会轻易离去，它在走向屠宰场的路上被一个老兽医救了。妻子说，真的，马真是命大，马在被拉走的途中碰到了老兽医，老兽医把马截住了，老兽医说这么好的马不能死，当时就把它牵走了……

后来每天的傍晚她都牵着马在沧河桥等我，和黑马一起在等我的回来。

可老兽医已经走了。

第二天，我们去了老兽医的坟地。当我跪下时，我听见扑通一声——马跪下了双腿。我又听见了马的响鼻。

选自《小小说选刊》2016 年第 7 期

漂在河床上的麦穗

安 庆

那个遥远的夏日，我和母亲去邻村捡麦，夏日的太阳下，我看见满地都是挎篮捡麦的女人，母亲佝偻的腰一次次弯下，凌乱的头发被风掀起。快晌午的时候，母亲把拾的麦子摁在那只荆条篮里，嘱咐我把麦子先送回去。

那段记忆就刻在我回家的路上：我沿卫河大堤匆匆地行走，半途上我看见一颗粗大的桐树，树荫伸展遮住了整个路面。我拿定主意在树荫下凉快一阵儿再走，然而我忽然看见桐树下坐着一个满脸横肉的壮汉，身旁放一把铁锨和一顶草帽，一种不祥的预感生上心头。我打消歇息的念头，两眼直直地看着前方，勉强支撑着往前走。“站住！”一声断喝从身后传来，我一个激灵，下意识地护住篮子。那目透凶光的汉子已经站到我的眼前。

“在哪儿拾的麦子？”

“在……在南地……”我战战兢兢地回答。

“不知道麦子不让拾吗？”汉子满脸凶气地问。

我说：“是……是一块放了哄的地。”

“胡说，放了哄也不能让外村人来拾，把麦子放下。”

“不。”我紧紧地攥着篮子。

“放下！”那人凶狠地命令。

一种本能的恐惧使我攥着篮子想夺路而逃，但篮子被狠狠扯住了。“哇！”我恐惧地哭了，静静的炎日下我的哭声在河谷回荡。

“把篮子放下！”汉子没有丝毫的妥协。

我在哭声中争辩：“这是我妈拾的麦子，为什么要给你留下，为什么给你留下，为什么？呜呜——你不讲理，不讲理。”

那人似乎要和我赌气，猛地从我手里夺过篮子，我号哭着和他去争。他离我几步，身子向后一趔，篮子被他狠狠地抛出去，空中划过一道长长的弧线，转身看时，篮子已落进河床。

我眼泪哗哗地流着，然后是放声大哭，我想起母亲烈日下的辛苦，湿透的衬衫。我拼命奔下河滩，鞋在奔跑中丢了一只，衣服被河坡上的荆棘挂破。一双粗壮的大手拽住了我，我猛地扭过脸激怒地盯着他，我愤怒地要咬他的手，他松开了，有些手足无措地看着我。我跳进河里，泪水合着河水流淌，我在哭声中捉住了那只荆篮，但篮里的麦穗已被河水冲跑，我站在河水里，看着麦穗漂在河床上，河床上的波浪冲击着麦穗，我就那样站在河水里看麦穗被一穗穗冲远。后来我掂着滴着水珠的空篮，穿着一只鞋，穿过大堤，蹒跚地回家。

终于等到了母亲回来，母亲心疼地搂着我，泪水滴下来，好久，母亲问：“河水深吗？”我说：“不深，再说，我已经会游水了。”

妈说：“可你还小啊，力气还没那么大。”妈把我的手握在手里：“妈不该让你独自回家，怨妈。”我看见泪水在妈的脸上爬。之后妈再也没让我跟她去捡过麦子。

后来我知道那个扔我篮子的人是邻村当时的一个干部，姓胡。

没想到我后来要和老胡打那么多交道。多年后我被招聘到乡里。而老胡其时已经是邻村的支部书记。这之后，我因工作关系不得不多次和老胡接触，但那往事是不好说出口的。渐渐地我发现老胡并不是那么凶神恶煞，他在村里还颇有口碑，他带着群众调整种植结构，在全村搞玉米制种，亩均收入是传统种植收入的几倍。

但那个结并没有从我的心中消失。

那年夏天，我陪种子公司的几个人在邻村待了几天。一天午后，我和老胡沿村东的河堤散步，走到一处排灌站，老胡停下来。老胡看着静静的河水，忽然说："我给你讲一个故事：十几年前，那时候我年轻气盛，我在河边伤害过一个孩子。那一天，我在树荫下乘凉，就是这棵老桐树，多少年了，我一直没让处理，那孩子挎着一篮沉甸甸的麦子，我一赌气把孩子的篮子扔进了河里，那孩子哭了，疯狂地跑下河滩。我忽然害怕了，我紧跑几步拽住了孩子。可那孩子两眼愤怒地看着我，我丢开了他的胳膊。孩子什么也不顾地跳进河里，捞出了篮子，可麦子已被河水冲走了；直到孩子安全地上岸，我才放下一颗悬着的心……多少年过去了，我一直不能忘记那双倔强的眼睛。要是孩子那天有什么闪失，我一生都不能心安啊。我真是……"老胡说着怔怔地望着河水。而后，老胡又怔怔地说："可惜，我已记不得当时孩子的面目了，也不知道他是谁，如果有一天，我能见到他，认出他，和他站到一起，我要向他深鞠一躬，向他道歉……"

老胡的故事实在让我难以自制，不知道此刻该说些什么。

老胡从沉吟中醒过来，忽然问我："你怎么了？"

我说："没事，我只是为这个故事感动……"可我的泪水已经挡不住了。

老胡忽然扳过我的肩膀："你说，当年的那个孩子是不是就是你，多少年来那个孩子的形象一直在我脑中徘徊，从第一次见你，就觉得你和当年那孩子那么相仿，孩子倔强回头的样子一直刻在我的心里，是不是你，是不是……"老胡抓住了我的手。

我依然愣着。

老胡双手作揖，在我的面前深深地弓下了腰……

一弯河水依然静静地流着。

选自《小小说选刊》2007年第22期

小鞋店

安 庆

小鞋店窝在接近市场北门的一间小屋里。两边是两家杂货店，往南再隔一家是一爿经营电器的小门面，灯泡、台灯、插座、小风扇等应有尽有。

付雪莹就是因为去买一个小台棒，留意到了小鞋店。她不知道皮鞋店里第一双开张的皮鞋生意和自己有关，没有留意那天脚下的炮屑，市场街里开张的炮声和炮屑太正常了。

皮鞋店的老板对付雪莹留下很深的印象，而且记下了她的名字。付雪莹去做第二双鞋时，鞋店的老板脱口就喊出了她的姓，叫了一声“付师傅”。当她反应过来时，才知道是喊自己的，这让她感动。小老板俯下身，量了脚，量完了，在小本子上记。然后让她挑选材料、颜色，包括里边的衬边，拿出来不同的鞋底让她对照。她记住了小老板姓乔——电视里正放陈建斌主演的《乔家大院》，她一下子记下了。

就这样，已经在小鞋店做了六双了。当然，包括丈夫的和女儿的。

因为离小区近，付雪莹不自觉地就走到了皮鞋店，来市场街买东西，禁不住迈到了皮鞋店里。有几次，付雪莹看见小乔的手里夹着一个烧饼，烧饼的碎屑落在一张皮子上；手被皮子染上了颜色，左手上落了几个小疤，还有一个新口子，泛着红色。付雪莹有些心疼，这个孩子，天天这样把自己打发了,幸亏年轻。

那一次,付雪莹在家做饭,不知不觉竟多做了一个人的饭。和丈夫、女儿吃过了,才想起那一份是无意中多做出来的。说是无意,其实早已在潜意识里有了。就端了饭去了市场。这之后,隔几天,付雪莹就会多做出一份饭。

小乔吃得很香,吃得头上冒了汗星儿。小乔说了声"谢谢付阿姨",小乔已经把付师傅喊成了付阿姨。

小乔竟然会找到家来。小乔站在门口有些犹豫,搓着手,看着付雪莹和她的丈夫。付雪莹说:"小乔,有事儿,你进来说嘛。"看付雪莹和她的丈夫热情地让他,他便进去了。小乔没有坐,踌躇一阵,硬了头皮说:"阿姨、叔叔,我遇着难了;家里用钱,我想筹个整数,可怎么也筹不起来;我,我想今天寄出去。"小乔说完看着付雪莹的丈夫,说:"叔叔,对不起噢,原谅我莽撞、不礼貌。"

钱是付雪莹从丈夫手里接过又递给小乔的。小乔掏出一张纸,要写借条,被付雪莹挡住了。小乔鞠了躬,说:"我真的不认识别人,也是没办法了,我一定早些还了叔叔阿姨。"临出门,小乔又鞠了一躬。

这年夏天,付雪莹的女儿考上了南方一所大学。开学前,付雪莹和丈夫在牧城的老馆子为女儿吃践行酒。平时来往较多的同学朋友,加上一桌的亲戚,在一起热闹着。酒喝到快结束时,小乔出现了——那完全是另外的一个小乔,西装革履,剪了头,干干净净,手上的染色减弱了许多。小乔手里捧着的是几个鞋盒,说:"叔叔,阿姨,我打扰场面了。"他把鞋递过去,说:"这是我准备好的几双鞋,给大学生妹妹的!我知道南方的气候,这是四双鞋,可以在四季里轮换穿。"

小乔还站着,说:"付阿姨,叔叔,大学生妹妹,我的心意,求你们收下吧。"

付雪莹一家人赶忙让着请小乔坐下,小乔喝了一杯酒就走了。

没有想到小乔会是个逃犯。是小乔老家来人追过来她才知道的。原来小乔之前在老家，因为自己的女人和另外一个男人以前的关系，和那个男人发生了械斗，把人打伤后跑了出来。总之，小乔是被带走的。

走之前，小乔见到了付雪莹。小乔低着头，羞涩地叫了一声："付师傅，付，付阿姨。"对付雪莹的丈夫叫一声："叔叔，你们别瞧不起我，我不是故意要躲避的。付阿姨，我走了，我……"

付雪莹看着小乔。小乔说："付阿姨，我有事想拜托你，我做好的鞋都写上了条子，放在鞋柜里，鞋盒上标了名字，你帮我让他们领走；还有，没有做好的鞋，帮我把钱退了……"

付雪莹愣着，愣过了点头。付雪莹答应了。

小乔又向房主提出了一个要求，说："老板，这房子你可以给我留下吗？我不想离开这个房子，我还要回来的。"小乔说："这样吧，老板，我先给你留下两年的租钱，多退少补。拜托你把房子给我留着！一定给我留下来！我的东西还放在里边。"

小乔走了。付雪莹一时拗不过来，怎么会是个逃犯呢？这孩子好好的。一连几天，她还是去小市场，还是看看小鞋店。老伴跟着她，握着她的手，再慢慢地离开市场。

两年后，小乔回来了。确切说，是两年零四个月。小乔又瘦了一圈，小乔的手里是一个包裹，还掂了他们那个地方的特产——茶叶和一种食品。两份：一份给房东的，一份给付雪莹的。

小乔站到了皮鞋店前。

小乔打开门，看见房子竟然收拾得特别干净，连鞋柜都擦得一尘不染。房东说："付师傅每天都过来打扫！还有，超出四个月的房钱也是付师傅先替你付了。"

小乔扔下包裹，朝着付雪莹家跑。他在心里，已经一遍遍地在叫着付阿姨！付阿姨！不，已经在叫付妈妈！付妈妈了。

选自《小小说选刊》2012 年第 24 期

醋熘婆娘

周士君

爹到了退休年龄，福根接了班，成了县钢铁厂的工人，也成了土山屯村为数不多的公家人。同村和福根定了亲的王家怕生变故，就急着要将闺女桂花嫁过去。这倒挺趁福根爹娘的意，因为福根一走，没了壮劳力，家里那几亩地就得荒。结果不出仨月，桂花就正式成了福根的婆娘。

成家后，福根和桂花因为打小一起长大，相互间也很了解，所以婚后一个主内，一个打外，日子过得和睦红火。一年后，桂花就给福根生了一个大胖小子，乐得福根爹娘整天像吃了蜜糖，甜滋滋，喜滋滋。福根也高兴得浑身有使不完的劲，一下班就往家赶，又招呼儿子，又忙活庄稼，把个桂花和儿子养得都白白胖胖。村里人都说福根人进了城，心却留在了家，桂花是个有福气的人。

忽然有一天，福根下班回到家，他刚朝儿子的胖脸上亲了一口，就被嘟着嘴的桂花狠狠地推了个趔趄。福根一愣："你这是咋了?""咋了你自己知道!"这是结婚后桂花第一次跟福根发火，话语里就如同拌进了半吨的火药。说着说着，桂花竟然抱着儿子呜呜大哭起来。

爹娘闻声，都忙着从外面跑进来。桂花见状，哭闹得越发升级了。二老便断定是福根欺负了媳妇，不问青红皂白，就劈头盖脸地把自家儿子痛骂了一通。此时，福根越发如丈二和尚——摸不着头脑了。

一直过了半个多月，福根才从桂花嘴里掏得实情。原来是厂里工会参加国庆文艺会演，车间主任非让福根与另外一名女工搭档演一对夫妻，福根推托不过就应承了。他怕桂花有想法，自始至终都没敢给她说。谁知星期二的晚上，县电视台把整个会演的录像从头至尾播了一遍，福根跟那个女人在镜头中的一招一式，让电视机前的桂花逮了个正着。当时桂花看着福根跟别的女人有说有笑，亲亲热热，就越看越不是滋味。福根回家后的那场莫名其妙的战争，也就在所难免了。

谁知桂花打这儿竟落下了病根，就是再不能看见福根跟年轻女人说话，哪怕本村里的女人跟福根开个玩笑，她都会放倒醋瓶，醋意大发起来，非跟福根生几天的闷气不可。弄得福根没少跟在人家屁股后头道歉："别跟我家里的一样，我那婆娘是醋熘出来的！"村里的男人都说，桂花攀上个公家男人，心眼变小了。村里的女人们则说："其实谁也没动她家福根一指头，她那是病，疑心病！神经病！"桂花自己则说："我太喜欢福根了，我怕别的女人把他夺走！"于是，为了避嫌，福根从不跟年轻女人开玩笑，尤其是当着桂花的面的时候。

转眼几年过去，这年冬天，福根突然发现桂花一天天消瘦起来，脸也失去了往日的红晕，就生拉硬扯地把她弄到了县医院。检查结果出来后，医生把福根叫到一边，说你爱人已到了胃癌晚期。福根一下如五雷轰顶，顿时腿都软了下来。他想到桂花自嫁给自己后，里里外外没少吃苦，除了爱吃醋，还真挑不出其他的毛病来。等情绪冷静下来，福根立即就给桂花办了住院手续。

住了院的桂花，反倒比福根想开了许多。她每天除了给上学的儿子和在家的公婆织毛衣，还时不时地到县城里溜达溜达。福根则一下班就往医院跑，还得抽空回家照顾爹娘和儿子。

一天，福根买了些水果刚进病房，就发现桂花在拆阅一叠信件。桂花见福根来了,急忙把信件收拾起来。福根就问:“哪儿捡那么多废信?还神经兮兮的!”桂花忙应道:“溜达时在县学校门口捡的,都是些娃们写的,还怪有意思呢!”福根说:“只要有意思,你就看吧!”

半个月后,桂花的病情急剧恶化,弥留之际,福根伤感地守在床边。桂花则面带微笑,冲福根说:“福根,你是个好人,可是俺桂花福分太浅,不过俺和你做了这几年的夫妻,也该知足了!爹娘那里俺没缘尽孝道,就全靠你了。俺唯一放心不下的就是咱那年幼的儿子,这么小就成了没娘娃……”听到这里,福根已泪流满面,连忙安慰道:“桂花呀,你尽管放心吧!我一定把四位老人服侍好,将娃拉扯大!”

此时,病床上的桂花却分外平静,她从枕头底下摸出几封信:“一个月前俺背着你到县电视台帮你做了征婚启事,俺从来信中挑出这几个跟你条件相当的,看上去人也善良实在,等办完我的后事,你就跟人家约个时间见见面,我保证……”

桂花说到这里,福根再也抑制不住:“桂花,你快别说了!”说着,已俯在床上泣不成声……

选自《福建日报》2001年10月30日

作者简介:

周士君,笔名牧野风。新乡人。1986年始发作品,已在《杂文报》《中国青年报》《文艺报》《文汇报》和香港《大公报》,还有美国《侨报》等报刊发表小说、杂文等两千多篇,曾在《中国记者》杂文征文等活动中获奖若干。作品曾连年入选《中国时评年选》《中国年度最佳杂文》等多种选本。2004年由时代文艺出版社出版其杂文集《刀尖上的快感》。现为河南省作家协会会员、河南省杂文学会理事,新乡市作协副主席、新乡市杂文学会副会长、新乡市文艺评论家协会副主席。

错过的美丽

阎　霜

小城在江南，山清水秀的，静静的溪水从城里流过。小城里的人们，也平静地生活着，日出日落。

在这座宁静的小城里，有一所著名的军事指挥学院，占地数百亩，大墙内火热的军营与外面的宁静形成了鲜明的对比。

离军校大门的不远处，有个小咖啡屋。尽管军校的严格纪律，规定了出门、归队的时间，可明每个星期天还是钻空子去咖啡屋坐一会儿。

咖啡自是消费不起的，顶多要杯红茶。明就是喜欢这静谧优雅的环境，在舒缓的音乐中喝杯茶，坐一会儿，这一周紧张的情绪就轻松了不少。

还有一点，明一直非常非常想家。十九岁的年龄，别人刚进大学校门，十九岁的明，却再有几个月就要大学毕业了。而这种想家的念头，在这个完全男性的军校世界中，在这处处标榜自己是个男子汉的氛围中，是千万不能流露出来的。但在这小咖啡屋里，明喝着茶、听着音乐，尽可以静静地想家。

明是个很帅气的男孩子，高大魁梧，轮廓分明，更重要的是明有一双像蒙了纱的雾气氤氲眼睛，谁看了都会忘不掉的。

玲是咖啡屋的服务员。这个名字，明是听咖啡屋其他小姐妹叫她才知道的。玲并不漂亮，个子很高，不知是因了她的青春，还是她的羞涩，玲给明上茶时，两个脸蛋红红的，颜色很重。明却很喜欢，明的家乡在西北，风吹日晒的，有红脸蛋的人很多，明感觉玲的红脸蛋有点像他家乡的人，挺亲切的。

明每次到咖啡屋都是玲给上的茶，似乎有一种默契。每次明进了咖啡屋，就环顾玲的红脸蛋。而星期天的时间，玲也盯着每一位进咖啡屋的顾客，如果看到了明，红红的脸蛋就会更红，眼睛也笑了，然后就转身去拿茶具。可明和玲却从来没有说过一句话。

明星期天去咖啡屋，又多了一个原因，去看红脸蛋的玲。

毕业前的实习分配方案下来了。综合素质俱佳的明，被选中去云南前线参战见习，同去的一共八个人。

接下来，准备行李、同学告别、开欢送会，忙忙碌碌的。参战见习，生死未卜，直到临出发前，稍稍静下来的明想去见玲的念头却愈来愈强烈。明跟队长请十五分钟的假，说去还老乡的吉他。

队长说："都什么时候了，事儿还没办完，快去快回。"明撒开脚丫子，一路急行军跑到咖啡屋。咖啡屋只有老板和一个明见过的女服务员在。见到明，女服务员就说："玲没在，下午班。"

明上气不接下气地说："那麻烦给我纸和笔，我留个条。"

女服务员说："老板那有。"说完就忙着招呼客人去了。

明要了纸和笔，写道："晚上八点十二分的火车，希望你能来送我。"明把纸条递给老板，期求着目光说："麻烦您一定要交给玲啊，一定啊！"

直到列车启动，望眼欲穿的明也没有见到红脸蛋的玲。

半年后，参战见习结束的明又回到了学校，又回到了小城。

终于没忍住，一个星期天明又去了咖啡屋，明想问问，心照不宣互相喜欢的玲为什么不去送他。

咖啡屋依旧，舒缓的音乐让静静小城里的咖啡屋更静，明看了一下四周，没有发现红脸蛋的玲，就径直走到老板面前，低声地说："老板，半年前我来过，曾麻烦你把一张纸条转给玲。"老板说："认得，认得，我把纸条转给玲了，不就是那个瘦瘦小小挺漂亮的小女孩吗？”

明感觉有些不对，赶忙问：“老板，你们这儿几个玲？”

“两个呀，一个瘦瘦小小挺漂亮的；一个高高大大、脸蛋红红的，我说像猴子的红屁股。”说完哈哈大笑。

明却想哭。

选自《文艺生活·精品小小说》2006年第4期

作者简介：

阎霜，女，西安人，字双白，出身笔墨世家，现为新乡市作家协会副主席。在《延河》《中国铁路文艺》《莲花山》《大观》《东方艺术》《散文百家》《散文选刊》《收藏界》《中国青年报》《河南日报》《大河报》《深圳特区报》等报刊上发表大量散文、人物散记、报告文学、文艺评论及绘画作品。

钱上的牙印

赵清川

哑巴是个民工，年底他带着工钱坐火车回家。下了火车，已是夜里九点。哑巴舍不得打车，在黑暗中跌跌撞撞地步行了三个多小时，终于回到了自己的家。

村子很静，哑巴来到家门前，举手想打门，又放下，哈哈冰冷的手，跑到麦场上，找到一个麦秸垛钻进去，准备睡觉。腊月的夜冷，哑巴睡不踏实，就钻出来，在小道上跑步取暖。

忽然，他听到有人喊抓小偷，扭头看到一个人正冲自己跑过来，哑巴猜到这人就是小偷，于是扑上去跟小偷打到一块。小偷把一个包塞到哑巴手里，哑巴一愣，小偷转眼跑没影了。哑巴用手摸包里的东西，几个联防队员追过来，用手电筒照着哑巴手里的包，不由分说地把哑巴摁住，扭到了派出所。

派出所所长拉开那包，里边只有一卷废报纸，所长问哑巴把东西转移到什么地方了。哑巴听到所长把自己当成小偷，比比画画、哇啦哇啦给所长解释。所长听不明白，叫人搜哑巴的身，搜出了哑巴的工钱。丢东西的人也来到了派出所，指认那包就是他的，还说了包里钱数，这钱数跟哑巴的工钱基本一致。这下哑巴就是有一百张嘴也说不清了，况且哑巴还不会说话！案子需要有笔录，所长从哑巴身上搜出身份证，按地址带着哑巴回到村子，准备找哑巴的家人当翻译。

重新回到村子，所长把哑巴从警车上带下来，示意哑巴带路。哑巴故意领着所长打转，从东到西，再从西到东。所长两巴掌打到哑巴的脸上，哑巴脖子一梗，比画着说现在不能去！所长又要打。有人出了个主意，让所长找这个村子的村主任问问。

他们找到村主任，村主任很惊讶，说哑巴是老实人。所长说老实人也会做不老实的事，然后叫村主任领着大家来到哑巴的家门前，伸手要拍门。

村主任刚伸出手，哑巴窜过来，把村主任撞到一边，手指伸到嘴巴上，“嘘”了一声。村主任问：“为什么不叫拍门？”哑巴又比画了一套，然后伸出手，叉开腿，拦着大家。所长就叫村主任高声喊。村主任喊几声后，哑巴娘开了门，看到两个人扭着哑巴的胳膊，一愣，随后扑过去抱住儿子，问儿子怎么了。扭哑巴的两人不松手，哑巴娘就咬这两人的手，两人一疼，就松手了。

哑巴比画着说：娘，我没偷东西，我回到家时都半夜了，我在大街上溜达，有个贼偷东西，我追，贼把包塞给了我……

哑巴娘把这些话“翻译”给大家听，大家都不信，半夜三更的，从外地打工回来，为什么不急着回家，在大街上瞎溜达啥。

哑巴继续比画着表示：娘，那包里没钱，这所长把我的工钱搜出来，说是我偷的，我冤枉。

哑巴娘把这话说出来，所长问：“你说那是你的工钱，有什么证明啊？”

哑巴比画着说：娘，那钱是孩子挣的血汗钱啊！我领到钱，每张都用牙咬了咬，包工头老长时间不给工钱，老长没间没见到钱了，我想尝尝那钱的滋味啊，现在那钱上还有我的牙印……

所长听了哑巴娘的话，赶紧掏出哑巴的工钱，仔细辨认了一番，看到了钱上的牙印，意识到自己搞错了，把钱还给哑巴，给哑巴赔礼道歉，同时问：“你都到家了，为什么不回家？”

哑巴比画着:我小时候,有回得病了,娘搂着我,几天几夜没合眼,后来娘就得了神经衰弱,怕惊觉,谁一下把娘吵醒了,娘就几天缓不过来,要难受好几天!所以,我怕惊着娘的觉,不敢进家,就在大街上溜达……

娘听了儿子的话,抱住儿子,哭着把这些话说给了大家听,大家听完,眼睛都湿润了……

选自《民间文学》2009年第12期

作者简介:

赵清川,新乡市获嘉县人。河南省作家协会会员,新乡市作家协会副主席,新乡市小小说学会副会长,获嘉县文联主席,获嘉县作家协会主席。发表文学作品100多万字,多篇被《读者》《青年文摘》《小说选刊》《微型小说选刊》《小小说选刊》等140多家文摘类刊物转载,有11篇小说被国家级报刊改编成连环画,部分作品入选《感动你一生的小小说全集》《布老虎青春文学丛书》等八个选本。

敬惜字纸

赵长春

沙老五该是敬惜字纸的最后一个人了。

或者说，沙老五是袁店河畔敬惜字纸的最后一个人了。

提起沙老五，只有上些年纪的人还有印象。袁店河上下对沙老五有些印象的人也不多了。

沙老五抢救过一本古书，最后那书被送到了北京。

那天，他还是弓腰，探首，碎步，持杖。其杖与他人的有别，油亮的枣木棍儿，自然弯曲，疙瘩瘤粒，末端微岔，如二小鸡爪，使探首碎步前行的他走得特稳，特别是小背篓不晃不摇。王十九依旧在前，背着手，左肩放羊鞭，右肩旱烟袋，屁股上吊着个大布袋，三样物件儿十分有节奏地伴着他的步幅晃悠，就是掉不下来。

两人都走得不紧不慢，但是内心在较着一股劲。很明显，沙老五步缓，但他不停歇，除非见到了纸片，杖岔如喙，噙之，转眼已在手中，再在头顶一旋，飘投背篓中；王十九回首偷笑时，他急做昂头状，头却昂不起来，只是身子更加前倾。

就这样，一月多了，沙老五跟在王十九的后面。又到了河滩上，羊们听话地散进草丛。王十九找棵老柳，盘腿坐了，从大布袋里取出一个塑料布缠裹得板正、结实的枕头，就要往树根上垫，沙老五赶上来，有些气喘，急从背篓中取一干净的棉枕，声音中有了相求的语调："十九哥，十九哥！枕着这个睡，得劲儿……"

王十九无声地笑了，沙老五就知道事情好办了。

"老五，这可是我家祖传的最后一本老书了，你知道，别的在二十多年前都叫烧了……你不会是拿去赚大钱吧？"

"不会。敬惜字纸。王老太爷说过的，为儿孙造福的事儿。"

"哈哈，儿孙？你个光棍汉……别恼，好好，这书送你了……"

得到这本古书后，沙老五整整睡了两天。第三天一早起来，仍是一大瓢柳叶子茶咕咚灌下，跑到袁店河里认真地洗澡，把手用袁店河特有的白沙搓了又搓，然后回家，将藏在神龛后的"书枕"请出来，小心翼翼地……沙老五不识字，但是这本书他认识，他给王老太爷当下人时，不小心滴上了一滴墨汁，王老太爷万分心疼，责打了他一顿！

王老太爷告诉他，书是《伤寒杂病论》，宋版。老祖宗传下来的，历尽千劫。王老太爷当年在省立仲景医专读书时得到的，一定好好保存，不洗手都不能动。

沙老五把王老太爷的话都记下了：仓颉造字时，"天雨粟，鬼夜哭"；字为圣人所造，纸成全圣人，一定加倍爱惜；纸不能随意丢弃，写了字的纸更不能糟蹋，捡起来，烧了，积德积善。

沙老五就这样坚持下来了。捡了去烧，哪怕厕间、粪堆上的纸，也要洗净，晾干，再烧。实在洗晾不出来了，让其顺袁店河水漂流而去……有一次，在烧的纸中有伟人语录，伟人头像于其上，恰被民兵营长陈大娃看见，要拉他去公社。沙老五恼了，手哆嗦着指捣陈大娃的鼻子："回家管好你女人，这是从你家后园'请'出来的，竟敢用写字的纸擦屁股，还有……走，去见官！"陈大娃差点给沙老五跪下磕头。

沙老五还从王金如家责任田的粪堆上捡回了五元钱。那时候的五元钱实在是一笔钱！他就去找王金如，说："我得去城里走亲戚，先借你几块钱。"王金如说："我前天刚到袁店街上卖了一个羊娃子……他妈，把那五块钱先给五叔花。"女人说："哪有钱啊。"很不情愿地回屋，接着嗷地一声跑出来，"他爹呀，那钱，那钱，找不着了！"王金如说："你还怪会在五叔面前耍花腔哩。"沙老五一见两口子急，就亮出了那五元钱——原来女人把钱藏在堂屋条几下的鸡产蛋的窝里，被王金如一铁锨撮进了粪车，拉到地里去了！

沙老五老了，持杖负篓，蹀躞前行，目寻片纸，竟成心疾，一日不捡，手痒脚颤，直至有一天，在将一纸片虔敬地旋过头顶时，忽然身子一歪，过去了！那背篓消消停停地仄歪在其身旁，承接了那片纸。

身为村主任的陈大娃为无儿无女的沙老五主持了葬礼，村上人都去了。陈大娃让他读大二的孙子用毛笔抄写了他为沙老五亲拟的悼词，念后，烧了，可是有两片纸，如花瓣大小，混在纸灰中，细审之，一错字，一别字！

陈大娃一耳巴子扇过去："你个兔崽子，敢欺负你五爷不识字?!"

选自《百花园》2010 年第 4 期

作者简介：

赵长春，其小说、散文、诗歌、评论等散见于各地报刊。开过专栏。多篇作品收入年度最佳文集，作为多地高考、中招阅读理解试题。获过一些奖。出版有小说集《我的袁店河》《我的袁店河传奇》、散文集《我的望窗季节》、诗歌集《我的花花诗界》等。现就职于河南科技学院。

赵家米铺

赵长春

三教九流，各有其道。五行八作，各有其味。

赵家米铺也如此，米味儿、糠味儿四时不断。远近走过，即有那种淡香，过于敏感的，即过敏的人，甚至打个喷嚏，也得揉揉鼻子，心里赞一声，这米，香味冲。

赵家米铺前店后仓。店门正对大街，后仓临河，袁店河。从汉口过来的米船，就在赵家米铺后门处的自家码头停下。青条石，高台阶，长跳板。伙计们背米，跳板悠然，人影晃荡水中。看着这些，赵掌柜就想也背上一两包米。

赵掌柜是靠着背米起家的。他不只背米，还看老板怎样验米、卖米，包括跟着出去看米、选米。他不多说话，在心里头学了不少本事，三十岁从汉口回到袁店河。十年打拼后，就有了这袁店老街上的“赵家米铺”。人们对他有份敬，总讲说“赵掌柜背米起家”的故事，来激励自己和别人。

对此，赵掌柜笑笑，在心里。

对于如袁店河水流淌的日子，赵掌柜也是笑笑。他有一句口头禅：急啥？再急，也得慢慢来。

这句口头禅有深意，是赵掌柜人生经历中的一个总结。那年，他还不是掌柜，还在街头摆摊售米。进了腊月，快小年了，他从南阳贩了一车好米回来，想趁着年关赚些钱。车是骡拉的，两匹大骡，悬了铜铃，咣咣地响。风急雪猛，过丰山脚下的袁店河老桥时，天色已晚，雪野茫茫。桥头，一老人团卧雪中。他恻隐之心顿起，扶起老人，安放在米车上，绕道去了药铺，给老人看了病，喂了饭。如此一耽误，晚上就歇在了药铺，陪护老人。

也巧，就在当晚，罗汉山上的“红枪会”早已通过骡夫对他下了眼线，准备在袁店河的沙湾里劫他的米车！见他心好，所雇的骡夫对他说了这一心事。骡夫说，“掌柜的，您心好，救人一命，也救了您自己啊……”

赵掌柜就握紧了骡夫的手：“以后，我就雇定你了！”

米铺卖米，有大米、小米、香米、糯米。米分等，好米当然是富有人家买去，糙米多是小户人家买的。赵掌柜就坐在柜后，看人流，看伙计量米。量米用升、斗，量时吆喝、报数。别的不要求，赵掌柜要求升尖、斗满，有赚的即可。薄利就多销。如此，来买米的人就更多了。不少人家成了常客。谁家喜欢什么米，谁家该来买米了，谁家买米的唤什么，赵掌柜都记得清。这也是本事。

还有个本事，是赵家米铺的大本事，别的米铺不干，也不敢干。逢腊月初八，逢五月端午，赵掌柜要开棚舍米：熬腊八粥，煮粽子，都用一个特大号的大铁锅。那锅特大，别的不说，熬粥，二百斤大米进去刚盖锅底；煮粽子，能管全袁店镇的人吃。

逢这两天，赵家米铺前人满为患，不再做生意。腊八就舍粥，为穷人，为要饭的，热气腾腾，黏黏稠稠。端午就煮粽子，头天晚上天一擦黑就上锅，直到端午早上，各色的粽子，摆开，摆在长长扁扁的竹匾里，任人来吃。民国三十年大旱，赵掌柜竟然舍了四个月的粥，从九月到腊月！就连罗汉山上的“红枪会”员，也换了衣服下山喝粥。赵掌柜一视同仁。人们都说好。

谈起赵掌柜的好，还有一件。每进入腊月二十三，赵掌柜就把好米掺入糙米，还当糙米卖。“过年了，都吃点好米吧。”晚上，在柜上，他看着伙计把一半好米、一半糙米掺匀，随手捻了几粒，在嘴里一嚼，点点头。

这都是好多年前的事了。新中国成立后，还有人要找赵掌柜的茬儿，就有人站出来拦挡，还有人会把自己的孩子叫回去，“啪”一掌：“你吃饱了撑的！没有赵掌柜，也不知道你在哪里！爹早就饿死了！”

找不到赵掌柜的茬儿，就有人在一个晚上，把赵家米铺前的那口大铁锅给砸了，指把厚的铁锅裂纹五六道，就没法熬粥、煮粽子了。其实，已经好几年不这样了，那锅就锈蚀着，又加上这碎裂，没有用了。袁店镇老街改造时，大铁锅就被移到了墙角。时间长了，里面长出了一棵槐树。树越长越高，高出了屋檐，高高地看着老街的变化。根越长越粗，竟翻出了锅沿，扎出了缝隙，瘤篱疙瘩着，把铁锅紧紧地抱住，锅与树一体，搬不动，移不走，成了袁店镇的一景。

有景就得有名儿：锅槐。也有人称之为“郭槐”，说是因为唐朝大将郭子仪来过袁店街，用此树拴过马。瞎扯的。

依我说，“赵槐”最合适。

选自《小说选刊》2018 年第 4 期

护　秋

赵长春

护秋从立秋前就开始了。

入夏，瓜果就成串挂起来，苞谷，黄豆，谷子，饱盈盈的；红薯，花生，绿油油的；茄子，豆角，旺腾腾的。不护，就有人偷。

护秋是个美差，谁都想干，就推选。保管王被选上了，看护四亩滩地的苞谷。

保管王是公认的护秋员。

那时候，队上设保管一职，保管队上所有公共财物。王铁头高小毕业就当保管，几十年了，一个人吃饱全家不饿，人们喊他保管王。全队的人都信任他，知道他不贪不沾。在这关键节口，一致让他看护苞谷地。

苞谷地在河边，袁店河边的四亩滩地。这是全村最大最好的一块地，收罢麦，种苞谷。地好，水足，苞谷长得呜呜哇哇，一棵棵抱着两三个大棒子，喜人——就有人偷，可以燎、煮、焐苞谷饭，摊浆饼，这样的话，庄稼到不了收秋。人们怕谁去都看不住。

保管王去。

保管王就护秋了，带着他的狗。

狗叫花花，黑黑白白。别人家的狗都被杀吃了，保管王不。狗也是命，跟着自己有些年头了。会开门,噙鞋,驮草,握手,拥抱。保管王舍不得,就喂着。也有意思,人没吃的,花狗也不吃多了,喝水,叽叽咕咕地舔水,薄红的舌头一撩一撩……看得保管王眼里很潮。

现在,保管王带着花花,在月光下走。四亩滩地在夜色里幽暗一片。保管王走在花花后面,没有吃饱,都走得很慢。蛐蛐叫着,萤火虫飞着。保管王想,这些生灵饿不?想到饿,肚子就咕噜一阵响。风起,吹过苞谷,唰唰,飘逸着嫩玉米的清香。保管王感觉到了香味的颜色,尤其是这样的夜晚,嫩苞谷的香是有颜色的,青。

真想剥一棒来,啃一口!保管王这样想的时候,花花停着了,身子一纵,摁着了一棒苞谷,回头望着他。

“花花!”保管王喝了一声。花花就缩下身子,支起耳朵,尾巴一摆,蹿进地去。保管王也听到了什么,一下子没有了饿意,跟着花花跑……地深处,蜷着一个人,发着抖!

护秋十来天了,保管王第一次遇上了贼。

“起来吧。”保管王说,“你起来,回家吧,我啥也没有看见。”

人起来了,是个女人。身上掉下来几穗苞谷棒子。

“哥!”女人也这样低低地叫了一声,很清晰。女人拨拉了一下头发,“哥!”月光下,女人很年轻。

保管王浑身一震:“你走吧,赶紧走!”

女人就走了,低低地哭着。不远处,又起来一个人,男人,拉住了女人,冲保管王鞠躬:“哥!”

保管王吓了一跳。

男人说:“哥,我知道你。没有办法,孩儿小,快饿不中了……俺不干这事了。”

“站住!”保管王头一摇,走过去,把地上的那几穗苞谷杵到男人怀里,“走吧,赶紧走,顺河滩走!”

窸窸窣窣，一阵苞谷叶的声响。看着他们走远，保管王跟着花花又转了一圈，回到了窝棚。窝棚两层，他高高地坐在棚口。月亮也很高了，半月，他的背影很亮堂。

窝棚下，是花花。

花花岁数不小了，毛涩且稀。人吃不好，狗也吃不好。前些时，保管王带花花进城，他觉得城里能让花花吃好。人走着，狗跟着。百货楼前，保管王拍拍它，它就老实蹲在前门。保管王从后门出来，溜进人群中。可是，半下午，他在地里锄草时，那狗又跟了过来，呜呜地偎在他脚下，叼着一只兔子！又一次，保管王喂狗半个酒泡过的窝窝，灌了它三两酒，抱到往城里送煤的车上……半个月后，狗又回来了，瘦得要命！再也不离开他半步。

窝棚下，花花坐着，望着保管王，眼睛里有东西淌出来，亮莹莹的，凉。

选自《小说月刊》2017 年第 10 期

棋　子

杜毅文

康熙二十七年,刑部大狱的特字号牢房里,一位年过五旬的男囚犯看起来很悠闲,他每天除了吃饭、读书,就是自弈。虽然黑白分明的云子色泽晶莹、细腻圆润,但桌上却是一副标有楚河汉界的象棋盘,近身一端是白子,对面是黑子。这种棋局让每天来探视的官员们疑惑不已,甚至让侍奉的亲信管家也捉摸不透。

是的,他就是曾经显赫一时的权相——纳兰明珠,被敌党索额图授意御史以贪污受贿、结党营私之名弹劾,康熙一怒之下将其下狱候审。

囚禁时间越长,来探视的官员就越少,棋盘上的白子也就越稀。最后,当再无官员探视时,棋盘上的白子只剩了一枚。

管家这才明白了棋局的含义。可是面对密密麻麻的黑子,也着实让人害怕。于是,他劝明珠还是向索额图服个软算了,只要能全身而退,留得青山在,不怕没柴烧。

明珠哼了一声,盯着棋盘说:“你以为我输得只剩下自己了?未必!我还有一颗关键棋子,到时候,他一出现,我就会全盘皆活。”

管家嘴上没有争辩,心里却不以为然。

过了几日,索额图的“红人”张御史来探监。明珠眼皮不抬地问:“索相派你来有何指教?”

张御史围着棋盘转了两圈,大声说:“当初你对我过河拆桥,幸得索相抬举,我才有了今日。但你毕竟曾有恩于我,我给你指条明路。”说着,他把棋盘上的最后一枚白子攥在手中,指着白棋罐说:“一子自灭则白子皆活。”

明珠声音不大,却很坚定:“体肤受于君父,若君父欲取,则引颈就戮;若君父不取,则断无自取之理。”

张御史冷笑一声,指指明珠的管家道:“明相不为自己着想,也要替你的家人和跟随你多年的部属想想。”

闻听此言,一向沉稳的明珠却猛地推翻了棋盘,愤然起身道:“覆巢之下岂有完卵。你去告诉索老三,不要得意一时;老夫的门生故吏遍天下,只要我振臂一呼,你们索党就不堪一击,到时候皇上自然会请老夫安坐在庙堂之上,至于索老三嘛,住在这里或是人头落地也未可知。”说完哈哈大笑。

张御史气得脸色发白,吼叫道:“真是冥顽不化,我看你不但是结党营私,而且是动摇国本、图谋造反,我要向皇上禀报。”

看着张御史怒气冲冲地拂袖而去,明珠不慌不忙地捡起了满地的棋子,重新摆好棋盘,并且郑重地将一枚黑子摆过了楚河汉界。

管家十分惶恐地对明珠说:“大人,您怎么能激怒他呀?要知道动摇国本、图谋造反可是要被诛灭九族呀!”

明珠紧盯棋盘,默不作声。

此后几天,坏消息不断传来,自张御史上书弹劾之后,索党官员也纷纷向上表弹劾明珠及明党官员。

明珠却依然不慌不忙地下棋,只是棋盘上过河的黑子越来越多。

又过几日,明党官员也纷纷上书弹劾索额图并为明珠辩护。

一日,管家发现明珠的棋盘上已经布满了黑子,只有那颗孤零零的白子深陷其中。管家心想,这下全完了。

谁知,明珠却起身整整衣装,对着发愣的管家说:“准备迎接圣旨!”

管家很疑惑:“大人怎知?”明珠笑而不答。

不一会儿,果然听到有人喊:“圣旨到!”

而宣旨官居然是那位张御史。只见他面无表情地宣布,免掉明珠大学士之职,恢复其他职务,并领内大臣。

宣旨完毕,张御史操着官话对明珠说:“小人祝贺明相官复原职。”

明珠哈哈一笑,从棋罐中挑出一枚最圆润的白子,对张御史说:“老夫赠大人云子一枚,可否笑纳?”

张御史淡淡地说:“敢不从命?”说着,接过棋子,攥在手心,回宫复命。

这时的管家,大张着嘴巴惊奇不已。好半天,管家才稍稍回过味来。他悄悄问明珠:“张御史是否就是那颗关键的棋子?”

明珠摇摇头,语气非常沉稳地说:“张御史的确是一枚重要的棋子,但真正救我的关键棋子却是索额图。”

管家十分不解:“他恨不得置大人于死地,怎会救您?”

明珠长叹一声道:“其实我们俩都是皇上的棋子。皇上宁愿我们来回争斗,也不愿意看到满盘皆白或满盘皆黑。起初,索额图弹劾我结党营私。皇上为避免朝廷动乱,只会将我一人拿掉,决不会牵连我的门生故吏。但索额图却在张御史撺掇之下利令智昏,要以图谋造反之罪将我和明党一派官员统统铲除,这就犯了皇上的大忌。因此,我之复出还要感谢索额图呀!”

管家这才恍然大悟,刚要奉承几句,却看见明珠深邃的目光,仿佛已经穿越了高深的宫墙,似乎又回到了太和殿前的棋盘上,但这一次不知是想下棋还是想看棋。

选自《百花园》2009 年第 2 期

作者简介:

杜毅文,男,河南辉县人,河南省作家协会会员,发表各类作品近百万字,出版作品集《看画》《为最美志愿者点赞》,长篇小说《太行分界线》。

桃李花蹊

杜毅文

画坛泰斗因为一幅赝品生气了。泰斗生气了,后果很严重!

原来,泰斗某日到某火车站贵宾候车室候车。闲来无事,捻着银须,品赏室内的书画作品。走到一幅《壮美河山》国画前,笑了笑,刚要挪步,却突然紧皱眉头,仔细将画端详起来。少顷,他对服务员说,叫你们的领导来,我有要事。看老者器宇不凡,服务员赶紧叫来了组长。泰斗问,此画是何人所作?组长说,我刚调来,听前任说,是一个很著名的大画家所作。泰斗说,这是一幅赝品。组长一听,感觉事态严重,赶紧打电话汇报。不一会儿,站长过来了。他一眼就认出了泰斗。因为新火车站落成之日,铁路局邀请泰斗和一些书画名家前来庆贺。这幅《壮美河山》乃是泰斗亲笔所作,站长当时就在旁边磨墨。站长赶紧对泰斗解释,这就是您那天亲笔所作的作品,怎么会是赝品?

泰斗有点生气,难道我还自侮不成?

站长赶紧解释道,我们贵宾室对名家字画有严格的维护、保养、交接制度,而且有录像监控,不可能被调包呀!

这时正好火车进站。泰斗无暇赘言,只是在进站口很生气地说,赝品事件,你们要给我一个合理的解释!

站长急忙把此事上报。铁路局领导十分重视,安排公安处立案侦查。

不过旬日,此案告破。原来是在装裱时被装裱公司用一幅临摹画掉包。造假的临摹者也被抓获。

泰斗电话指示将造假者押解到京,他要亲自验证。

不一日,造假者被干警押解到京,同来的还有局长、站长等铁路方面的一干人等。

造假者衣冠不整,发须蓬乱,乃是一落魄青年。

泰斗鄙夷之色尽显,对大家说,就他这样的,能以假乱真临摹我的画,会不会搞错了?

闻听此言,不等他人搭腔,临摹者从容地说,此画是我一手临摹,要打要罚我认。

泰斗盯了他两眼,疑惑地问,学于何校? 师从何人?

临摹者答,从未上过美院,但名画家皆为我师。

看到临摹者眉宇之间并无惧色,泰斗试探道,我作一山水小令,看你能否当场临摹?

临摹者胸膛一挺道,你能画我就敢临。

泰斗示意看押干警为临摹者去掉手铐。

两名警察很是疑惑,但看到泰斗目光坚定,就为临摹者开了手铐,并警告他不得妄动。

约莫一盏茶工夫,画告成。众人仔细一看,两幅画几乎一模一样,就像是一人所作,分不清哪幅是真品哪幅是赝品。

泰斗示意将临摹者带出,对局长说,你们打算如何处置此人?

局长说,由于您的画价值连城,倘若以造假论,当处刑罚;如以临摹论,应处行政拘留。

泰斗慢捻银须,似有所思,少顷,对局长交代几句。

一会儿,临摹者被带入。

泰斗沉着脸问，事已查明，你还有何话讲？

临摹者叹气道，穷困潦倒，见财起意，一念之差，铸成大错。我无他言，只想知道，您如何看出我临摹《壮美河山》的破绽？

泰斗道，你临摹我的《壮美河山》，不但题款、用印以假乱真，就是水墨技法也差点迷惑了我的老眼。但有一样，你露出了马脚。

临摹者好奇地说，这也正是我想知道的。

泰斗说，浓淡干湿四法，你模仿我可谓形神兼具，但焦墨乃五墨之首，非有心无旁骛、气定神闲之态不可。但你临摹《壮美河山》，乃为利所动，故心浮气躁，焦墨必然神慌，这才被我识破。

临摹者长叹一口气，泰斗就是泰斗，我彻底拜服。那我刚才临摹的小令如何？

泰斗道，你刚才临摹小令时，神态专一，无功利思想，故能心墨合一，五墨俱佳。

一番话说得临摹者与众人频频点头。

泰斗说，你敢否与我共作一画？

临摹者激动地说，能与泰斗连笔，别说判刑，就是枪毙我，也死而无憾。

泰斗说，我们共作一幅《桃李花蹊》图，我主桃李，你主花蹊，我主四色，你主焦墨。

临摹者很疑惑，您不是说我的焦墨形似而神慌，恐怕我不行？

泰斗淡然一笑，此一时彼一时也，你行！

闻听此言，临摹者这才毅然动笔。

约莫两盏茶工夫，画告成。众人观之，毫无合作痕迹，就像是一人所作，尤其是焦墨的运用形神兼备，更添韵味。众人皆啧啧称奇。连临摹者自己都不敢相信。

泰斗接着说，赝品好仿，真才难求。我看你是一奇才，如果流落街头或明珠暗投，那是画坛的损失。我这才用这非常之法找你这非常之人。

临摹者闻听一愣。

局长这时插话说，你仔细想想这幅画的名称。

临摹者喃喃道，桃李花蹊？桃李花蹊？

局长说，泰斗这是想收你为关门弟子，并留你在画院搞专业创作。

临摹者这才彻底明白了泰斗的苦心，顿时潸然泪下。他恭敬地将泰斗扶坐在椅中，整整衣冠，对泰斗行拜师之礼。

泰斗轻捻银须，欣然接受。

围观人群中顿时爆发出一阵热烈的掌声。

后来，《桃李花蹊》与《壮美河山》一起置于贵宾候车室里。泰斗“金睛识赝品，慧眼收真才”的故事，很快在坊间广为流传。

选自《百花园》2011 年第 6 期

看　画

杜毅文

我们五个高中同学，友情甚笃，不是兄弟胜似兄弟，一直以齿序作为称呼。成家立业后，虽在同一城市，但各自为生计忙碌，一年也聚不齐一次。

老四是本市小有名气的青年画家，尤其擅长山水，浓、淡、干、湿、焦，在他笔下运用自如。近日，市电视台《艺术精粹》栏目为他做了一期专访。于是，他就挨个通知我们收看。我们四个也赶紧四处联络，呼朋唤友，为他的专访收视率做了不少贡献。事后，我们强烈要求去他的画室，看看他这位"青年画家"的成长过程。老四嘿嘿一笑，答应得很爽快。

按照约定的时间地点，我们聚到了一起。老四嘿嘿一笑，把大手一挥："到画室看画。"但却无人挪步。

老大故作生气状："老四，现在都几点了，我们哥儿几个的肚子可都饿得咕咕叫啊！"

老四一拍脑门："忘了忘了，走，先吃饭再看画。"

哥儿五个这才前呼后拥地进了一家火锅店。

火锅搭台，白酒为媒，席间的气氛自然是非常热烈。觥筹交错间谈论最多的还是高中时代的美好回忆。大家对老四的种种劣迹大加批判，诸如上课画女老师，下课看女同学，还整天跟着美女的后面搞速写，等等。老四则是一边嘿嘿地笑着，一边越描越黑地解释。

干掉八盘羊肉、四瓶白酒后，我们五个才摇晃着出了饭店，向画室走去。

老四的画室在一处临街楼上。一楼的门面房开了一家洗脚城。

这时，老二大着舌头说："这两天脚痒得很，搞得身上都不舒服。"

此言一出，其他人也随声附和。

老四会意一笑，大手一挥，先洗脚再看画。

大家相拥着进了一个大包间，抬头一看，哟！那墙上的山水画不正是老四的墨宝吗？

老三指着画对老四奸笑着："你这家伙，怪不得这么大方，肯定洗脚免费。"

老四并不言语，只是嘿嘿地笑。

中药泡脚，那叫一个爽！大家一边洗脚，一边不忘把老四绘画的造诣对服务小姐们吹捧一番。

洗脚时，不断有电话打进。我们的回话都少不了加一句："我正和我的同学、本市著名画家一起泡脚呢！"老四闻听此言，不时地嘿嘿笑笑。

逐渐地，酒劲儿上了头，一个个昏昏睡去。

一觉醒来，已是深夜，却发现老四没了影。大家急忙穿戴整齐出了洗脚城，却见他正扶着路旁的行道树低头沉思。

老大过去猛拍了他一下，老四慌忙回头，旋即又笑道："都洗好了？"

都洗好了。

这回换成老大一挥手说："弟兄们，上楼看画。"

老二支支吾吾地说："天太晚了，我明天还得出差。要不早点回家吧？"

老三也跟着说："明天儿子考试，我得早点带他去认考场。"

老大顿时有点尴尬，他用期望的目光看着我："老五，你不会也有事儿吧？"

我赶紧赔着笑说："明天一早我得去火车站送我丈母娘，这可是老婆的死命令。”

事已至此,老大只得点着我们的脑袋说,你们这些俗人呀,一点艺术细胞也没有,真是没法跟老四比。说完,回过头来拉住老四的手,满怀歉意地说:“今天大家喝得都不少,晕晕乎乎也看不出个好坏。我看回头大家还是专门来看画,到时候,你泡上最好的茶,我们品茗看画,斗室论道,彻夜谈心,你看如何?”

老四还是嘿嘿一笑道:“我那两把刷子,你们还不清楚,也就糊弄糊弄别人。再说,画算什么,几张纸而已。只要咱们弟兄能在一起多聚聚,比什么都好。下回,我还请弟兄们喝酒洗脚。”

闻听此言,我们几个略觉脸红,但马上又装出喝多的样子,互相握手道别,各自打车回家。

选自《小小说选刊》2010年第5期

隔世的你

苒小雨

白兰兰走过去，对着那个坐在地摊前，喝着一瓶廉价啤酒的男人说：“我知道你会永远爱着我的。”听到这句话后，男人手里的啤酒瓶举在空中，眼神迷茫地看着白兰兰。白兰兰仰起头，来了个非常优美的转身，没等男人喉中发出第一个音节，她人便已飘向远处。男人伸长了脖子，看着白兰兰越来越远的背影，眼神越来越迷茫。

很多年前的那个午后，白兰兰是被一阵笛声引到男人面前的。她看到他坐在一株樱花树下，吹着一支竖笛，一阵风吹来，树上的樱花纷纷飘落，那些花瓣像和着优美的笛声在空中舞。男人的眼神清澈、明净。那样的眼神看着白兰兰时，白兰兰听到阳光沙沙地落在地上的声音。白兰兰激灵灵打了一个颤，有些东西就那样来了。白兰兰心里最美好的情愫被定格在那一刻。

那些日子小城很热闹。有一个据说很有名的乐队来小城演出。听说乐队要招一两个新人加入，从小做着艺术梦的白兰兰来报名时心里是激动的。

白兰兰走进那个有点神秘的小院子，这是那个乐队的临时驻地。果然啊，果然就是不一样。很普通的一个小院落，来了这些人，一下子就不普通了，就很艺术了。院子左边的一树樱花开得比往日艳了很多，树下依次放着架子鼓、电子琴，还有几样乐器是她不曾见过，或者见过却叫不上名字的。正在白兰兰愣神的时候，一个男子走出门来，他微笑着问："请问，你有事儿吗？"白兰兰一抬头，看到正是那天在樱花树下吹笛子的男人。白兰兰看着他，只是笑。男人说："你是来报名的吧？"白兰兰点点头，然后低下头，很快又抬起头来，她说："我见过你。"男人点点头说："你好，我叫欧阳。"然后，白兰兰跟着男人走进屋子，填了一张表，唱了两首歌。最后男人说："有结果了会打电话通知你的。"

那些日子里，白兰兰心里一直很纠结。她在等结果，更重要的是她总是想起那个叫欧阳的男人。她总是想起他看她时眼睛里明亮的碎光。

那天白兰兰花光了所有的积蓄，去酒柜买了一瓶洋酒，然后带着那瓶酒来到小院门前。电视和小说里都是这样的，搞艺术的人都喜欢喝点儿洋酒。而且好像喝的酒越高档，就越显得艺术。可是就在白兰兰打着心里的小算盘时，她从半开的门里看到了欧阳，还有一个身材曼妙的女孩子的背影，女孩子咯咯笑着，背影很妩媚。

白兰兰捧着那瓶酒独自来到城边的滨河桥上，她看着桥下的水，黑黢黢的，上面漂着杂物。她举起手里的瓶子，慢慢松开手，还来不及看一眼，瓶子已没入黑黢黢的水中。白兰兰折回去，走进小院子，女孩子不见了，欧阳在吹着笛子，笛声那样优美。她站在那里静静地听着。一曲终了，他笑笑，对着她说，坐吧。白兰兰站着没动，她说："你吹得真好听。"他说："你也喜欢吹笛子吗？"她本想说："我喜欢唱歌。"可是她只是安静地看着他手里的笛子。欧阳站起来，把手里的笛子递过来，白兰兰接过笛子轻轻地抚摸着，他说："要是喜欢我就送给你吧。""真的？"她抬头看着他，感觉自己的泪水马上就要涌出来了。白兰兰说："你能帮我加入乐队吗？"欧阳犹豫了一下，说："这个要看综合成绩，我做不了主的。"白兰兰点点头，拿着欧阳给她的笛子走出了院子。

结果出来了，乐队带着两个女孩子离开了。白兰兰站在人群中，看着他们的车越走越远。

白兰兰没想到笛子会到了三子的手里。白兰兰跟混混模样的三子要笛子。三子却不给。白兰兰说:“你说吧,怎么样才能还我。”三子涎着一张脸说:“你说呢?”

白兰兰为了那个笛子,跟着三子走进了城边的树林子。之后,白兰兰便嫁给了小混混三子。

后来,白兰兰和三子离婚了。再后来,白兰兰开了一家音乐茶吧。那支竖笛被她放在一个精美的蓝瓷花瓶里。这些年,她学会了吹笛子。她拥有了各种各样的笛子。它们被一起放在那个精美的蓝瓷花瓶里。

白兰兰真的没有想到,她会在小城遇到欧阳。是真的没有想到。

而那个坐在地摊上喝着廉价啤酒的男人,他迷茫地看着眼前明丽的、优雅地转身离去的女子。“我知道你会永远爱着我的。”她是说了这句话。

但怎么可能呢?他和她?怎么可能呢?

选自《百花园》2010 年第 10 期

作者简介:

苒小雨,中国作家协会会员,鲁迅文学院 39 届高研班学员。作品入选多种选刊及年度选本。出版小说集《苏七月的七月》《一树樱花落》《风的感觉》等,著有长篇小说《零度需要》《第五朵云》。中篇小说《苏七月的七月》获得 2020 年度《莽原》文学奖。

陶艺

苒小雨

木子是“涂涂陶吧”的老板，偶尔，我会把我的某段时光浪费在他的陶吧里。木子常用一种让人感觉很久远的语气，在某个下午，在某一杯茶的氤氲气息里，向我讲述某个听起来很老的故事。

那天，木子的故事讲的是一个叫尤尤的失忆的女孩儿。

她原本是一个漫画作家，她爱着一个喜欢陶艺的叫杜达的男人。她常常陪着杜达来陶吧。每次来，她都静静地坐在旁边，看着他操作。她自己却从来没有动手做过一件陶艺。杜达是一个“土和火的艺术”天才，每一件陶艺在他的手里诞生时，都伴随着一种生命的震撼。奇怪的是，他却不是一个专业的陶艺艺术家，他是一名外科医生。每天都要面对的，是血淋淋的外科手术以及一个又一个无能为力的生命终结，这常常会给他的灵魂带来负担。陶艺是他用来释放所有重负的一种形式。只有让那些在他面前残缺或者逝去的生命经过他的手，在陶艺中完美地重生，他才能安慰自己度过每一个夜晚，不然，黑暗会像无数的虫子，把他的睡眠吞噬得千疮百孔。

虹是唯一在他的手中不需要他用陶艺来呈现完美的人。

虹被送到医院时，是一个面目全非的血人。她是被救护人员从一辆支离破碎的高档轿车里扒拉出来的。据目击者说，那辆红色的轿车以飞跃的姿势，跨过黄河大桥的一处桥栏，划出一道无比优美的弧线，扑向了一处遗留在河岸上的断墙，那堵断墙在轿车的冲击力下轰然倒塌。伴随它的是来自桥上的一阵惊呼声，过后有人说，这绝对比电影中的桥段还要经典。

手术室里，杜达先清理虹的头部。一点一点地清理掉血迹，他的面前出现了一个完整的头颅，完好得甚至连一点刮伤都没有。助手用医用剪刀去除了虹身上的衣物。接着再往下来，脖子，肩膀，胸，一直到脚趾，竟然，除了左手，她的身体再没有一点创伤。

他拿起她的左手，那里还在汩汩地冒着鲜红的血。他很细心地一样一样来，止血，接骨，缝针，包扎，整个过程用去了他整整两个小时。

再接下来是一次又一次的换药。虹每次都安静地看着他，似乎她关注的不是她左手的那些手指还能不能恢复，而是他能不能完成对它的再造。

一个月后虹出院了。那只美丽的手上留下了一道很狰狞的疤痕，但看起来恢复得真不错，对于他来说，这已经是最好的结果。只能是这样了。

他依然在每天下班后带着尤尤去陶吧。他在尤尤的目光里做了一个美丽的蓝瓷花瓶，花瓶有着优美的曲线、光洁柔和的釉面。他把它送给尤尤，她欢天喜地地捧在手中，称赞它简直太完美了。之前他也曾经做过一个手的陶艺，做得异常精致，可惜的是，在烧成的过程中，它却报废了。这让他再次想起那道很狰狞的疤痕，手术刀，是永远不能再造完美的。

然而有一天，在他的办公室里，他看到了虹。她把她的左手伸给他看时，他惊呆了——那上面的皮肤光洁细腻，竟然找不到手术刀留下的丝毫痕迹。虹笑着说：“谢谢你，你的手术刀竟然可以再造完美。”他捧着那只手，想到的却是在他面前优美地旋转的陶艺。

从此后，那只完美的手就像一块磁石，令他不可自拔地迷失在强磁场中，以致他丝毫没有注意到尤尤黯然的眼神。在他一次次带着虹一起去做陶艺的那些日子里，尤尤抱着那个花瓶，画了一屋子的油画，那些油画里全是各种各样的陶艺。终于，尤尤和她的花瓶倒在了一阵刺耳的刹车声里。

花瓶和尤尤的记忆同时碎了。从黑暗中醒来的尤尤不知道自己是谁。不知道杜达是谁。甚至不知道那一屋子奇奇怪怪的油画是怎么回事。但让人不可思议的是，她那么痴迷于陶艺。她每天都跑到陶吧，很投入地捏着泥巴，杜达就陪在她的身边。可是她真的想不起来他是谁，怎么都想不起来。

后来杜达在老城区开了一间陶吧，每天看着尤尤在他的目光里做陶艺，而他自己，却再也做不出一件陶艺。

因为，没有什么可以把一段破碎的记忆完美地呈现。

这时候，木子不经意把目光投向了一扇窗。窗前，一个女孩儿坐在淡淡的光线里，很投入地捏着手里的泥巴。她看起来宁静得就像这里的时光。

再看木子，他已经转身忙他的去了，故事就这样戛然而止。我被轻轻地抛回现实。我意犹未尽地看着木子，难道，他曾经是个外科医生？

可是，怎么会呢。

选自《百花园》2011 年第 6 期

寻找莫子西

苒小雨

看着窗外辽阔的大草原，易拉还在想着刚刚发生的一切，她被惊到了。那个陪她穿越大西北半壁荒凉的莫子西，就在一眨眼的工夫完全消失了。易拉看向那个软椅，椅子上有一处完美的凹陷，那是莫子西的身体留下的。

那里甚至还有她的体温。

易拉不甘心，盯着椅子。太玄乎了，简直太玄乎了！

然后，她跳起来去搜寻整个房间。卫生间，桌子下，窗帘后……甚至面前的水壶都打开看了看。莫子西不在，除了椅子上那处曾是她坐过的凹陷，其他没有留下丝毫可以证明她来过的痕迹。

易拉有点蒙圈。刚才与莫子西唇枪舌剑了一番的余波还在，她心脏的律动还没有恢复正常。人就不见了？易拉抬手就给叶子打电话，把一路上发生的一五一十地讲给她，然后问："叶子，太诡异了，你说，我是不是穿越到我的小说里了？跟我的女主相爱相杀了一路？"

"你这些年都在忙着为陆一路做早餐、熨衬衣，哪来的你的小说？做梦了吧？"叶子懒洋洋的声音传来，"你的"两个字加重了语气。易拉的眼前便出现一幅画面：PLUE 书屋的吧台里，叶子坐在某一段音乐里，面前摊开着一本书，旁边是一杯摩卡。叶子正在低头读书。她的右前方，落地窗前，斑驳的阳光轻盈灵动，阳光里坐着一个平和温暖的身影。上大学时，易拉的梦想是当作家。叶子的梦想就是开书吧。现在，叶子是小城里一串书吧的老板。她终于活成了自己曾经想要的样子。

"不，绝对不是梦，这几天我和她都在一起，我们爬山，和当地人跳舞，吃手抓羊肉，喝酒，好多人都可以做证的。"

"谁可以做证？"叶子问。

"呃……"易拉四顾，周围静悄悄，她没有证人。

"就是十年前，那个写了一半扔掉的小说，你还记得吗？女主的名字叫莫子西，这个你总记得吧？莫子西这三个字还是你想到的。"易拉越说越兴奋，"当时你夸我，说我就是当作家的人才，塑造的这个女主你喜欢得很。"

"不记得，我只记得，当年你的诗发在校刊上，然后陆一路就找到了你，所有的人都认为，你会梦想成真，但是遇到陆一路之后，你的生活里就只剩下他了。"叶子在电话里嘎嘎地笑了两声，像鸭子，"我们都笑你目光短浅，一个陆一路就把你拿下了，其实也就是你的那首破诗害了你。"

"真忘记莫子西了？你再想想。"

"什么莫子西啊！你什么时候回来？陆一路都找到我这里来了，衬衣穿得皱皱巴巴的，看着真不像个大老板。"电话那边，依然是懒洋洋的声音，"小心他找人替你给他熨衬衣啊。"

"叶子你别岔话题，我在说莫子西，莫——子——西！"易拉对叶子很失望，而更多的失望是对自己，她不也把莫子西忘记了吗？忘得干干净净，忘得丝毫不留。如果不是在路上恰好遇到一个古灵精怪的家伙也叫莫子西，她敢肯定，她不会想起来自己曾写过一个叫莫子西的女孩。而忘记这一切的原因，是因为她一头扎进了一个男人的生活，却又被生活的烟火呛得透不过气来。陆一路每天都要穿熨帖的衬衣。过着过着，她就连他的一件衬衣都不如了。

"易拉，你没事吧？你是要莫子西呢，还是要陆一路？"叶子的声音顿了顿，易拉听到电话里有开门关门的声音，易拉知道有人从书屋里走了出去。

“我要去找莫子西。”易拉说。

“那陆一路怎么办?”叶子惊问出声。

“凉拌!”说着，易拉挂了电话，风一般冲出房间，一股清冷凛冽的空气扑面而来，易拉咳起来，之后，整个人感觉清爽了好多。

易拉一路向西北。她记得很清楚，她当年把莫子西写去了大西北。她就觉得，这个也叫莫子西的女孩也走向了西北方向。

荒凉无处不在。

一路上，易拉都在盼望着有活物出现，鸟、羊、牛……看到了这些，接下来准能看到人。看到人是最大的惊喜。易拉会跑过去打听一个叫莫子西的女孩，每一次她都会认真地描述莫子西左手腕上那串彩色水晶手链。可是，每一次得到的结果都是让人失望的。

易拉觉得，也许真的是她做了一个梦，也许，她还在梦里。

这样想的时候，易拉伸手去掐自己的胳膊。一阵清晰的疼痛传来，把她拉回现实，拉回她的生活里。陆一路打了三十多个电话，全是未接。开始的时候，他几分钟打一个，后来一天打一个，再后来就没有了。他对她一直都不怎么有耐心。不知道他早餐与衬衣的问题是怎么解决的，也不知道家里年迈的父母与幼小的孩子有没有出什么状况。从一开始，陆一路就不让她再工作，她成了他的后方。

易拉坐在大西北荒凉的草原上，她不甘心莫子西莫名其妙的失踪。她更不甘心自己被搁置的梦想。事实上，是她抛弃了莫子西，把她丢在了半路上。

七岁的儿子发来微信：妈妈，你什么时候回来？我想你。接着是一个流泪的表情符号。想到小小的人儿已多日不见，易拉鼻子酸酸的。她是个多不负责任的母亲?

回家吧，马上!

就在易拉回头的瞬间，远处人群中，一个影子拽住了她的目光——阳光从地平线的另一端铺洒而来，阳光里，莫子西那只戴着水晶手链的手臂，高高地举在眼前。

选自《山西文学》2019 年第 9 期

绝　症

侯振云

生意人老金这段时间觉得喉咙有点不舒服,但万万没想到医院的诊断结果竟然是喉癌,还是晚期。这消息对老金全家来说无疑是晴天霹雳,吓得全家人惊慌失措,乱作一团。去医院那天老金还是轻轻松松的,听到结果,老金的腿一下子就软了,瘫坐在地,无法起身。

老金直挺挺地躺在床上,脑子里一片空白。

妻子直勾勾地看着老金,脑子里翻江倒海。这个温馨和睦的家、家里日益红火的生意、两个还在上大学的孩子、四个年迈体弱的老人,没了老金,这日子可咋过啊。更何况老金虽然被大家老金老金地喊,其实还不到五十岁,正是年富力强的年龄。前段时间两口子还合计着如何上些新产品多挣几个钱呢,可人都快没了,这些还有什么意义?

咋办?

能咋办?

只能和四位老人说说该咋办了。

听到消息,老金的老爹老妈就立刻匆匆赶来了,事情太突然了,太意外了,老两口一路哭泣。

听到消息,妻子的老爹老妈也立刻匆匆赶来了,事情太突然了,太意外了，老两口一路叹息。

老金老爹老妈的态度非常坚决："看病！一定要看病！到最好的医院看！花多少钱都要看！倾家荡产也要看！再多的钱也没儿子的命重要！"

妻子的老爹老妈看了看老金的老爹老妈，又看了看闺女，叹了口气："亲家、亲家母，女婿得了不好的病，看病！肯定要看病！找最好的医院看！咱不怕花钱！可，这要是、要是看不好呢？意思就是万一、万一啊！万一倾家荡产也看不好呢？到时候人也没了，钱也没了，恁儿媳妇、恁孙女、恁孙子咋办？这日子还过不过？这学还上不上？总得、总得考虑考虑吧？！"

"啥？亲家，你啥意思？"老金老爹的火腾地就上来了，"我儿子都病成这样了，你能说这话？是我儿子的命重要还是你闺女的以后重要？你当的什么老丈人？你安的什么心？"

"咋？亲家，你啥意思？"妻子老爹的火也腾地一下上来了，"你儿子的命是重要，可我闺女就不重要？我闺女不是恁金家人？你孙女孙子不是恁金家人？你儿子没了，也要断了你儿媳妇、你孙女、你孙子的后路？你当的什么老公公？当的什么爷爷？你安的什么心？"

老金老爹老妈气得眼睛通红！

妻子老爹老妈也气得眼睛通红！

妻子看看公爹公妈、看看老爹老妈，哭得眼睛通红！

老金本来眼睛没红。妻子和四个老人是背着他在隔壁屋里商量他的事儿的。可争吵声太大了，老金听见了，眼睛也禁不住红了。

听到消息，老金最好的朋友也赶来了。他是一家省级医院的主治医师。一个医德医术都响当当的医生。他红着眼睛劝大家："伯父、伯母、大叔、阿姨、嫂子，都先不要慌不要急更不要吵。金哥的诊断只是一家医院的结果，到底是不是，病到什么程度，咱们最好去北京大医院找大专家看一看再商量。现在啊，有许多人一听癌症，三分之一的人就被吓死了，还有三分之一的人过度治疗治死了，只有三分之一才是真正病死的。千万不要慌乱！"

朋友的话在理。老金和老爹老妈、妻子和老爹老妈都冷静了下来。对，先到大医院看看再说。

老金被拉到了北京。北京的大医院大专家就是多。老金看了一家又一家，接连看了十多家，挂的都是大专家的号。大专家就是大专家，经过仔细诊断，老金的病情没有先前说的那么严重，可以手术，当然存在风险。也可以不手术，中医治疗，但不知道效果好不好。经过一家人的反复商量，老金决定接受一个老中医的治疗。

老金的八辈儿祖宗也是积了大德了，积来了奇迹。在老中医的精心治疗下，老金的癌症竟然治愈了。

老金决定要好好庆祝一下。因为自己这场病，全家老老小小担惊受怕操碎了心，也该好好请一家人吃个团圆饭、舒心饭了。酒席摆好，老爹、老妈、妻子、妻子老爹、妻子老妈、女儿、儿子都高兴地坐在了一起，每个人都面带笑容。

老金端起酒杯，走到老爹老妈面前："爹！妈！二老操心了！关键时候还是亲爹亲妈亲啊！敬您二老！"

老爹老妈笑了！

老金又端起酒杯，走到岳父岳母面前："爸！妈！二老操心了！关键时候还是亲爹亲妈亲啊！我替您闺女敬您二老！"

妻子老爹老妈脸一红，也笑了！

选自《平原晚报》2019年6月14日

作者简介：

侯振云，男，1972年出生，河南新乡卫辉人，本科学历，民建会员，就职于卫辉市政协，省政协委员。业余喜欢读书写作，发表文章多篇。

光棍刘

侯振云

光棍刘当然是光棍，也当然是姓刘，村里人都这么光棍刘、光棍刘地叫，他的真名知道的人倒不多了。

光棍刘不憨不傻不懒，读过高小，人长得也不孬，脾气也可以，街坊邻居并不烦他。唯一的毛病是大家千千万万不能在他面前提女人。

光棍刘年轻时并不烦女人。虽说上无父母、下无兄妹，可他有点文化，有模有样，人勤快，大家也都喜欢他。好事的人还张罗着给他介绍个媳妇。邻居张婶儿跑得最勤，给光棍刘（当然那时还不叫光棍刘，大家亲切地叫他刘儿）介绍了一个邻村的姑娘。据张婶儿说，姑娘人长得俏、嘴也巧，针线活干得也好，比刘儿小两岁，年龄正好，就是家穷点儿。穷点儿就穷点儿吧，只要人能干，什么都会有的。再说，人家不穷会嫁给你刘儿吗，你有什么呀，将就点儿吧。

那就将就点吧，刘儿没挑剔，很满意。于是，刘儿就盼着早点见上姑娘一面，早点定了，早点办事，早点生孩子……美死了！

刘儿在生产队里当巡逻队员，严格地说，相当于巡逻队副队长，因为他闲事少，很多活儿他都一人担了。刘儿的主要任务是看管村北一百多亩的棉花田。秋天了，棉花开得很好。雪白雪白的棉絮坠得长长的，摘起来拽一把，软软的，很是喜人。但偷起来也方便——邻村不是棉区的手指头长的人总是趁黑偷棉花。一次，巡逻队逮住一个偷花妇女，让她挂着“我是偷花贼，我不要脸”的大牌子在全乡游了三天的街，羞得全家人两年不敢抬头见人。

秋天的夜色很美。一轮圆月挂在天上，满满的银色月光忘情地伏在雪白的棉花上，像一团团雪。

刘儿站在高坡，惬意地浸在秋风和月光里，望着眼前的美景和不远处的邻村发痴。张婶儿说，明天，就是再过十来个钟头就到的明天，姑娘——未来的小媳妇就要来了。刘儿长长吁了口气，陶醉地遐想着明天将要出现的一切。

一阵隐隐约约的窸窣声把刘儿从遐想中拽了回来。借着月光顺垄望去，一垄棉花微微颤动。

有贼，他奶奶的，今天要独个放个响炮了。

刘儿壮了胆，屏了呼吸，猫着身摸去……

贼没察觉，仍蹲在地垄间，慌里慌张地左一把右一把地贪婪地拽着棉絮。在离贼米把远的时候，刘儿猛扑上去，将贼仰面摁倒在地。“啊！”贼发出了一声惊叫。

刘儿也不约而同地发出了一声惊叫——他分明感觉到两只手抓住了两个软绵绵的东西。

刘儿惊得不知所措。

女贼吓坏了，哀声求刘：“大哥、大哥，别喊！别喊！千万别喊！俺是邻村的，俺还年轻，不是俺要偷，俺家穷，俺明天相对象，俺娘叫俺找点棉花套新鞋，大哥，俺怕丢人，俺怕游街……”

刘儿仍不知所措，怔怔地压在女贼身上。

“大哥，俺求您了！只要不让俺游街，您叫俺干啥就行！”

刘儿仍怔怔地，不知所措地压在女贼身上。

女贼哭了，倔倔地说：“大哥，那你随便吧！”

一阵凉凉的秋风吹过。刘儿惊得爬起来，望了一眼女贼，月光下，女贼眉宇间一颗豆大的美人痣异常引人注目。

“滚！”刘儿愤怒地骂了一句，逃出了棉地。一个乱七八糟的夜晚总算熬过去了，又是一个秋高气爽的日子。

一大早，张婶儿跑来告诉刘，对象马上就来了，让刘儿赶快收拾一下。

当张婶领着对象进门时，刹那间，姑娘眉宇间那颗痣让刘儿呆了。

刘儿头也不回地跨出家门，再没回头。

刘儿真的打了一辈子光棍……

选自《平原晚报》2019 年 6 月 14 日

太史简

郑俊甫

我是被一阵哭声惊醒的。不光是我,我们弟兄四人都是被这一阵哭声惊醒的。

作为齐国的史官,大哥太史伯一直教导我们:世界那么大,人心那么乱,每天都有意料不到的事情发生;但不管外面怎么乱,史官不能乱,史官要做的,就是为纷乱的结果找到真因。

真相只有一个。大哥每每在我们遇到岔路的时候,就让我们默念这一句,然后像礼佛的僧人一样,清心前行。

为了给自己营造一个清静的环境,大哥把录简的工作放在了晚上。下午小寐,闭门谢客。

然而这一次,无论如何是寐不成了。外面哭声震天,大哥说:“怕是谁家又没了先人吧。”

出了门,见到的竟是上大夫晏子。晏子是个很讲究的人,平日里喜怒不形于色;即便是形于色,你通常看到的也是弥勒佛的一面。

大哥惊讶地扶住晏子,问他出了什么事。

晏子顿足捶胸,那样子比丧了考妣更叫人难受:“太史伯,大王……薨了。”

“怎么可能？昨日大王还跟一帮武士比骑射，箭能射百步，怎么今天就……”

晏子止住哭声，断断续续讲述了事情的经过。

庄公喜欢上了大夫崔杼之妻东郭姜，动不动就带着随从以礼贤下士的名义到崔杼家访问。其实是借着崔杼外出的机会偷会东郭姜。对于这位上级给自己戴的绿帽，崔杼心知肚明，怀恨在心。这天，庄公又去了崔杼家，这一次，他没有避开崔杼，不但当着崔杼的面对东郭姜抛媚眼，还把崔杼的帽子赏赐给了随从。“君子死而冠不免”，这侮辱最终使崔杼动了杀心，一阵乱刀让庄公死于非命。

“崔杼弑君时，我就在他的府门外，眼睁睁看着，却无能为力。”晏子又开始号啕。

“为人臣者，君忧臣劳，君辱臣死。”大哥搡了晏子一把，怒道，“上大夫为什么不跟大王同赴难？”

晏子一边呜咽，一边辩解：“大王若为社稷而死，我也会为大王而死；大王若为社稷而逃亡，我也会为大王而逃亡。可是，今天他是为了自己的错误而遭难，我觉得不该为这样的错误去殉难呀！”

大哥狠狠一跺脚，刚要辩下去，外面响起了杂乱的脚步声。

是崔杼派来的侍者。侍者传话说，让大哥马上过府说话。

晏子慌乱地盯着大哥：“他这是要急着抹平这件事呀。”

大哥冷笑一声，转身进了屋。片刻，抓着一卷竹简出来，竹简上是一行瘦长的大篆：“夏五月，崔杼弑其君。”

晏子抓着大哥的手说：“太史知道此去意味着什么？”

大哥说：“知道。”

大哥又转身叮嘱我们：“照顾好家人。”头也不回地走了。

半个时辰，崔杼的侍者又来了，传二哥太史仲。

二哥像大哥一样，在竹简上工整地写上“夏五月，崔杼弑其君”，昂首出了门。

又半个时辰，侍者再来，传三哥太史叔。三哥冲我笑一笑，抓着早已写就的竹简，也走了。

时间过得真快，仿佛三哥前脚刚出门，侍者后脚就闯了进来，厉声叫嚣着："上大夫有令，传太史季！"

我来不及写好竹简。不过这不重要，那几个字，在哪儿我都能把它们誊写工整。

家人已经哽咽着说不出话。晏子也一样，一向讲究的晏子大夫，脸上凌乱得像是洪灾现场。他扯着我的衣袖，拼命摆手："季，留得青山在啊……"

可是，青史如果不在了，留着一座光秃秃的山有什么用？

我像三个哥哥一样，义无反顾地出了门。

崔杼的府上戒备森严。崔杼拎着一把剑，像一头杀红眼的野兽，站在院子里。他的脚下，是三具血淋淋的尸体，每个人的手里，都紧握着一卷竹简，上面沾满血迹。

崔杼指了指身边的案几，上面一笔、一砚、一卷竹简。"你哥哥竟然不听我的号令，我已处决了他们，今后由你来接任太史之职。你就写庄公是病死的，不然，那就是你的下场。"他转身指着三个哥哥的尸体，恶狠狠地说。

我的心一滴一滴地淌血，牙几乎要咬碎。但我知道，还有重要的事要做。我走到案几前，冷静地摊开竹简，提笔写道："夏五月，崔杼弑其君。"

崔杼怒不可遏，剑横上我的颈项，凶狠地说："你三个哥哥都已经死了，难道你也不爱惜自己的生命吗？如果改变写法，还能有一条活路。"

我平静地回答："按照事实秉笔直书，是史家的天职。与其失职，还不如去死。"

崔杼圆睁着一双兽眼，半晌，弃了剑，叹息一声，道："退下吧。"

我走出府门，迎面踉踉跄跄地撞过来一人。是我的好友史官南史氏。听说我的三个哥哥皆被杀害，他也来了。

南史氏盯着我,问:“记下啦?”

我点头:“记下啦。”

他长啸一声,抖开了手中的竹简,上面是一行遒劲的字——夏五月,崔杼弑其君。

竹简在风中哗哗作响,恍若一面旗帜。

选自《小小说选刊》2017 年第 22 期

作者简介:

郑俊甫,豫北小城人,2004 年开始业余创作,作品散见于《芒种》《短篇小说》《当代人》《天池》《百花园》等 100 多种报刊。多篇作品被转载并入选多种选本。出版小说集《给人生一个惊艳的假设》。

给你一个你想要的假设

郑俊甫

那一年，三顾茅庐，我终于请出了孔明先生。

孔明站在我的朝堂，一袭白衣，清清瘦瘦，宛如荒原上的一株高粱。风吹过，柔弱得就要倒伏的样子。没有人拿正眼看他，这个在江湖上有着“卧龙”称号的年轻人，不过二十七岁，只比我的长子曹丕长六岁，一干久经战阵运筹帷幄的文臣武将，谁的眼里会装下一个茅草屋里走出的书生？

但我还是由衷的高兴。彼时，我刚刚失去了谋士郭嘉，心里的痛横冲直撞，总也找不到安放的地方。中原大地，千里沃土，一寸一寸带血的江山，归于我的麾下。但我想要的不止于此，我想仿效始皇，还世界一个一统的太平。没有了郭嘉，愿望怕要推迟十年啊。

水镜先生说：“卧龙、凤雏，得一可安天下。”现在好了，我望着眼前的孔明，想着终于可以放下失去郭嘉的痛了。

孔明说：“统一天下，先要拿下刘备和刘表，占领荆襄九郡，打开通往东吴的门户。”

这正是我想做的。刘表虽然昏庸无能，但刘备不一样，八年前，许都青梅煮酒，埋下了久除不去的祸根。正好，也趁此机会试试这把牛刀。

领兵的是夏侯惇，孔明任首席谋士。

博望坡一仗回来，夏侯惇就在我跟前炸了："丞相，快让那个小白脸回去种地吧。"作为武将的领袖，夏侯惇虽说长了副傲骨，但也不至于一场仗下来，就将相分裂成这样吧？

"到底怎么啦？"我问。

"怎么啦？"夏侯惇挥着手，像个村妇似的开始抱怨，"我好好的十万大军，追着刘备万把人马，一到博望坡，那个什么卧龙就把我拦住了。说刘备是丞相曾夸过的英雄，手下必定能人众多，博望坡不能进，进去必遭火攻。你说，这家伙是不是长他人志气，灭自家威风？不是丞相叮嘱，我真想临阵斩了他。"

"后来呢？遇到火攻了吗？"

夏侯惇的嗓音提高了八度："哪有什么火攻呀？到处都是水，连个火星都没见着。"

我召见孔明，问他对此事的看法。孔明说："博望坡里有水不假，但水里全是成熟的芦苇。随便一个谋士给刘备出出主意，使用火攻，十万大军必有去无回。"

是个谨慎的人。我默默点了点头。

接下来，我亲率二十万大军兵发新野。这一次，曹仁为先锋，孔明为谋士。

三天后，在新野见到曹仁的时候，他第一句话不是表露战功，而是跟夏侯惇一样，不停地唠叨："丞相，夏侯将军说得没错，那家伙就是个银样镴枪头——中看不中用。我的五万大军一到新野，刘备望风而逃，留下一座空城。孔明居然拦着我死活不让进，说是其中必有诡诈。就刘备那点人马，在我五万铁骑面前，能玩个狗屁诡诈！"

"他说是什么诡诈了吗？"我好奇地问。

"那乌鸦嘴说晚上大军松懈的时候，一旦刘备使用火攻，新野就成了我们的火葬场。"曹仁一脸不屑。

后来,我又问孔明,为什么坚持认定刘备会用火攻?

孔明说:“刘备那样的人,坐拥天时地利人和,居然没用火攻,这才是让我们惊讶的事呀。”

这话我就不爱听了。不错,青梅煮酒时,我确曾说过“天下英雄,唯使君与操耳”,但那不过是一句客套。就刘备那样,投吕布、靠袁绍、傍刘表,整日寄人篱下,连块地盘都没有,也算一个对手吗?但我还是对孔明客气着。乱世用人,唯才是举,其他都不重要。孔明的一番隆中巧对,我还是认可的。

是年冬,刘备退守夏口,我率着二十万大军收蔡瑁灭刘琮,风卷残云,陈兵赤壁。刘备、孙权,我想跟二人会猎东吴,玩一场猫捉老鼠的游戏。

北方人不善水战,但我有的是战船,有的是出谋划策的才士。“凤雏”庞统就指点江山,把一条条孤舟用铁索和铆钉维系在一起,上面铺上木板,宛如平地。不要说人,我的战马都能在江上跑了。始皇的伟绩,再也不是诗和远方。

誓师大会上,我正慷慨激昂,孔明却不合时宜地出现了,还对我说:“丞相,战船不可以这样连在一起。一旦刘备和孙权使用火攻,船和将士就成了活靶子啊!”

“火火火……”我扬起手中槊,指着孔明,吼道,“先生出山以来,逢战必言火。你到现在见着一把火了吗?前两次我还以为先生谨慎,可现在,数九寒天,刮的西北风。一旦用火,烧的也是孙刘,尔可明白?”

孔明摇了摇头:“丞相,我夜观天象,近日风向有变。”

“大胆!”我火冒三丈。这家伙为了上位,简直疯了,不分场合给我难堪,“我敬你是个人才,今天不杀你。尔从哪儿来,回哪儿去吧!”

孔明还想争辩。我一挥手,几个侍卫冲上去拖走了他。

多年之后,我还是会想起赤壁这一幕。这该是我一生最失败的一次决定。驱走孔明后,天真的就刮起了东南风,一场漫江大火烧去了我半生荣耀。

我尝试着再次寻找孔明，却再也找不到了。

“得卧龙者安天下。”而我，得到的时候没有好好珍惜。如今，英雄迟暮，怕是再也看不到那一天了。

选自《微型小说选刊》2019 年第 7 期

刺客豫让

郑俊甫

听到关于智伯的消息时，豫让正在院子里磨剑。

那是一把短剑，智伯赠予的。豫让清楚地记得，智伯赠剑的时候，一揖到地，动情地说："他日我若一统晋土，当拜壮士为国士。"

这个愿望差一点儿就实现了。一个月前，智伯联合韩、魏两家，把最大的竞争对手赵襄子围困在晋阳。如果不是赵襄子的反间计，如果不是韩、魏两家倒戈相向，也许智伯现在已经是晋国的王了吧。

智伯战死后，豫让带着妻子逃进了深山，日日只做一件事，打磨那把短剑。他要让它吹毛断刃、削铁如泥。直到他听到关于智伯的消息——赵襄子杀了智伯，并将他的头骨涂上油漆，拿来当酒器。

豫让的泪一下子就出来了。他又想起了那个对着他一揖到地的智伯，那么高贵高傲的一个人，被人作践至此。

豫让准备出山。妻子胆战心惊："外面都是赵襄子的兵，出去干甚？"

豫让说："家里连买米的钱都没了，我得出去找份工作。"

豫让没有撒谎，他确实去了赵襄子的府邸，谋了一份差事。赵襄子的府邸已经不叫府邸，他想把它改建成宫廷。工程庞大，用工甚多，赵襄子决定把抓来的俘虏充实进去。豫让找到了机会，当然他也不再叫豫让，他为自己随便编造了一个名字。张三或者李四,不就是一个符号吗？无关生死。

豫让的工作是维修厕所,厕所很大,装饰华丽,幕围重重,正好便于隐身。豫让在里面藏了三天,终于等到了赵襄子。

赵襄子是个谨慎的人,灭了智伯后,无论走到哪儿,他都觉得身边有个影子,闪闪烁烁。进了厕所,他的心忽然狂跳起来,那个影子像是一张网,随时就要把他罩住。赵襄子呼喊起来,嗓音嘶哑:“来人,来人呀,搜!”

外面的侍卫冲进来,把厕所翻了个底朝天,然后在一块幕布后面拖出了豫让。不需要审问,豫让身上的短剑证明了一切。侍卫举起刀剑,等着赵襄子一句话。弄清原委的赵襄子没有动怒,而是幽幽叹了一声:“真是天下贤士啊！智伯有你这样的家臣,值了。”

豫让意外获释。

获释后的豫让并没有死心,复仇的火焰在心里燃着,像是一面听到了战鼓的旗。画着容貌的画像已经贴上城门,虽然获释,但他也成了这座城里无法立足的人。

好吧,那就给自己换个样貌吧。豫让选择了让所有人都惊掉下巴的方式,把油漆涂满全身,弄成一个癞疮病人,又吞下滚烫的火炭,弄哑嗓音。佝偻着在街市上乞讨,伺机行刺。

那天,行走在街市的豫让,忽然被人扯住了衣袖。是一位撒尿和泥玩大的朋友。朋友瞪着惊恐的眼睛,把豫让上下扫视了半天,叫道:“真的是你呀？豫让兄!”眼见瞒不过,豫让只好和盘托出了自己的打算。

朋友听了,哭得一声声凝噎:“你怎么这么傻呀！以你的才干,如果假装投靠赵襄子,一定会成为亲信。那时你再图谋报仇,岂不易如反掌？何苦自残形体,以至于此？”

豫让摇了摇头:“委身赵家为臣,就当忠诚,再去刺杀,便是怀有二心。我不能用这种卑鄙的手段。”豫让还是决定用自己的方式。

机会终于来了。赵襄子乘车出行,车队很长,逶迤曲折像一条缓缓扭动的蛇，豫让得以有机会潜伏在车队必经的桥下。没想到，赵襄子的车辇刚到桥前，马却突然受了惊，赵襄子的心再次狂跳。侍卫们迅速围了大桥，仔细搜索，豫让的计划又失败了。

得知眼前这个面目全非的人还是豫让时，赵襄子愣怔了半晌，怒声斥道："以前你曾在范氏和中行氏家为臣，智伯灭了他们，你不复仇，反而委身做智伯的臣子。现在我灭了智伯，你因何一定要为智伯报仇呢？"

豫让昂首道："想当年，我游走在范氏和中行氏手下，被人像家奴似的呼呵与驱使，惨状无异丧家之犬。而智伯，以国士待我，视我为知己。我也要以国士报之，为知己而死。"

赵襄子听了，感慨万分："豫让啊，你对智伯也算仁至义尽，而我，也放过你几次。这次，怕是不能再释放你了。"

豫让面无惧色，他郑重地整了整衣冠，像当年的智伯一样，一揖到地，恳求赵襄子："我有一事相求。"

赵襄子点了点头。

豫让说："如果可以，请将你的衣裳解下来，让我刺穿。这样即使死了，我也不会有遗憾。"

赵襄子一言不发，解掉了衣裳。

豫让拔出短剑，用衣袖拂了拂，连跳三次，击刺衣裳。然后，仰天长啸："我可以下报智伯矣！"遂持剑自刎。

据说，豫让身死那天，倾国的侠士，无不痛哭流涕。

选自《微型小说选刊》2020年第18期

刀　客

郑俊甫

刀客端坐在磐石之上，四周是葱郁的竹林，偶尔有鸟啼滑过林梢，为这肃杀的氛围涂抹了一线生机。

刀客已经在这块磐石上端坐了十年。十年前，青龙山论剑，当时身为青龙派盟主的刀客受到江湖魔头如风的挑战，两个人在青龙山下恶战三天三夜，刀客终因体力不支，被如风削去一根手指，刀客一世英名毁于一旦。

离开青龙山时，刀客对如风说："三十年后，我还在这儿等你，我会让你偿还我一根手指。"

为了这场约定，刀客带着三个贴身徒弟隐匿深山。刀客在练一种绝技，人刀合一，刀随心动，意念杀人。练成这种绝技，须过三关：快、稳、狠。

第一缕晨光洒落在刀客脸上，酥酥痒痒，刀客眉梢轻挑，衣袂飘飘，整个人像一颗弹出去的石子，一股森然之气在竹林里荡过。没有人看清刀客是怎样出的刀，眨眼之间，刀客又回到了磐石之上，双手合十，气定神闲，鼻息丝毫不乱。少顷，竹林里响起一阵裂帛断竹的声响，铿锵悦耳，十多棵碗口粗的竹子轰然倒下，断口平展，整齐划一。

大徒弟在一边击掌叹道："师父好快的刀！"刀客的嘴角微微一挑。大徒弟说："师父可以出山了。"刀客摇了摇头："单凭刀快胜不了如风。"大徒弟说:“如风也许等不到那一天了。”刀客眉头一蹙:“此话怎讲?”大徒弟说:“现在有十多个武林高手寻到青龙山,欲夺盟主之位,据说三日后将群斗如风,如风休矣。”刀客身子一震,微闭的眸子忽然睁开,目光如炬:“给我备马!”大徒弟说:“备马做甚?”刀客说:“你只管备马就是!”

刀客赶到青龙山时,青龙山上已是刀光剑影,尘烟滚滚,遍地都是身首异处的残尸。刀客没有片刻犹豫,挥手出刀,疾如电闪。一场恶斗,地上又多了十多具尸体,夕阳里,只留下刀客和如风两个血淋淋的身影。

“为什么要救我?”如风问道。

“我不是救你,我是要你等着我们的约定。”刀客将刀插入鞘中,面无表情。

“你满可以借着他们的手杀了我,何必等到三十年后?”如风不解。

刀客凛然一笑:“你以为男人的话也像一阵风吗? ……记着,你还欠我一根手指。”说罢打马扬鞭,不见了踪影。

倏忽又过十年,刀客端坐在磐石之上,竹林中有风吹过,飒飒作响。离刀客三丈开外,吊着三根丝线,丝线上拴着三只苍蝇,嗡嗡有声。一滴晨露落在刀客的脸上,清清凉凉,绷紧的皱纹便如菊花般绽开。刀客腾身而起,有金属的光泽在竹林里划出优美的弧线。然后,刀归鞘中,人坐石上。

大徒弟奔到苍蝇前,啧啧有声:“师父,成功了!”

三只苍蝇被齐根儿斩去羽翼,肉身却丝毫未伤。刀客轻吐一口浊气,身子忽然一蜷,从磐石上摔了下来。

竹林方圆百里痢疾流行,山下已有多人毙命,刀客和徒弟也未能幸免。只几天的工夫,两个小徒弟猝然病逝,只有大徒弟侥幸,躲过一难。

刀客躺在床上,气息奄奄。大徒弟在一旁暗自垂泪,束手无策。刀客淡然一笑,说:“放心,我死不了,我还等着那个约定呢。”大徒弟说:“我们没有药。”刀客说:“有。”大徒弟问:“在哪儿?”刀客说:“在我心中。”

一月后,刀客神奇般痊愈,硬朗如初。

三十年如白驹过隙。依然是那块磐石，依然是端坐的刀客，只是红颜已逝，须发飘雪。大徒弟拖过一只竹笼，打开来，放出三只野兔。野兔求生心切，朝着三个方向窜进竹林。

大徒弟说："好了。"刀客的长须抖了抖，刀尖灿然点过磐石，人如苍鹰般掠起，飘进竹林。转眼工夫，刀客回转，手里拎着三只兔头，鲜血淋漓，刀刃上寒光闪闪，竟然滴血不沾。

大徒弟说："师父，时候到了。"刀客仰首望天，半晌，长啸一声，气震山野。刀客说："备马！"

青龙山下，早有一人在那儿候着，却不是如风。

"如风呢？"刀客问。

那人双肩一颤，两行热泪爬过脸颊："师父他……他三天前已经去了。"

什么？刀客一惊，"如风死了？"

那人点头。

"怎么死的？"

"无疾而终。"

说罢，那人从怀里掏出一只锦盒，递给刀客。

刀客打了开来，锦盒里卧着一根手指，惨白如纸，隐隐间如蛇一样蠕动。

"这是师父临终前要我交给你的，说是他欠你的东西。"那人凄然说道。

捧着锦盒，刀客怅然而归。

三天后，刀客在磐石上练功。大徒弟去喊刀客吃饭，连呼三声，不见动静，伸手一拉，刀客颓然倒地，身子已经僵硬多时。

那一年，刀客八十有七。

选自《小小说选刊》2006 年第 12 期

文坛轶事

史国新

A 是诗人、老诗人、名诗人,崇拜者极多。

一日,他在院中乘凉,无聊地看一只蜘蛛在丝瓜架子上结网,眼看结成了,却掠过一只鸟,把网冲破了。A 很替蜘蛛惋惜,叹了口气,视线又挪到了别处,把蜘蛛忘了。当他不知什么时候又闲瞥到刚才的地方时,见蜘蛛又快结成了一个网。他觉得蜘蛛很了不起,坐了一会儿,觉得无聊,便回到书房,信手写起对蜘蛛的感慨,也不准备发表,便信马由缰。也算巧,刚住笔,一家杂志的编辑来访,硬要带走 A 的诗作,A 的这首四句组成的蜘蛛诗便发表了。

发表后,竟引起了文坛的轰动,这家杂志社和其他报刊连连发表了评论蜘蛛诗的文章。

一种观点认为:A 诗人匠心独具,这蜘蛛并非仅仅是蜘蛛,在改革的年代,这蜘蛛显然是改革者的形象,网被冲破了,蜘蛛仍不屈不挠,再织新网,充分显示了改革者的坚韧和毅力;这首诗是时代的旗帜和颂歌。

另一种观点认为:蜘蛛不是改革者的形象,而是人民的象征。原因在于此省大部分地区遭了水灾,庄稼几乎全毁了,但灾区人民没有被灾情吓倒,抗灾夺丰收,诗中的鸟便是自然灾害的写照。这首诗无疑是赞扬劳动人民与天斗、与地斗的豪迈气魄。

还有一种观点认为：这只鸟不能代表自然灾害，而是比喻那些破坏法治建设的不正之风；蜘蛛网应看成是国家的法律。这首诗深刻地揭示了在我们的干部中，一部分人不懂法、不守法，出现了以权压法的不正常现象。在诗歌创作中，这样寓意深刻、笔触锋利的好诗实属罕见。

争论越来越大，观点越来越多，以至于后来市作协不得不开一个“蜘蛛研讨会”。年底，《蜘蛛》被杂志评为获奖作品。但遗憾的是，A 作家说自己病了，没有出现在领奖台上。

选自《今晚报》1987 年 9 月 11 日

作者简介：

史国新，1957 年 8 月出生，1982 年郑州大学中文系毕业，同年到新乡日报社工作。曾任《平原晚报》总编辑、《新乡日报》副总编辑。20 世纪 80 年代热衷于小说创作，发表短篇小说和小小说 50 多篇，后改写新闻。退休后又有两部中篇小说发表。

孤独的恶作剧

李　辉

"昨夜的星辰已坠落，消失在遥远的银河，想记起偏又已忘记，那份爱换来的是寂寞……"台湾电视剧《昨夜星辰》里的主题曲，在商务局家属院一排平房的上空缓缓地流淌，准确地讲，动听的声音是从毕晓康家客厅那台彩电里传出的。

装作听不清楚，毕晓康将电视的音量刻意调大了些，然后做贼似的缩缩脖子，蹑手蹑脚地走出家门。

这是一排简易的安置平房。毕晓康的爹毕春生是局里头脑活络的业务员。这几年，南方的市场越来越火，他似乎找到了发财的捷径。近水楼台先得月，家里的电器添置得总是很超前，毕家一时很受左邻右舍尊重。喜欢养花种菜的毕春生索性雇了几个泥水匠，在平房的前面垒起一楼梯，直通房顶，特意用新红砖在承重墙处垒了几畦半米高的坛子，让泥水匠背来肥沃的土，在坛子里栽上一些果树，直让邻居的眼珠子跟着叶子发绿，随着樱桃见红。

毕晓康向通向房顶的楼梯走去，前两年看了一部惊悚悬疑电影《三十九级台阶》，里面的画面和音乐令他想起来都头皮发麻。半轮冬月冷冷地挂在深深的夜空中，几颗稀疏的星星像侦探一样，躲在云层里监视着走上房顶的毕晓康。

毕晓康特意数过，他家的楼梯有十九级。这个数字比他的年龄还大五个，比《三十九级台阶》竟少了二十级。每次想到这里，毕晓康就莫名其妙地感到沮丧和失落。

屋顶上有六根或高或矮用木棍架起的电视天线。两年前，毕晓康家的这根天线可是独苗一个，但没几年的工夫，一根根天线就在左邻右舍家的房顶立了起来。毕晓康家一枝独秀的年代，像疏通后的下水道，只哗啦一声就归于寂静。

父亲整天忙于跑业务，继母对自己带来的孩子明显疼爱些。心理受到伤害的毕晓康，性格越来越孤僻，只上到初二就辍学了。他的内心很忧伤，很怀恋“昨夜星辰”的美好时光。

走到秋红家的房顶位置，毕晓康心不由得嗵嗵狂跳起来。大他两岁的秋红很漂亮，虽然她几乎没有正眼看过自己，但毕晓康心里却很喜欢她，当然那是一种淳朴幼稚甚至傻傻的单相思。有一次，刚洗浴过的秋红跟着她父亲来自己家里看电视，毕晓康闻到秋红身上散发出菊花开放时的清香，却不敢看她。一屋子人都在专心致志看电视剧，大概只有毕晓康的内心在躁动吧。

像是新手作案，毕晓康的手几次抬起然后放下，几次放下然后又抬起，也不知过了多长时间，终于咬咬牙，屏住急促的呼吸，手哆嗦着摸到了秋红家天线处那根连通线的接头，轻轻地拽了下来。

他双腿颤颤地下了楼，再次回到家里的客厅时，父亲把电视频道又转到了《动物世界》。赵忠祥磁性声音的解说，一个劲儿地钻进毕晓康的耳朵里：“春天来了，万物复苏，大草原又到了动物们‘恋爱’的季节……”父亲、继母和弟弟看得很投入。一想到秋红家的电视屏幕，这个时候恐怕都是雪花点，坐在沙发上的毕晓康，内心再次紧促不安，觉得自己成了有案底的人。

家里的黄猫冲他“喵喵”地叫起来，好像要安慰他似的。接着黄猫轻松地跳到他的膝盖上，将身体蜷成一团，似乎想得到主人的抚慰。毕晓康紧紧地把黄猫搂在怀里，感到它的身体很温暖。毕晓康翻过一本杂志，国外一位女心理学家经过调查发现：爱猫的男人都很孤独。

电视频道在父亲的手中来回变换着，时间一分一秒地流过，像是被冬天的寒冷冻得凝滞不畅，显得那么漫长。这间只有十多平方米的客厅，在家属院邻居没有彩电的时候，来看电视最多时有十五六个人。每次看到邻居因精彩的节目哈哈大笑时，毕晓康的内心能获得极大的满足，他没有听过孟子“独乐乐不如众乐乐”的哲言，但他很想“众乐乐”。

时间的秒针似乎被冻住了，家里没有一个邻居登门，他们的脚步似乎也被冻住了。电视出现“再见”字幕，接着就是雪花点点，毕晓康的心里也是闪烁的雪花点。他顿时想到秋红家的电视天线，想立即上去弄好它，甚至异想天开地想喊上秋红一起上房修复——当然，他是不会去喊她的，那多尴尬。现在这个时间，大约他们都睡觉了吧？他犹豫着，在父亲的催促声中还是去睡了。这一夜，他睡得有点不踏实。

第二天一天他都在想这件事。直到傍晚时分，毕晓康四顾无人，才沿着家里的十九级台阶上去。他迫不及待地先来到秋红家的屋顶处，抬头望了望那根天线，被他拽断的地方已重新接好了，还用黑胶布缠了几道。顿时，毕晓康长出一口气，感到心中那根“天线”被看不见的大手抓住了。谁能修复自己灵魂的“断线”？如同电影《三十九级台阶》，这大概成了毕晓康少年时光最难解的悬案。

选自1986年第5期《春草》

作者简介：

李辉，供职于媒体，业余笔耕。青年时多写小小说、诗歌，后多写作杂文、随笔、评论、报告文学等，作品曾被多家报刊转载。系中国散文诗学会会员、河南省杂文学会理事、新乡市文艺评论家协会主席。2004 年出版《李辉杂文选》。多篇杂文入选《中国杂文年选》《中国最佳杂文选》《杂文百家代表作》。2015 年，创作经历被收录进《中国当代杂文家》一书。

栓套

王保银

栓套是收骨头的，猪骨头、羊骨头、牛骨头、骡马骨，老骨头、新骨头，只要是骨头他都收，先零零碎碎地在家里堆着，等攒够了一车，再往城里一家骨胶厂送。

栓套的车是一台老掉牙的破三轮，人也不讲究，穿得邋邋遢遢，长时间倒腾骨头，一直跑老线，沿路交警没人拦他，时间一长，栓套就放任。

这一天他又开车在路上跑，大老远一个年轻交警向他挥挥手："站住！"栓套一看是个生面孔，新来的并不怕，没有回过神，照直向前冲。新交警大恼，在后面猛追，边追边喊，追出去一二十米，栓套才手忙脚乱停了车。

年轻干警憋了一肚火，呵斥他："叫你站，你咋不站？"

栓套也很愣急："我叫站它不站，你叫站它就站了？"

原来栓套这破车刹车不很管用，栓套说的是大实话。

新交警误解了，以为是顶他，火更大了："你还嘴硬，下来！"

栓套也很委屈："下就下。"

栓套一下，交警上去一加油门，瞪眼看了一眼栓套。甩下一句话："等你的好果子吃吧！"一溜黑烟把车开进了县城停车场，准备处罚这个啥证也没有的黑车户。

三天没见人，五天也没人来，十几天过了，栓套也没去。酷暑盛夏天，烈日当头，风一阵、雨一阵，热一阵、凉一阵，栓套的骨头车经雨水一浇，日头一蒸，夏风一吹，就散发出一股股刺鼻的恶臭。这难闻的气味把停车场周围的住户呛得整夜整夜睡不成觉，都纳闷："啥东西就这么臭？"等查明情况，一群人呼啦啦闯进停车场，你一句、他一句，高一声、低一声地诉苦道怨，声言再不把骨头车开走，就上县委政府告去，这下把事情闹大了，惊动了交警队长。

交警队长不敢怠慢，吩咐人去查。还好，没费多大周折，就查出栓套是邻县东面一村人，离这儿四十里，就查号码通知他。那时农村电话还没有普及，村上也就是支部书记或村主任家有电话——转盘式的，五位数字，拨拉一个数码响一圈，一连响够五声，才能拨通。

接电话的是栓套村里的书记，弄清缘由后书记也知这不是小事，就亲自往栓套家去，半路上正碰上他，只见他胳膊窝夹着一铁锨，穿着高筒破皮靴。支书上前道明缘由，他心想栓套一定会急火火地扔下铁锨就走，哪知栓套不咸不淡地弄出一句："我去给人家上渣，先放着吧，又放不毁。"

支书知道栓套缺根筋，说完扭头就走。

说来也是，像这种事放在任何人头上，都要赶紧找亲戚托关系，请客送礼把车弄出来，这栓套却不吃这一壶。三天后栓套上完渣，才晕晕腾腾地来说事。

这三天一直不见户主来，可把那年轻交警急坏了，天天都被人围攻。正焦急着，栓套来了。看见骨头车主来，年轻交警火又起，怕再出闪失，又压下来了，不冷不热地说："看你也是一个老实人，要不我早把车给处理掉了。这样吧！也不罚你了，车给你看这么长时间，你总得交个看车费吧。"

交警说这话以为栓套会领情。放在其他人身上也定会感激，甚至还要找一家饭店表表心意，谁知栓套一听圆眼一瞪，差一点跳起来，梗着脖问人家："你说啥，我来时只带了十块钱，也就是带个车费、饭钱，不叫开我现在走。"说罢立身就走。

这一下可把年轻交警弄蒙了，赶紧喊："你回来，回来！开走吧，不收钱了。"

栓套这才气呼呼地走回来，发动车一溜烟跑了。

年轻干警叹一口气："咋碰见个这货。"老干警们就劝年轻干警："缺根筋的人，咋能给他一般见识。"年轻干警这才似有所悟。

后来年轻干警被调往别的线路，再也没见过栓套。栓套再拉骨头一路上再也没有人拦他。只是后来栓套自己把车开进了路沟里，经抢救，算是保住了性命，却被锯掉了一条腿，从此再也没拉过骨头。

只是那条被锯掉的腿骨被他像宝贝一样珍藏着。

选自《微型小说》2013 年第 7 期

作者简介：

王保银，生于 20 世纪 60 年代，河南省辉县冀屯镇宪录村人。中专文化，热爱文学。已出版报告文学集《太行作证》《公仆本色》，散文集《那山·那水·那情》，短篇小说集《陈年破事》《俗人谈事》，长篇小说《青坪乡纪事》，共六部。现为中国残联作协会员、河南省作协会员、新乡市作协理事、辉县市作协主席、《共城文学》主编。

“环眼”老申

王保银

老申的环眼是胎里带的。老申用眼看人和常人不一样，他两眼死死地盯人，可两个眼球却不聚光，一半隐一半露，让人觉得是往一边看，实际他是真的在看你。

20 世纪 70 年代，山上不但不禁猎，政府还鼓励打猎，所以山里人家家户户有猎枪，老申所在的山村北岭后自然村也不例外，打猎如同现在的人打麻将一样风行。但那时真要猎到一只山豹或木皮虎什么的，也不是简单事，常常山上山下奔波半天白忙乎。那些年山上一直搞水利建设，光放炮崩山，就把猛兽们吓跑了，哪还能打得着？

东岭后的山里，剩下的只是些野鸡、野兔，顶多还有些獾，主要是天敌狼了、豹了都跑光了，它们才繁殖得这么快。偶尔有老鹰扑闪着硕大的翅膀，远看像一朵移动的黑云在天空盘旋，箭一般落下，又扑棱棱地飞走。想打住鹰也难。

老申因是环眼，就时常遭到别人的揶揄：“走哇，老申，打猎去！”老申的环眼迅即转动一下，看着那人，脸上显出很不自在的神情。有时老申也真的跟人们一起去打猎，实施围猎，先形成包围圈，然后慢慢缩小，待猎物被围住，就对着目标放枪。有时老申瞅准了也放枪，也能命中，但明明是老申打到的猎物他却得不住。老申不服，和人家红着脸，瞪着一双环眼争辩。人家就奚落他："瞧你那样，能打中？"老申体弱、性绵、嘴也笨，争不过人家，心里很难过，憋着一肚气，从此再也不参加群猎。

那时老申不过三十出头的年纪。

那天老申去山里游转，顺便也带着枪。当他上到一个山包时，一抬眼，看见了在山包下面树丛里有一只受伤的狐，狐在丛林间一脚一脚地蹦，嘴里发出凄凉的干号。老申想它一定是中了谁家的铁镊子，又挣开了。

老申乐了，好好好，真是好。老申蹲下来，闭了一只眼，果断地放了一枪，没打中，那狐径直往前跑。老申知道这只狐真的受伤了，端着枪再追，再一枪。狐一尥后腿，又跳得更快。就这样转了两个山头，跑丢了一只鞋，老申实在累了，狐也跑不动了，一头扎在了崖缝里。待老申把狐抓到手时，见那狐正可怜巴巴地看着他，身下拉了一摊稀屎。

老申说："对不起啦，哥们儿，我也是万般无奈，谁让你是只狐呢。"随即掏出布口袋，把狐装进去，背着下了山。

东岭后这一带猎人们口头上有一句话：打十只兔不如一只狐。意思是打中了狐，才是真功夫，因为狐狸狡猾、灵巧，不仅在山地中蹿行如飞，攀岩上树也不比猴差。现在老申就"打"中了一只很狡猾的狐，只是没有枪伤。下山的一路，老申想：应该给狐制造一些枪伤，然后才可示给人看，环眼？环眼咋了？环眼也有好枪法，环眼也能打住真家伙。

回到家里，老申小心翼翼把那只狐从布袋里掏出来，又取了麻绳，系住狐腿，再拴在院子里的梨树下。那狐一动不动，现在是很恶毒地看着他。

老申退出十步举枪。枪响了，确实响了，狐却"呼"的一声非常嚣张地挣脱了绳。老申这一枪是用了真心，瞄准了的，一枪出去，却准确地打在了麻绳上。老申仰起头，眼瞅着那只已经歇过来的狐，拖着长绳，跑进了山里。

老申开枪的时候，老婆正在一旁看。老婆说老申做善事了，放生了。老申却有些哭笑不得，显出很尴尬的神情。

这件事让老申非常不服气，煮熟的鸭子也能飞？但老申知道，拖着一根绳的狐，又受了伤，迟早会被什么东西缠住或绊住。

第二天，天刚蒙蒙亮，老申又钻进山里，直到中午，才找到那只狐——老申的那根绳子果真把狐牢牢绊在了一个石块上，狐歪着头已经死去。这次老申的子弹是顶着狐的肛门一侧射进去的，他不敢朝正中打，他怕人起疑说假。

一枪打出去，老申心里舒服极了——打着狐了。

老申把狐背进村里时，并不急着进家门，就站在村口大栗树下等着众人观看，等着众人服气。老申打死了一只狐，又有枪眼，能把狐打中，当然是好枪法。一些人就开始怀疑自己的眼了，走到近前细看，真是枪打下来的，心里便充满了莫名的自卑。老申站在树下，直到太阳落山才回家，还是在院子里那棵梨树下，老申把狐皮仔细剥下来，狐肉喂了狗，又塞进一些秕谷糠，挂在墙上的木橛上，活脱脱一只红狐，煞是威风好看。

动物保护法禁止打猎是近些年的事。人们方才懂得人与自然、人与动物也得和谐。城里一个皮货商得到消息，知道老申家有一张上等狐皮，便驱车前来收购。出一百元，老申摇头，二百元，老申还摇头，皮货商知老申把狐皮当宝了，在等天价，索性走了。又隔好长时间再来，说出五百元，卖就卖，不卖再不来了。老申这回说话也硬气，六百，买就买，不买就不要再来了。皮货商伸了一下脖颈，脸上显出无奈，给了老申六百元。买卖成交，老申特高兴，皮货商说怕是要赔了。一张破骚狐皮，卖了六百元，老申挣大了，一双环眼笑成一条线。

第二天，老申用卖狐皮的钱，去了镇上买回一头老公猪，他说要在村上办配种站。

有时，老申看着那只老公猪，就会想起那狐，嘴里就呢喃自语一番：哎，那狐……那狐……两只环眼就射出两道自嘲的光，神情黯然下来。

选自《小小说大世界》2014 年第 8 期

戏迷父子

王保银

田甫清生于1902年,家有父母与一姐,一家四口,靠几亩薄地维持生计。此人天资聪颖,乖巧机灵,个头不大但做事麻利勤快,尤爱戏曲,无论忙闲,嘴里总爱哼哼叽叽,比三画四,一副十足的演员坯子样。

清末民初,唱戏的贬称下九流,农村的戏台班自然更不值一提,不过是乡野自行组织的杂耍班之类,借此糊口而已。田甫清所在的就是这么一个戏班子,农闲季节出外踩百家门儿,主要是古装小戏、旱船、民间歌谣等,有一些小进项。其父田江也在其中,爱好打梆器乐。所以,称之为门第出身,自带三分,有其父必有其子也。

田甫清自幼随父勤学苦练,加之本人聪颖灵秀,不久便学会了很多演艺技巧和戏剧知识,日渐出色,加之自然条件好,眉清目秀,再经化妆师精心妆抹,锦袍玉饰加身,显得分外引人注目。田甫清登台多男扮女装,主演女角儿,担当大包头、青衣、花旦等角色。唱腔优美动听,滋润细腻,委婉悦耳。几年工夫,他的演技日渐精湛,少年得志,美名远扬。卫辉、怀庆、彰德老少皆知,尤其是林县地方流传一句话:“十里地跑一棚,听听田甫清唱一声。”这足以说明他的演技、唱腔、形神已经达到炉火纯青的地步;扮演女角儿,达到了以假乱真的程度。

田甫清年轻有为，演技高超，逐渐成为戏班骨干，后来竟晋升为班头，相当于现在豫剧团长一类的人物。各处演出场场不离，出类拔萃，声名鹊起。

日月如梭，一转眼田甫清已到了男大当婚的年龄，家里便忙活着给他操办婚事，想让他收心在家，侍奉二老安度余年。

有一年，父子二人在田间浇麦，田甫清获悉村东南二十里开外的胡村有剧团演出，夜深时他能很清晰地听到东南方向有乐器声传来，顿时心痒难耐，欲念飘然而起，似脱缰之马，心早已奔向舞台，但又苦于农作难以脱身。一直挨至次日晌午，父亲说："孩儿呀，你去家吃饭吧，快去快来。"他的心头一喜："机会来了！"

却说父亲一人在地，早等不来，晚等也不来，日已偏西，肚子里饿得咕噜咕噜直叫，仍不见儿子踪迹。俗话说，"知子莫若父"。此时父亲便琢磨得有个七七八八了，不由得怒火攻心。

话说这田江回家草草吃罢饭，急忙朝胡村方向追去。这时痴迷看了一后晌戏的田甫清正在舞台内间化妆。今天演的是穆桂英下山，田甫清扮演穆桂英，演出马上开始，田甫清多了一个心眼，对班头急忙耳语一番。听罢，班头会意地一笑。

舞台上一阵紧锣密鼓过后，板胡启奏，演员登场，前幕拉开，聚光灯下闪烁着夺目的光彩。这时田江来到台前，见儿子已经登台，顿时像泄了气的皮球。哎……因为田江也是同行人，爱好文艺，而且深谙人情事理，事已至此，也不好发作。正在这时，班头急忙招呼，说："田大伯，你真稀罕，快，快上来！"随即几个人有的拉，有的拽，终于把老伯给弄了过去。班头赶紧把梆子塞到田大伯怀中，这时一旁又有人说："田大伯，来来，俺的梆子打得不好，还得田大伯指导。"这时田江乐得是合不拢嘴，接过梆子敲打起来，心中怨气早已抛到九霄云外。

时间一分一秒地过去，戏近尾声，田甫清卸了妆，和班头辞别，班头很热情地送父子二人回家。

路上，父亲嗔怪田甫清道："孩儿呀，哎……你叫我咋说你哩？"想不到儿子接过他的话说："爹，你甭说我，你不是也跑来了吗？"这一反击倒把他爹弄得哭笑不得，无话可说。

新中国成立后，上八里公社成立了文工团，田甫清既担教练、导演，又负责传授戏词、唱腔、动作、功夫、技巧及历史传统剧目安排。终因家庭困难被迫离开文工团，回家务农。

回家后，田甫清又在马头村召集了几十名男女青年文艺爱好者，一边传授技艺，并在后台亲自担任司鼓，掌管全面，在马头村播下了文艺宣传种子，一直延续到20世纪末，在辉县西部地区轰动一时。

最让人记忆犹新的是一出"撵元王"戏，剧中人元王为元朝最后一个皇帝——元顺帝，其人物特征乃大红脸，主帅，为戏内主角。当时徒弟中无人能担当这一角色，田甫清亲自出台担纲其中一场，元王换胡一招绝活儿，把人一下子看傻了。

却说朱元璋推翻元朝追撵元王，元王的江山已经是穷途末路，元王悔恨交加，一夜之间胡须毛发全白，这一场剧中朱元璋大队人马追赶着元王，锣鼓敲打得一阵紧似一阵，幕后呐喊声四起，元王登场亮相。红脸，黑胡满腮，身穿铠甲，背插帅旗，足蹬战靴，威风凛凛，打开门儿，旋风腿，锣鼓紧催，走圆场。说时迟，那时快，使一个鹞子翻身，一个没底筋斗，从桌子上转身翻将过去，落在前台，用魔术般的快速手法趁翻筋斗之际，将黑胡变成白胡。这一套奇妙动作，使观众目不暇接，眼花缭乱，舞台下观众喝彩声震天，掌声经久不息。观众纷纷将一元、五元、十元面额钞票抛上舞台。

1986年，田甫清因病去世，享年八十四岁。

选自《老子文学》2015年第2期

窗台上的绿萝

朱 宏

说了半天话,老梁觉得累了,把脸扭向窗子。阳光照在一簇绿萝上,绿萝养在一只剪开的中号矿泉水瓶里,叶子上的绿色好像随时会流下来。病房中住得最久的病友说,绿萝是一个病友养的,刚开始只有三片叶子。病友去世了,绿萝却留下了,那是他留给生者的礼物。

念念看父亲不再说话,便掂起一只苹果削皮。水果刀还没走一圈,老梁看着绿萝说,现在,马上,叫谢雨辰过来见我。老梁这一嗓子用尽了一上午积攒的气力,说完合上眼睛假寐,再也不睁开。

老梁已经非常虚弱,他自知来日无多,等不到念念完婚了,可是能见见女儿的男朋友也好啊,是个安慰。可念念一直把这事拖着,自从上个月告诉父亲正在和谢雨辰交往的事,到现在为止还没让他出现。老梁心里有些不快:这孩子也太不懂事了吧,老丈人病了也不跑快点!

念念对父亲说,好的爸,他最近有点忙,我联系一下看看。

中午给父亲喂了饭,伺候他睡下,念念走出医院,像往常那样到对面的小饭馆对付一下午饭。饭馆生意很好,食客大多是患者家属,不认识的人面对面肩并肩坐在一起,讲究不了那么多。等饭来的空档,父亲对她的好在脑海里快速回放,这个含辛茹苦的老爹最大的愿望就是能看到女儿不再单着,念念不禁怀疑起自己花那么多时间读书的价值，所有花前月下应有的时间份额都被啃书本用掉了。想到这里，泪水悄悄爬了出来。

一只手伸到她面前，手里捏淡黄色的纸巾。念念下意识地接过来抹泪。等擦干了眼泪才想起该给递纸巾的人正式说声“谢谢”。她把目光看向对面，对面的男人也正巧在看她。

念念说，不好意思，谢谢你。

男人说，不用谢，也不用觉得不好意思，很正常。

他指的是常有家属在这个背着患者的地方尽情释放悲伤。男人说他父亲也在对面住院，好好坏坏都半年了，看不到太大希望，人都那样了还逼着他找对象，找对象对治疗有帮助吗？他说，我天天泡在医院，哪有时间谈情说爱。

念念苦笑着说，天下父母都一样。她也向男人说出了自己杜撰出来的那个谢雨辰。撒谎这件事，势必要用另一个谎去说圆了，可眼下对于父亲的“立刻、马上”，她没主意了。

然而，灵光一闪，念念对着男人笑了起来。

下午四点，男人如约来到老梁的病房，他带来了一篮鲜花，一篮水果。当然，钱是念念提前付好的。

男人说，叔叔，对不起啊，早该来看您了，最近工作太忙了。

老梁病躯一震，生命被激活了，眼睛立马亮了起来，病魔被逼得退在了一边。第一次和准女婿的谈话，话题很宽泛。他从念念谈起，要谢雨辰不要总惯着念念，把女人惯坏了，一辈子有吃不尽的苦头。他说厨房的橱柜下面有他私藏的一瓶老酒，叫谢雨辰哪天把它开掉。

谈话被谢雨辰的电话打断。他刚才微笑着的脸一瞬间失去了血色。他慌乱地跑到门口，又停下来转过身潦草地说，叔叔我单位有点急事，改天再来看您。

这个被称为谢雨辰的人并没有走远，只是从 10 楼下到了 8 楼。他赶到的时候他的姐姐和母亲已经哭成了一团。

按照约定，念念第二天到了8楼，准备扮演一个女友。可是护士告诉她，那位患者昨天去世了。昨天在策划这场演出前，他们过于匆忙，匆忙得没有留下彼此的联系方式，在护士站倒是能查得到，可这时候还能再打扰人家吗？念念只能默默地离开了8楼。

谢雨辰的到来就像是老梁每两周一次给绿萝滴的植物营养液，让生命充满了能量。他的病情在短期内有了一些好转，进食量也增加了一些。吃了东西思维更加活跃，他问念念，小谢什么时候再来啊，那瓶酒他喝了没有？

念念想，怕是再也见不到那个男人了，她跟父亲撒谎说，他出差了。说完，她又为这个出差加了一个重重的注解，出国了，要很久才能回来。

选自《天池》2020年第3期

作者简介：

朱宏，笔名无业良民，1965年生人，河南省作协会员，现居上海。著有小小说集《五楼的萨克斯》。《张铁板年谱》《我是你弟弟》曾获《百花园》杂志社奖项。

迷　失

朱　宏

何玲在幸福街上穿过的时候就像一只孔雀，那样从容和骄傲。

尽管每天早上出门的时候幸福街还处在昏睡中，没有多少人欣赏她晨昏中的倩影，何玲还是要把自己仔细地打扮一番，那是为她九点钟以后开始的工作而打扮的。

何玲熟悉那几盏昏昏欲睡的路灯，尽管幸福街边上的岔路纵横交织，就像电影里高家庄的地道，但在路灯的指引下，何玲总能顺利地走出幸福街。向左转，百米之外有公交站牌，何玲在那里乘车前往公司。在车上，何玲可以拥抱着自己的皮包小睡一会儿，然后在到达目的地的前一站准时醒来。此时，车流让大街变成了一条河，何玲紧三慢四地蹚过这条河，公司就到了。

一天的工作结束后，何玲顺着原路返回，到达幸福街的时候已经华灯齐放，幸福街的夜生活开始了。何玲接受着在路两边大排档吃饭喝酒的男人们的注目礼，随脚步摆动的长发把小伙子们的目光都扫乱了。过了天香烩面馆，再过了左邻右舍超市，左转，就看到了老四烧烤的灯箱。躲过那呛人的浓烟，再七拐八绕地经过几个店铺，何玲就停在一个馒头摊前，拎上一兜子馒头，转过身就进了楼洞，然后钻进租住的房子里。

工作日里天天如此。何玲就这么从容地在幸福街上走了一个月了。何玲的生活是这么单调，到了休息日也绝不像其他女孩那样逛街，而是睡个天昏地暗。

但是有一天，何玲的生活秩序被打乱了。

那天下午何玲刚刚处理完一份文字材料，楼下的保安忽然打电话来，说何玲的母亲来了。本来何玲的精神是没有光彩的，那一份份文书就像海绵吸干了她的快乐，这会儿听见母亲来了，她瞬间神采焕发，精神饱满起来。

何玲告了假，乘电梯下楼。见母亲已经在大堂等着，何玲唤了一声“妈”，香瓜似的脆甜。

何玲在母亲的脸上亲了一口。母亲说，这死丫头，已经不是学生了呀，还这么不稳重。何玲说，稳重，稳重，我平时可稳重了。

她们登上了公交车，何玲说，今天晚上又能和妈睡在一起了。

一个多小时以后，幸福街到了。何玲拎着行李在前面带路，此时她的步态不再像一只孔雀，却如小鸟那样蹦蹦跳跳。母亲埋怨道，怎么住得这么远，上班多不方便。何玲说，城郊这些地方房租便宜呗。何玲说完这句话就突然止住了脚步，实在不知道该往哪条岔街里拐了。她领着母亲摸索了几次，始终找不到正确的方向。她凑向一个商铺的老板，问自己的住处。老板诧异地说，我怎么会知道呢。何玲索性把母亲安置在商铺的凳子上休息，自己则焦急地四处张望。

冬天的傍晚仿佛是突然到来的，太阳一跌入远处的楼群，天就黑了。这时候，何玲尖叫起来，看，老四烧烤，对了就是那里。母亲顺着何玲的手指望去，老四烧烤的灯箱果真在路那边立着呢。何玲拽起母亲就走，然后又是一阵欢呼，看，水清的馒头摊。

何玲一路欢呼着，带着母亲向前走。母亲跟在何玲后面，眼里盈满了远远近近的灯火。

选自《五十年花地精品选·小小说卷》，花城出版社 2008 年版

加倍流逝的岁月

朱宏

有那么一段时间，感觉做人很失败，我隐居在家里，躲避着世事的纷扰。想看书时就抽出书架上的书拿到床上去看，不久，床头柜上就聚集了莫言、王小波、贾平凹等人的一堆著作，甚至还有一本美国作家施赖勃的小说《人格裂变的姑娘》，我想通过小说对照一下自己是否也患上了精神疾病。后来我发现，这些书，仅仅是看了个开头。

穷极无聊时就在网上闲逛，那些触目惊心的新闻让我觉得这个星球危机四伏，使我更坚信了躲在家里的正确性。

但有些事情是躲避不了的，譬如说养家糊口的银两，再譬如说一些推辞不掉的约会。大学时的死党太平从非洲回来，约我在茶馆见面，于是我不得不挪步出窝，我想，也趁机看看这个家伙被非洲的太阳晒成了什么样子。结果令我大失所望，他看来还是百分之百的黄种人，非洲的太阳并没有把他烧焦。太平告诉我，他的公司正在莫桑比克筹建一个项目，希望我去做技术管理。我说，这个，听说非洲很不太平。太平说这个国家已经结束战乱十几年了，很有希望的。我说，我怎么没看到希望。太平说，你没看怎么就看不到希望了。我答应太平考虑一下他的建议。

返回的时候已是傍晚，公交车上挤满了下班的工薪族，他们年轻的面孔让我想起了我年轻的时候。那时候的我多么有闯劲呵，到处冲杀，无所畏惧。他们的脸上带着工作一天之后的倦容，但他们依然是年轻有朝气的。

车窗映射出车厢内的景象，一如川端康成在《雪国》中描写的那样，叶子的影像和窗外的实景叠加在一起，产生了奇妙的效果。我注意到有人在透过车窗注视着我，那张脸冷漠无神，甚至可怖，绝没有叶子那般美好。我把目光移向他处，不再去看那张可憎的脸。过了一会儿，当我的视线又一次扫过那个人的时候，我发现他还在悄悄地注视着我。我真想转过身去质问他意欲何为，但我良好的修养劝我不要和这个人一般见识。

就在公交车在我家门口那一站刚要停稳的那一刻，我想，我得给这个可恶的家伙留下点儿纪念，于是我冲车窗里的他做了个鬼脸，我希望看到的是他尴尬的表情，没想到的是他也冲我做了一个同样的表情。到这时我才恍然大悟，这个令人讨厌的人就是我自己。

莫桑比克的工程让我纠结了好长时间，我在网上搜集了很多关于这个国家的资讯，以至于无暇顾及毛毛的请求。

毛毛是一条三岁的金毛犬，算是我无聊时刻的玩伴，但因为懒得出门，我已经很久没有遛过它了，今天妻子去了娘家，毛毛就把出去“嗨皮”一下的希望寄托在我身上，又来拱我的脚，然后眼巴巴地看着我。

我只好离开非洲大陆，牵狗出门。走在街头的时候我想，在非洲牵着这样一条狗会不会增加点安全系数，不过据我了解，非洲养狮子这类猛兽的也大有人在。

毛毛摇起了尾巴，好像看见了熟人。果然，一个老太太满脸欢喜地迎了过来，先是和毛毛打了招呼，然后对我说：“今天你来遛狗了，那个小伙儿呢？”

她的话让我感到诧异，因为我们家能遛狗的男性公民就我一个了。

老太太又补充说：“个头跟你差不多，也戴着一副眼镜，看起来蛮快活的年轻人，想起来了吗？”我敷衍道：“大概……想起来了。”

老太太走远了，我却怅然若失，不再有遛狗的兴致，立即牵狗回家。

那个年轻人就是一年或者半年前的我，岁月在加速流逝，一年之间我老了何止十岁。

选自《中国小小说年度佳作·2012卷》，贵州人民出版社2013年版

龙潭沟的光棍汉

雷长风

在河南省西峡县恐龙遗迹园附近，有个旅游景点，叫龙潭沟。那年11月中旬，我与众多河南作家一起，披着暖阳，来此游览。

行至双龙潭观瀑台，坐下小憩。旁边，一位老汉正在清扫台阶，我向他打招呼：“老兄，歇会儿吧！”他没说话，笑眯眯地在一块石头上坐下。我递给他一支香烟，帮他点上，与他拉起了家常。

我问：“你管多长路段，开多少工资？”

他答：“清扫8里长，每月600元。天明上山，日落回去。”

我问：“你多大年龄，家里几口人？”

他答：“53岁，光棍一条。”

此言一出，我很尴尬，一时哑口无言。等他把烟吸完，我旁敲侧击，探明了他的身世。他叫王兴富，原住深山里。上有两个姐，两个哥，他小名就叫老五。姐姐嫁出去，给哥哥换来讨老婆的彩礼。上头4个成了家，老五被搁在旱地里。他19岁那年举家搬迁，来到龙潭沟的入口处。39岁死了爹，42岁没了娘。爹娘临终一句话：对不起俺五儿。

我见他右手断了拇指，抚摸着问道：“这个指头咋掉的，是不是它坏了婚事？”

他无声地笑笑，说："跟那没关系。拇指17岁那年打野猪被鸟枪崩掉了，不碍干活。打光棍有两个原因，一是山里穷，娶不起；二是深山野沟，与外面缺少联系。全村五六家，人口二三十。男人多，女人少，姑娘都往山外跑。"

问他日子过得咋样。他答："书上说了，俺是'五两命'，别想吃一斤。这辈子撑不着，饿不死。眼下是自己做，自己吃。早上南瓜玉米粥，中午炒菜蒸馒头，晚上凉拌萝卜头。天天喝二两，啥事都不想。躺倒就睡，一觉到天亮。"

我又递上一支烟，笑着说："你该找个老伴，白天有碗热茶饭，晚上有个热被窝。"

他道："书上说了，我65岁有喜，眼下瓜还不熟。到那时娶个媳妇还有啥用？不再找了。"

我说："你真不想那事？"

他笑答："看你说哩，我又不是太监。"

我说："难道你就没有一次男女情事？"

他说："没有。连女人的手都没有拉过，身体还是童子。"

我说："一辈子不和女人亲热，心里不感到憋屈？"

他告诉我，村里的年轻人也劝过他，让他去找个一夜情的女人，也不枉人生一世。可他却说，开了头，怕刹不住。辛辛苦苦挣几个钱，扔到那里，不值。

他绝了娶妻的念头，燃起了新的希望，在自己的7分责任田里，栽了60棵杨树，现在都碗口粗了，再有10年，是一笔不小的收入。他说，这些树足够办自己的后事。他希望侄子和外甥把他的葬礼办得排排场场，让十里八乡都记住。我问为啥。他答："书上说了，真正的童子身，死后会变成土地爷，能管方圆五十里。"

他并不认字，"书上说了"只是他的口头语，指的是算命、看相的人和一些识字人说过的话,他认为他们的话都是书上的道理。

告别时,我将镜头对准未来的土地爷,按动了快门。画面上红叶醉秋,层林尽染。王兴富头发花白,满脸皱纹,笑容灿烂,幸福无比。

选自《大河报》2009 年 11 月 19 日

作者简介:

雷长风,河南省杂文学会副会长,新乡市杂文学会会长。曾在全国 188 家报刊上发表文学作品千余篇;多篇被《读者》《文化博览》《青年文摘》《微型小说选刊》《微型小说选报》《杂文选刊》等转载;结集出版《长风化雨》《草根族的生命力》《中国当代杂文家》;编著大型杂文人物传记《走进杂文家》,主编《杂文百家代表作》。作品获各种奖励 20 多项。承办过“全国百名杂文作家新乡采风活动”。

鲁迅的邻居

雷长风

到绍兴鲁迅故居参观，看到一位卖字先生。他的小卖部在景点里边，游览者必经之地，生意很红火。我想，这地方，不是一般人能进来经营的吧。一问，果然。先生说，他祖上与鲁迅家是邻居。

先生六十来岁，戴一顶鸭舌帽，圆片眼镜后面，有双圆圆的眼睛，黑胡须，白牙齿。看上去健康、快乐，活得舒适。他说话热情，笑声爽朗，就像是自己的街坊。

先生很会推销自己。看我走近，马上点头致意，笑着说自己姓冯，是省级文化示范户。怕我不信，他指着墙上浙江省文化厅颁发的匾牌，证明此言不虚。接着向我展示各种报纸刊载他的书法作品，还有为店铺、工厂题写的对联、牌匾，证明自己的实力。怕我不识货，又出示了书法家协会的会员证。我怕他再拿出别的什么证件，赶紧说，不错不错，您的字确实可以。

先生高兴，唰地展开一把纸扇，说："我写的，买一把?"纸扇一面是大字"三味书屋"，一面是小字释文——三味意为：读经味如稻粱，读史味如肴馔，读诸子百家味如醯醢。我说，已经买过一把，与这个内容一样。他接过去展开一看，说："你这字是印刷的，我这是现场书写，怎会一样？游三味书屋和鲁迅故居，再买一把鲁迅邻居手书的扇子，这扇子就非同一般，带回去珍藏起来,蛮有价值的。”我无话可说,只得又买一把。

他收过钱,哈哈笑了,指着墙上和柜台,说:“还有湖笔端砚、檀木镇纸、名人字画、印油笔洗,还有与鲁迅有关的各种纪念品,来一趟不容易,再带点回去。”我说我是来开会的,会上发了不少书籍和土特产,再买东西就拿不住了。他说:“人名题诗,把你的大名嵌进诗里,也蛮有意思的,这个又压不住你。”我摆手说,算了,我的名字不好听,别玷污了你的好诗。说完,抽身离开。身后,传来他呵呵的笑声。说实话,冯先生的字不算太好,但他做生意的技巧,我还是非常佩服的。

到了故居后面的百草园,刚才时停时下的蒙蒙小雨,变成了紧锣密鼓的雨搅雪,大片大滴飞落下来。游兴不减的人们,打着雨伞在那里照相。我忽然发现雨伞忘在了冯先生那里。同行的作家汪金友说,照了相再去拿,丢不了的。我看到给鲁迅带来无限童趣的百草园,如今种满了萝卜、韭菜、上海青、雪里蕻,成了“百菜园”,哪还有百草的意味和痕迹,顿时兴趣大减,转身跑回去拿伞。还没到冯先生柜台前,就听到吵吵嚷嚷的声音。走近看到,冯先生右手拿把扇子,正指着一名年轻警察大发脾气。他说:“一把扇子,我开价10元,你砍到8元。我写好字8元给你,你又说7元。我7元跳楼,你甩手而去,耍我老头子！亏你还穿着警察制服,我看你是个假的,哪有警察捉弄老百姓的!”他胡子一抖一抖,刚才的和气模样荡然无存。

围观者越来越多,警察无奈地掏出10元钱,尴尬地递了过去。

人们散去后,先生看到我,从柜台下面取出我的雨伞,脸上又绽放笑容:“我就晓得你会回来的。”

有2500年文明史的绍兴,商人遍布。古迹、名人、物产、风俗等文化符号,都成了他们响亮的招牌。这些商人以他们的睿智、狡黠、传统文化涵养和现代经营意识,把生意做得风生水起。

冯先生就是他们其中的一个,他的品牌是:鲁迅邻居。

选自《大河报》2011年4月26日

城中草与乡村草的对话

刘吉同

城中草与乡村草从小生活在一块，亲密无间。但后来被强行分开了，从此天各一方。一个偶然的机会下，他们见面了，真好比“老乡见老乡，两眼泪汪汪”，互诉衷肠之后，同感于“草生”无常，于是有了一番对话。

乡村草见城中草过着贵族一样的生活，感慨地说：

“你们实在是太幸福了。饿了，有人喂食而且是特制的；渴了，有人送水，而且是自来水。还有人专门为你们洗脸梳妆，把你们打扮得妩媚俏丽、青翠欲滴、楚楚动人。白天，你们就像一个出浴的美人一样，吸引了那么多人的眼球；夜晚，你们在五光十色的灯光下承欢撒娇。而我们呢？姥姥不亲，舅舅不爱，扔之弃之，自生自灭。唉，本是同样的草，同样的绿，但命运差别竟如此悬殊。就像来自同一窑里的砖，有的被用来修砌宫殿，从此注定了一生高贵；有的被用来垒建茅厕，从此一辈子走不出卑贱，这大概就是‘命运天注定’吧。”

城中草听后，脸上竟没露出丝毫优越和高傲之感，相反，却显得心情特别沉重。它略略沉思了一下，没直接回答对方的羡慕，而是把话题引开了：

“乡村草老弟，你见过那笼中鸟吧，主人百倍地宠爱它们，够幸福了吧？然而，它们却是世界上最痛苦的生灵。鸟儿们在笼中不停鸣叫，有的说那是在歌唱。错了，大错了！那是哀鸣，那是泣诉，那是向苍天呐喊！因为它们成了囚徒，失去了像生命那样珍贵的蓝天下的自由，这是何等的惨烈啊！人中一些有识之士对此早有醒悟和谴责，郑板桥先生就说过：‘平生最不喜欢笼中养鸟，我图娱悦，彼在囚牢，何情何理……’

“你知道《红楼梦》里的元春吧，身份、地位、享受、荣耀、富贵，什么没有？然而，她幸福吗？省亲时元春见到贾母第一句话便说：‘当日既送我到那不得见人的去处……’见了宝玉后更是‘一语未终，泪如雨下’，何哉？乃因为她在后宫中，过的绝不是人的生活。想哭时不敢哭还必须去笑，想笑时不敢笑还必须去哭；想爱的不敢爱还必须去恨，想恨的不敢恨还必须去爱……没有尊严，没有人格，没有自由……这是多么残酷啊！

“说到这，你应该明白了，俺这做城中草的，便是那关在笼中的小鸟，便是那后宫中的元春。你们乡村草可以在高山上安居，可以去峡谷中歌唱，可以于田野里小憩，可以到草原上漫游。那身姿可以像小草那样玲珑，也可以像芭蕉那样粗犷。总之，只要自己喜欢。而我们呢？一切都无从谈起，只能像螺丝钉一样被人恶狠狠地拧在这浮躁、喧嚣的城市一隅。没有自由、没有尊严、没有‘草格’……整日只能看主子的脸色行事。我们也想追求个性，也想展示风采，也想长得高高的，甚至还想出‘草’头地。然而，迎接我们的，却只是像割韭菜那样的‘格杀勿论’。这叫什么幸福啊，这叫‘草’间地狱！”

城中草说罢，也“泪如雨下”。

此时，乡村草显得有些震惊。

“什么是幸福？个性能够充分张扬，追求得以最大满足，能充分享受‘草权’，有尊严地活着……或许这就是最大的幸福吧。”乡村草自言自语地说。

选自《新乡日报》2003 年 1 月 17 日

作者简介:

刘吉同,退休职员,现居新乡市。数十年来以写杂文为主,也发表了少量小小说。河南省小小说学会会员,河南省杂文学会理事,新乡市作家协会顾问。

钓

陈海文

王大伟来了。我这小屋子里，没一处干净点儿的地方可以让客人坐。王大伟倒是随便，一屁股坐到一条小凳子上，只是那位浑身不沾一点土星儿的司机，一直站立着。

我妻死的时候，王大伟正在海南，没得最后见她一面。一提起我妻，大伟这位刚强的大汉，竟落了泪。他说："大婶是这世界上第一好心人！我应该当亲娘一样孝敬她……"我截住了话头："大伟，快不要这么说了，她这一病一死，花你那么多钱，我已经很过意不去了。"

大伟是我在龙岗高中教学时的学生，从小就死了娘，他爹抗美援朝时掉了一条腿。20世纪70年代的穷困时期，家家穷苦，他家更穷。他饭量又特大，带来一星期的馍，三天就吃光了。好在他是球场名将，那些球迷球友们，这个给资助些红薯，那个抛来两个馍，倒也凑合过去了。他经常穿一双不合脚的烂鞋，球打到激烈处，便要把鞋甩了，因此得了个"赤脚将军"的称号。我把自己的新鞋旧鞋都给了他，他也不推辞："嘿嘿，陈老师，就咱俩的脚是一号的，别人的鞋我都蹬不上。"星期天或节假日，他常到我家帮助做活。他的单衣棉裤，都是我妻给他做，有了点好吃的，我们也都想着他。那时妻常说："没娘的孩儿，怪可怜的。"

如今的王大伟,是全县数一数二的大款,他经营了三家公司,报纸上常有名,电视上常露脸。这次他来,是要接我去他的"新世纪游乐园"钓鱼,陪我散散心。

王大伟还是那样大大咧咧、邋邋遢遢:满脸胡子像一窝乱草,衣服皱皱巴巴的。难怪曾有人把他当成了开车的,把司机当成董事长。可是他干起事业来,如同当年组织球赛一样精明强干。眼前这一带原是低洼积水的荒地,他买了下来,亲自设计,建成了一处一眼望不尽的红楼绿树、水榭亭台的游乐园。

一面钓鱼,话茬却又扯到了我妻最后的日子。我说:"她最感念的是你,要孩子们下辈子也不要忘了你。她最放心不下的是我和兰儿闺女……"我看见大伟背过脸去,便煞住了话头。

沉默了一阵,大伟说:"小兰该工作了吧?"我说,"卫校毕业一年了,一直还没工作。如今大小医院都不要人,可人家有钱有关系的早都安排了。"

他说:"怎么不找余有德?他是专管这个口的。"

"怎么没找,人家忙得很,见不着。"

他说:"余有德不是跟大婶还沾点什么亲戚吗?上学时候,大婶还带我去帮他家拉犁子耕过自留地呢。"

"唉……"我苦笑着摇摇头。

"我叫他马上过来。"大伟掏出大哥大。

我忙说:"人家肯来吗?就别麻烦了。"

"嗨,我随便喊他们哪一个来,他都得给我准时赶到。陈老师您等着看吧。"

"……我是王大伟,你马上来一趟,有位重要人物须见你。……不是……不是!不是县长,也不是经理,这位比他们重要多了……来了你就知道了。十点半一定要到……对,游乐园东渔台。"

十点二十五分,开来一辆"桑塔纳",余局长果然正点到达。他人很谦和，喊大伟“大伟哥”，喊我“姨夫”（亲戚辈分），还带来两瓶茅台。大伟笑着说：“呵，茅台！俺陈老师好有福气哟。”

立刻就进入了正题，王大伟提出要叫小兰进县人民医院工作。余局长说：“姨夫早该给我说呀。好了！这事我包了，下星期一找我拿手续上班。”

竟是如此容易！我喜不自胜，直想马上回家给女儿和她妈说说，叫她们都高兴，可立刻便想起妻已经死了——这些时日，我总觉得她仍在家里躺着呢。我想，如果她活着的时候听到这消息……

“鱼浮鱼浮！鱼浮沉了……”余局长望着大伟的脸喊道。

大伟立马挑起鱼竿，是一条一斤重的红尾鲤鱼。大伟笑着说：“这鱼只认得我，陈老师你大半天也钓不着……”

余局长笑了，我们都笑了。

选自《中国校园文学》1997 年 7—8 期

作者简介：

陈海文，中学特级教师，河南省作协会员，河南省散文学会理事，新乡市作协顾问。文章发表于《人民文学》《河南日报》等报刊。出版有散文集《故乡人》《芸芸众生鸟》《雨的记忆》《家住大河边》，小说集《亲娘·那一年》（与人合著），文学评论集《点点集》。

茫茫风雨路

陈海文

出门时天上下的还是沾衣欲湿杏花雨,到半路却忽然下紧了。风卷着雨丝,将青绿的麦苗、金黄的菜花全笼罩在迷蒙中。好不容易走过那段泥路,泥巴粘塞着自行车,简直一步也走不动。我连推带扛把车弄到公路边上,站着休息。

一辆汽车卷着雨水从对面飞驰过来,却又猛地停住,是一辆豪华中巴。车上下来一个年轻人,喊一声:“陈老师!”这年轻人留着漂亮的连鬓胡子,又高又胖的体态,整齐的西装领带,气度很是不凡。

“陈老师,不认识您的这个鼎鼎大名的学生了?”

“噢——贾社学,真不敢认你了。”唉,怎么偏偏碰见他!

他倒是挺热情的:“陈老师,您这是要回学校吧?我送您。”他又朝车上喊:“小梅,扶陈老师上车!”车上下来一位戴金项链、大耳环的女士,拉着我就往车上拽。贾社学像掂小玩具一样把自行车塞进后备厢,一边就拉我坐在他身边,并把他的呢子大衣披在我身上,回头对那女士说:“认识认识吧,这是我的恩师陈老师。”又指给我说:“这是我老婆。”

车调转头来,奔驰在茫茫雨雾中。车内设施豪华,放着舞曲,温暖而舒适。我问贾社学:“你当司机?干出租?”

他递过一支“红塔山”:“您听说新乡市有个宏达建筑防腐公司吗?您的学生就是公司的总经理。”

我吃惊地说:“嗬,真叫后生可畏呀。”

“陈老师,还记得学校给我的那个处分吗?”

果然,他耿耿于怀!我真后悔上了他的车,于是也就不客气地说:“怎么不记得?那时你们太不像话。”他是我那个班,也是全校后进生的哥们儿头头。有一次,他差点把一个学生打残,学校给他记大过一次,并停学一周。

“我这辈子永远感谢那次处分!真的,陈老师。”他猛抽几口烟,“我来到这个世界上就没有看见我爹我娘受那苦,没法提了!我活着就是为了报答娘。那阵儿受了处分停学回家,我娘那个伤心样子……娘给我跪下了!我当时真想一头碰死,便一刀往胳膊上捅个口子,当下就写了血书:听娘的话……”

我打破沉默说:“可贵的是浪子回头,你的成绩还不错嘛,数学还曾进入全班前10名。”

“嗨——”他大笑起来,“那成绩不真实,考场上至少两个人给我供纸蛋儿……那时候,我们有我们的一个小天地,许多事情老师是无法知道的。我们那几个坏蛋最忌有谁向领导老师捅露我们。炊事员反映了我们,就给他们的开水锅里放进几碗大盐,惹起全校学生都骂他们。因怀疑那几个最爱出风头的女生打了我们的小报告,晚自习我们把她们的自行车铃儿拧去,拔了气门芯儿,然后等着看热闹,听她们叫骂……”他苦笑着摇摇头,“当然那都是被处分前的事情了。”

“后来,我决心要脱胎换骨,也命令他们几个都要学好,于是我们约法三章:一要遵守纪律、好好学习;二要做点好事;三要当‘地下雷锋’——谁也不许出头露脸逞能当先进,不然会叫别的哥们儿笑话……我们首先偷偷地把坏了的门窗桌凳修理整齐,接着又用我们的方式警告了附近常偷学校东西的那几个农民,重点教训总来学校打架闹事的孬种张三毛!叫他们再不敢到学校捣乱。”

谈起他们公司的兴旺，他高兴地说：“那三个全校出名的‘人物’都跟我在宏达，他们都是好样的业务员呢。”他又点上支烟：“还有，您当然记得我们全校的高考状元——清华生靳树勋了，在学校我和他一优一劣档次分明，如今我们却全搅和到一起了：我资助他留美，他回国到我公司……”

我忽然想起一件事，便问他：“你知道‘司怀生’这个名字吗？”他沉默了一阵，喷吐了几口烟：“陈老师，我们本来说好的不告诉您。今天只好告诉您了：司怀生，就是四个怀念母校怀念老师的学生，‘怀生’又是‘坏生’——四个坏蛋学生……”

那是前年的炎夏，我妻大病在郑州住院，押金用完了，按医院规定就要停药。家里挤干了，哪来这么多钱？正在万分着急的时候，却接到一笔一万元的汇款，汇自新乡，汇款人司怀生。一年多来我一直寻找司怀生，哪知道竟是他们——我曾处分过的学生！多么好的年轻人，你们都有一颗金子一样的心。我强忍着热泪说：“叫我怎么感谢你们哪！这笔账我一定要还。”

他眼圈红红的，背过脸去：“陈老师，咱们到底谁欠谁呢？”

车开上了 106 国道，雨也住了。刚洗过的初春的田野越发新鲜，路旁年轻挺拔的白杨正吐出嫩黄的叶芽，依次飞速地迎了过来……

选自《中国校园文学》1995 年第 8 期

认　宗

陈海文

一条特大新闻传遍了这个黄河边上的小县——台胞华兴先生要回乡探亲了！华兴先生的老家，离城二十五里黄河滩区的龙冈镇，是一个地图上连名字也没有的偏僻小镇。自从华兴先生从台湾捐巨资兴建了华兴中学，并往小镇修建了十多里的公路，连通了106国道，龙冈镇便在全县出了名。

近些日子，龙冈镇的男女老少都分外风光，他们在华兴中学大操场搭起了高高的戏台，要为华兴先生唱台大戏，唱他最喜爱的家乡戏大平调。十里八村的乡亲们都赶来了，各种买卖也都过来了，学生穿上崭新的校服，校园内外、村头路旁遍插彩旗……最为风光的当数华兴先生的胞弟华老别。

华兴当兵离家五十多年杳无音信，许多人传说他已经死了，但华老别却认定哥哥在台湾。尤其“文革”时候，谁愿意承认有“港台关系”呀，华老别却不怕，硬着脖子说哥哥早晚要从台湾回来。三年前，华老别通过对台广播寻找华兴，竟然就真的找到了！于是才有了华兴中学和这段公路，才有了龙冈镇的今日。于是，华老别的亲友多了起来，连多年不来往的亲戚，运动中“划清界限”的本家，现在都亲热了。集上会上，只要华老别一露面，就会有许多人争着打招呼。华老别无儿无女，老伴死了多年。从台湾邮寄过来的收音机、照相机什么的，他都随便送给了亲友。乡政府要从建校款项中拨出一点给华老别翻拆一下屋子,他死活不愿意。他说,老屋住着温暖、舒服,换了新房会生病的。给他介绍老伴他也不要,他说,这辈子再不想别的了,只想和台湾的哥哥见见面。

刚下过一场春雨,龙冈镇的桃花更红,麦苗更绿,菜花更黄。从远远的绿麦黄花中,沿新公路过来一列车队。学生和乡亲们远远迎了过去,夹道欢迎。路县长、政协崔主席、统战部史部长、教育局王局长等先下了车,最后从中间一辆轿车里下来一位高大白胖、红光满面的白发老人,由一位风度高雅的中年妇女搀扶着——这就是华兴先生和他的女儿。

华兴先生提出建议:希望在公众场合举行一个与兄弟的见面仪式,他还要讲话。华先生真知人心意,教师、学生、乡亲们,谁不愿一睹这激动人心的场面呢,更不用说报社和电视台的记者。这仪式就安排在高高的戏台上举行。

在暴风雨般的掌声中,华兴先生父女及县、乡领导在台上就座。接着,华老别由两人搀扶着登上戏台。摄影摄像记者满台团团转,台下人们全都屏住呼吸……华兴先生父女大步迎上前去,一人一边拉住华老别的手。华老别眨眨昏花的眼睛,对华兴先生看了好一阵,却一屁股墩了下去,两手捶打自己的脑袋:“不是!……我哥是个矮子,都是我瞎张狂,我……我对不住人家,对不住乡亲……”会场一下子“冷冻”了,人们惊愕地瞪大了眼睛!

路县长等扶回华兴先生和华老别坐下。华兴先生的女儿向台下深深地鞠了一个躬:“父老乡亲们,我父亲正要向众人说明……”原来华兴先生不是龙冈镇的华兴!他的家乡也在黄河边上,但那小村庄在他去台湾之前就已落进黄河。华兴先生也有过一个弟弟,十岁就被日本飞机炸死了。1949 年华兴先生随父亲到了台湾。他的父亲是位将军,人老得了“思乡病”,老人最后的愿望就是把骨灰埋在黄河之滨。后来惊闻大陆亲人召唤华兴,华兴先生就应下了。

史部长宣布:华兴先生有话要给大家讲。华先生走向台前,好久才说出话来:“乡亲们,我的亲人……”华先生掏出洁白的手绢擦拭眼睛,“四十余年,我,无日不思父老乡亲,无夜不梦黄河边上的热土……我的老父最后之遗嘱是四个大字‘叶落归根’……我今已七十有五,女儿也逾不惑之年,这四个大字也是我父女的最大心愿哪……”台上台下又是一阵暴风雨般的掌声。“众乡亲及大陆同胞都是我的亲人,龙冈镇的这位兄弟就是我的亲兄弟!你我虽非一母所生,然而我们都是炎黄子孙,都是华家的后裔呀……”

“哥——”“兄弟!”两位老人抱在一起,华老别放声大哭……台上台下一阵掌声,一片泪光。

掌声、鞭炮声,锣鼓、军乐声,震撼了黄河滩十里平川,电波又将这一切传给千家万户,传到海峡对岸。

选自《百花园》1995 年第 7 期

生死跳伞

苏景义

汤姆有一架自己的小型飞机。一天，汤姆和好友库尔及另外五个人乘飞机过一个人迹罕至的海峡。飞机已飞行了两个半小时，再有半个小时，就可到达目的地。

飞行中，汤姆忽然发现，仪表显示飞机上的油料不多了！汤姆判断是油箱漏油了，因为起飞前，他是给油箱加满了油的。

汤姆将这情况给同伴们一传达，飞机上的人一阵惊慌：没了油飞机可怎么飞？这可是要命的事啊！汤姆忙安慰他们："你们不要怕，没关系的，我们有降落伞！"说着，他将操纵杆交给也会开飞机的库尔，走向机尾拿来了降落伞。

汤姆给每个人发了一顶降落伞后，也在库尔身边放下一个盛有降落伞的袋。然后，他深情地望着库尔说："库尔，我的好兄弟，我带领着五个人先跳，你开好飞机，最后在适当时候再跳吧。"说着，就带领五个人跳了下去。

飞机上就剩库尔一个人了。不久，仪表显示飞机油料已尽，飞机在靠滑翔无声地向前飞，同时也快速地向下落。库尔决定也赶快跳下去。于是，他一手扳紧操纵杆，一手抓过来降落伞包掏降落伞。他掏出一看，大吃一惊：包里没有降落伞，是一包汤姆的旧衣服！

库尔切齿咬牙，大骂汤姆！既没伞可用来跳，也没油料，仅靠滑翔，飞机是飞不长久的！库尔急得浑身冒汗，只好使尽浑身解数，往前能开多远算多远。

飞机无声息地朝前飘着，往下降着，与海面距离越来越近，越来越近，眼看葬身大海的悲剧就要发生。就在库尔彻底绝望时，奇迹出现了：一片海岸出现在前。他大喜，用力猛拉操纵杆，飞机贴海面冲过去，嗵的一声撞落在松软的海滩上，库尔晕了过去。

半个月后，库尔开着修好的飞机，回到他和汤姆所居住的小镇。

他拎着那个装着旧衣服的伞包，来到汤姆的家门外，发出狮子般的怒吼："汤姆，你这个该死的混蛋，出卖朋友的家伙，给我滚出来！"

汤姆的妻子和三个孩子跑出来，一齐问他发生了什么事。库尔很生气地讲了事情的经过，并抖动着那个降落伞包，大声地说："看，他就是用这东西骗我的！他没想到我没死，真是老天保佑！"

汤姆的妻子说："他一直都没有回来呀，一直没有回来。"接着就认真翻查那个降落伞包。七八件旧衣服被全倒了出来后，她从包底找到一张纸片。但她只看了一眼，就大哭起来："我的汤姆啊——"

库尔一愣，拿过纸片来看。纸上有两行极潦草的字，是汤姆的笔迹，写的是：库尔，我的好兄弟，机下是鲨鱼区，跳下去必死无疑。不跳，没油的飞机不堪重负，会很快坠海。我带领大家跳下去后，飞机减轻了重量，还有希望能滑翔过去……你，就大胆地向前开吧，祝你成功！

库尔一下倒在地上，仰面大哭："汤姆，我的好兄弟……"

选自《读者》2005 年第 18 期

作者简介：

苏景义，一位76岁老翁。一生随命运波涛漂流：19岁被选为中共中央办公厅一局干校学员，却因身体问题被淘汰。当兵学了3年英语，却没做情报工作，而改行当了炮兵干部。转业后教过电大、师范。37岁时不顾家人反对，从市教育局机关跳槽到报社，边编报纸边练习写小说、故事。创作小小说200篇许，其中有几十篇得奖。

下辈子还给您当学生

苏景义

退休已20年的中学教师孙广打开家门，发现地上有张有字的硬纸，捡起后，却看不清写的什么。有个往楼上送煤气的，帮其看后说："有人明天请你赴婚宴，在黄河大酒店，是个叫张静的，他孩子结婚。"

孙老师一阵激动，张静是他30年前的学生。自他搬到这个靠近市郊的住所，与学生们都失去了联系。没想到张静还想着他，这学生没白教啊。

第二天他来到时，酒店已坐满了人，他找个座位刚坐下，就听广播里广播找人："宋文先生，请您到大厅外去，有人找。"广播到第三遍时，旁边一个青年对他说："老爷爷，广播里正找您。"他一愣："你怎么认为我是宋文？"青年指指他放于桌边的请柬，说："是您这请柬告诉我的。"

孙广抓起请柬就走。他已明白，请柬是误投进他家的，张静没有请他。他要回家去，不然见了张静岂不彼此尴尬？但到门口却被两个青年拦住，说："老爷爷，你怎么不吃饭就走呢？"他很生气，就照直说了。

俩青年立即惊叫起来："您就是孙广老师呀！张静叔这几天到处找您呢。"在喊声中张静飞跑出来，一把拉住老师说："这真是——踏破铁鞋无觅处，神送恩师飘然来。老师，我找您找得好苦啊！"

原来，他30年前当过班主任的初中201届3班，在本地的36名学生，相约趁张静儿子婚宴之机聚会，要张静一定要把班主任孙广老师请来。

张静就亲自去给孙广老师送请柬，但由于孙老师几度搬迁住处，始终没能和孙老师联系上。直到今日，他还安排负责报到登记的人逢人便打听。

张静把孙老师搀进大厅旁的一间小厅，孙老师一进去，全场顿时沸腾。这里全是当年3班的学生，他们一下把老师围了起来，问长问短。张静说："我把老师交你们了，等宴会散了我再来。"接下来，学生们你来敬酒，我来鞠躬的，孙老师那镶着假牙的嘴，笑得再也合不拢了。

大厅里宴会结束，小厅里还热闹无比。张静走进来，提议每个人都报一下自己的名字，几十年了，让老师再熟悉熟悉。

孙老师却摇手，说不用自报，像当年开班会那样，我来按当年的学号顺序，点一下名吧。有人忙把刚才统计的通讯录名单送上来，老师又摇手说，不用那个，再说我也看不清。说着，老师什么也不看，就喊起名字来：王玉昆，冯小宝，宋丽珍，温良贵……不待点完，人人都已泪流满面。有女同学哭着说："几十年了，老师还能把我们的名字、顺序记得一点不错，老师的记性可真好啊。"

老师像孩子般开心地笑了，说："不是老师的记性好，是我经常看你们的名单，次数多就熟了。我18岁开始教书，62岁退休，44年中不算任课，光当班主任就带了21个班。退休这么多年，我眼睛不好，平时除了听听广播新闻，就是借助特大号放大镜，翻看我的21个班的学生的花名册，回忆师生共聚的欢乐……老师经常梦回当年，老师这辈子教书没教够，下辈子还想教书哦。"

学生们都哭了，说："老师，下辈子我们还给您当学生！"

选自《青年时代》2008年第6期

得失之间

苏景义

28 岁那年,菲力斯成为全欧马拉松长跑冠军。为表彰他在体育上为国家做出的贡献,国家给了他很大荣誉。

一次,他应邀到全国最大的一处监狱做演讲。面对上千罪犯,菲力斯讲了他贫穷的童年,以及他在坎坷中拼搏奋斗、自强不息,改变自己命运的经历。演讲引起极大反响,全场报以经久不息的掌声。

在他结束演讲即将走下台时,一名罪犯站起来,请他回答一个问题:“在你的一生中,你最感谢的人是谁?”

菲力斯没有马上回答,而是凝眉思考。此时,提问者接连发问:“是你的运动教练吗?是你最爱的父母吗?是你某个最好的朋友吗?……”

菲力斯不住地摇头,说:“这些人我都感谢,但不是我最感谢的。我最感谢一个特殊的人,没有他,就没有我的今天,我真想找到他,好好谢谢他。”

他是谁呢?所有的人都等待着答案。

“小偷,那个当年偷了我的自行车的小偷,是我最感谢的。”菲力斯说。

全场哗然:最感谢小偷,这怎么可能呢?

在人们的惊讶中,菲力斯道出了事情的原委:那年他 13 岁,正读初一。由于家穷,他住不起校,全靠一辆破自行车,一天两次来往于相隔 5 公里的家与学校之间。那是一辆破得不能再破的自行车,可有一天他到校后忘了给车上锁,车子被小偷偷走了。家里再也无力为他买自行车,他只好跑步上学。一天10公里,3年下来,他吃了不少苦头。可是,跑步先是使他成了全校长跑冠军,后又在全市获得亚军……从此,他走上运动生涯。他真诚地说:“如果不是因为当初丢车,我绝不会有今天的荣誉。”他说他总觉得对不起那小偷,也许那是小偷的第一次,由于他的疏忽,小偷轻易得手,从此一发而不可止,说不定他害了人家呢……

人们就笑起来,说不会那么巧的,你就别替小偷担忧了。

可就在此时,台下传来哭声,哭声中有人喊:“我就是那小偷呀,呜呜!”

接着,听管教对那人吼:“希库莱,你搞什么花样?嫌刑期还短吗?”

菲力斯制止了管教,耐心听那罪犯絮絮叨叨的哭诉。当他听那罪犯说,他偷的那辆自行车由三种型号的机件拼接而成、车梁有焊痕、后圈有断迹时,他默默走下台来,从胸前摘下一枚奖章,别到希库莱的胸前。

希库莱满面羞惭,连说:“我不配,我不配。”

人们纷纷惊叹:这真是上帝的安排啊。失者得到最丰厚的馈赠,得者失去了最宝贵的东西。得和失就像一对在岔路口分手远行的兄弟,走得越远,时间越长,差别越大。

选自《青年文摘》2005年11月

牵 挂

韩世平

“那边儿回信了没有?”郑老吃力地问。养子是名警察,年前刚办退休。听到老爸询问,他俯下身说:“还没有,估计快了。爸,你好好养身体。”

1948年,农历十月十八。这一天,郑老记得特别牢。为啥?因为这天是他19岁生日。那一晚,全团奉命到村北集结。战前动员后,部队向东北方向开进。夜11时许,接近敌前沿。风,呼呼地刮着。天,黑得伸手不见五指。往前看,往后看,只能看到战友们胳膊上系的白毛巾……

夜12时,战斗准时打响。次日上午11时,部队撤出战斗。11个小时,伤亡306人,失踪105人……多年后,当年战友一见面,都不提这一仗。偶尔有人提起,马上有人制止:“不说了行不?难受!”

战斗一开始,还是很顺利的。敌人重点设防,是在村西南方向,我军是从西北方向下手。所以,9分钟就突破了敌前沿!但是,尖刀连刚扑进第二个院子,就遭到敌人很强的火力抵抗……战后开总结会,大伙都感叹:说是只有两个排,怎么会是一个加强营啊?侦察怎么搞的?有人说:咱装备差,也就六〇炮、炸药包。手榴弹扔着扔着就跟不上了。有人说:轻敌!这个绕不过去,得好好检讨……

打到第二天上午,敌人重炮都砸到阵地上了,小郑还毫发无伤。团长下令撤退,他刚走两步,就感到裤裆里一热。回到集结地,就住进了医院。20世纪70年代,郑老拿优待证去买肉。售货员瞅他两眼,然后问道:“你,荣军?伤哪儿了?”郑老手指裤裆:“伤这儿了。”售货员是个女的,脸一红。没有再说啥,卖给他二斤肉。伤哪儿了?流弹不偏不倚,伤到了郑同志的“命根儿”。

新中国成立后,小郑复员,回村,当上了生产队小队长。年龄大了,找了个老姑娘,一直没孩子。后来,抱养了个男孩儿。孩子长大,穿上了警服。随着年龄增长,每当闲下来,郑老总会不知不觉地想起了当年:当天下午,敌人去城里,运来3挺重机枪!难道我们这边儿,有人走漏风声?……战斗推进到村东北角,再往南打多顺啊!缴获的弹药成堆,俘虏多得看都看不过来……村西南角那个高大房屋,火力实在太猛了。如果天亮前拿下,一准儿完胜!

“文革”前,郑老活得堂堂正正。运动一来,突然有人来搞外调,问他当年进城策反的事儿。结果,他说了几回才说清楚。当年战斗失利后,鉴于敌人防御坚固,我方决定长期围困。1949年4月,四野重兵南下。有个炮兵团的副团长,和守敌上层有亲戚关系,决定进城洽谈。郑老的表哥,在城里任高参。所以纵队首长说,咱这边也有关系,小郑上!结果,谈判成功,和平解放。小郑的奖励,是一支派克金笔。

1968年冬,多年行医的表哥被批斗。郑老赶到现场大叫:“当年谈判,我表哥是有功的!”听了这话,顿时有人高叫:“再说一句,连你一起批斗!”数十年过去,郑老年龄渐大。每到阴雨天,伤处就隐隐作痛。一转眼,郑老的生日又近了。这一天,他提笔给当年战斗过的地方所在的地级市的报社写了一封信。大意是:70年前,我的许多战友,都牺牲在你们那儿了。你们现在还知不知道这回事儿了?对方没有回复。

1995年,郑老患贲门癌,动了手术。23年后,癌症复发。郑老住进医院,多是老伴儿照顾。养子和儿媳,有时也过来帮忙。报社仍然没有回复。养子来医院,郑老问了一次。前不久,孙女来医院,他又问了一次。听说还没消息,郑老都不想再问第三次了。

星期六早上,孙女的孩子来了。一声“老姥爷”,让郑老振奋起来。7 岁男孩儿把一个稍长些的信封塞到他手里,说:“报社回信了。”在老伴儿帮助下,郑老吃力地从床上坐起来,摸出了老花镜。回信不长,大意是说,有老前辈的流血牺牲,我们才过上了幸福安宁的生活,永志不忘。随信寄去样报 3 份,顺祝幸福安康。

郑老把信看了两遍,又端详起 2018 年 11 月 25 日出版的报纸来。该报第五版,整版就一篇稿子。大标题:王庄之战。副标题:献给为解放中原而牺牲的英烈们。配图:当地的战斗阵地、村中纪念碑和烈士陵园照片。郑老仔细地端详着,端详着……蜡黄的脸上泛起红晕,不觉热泪盈眶。他轻声喃喃道:“好,好……郭团长、杜政委、李班副,文忠兄弟……咱们值了,值了!”几天后,郑老溘然长逝,享年 89 岁又 36 天。

选自《新乡日报》2019 年 4 月 27 日

作者简介:

韩世平,男,新乡日报原主任记者。1954 年 12 月出生于本市。务过农,做过工,参加过高考。1980 年 12 月大专毕业后,先在市教育局工作,1983 年 2 月调报社。在职期间,曾获各类新闻作品一等奖 13 项。1983 年以来,先后在《新乡晚报》和《新乡日报》发表短篇小说和小小说《悟》《对表》《竹海幺妹》《经商者说》《螳螂捕蝉》等。

迎客杏

高怀昌

没有预兆，更没招声儿或提示。银裕见面就说："荏苒，把你的杏树处理掉!"

不容置辩，不容商量，没有余地。叫荏苒听得心里咯噔一声，把杏树的事儿石头般搁心里了。

荏苒与银裕是隔墙邻居。墙是银裕家的。十几年前两家同时搞农家乐时，银裕拆了墙，拉了道铁栅栏，说这样透亮。荏苒便在铁栅栏外面自家的一侧，种了排杏树。十几年过去，长得快的树，干径已二十多厘米，长得慢的也有十五六厘米了，正值盛果期。早春杏花开，阳春青杏生，初夏红杏熟，煞是喜人，给光顾的游客增添许多兴致。可银裕却突然要荏苒把杏树处理掉，荏苒不解，问银裕："为啥呀？咋处理呀？"

银裕说："我盖房，碍事。"又说："咋处理？锯掉、砍掉、连根挖掉!"

荏苒心想，那杏树没挨他家栅栏，不碍事呀。又想，他空房不少呀，盖房做啥？时值阳春，满树绿玛瑙般的小杏，翠青悦目，望之垂涎，砍掉多可惜呀。可银裕山外有人，仗势，是村里有名的强梁（方言，即强横），说话直怼，对谁都没瓤话（即软话），村人都让着他。何况自己一怂包、软蛋，人家说啥是啥，哪敢违忤？不砍是不行的。荏苒又想，跟强梁人搁邻也有好处，常来查这查那且欲趁机敲竹杠者,见跟银裕紧邻,便会收敛许多,自己还是心存感激的,树碍事理应砍掉的,可是眼瞅着不碍事呀,于是纠结不已。

无奈,皱眉苦思中,想起少时老师芊绵,于是置酒相请,邀老师帮解郁结。

芊老师退休多年,没事时常来荏苒这农家乐休闲,对这儿的里里外外了如指掌,听荏苒一说,随口道,锯。

啊?锯?荏苒一惊,这不也是玩把戏的躺地下——没法儿嘛。

芊绵说,啥贵不吃啥,谁厉害不惹他,知道不?

荏苒说,知道,小时候常听大人说。

芊绵说,既然人家说碍事,那就锯。

又说,锯之前,我给你讲个故事:从前有个秀才,家对面的富豪大院里种了许多竹子,便写了副对联贴于门上:门对千棵竹,家藏万卷书。富豪见了很生气,就令人把竹子砍短了。于是秀才在联下各加一字:门对千棵竹短,家藏万卷书长。富豪更生气了,下令把竹子连根挖掉。秀才又在联下各加一字:门对千棵竹短无,家藏万卷书长有。那富豪落了个蒸笼上的水雾——白汽(气)。是不是有点意思?这典故据说是真的。另外,阿凡提知道吧?勤劳乐观、豁达向上、富于智慧和正义,老是让地主老财甚至国王受到嘲弄或惩罚。有一人说,小时候看阿凡提,觉得很可信的。现在回头一想,那些地主老财哪有那么蠢呀!你看现下的富豪,都猴儿精猴儿精的,狡猾得很。我说,那是,不狡猾能把别人的钱弄到自己兜里吗?那些地主恶霸豪强奸官,狼狈勾结压榨穷人,而穷人又无力反抗,还不该有点阿Q的精神胜利法呀?起码自寻开心、自取其乐、自我安慰吧,要不然暗无天日、惨无人道,哪有活头呀?

荏苒说,那是。

芊绵接着说,知道迎客松吧?黄山名松,黄山景区的标志性景观,一侧枝丫伸出,犹如彬彬手示,礼迎客来,俊朗挺拔,风姿优雅,令人赞美不已。

你这农家乐也是接待游客的，把那杏树锯成迎客杏，以示礼迎宾客，岂不很好？人家恃强凌弱，咱们大肚能容，对不？

荏苒说，对。瓤牛会修树，让他把邻近铁栅栏的半边树冠锯掉，把伸向咱们院子里的枝丫修整修整，修整成迎客松那样的树形。说到此，不禁心结顿开，道：嘿，这么一整，还是一景嘞。

请瓤牛把树整完，荏苒问银裕这样行不行，不行就刨掉。

银裕说，我那房还闲得跑耗子呢，盖房弄啥？也就句口水话，真锯了？又说，你还挺有办法嘛！

听了这话，荏苒心里的石头落地了。

那排锯掉半边树冠的杏树，修整成迎客松模样的枝丫，依然挂满青莹莹的小杏，面貌一新，别具一格。

再来休闲的游客，非但没觉得那树被整得怪异，反而都说，好，好，这杏树修整得好，有创意。

选自《速读》2020 年 2 月上

作者简介：

高怀昌（笔名金昌），河南省作协会员；出版中篇小说集《钱二卖丁》、散文集《心里的梦谷》。小小说《井不自知水多少》入选美国艾奥瓦州立大学穆爱莉教授编译的《当代中文小小说汉英对照读本》；小小说《樱桃红了的时候》2017 年获解放军《军事故事会》第二届军事故事（小小说）“青铜骏马奖”；散文《飘扬在祖国边关的国旗》，2015 年获宁夏“我和国旗的故事”全国征文大赛一等奖。

我是湖长

高怀昌

不担责不知责难担，不管啥不知啥难管。

老武当了湖长，只新鲜、高兴了几天，便有了如此感叹。

刚开始沿着湖岸巡视检查，看着波光粼粼的水面，看着不时跃起的小鱼，看着日出、日升、正午、斜阳等不同时刻的湖光水色，迥异风景，除了有“落霞与孤鹜齐飞，秋水共长天一色”的美妙感叹，还会有“无数凫雏穿稻塍，一群滩鹜语茭潭”的诗句闪现。想想，那是多么美好的自然生态、宜居佳境啊。

之所以想到鹜，是因为他所“长”的这湖，的确有可爱的野鸭和鸳鸯呢。

这些年来，老武是看着这湖变浑、变黑、变臭，变得鱼蛙全无、岸柳枯死、芦苇蒲草颓败、湖岸荒芜的。也是看着这几年排污水、清污泥、引清水、植树布绿，苦心治理，使这湖又重新活起来、美起来、亮丽起来的。湖里有了鱼虾，有了蛙鸣，有了野鸭鸳鸯，成了人们健身赏景、休闲垂钓的好地方。

每当看到那些或悠闲游动或潜水捕食的野鸭鸳鸯，老武就会在不胜爱怜的同时，既心生隐忧，又满怀憧憬。它们白天在此，夜晚在哪儿呢？这是隐忧。这湖水周边的生态继续好起来，会不会有鸥鹭、群鹤等更美的水禽翔集而来呢？这是憧憬。于是想，若在中央建一湖心岛，栽上树种上草，给现有的水禽设一栖息地，说不定会有更多迁徙珍禽在此驻足呢。那将是多么美好的事、多么美好的景啊。

可是，如何获准？如何筹资？怎么兴建？老武一脑袋问号。

就在这时，有了漂浮的死鸟，也有了老武的感叹。

刚发现时，老武还以为是水耗子或海狸鼠作怪施害呢。沿岸细查，没见水耗子洞。走访周边居民，都说那年海狸鼠被怀疑传播非典，全被捕杀完了，哪里还能作乱。

老武划着铁皮船捞了，发现那野鸭、鸳鸯的确不像是被什么咬死的。询问众人，有人说：弹弓，弹弓打死的。

噢——弹弓打死的。而且每隔几天，就会发现有死鸟。每当捞起这些死去的鸟，就有人讥讽说：还湖长哩，连只鸟都护不住。老武听了，愧得无言以对，犯下罪过似的。于是暗下决心：一定要把这个作害水鸟的"弹弓"逮住。可是决心好下，逮住难。湖边一天到晚游人不断，更无规律可言，怎么才能发现这个"弹弓"呢？

就在老武苦苦思索，加紧巡查时，"渠长"小曹也在对着监控屏，仔细审查着岸边监控拍录下来的一帧帧图片，并告诉老武，他负责的渠上也发现了被弹弓打死的水禽。

小曹"长"的那渠，是老武负责这湖的给水渠。水系相连，责任相连，打死水鸟的事自然也相连。因此老武问：监控上有发现吗？小曹摇头：没有。我到街边玩具摊上看了，那弹弓都做得非常小巧，手里一握，很难发现。

老武说，是啊。监控仅能监控人形，监人心难哪。何况早晚天色昏暗，人形也难监得个清晰呢。

是，模糊得很。小曹说罢，老武突然一拍脑袋说，咱们联手查！每天早起晚归，我在前边查，你在后边跟；一旦发现，我上前制止，你后边手机拍照，咱抓他个现形。

方案定下，二人起早贪黑，精心查巡，终于发现了那个瞄向水鸟的"弹弓”。

这天，天刚蒙蒙亮，刚能看到水面的游禽，那人就来了。对准水禽拉开了弹弓。老武心说：这么早，怪不得难以寻见。于是大喊：住手！我是湖长。可那人还是“啪”的一声，把一只水鸟给打死了。

看着死去的鸟，老武那个气呀——战士冲锋般爆发出来：我叫你住手！

岂料，那人正打得有趣呢，见突然杀出个程咬金，弹弓一转，“嗖”地冲老武射了一弹。

老武只是姓武，并无半点武艺儿，靠着“冲锋”的运动状态，才保住了脑袋，却被射中了耳郭。血顿时就流了下来。

老武说，嚯，还打人呢，黑恶分子呀?！不顾流血伤痛，冲上去逮住那人说，这野鸭是国家二级保护动物，鸳鸯是重点保护动物，你为什么要置它们于死地？它们游在水上，吃点鱼虾，给人们营造风景，你有什么不满的?

那人狡辩说，我眼神不好，还以为是漂浮的垃圾呢。

老武说，垃圾？你以为是湖黑湖臭那时呀，漂的满是垃圾！还说眼神不好，眼神不好还一弹打死一只，眼神好了还不一弹打死一群哪！

拍了照的小曹赶上来说，老武，别跟他磨嘴皮、费唾沫了；带他去派出所学学《环保法》《野生动物保护法》，长长眼力。

老武揪住那人，走，去学学法，长长眼力。

选自《国家湿地》2019 年第 6 期

悟草

高怀昌

“悟”字词语很多：领悟、省悟、感悟、了悟、颖悟、顿悟、彻悟、神悟、恍然大悟；悟心、悟言、悟性、悟赏、悟悦、悟物、悟理、悟慧、一闻千悟，等等。但是“悟草”，却是老白的切实体悟。

老白早先在采砂、采石、装卸、建筑等需要重体力劳动的工地打工。久之，腰椎、四肢都出了毛病，便来到孩子白水读大学的城市，做了个能省些力气的草坪养护工。

草坪是河畔上人工栽植的绿地。为体现开阔，建出特色，凸显观赏性，设计者用大型机械开挖修饰了河的蜿蜒弧度，并对原本平坦的岸上土地进行了“艺术”堆积，使之形成此起彼伏、凸凹有致、曲线流畅的波浪状。而后植草、铺路、栽花、种树，形成视觉优美的亮丽景观。草是引进的美丽小草：本特草，也叫本特1号。属好草、名草、品牌草。草下铺有供水管道，地表装有喷水龙头，以便及时浇灌。草细细的、小小的、茸茸的、矮矮的、平平的，依河势蜿蜒而蜿蜒，随地表起伏而起伏，顺石径迤逦而迤逦，在阳光普照、清水滋润、人工养护下，生长得悠然自适，青翠茂盛，绿茵绵延。

忙碌在责任段上的老白，虽然每天耗时长、工钱少，但比起干那些重体力活儿，省力许多，气也喘得匀实很多，因此干得很投入、很尽责。老白清楚，自己的身体已经落下伤症，再下那么大的苦力，还不知会有个什么后果呢。好在白水就要毕业了，毕业后能不能挣到钱不说，总算是没有继续供应学费的压力了，这使他觉得心里轻松了许多。

白昼渐长的阳光将节令照引至初夏时，一场大雨把草坪浇了个透彻。草们被洗得纤尘不染，青新翠绿。随之，“杂草”也疯长起来：茅草、芦苇、蒌蒿、稗子等杂草，小麦、玉米、豆子、芝麻、棉花等庄稼，楝、榆、槐、楮、杨柳等树苗，萌发出来，一株株在本特草头上猛长。杂草、树苗属过去田边的“土著”，“庄稼”应为以前这地当农田时的种子，借助透雨及气候的温热，又发芽生长的。可在此，就同属“杂草”。老白在拔除这些“杂草”时想，草长在庄稼地、果蔬地是杂草，要除掉。庄稼间苗时为保留壮苗要把稠苗弱苗除掉，谁会除掉全部的苗呢？而时下，就要全部除掉。

咦！老白突然明白，在自己管护的草坪上，凡不同于本特草的都是杂草，树苗是杂草，庄稼也是杂草。

上次白水来帮忙干活儿时，还跟自己商量毕业后去干啥呢，老白说，我一个脸朝脚趾两眼青草的人，会知道该干啥？于是搁心里一直想着。没想到想着想着，突然间被草启示，由草而悟：在对的地方，做对的事。

想罢，又暗自一笑：废话。谁不知道在对的地方做对的事？可是，什么是对的地方，这很重要。比如本特草置于草坪，就是对的地方。在这里，即使庄稼、树苗，也照样得被除掉。

想到这儿，老白想给白水打个电话，给他说，他那儿也有草坪，他从中发现什么现象，悟出什么端倪了吗？

选自《速读》2020年3月上

东方的太阳日日新

王庆高

我在新浪潮置业有限责任公司办公室主任的位置上，一坐就是三年。

三年里，我唯命是从，唯言是听，谨小慎微，战战兢兢，生怕有半点儿疏漏，不敢有半点儿怠慢。

我不想给她添任何麻烦，更不想给她留任何不愉快，更不想给她增加任何心灵创伤。

因为我有负于她。在她花红叶绿的年纪里，热切地盼望着我的爱情时，我却背信弃义把誓约撕得粉碎，同别人结了婚，害得她四十好几至今独身。

而今，我时运乖舛，落了个“下岗”干部的命运。是她的同情和怜悯，使我又有了饭碗。我怎么能好意思再给她添麻烦、给她不愉快、给她心灵创伤呢？

三年中我千万遍告诫自己：万万不能！万万不能！

我以为我这样能慰藉她的心。

我以为我这样能分她的忧。

我以为我这样会令她高兴。

可是，我还是把她惹生气了。

那是初夏的一天，我早晨照例七点钟上班，先把她宽大的办公室打扫干净,又去打扫走廊。她八点差一刻到了。她总是这样。她见到正在拖地的我,说:“长山,今年公司效益不错,你去买几台空调装备装备办公室吧!”

显然她很高兴,她创办的民营企业走到这一步不容易。

她高兴我也高兴,就问:“好咧,买几台?什么牌子?”

她说:“一个办公室一台,买海尔的吧。”说罢她开门进了办公室。

我赶紧涮了拖把,进办公室拿笔记本记了她的指示。一想,还没问清,就敲开她的办公室门,哈腰含笑问道:“买啥样式的?总经理。”

她没责怪我。稍一思索,说:“买一台柜式的,其他买成壁挂的。”

我点头说声“好”,就离开了她办公室。

我骑着自行车,哼着小曲儿进了家电商场。商场里空调琳琅满目。我瞪大眼睛四处找海尔空调,没找着。问服务生,服务生说海尔空调刚脱销。我扫兴而归。

我又敲开她的门,问:“总经理,海尔空调没货,你看再买啥牌子的?”

她抬眼冷冷地问:“有没有‘格力’的?”

我支吾着:“我……没留意。”

她低头去看她的文件,不语。我悄悄退出她的办公室。

我又骑着自行车,没哼小曲,来到家电商场。进门就问服务生:“有格力空调吗?”

服务生说:“有,刚到货。”

我心花怒放起来。动手买吧?一想,不妥。总经理没再指示呀!

我再次敲开她的办公室门,哈腰含笑问道:“总经理,有‘格力’的,买不买?”

她正在低头看文件,半天没抬头。风平浪静的脸霎时像刮起大风,顷刻要掀起滔天巨浪。

我吓蒙了。刚才还满面笑容的脸,怎么突然说变就变了?

继而,她的脸又恢复了风平浪静,抬头叹气道:“长山啊,你怎么这个样子呢?!”

我尴尬地笑。唯唯诺诺的样子不像个大男人。

她指了指老板台一边的三人沙发,面无表情地说:“你坐吧。”

我退着往沙发上坐。坠力过猛,沙发又软,差点儿倒翻跟头。这是什么地方?玩这杂技?我赶紧顺势弹起,屁股轻挨着沙发,像蹲屎一样。双手五指并拢,贴于膝盖处——这叫正襟危坐!

她扑哧笑了,起身在办公室边踱步边说:“长山啊,有句话叫‘东方的太阳日日新’。太阳的今天不同于昨天,太阳的明天不同于今天。每天的太阳总是新的。人也如是呀!你不能老是昨天、昨天、昨天,在昨天里一待三年。你应该战胜昨天的你,超越今天的你,争取明天的你!懂吗?”

我羞愧地点点头。

她继续说:“尼采说过,‘一个人不断超越自己,才能获得伟大的无穷的希望’。我希望你忘掉过去。战胜昨天的你,超越今天的你,争取明天的你!”

我折服得几乎要跪倒啦!

她回到办公室拿起内线电话:“财务科吗?叫科长来一下。”

我的头嗡的一声。这下子可完啦!我以为她让财务科长结算我的工钱,炒我的鱿鱼。

不一会儿,财务科长敲门进屋。

她对财务科长说:“你支给长山30万元现金,现在就办。”

“我的天!支给我30万元现金干啥?哪有那么多工钱?”我想。

财务科长点头,含笑离开。

她又高声对我说:“借给你30万元,你去注册公司自己干吧,在我这儿扼杀了你的灵性!”

我茫然不知所措。想要说什么,见她执意地摆着手,下了逐客令。我不得不退出。

临出门,她又重复说:“记住,东方的太阳日日新!”

她,就是30年前我在部队的初恋——海花姑娘。

选自《微型小说选刊》2005年第17期

作者简介:

王庆高,男,1946年2月出生,河南获嘉人,河南省作家协会会员,郑州小小说学会会员。1969年入伍,曾任济南军区守备某团和陆军原54军某部团政委。出版长篇小说2部,长篇纪实文学2部,小小说集《醉郎花》。获郑州市“五个一工程”奖;小小说《东方的太阳日日新》2005年6月获第三届全国微型小说二等奖;有小小说入选“中国当代小小说大系”等丛书。

雪地里的脚印

王庆高

北风呼啸，大雪飘飘。原野一片银白。

那是1976年大年三十的上午，父亲伫立在通往村庄十字路口的一旁，两目炯炯有神地向远方张望。他在等待在部队工作的我回家过年。

北风像无数只利爪，无情地撕扯着他的衣服。鹅毛般大小的雪片，调皮地往他的衣服领子里钻。他紧了紧棉衣外边黛青色的布料腰带，围了围衣领，屹然伫立着。他已经成了雪人，但他并不去拍打身上的积雪。他喜欢这场大雪。他是个农民。“瑞雪兆丰年”，他懂。可是，这会儿他又担心雪下得太大，把路下得不能通车。他心里默默念叨着：冰天雪地的，儿子你在哪儿？在部队还是在路上？你说是回来过年的啊！这天气你还能回来吗？天啊，你给我儿子留条路吧……

是的，我是说过春节回来的。那年腊月，我给父亲写信说打算春节回家过年。可究竟哪一天能回去我说不准。当兵吃粮不自由啊。一进腊月二十三，小年祭灶了，就有了年味儿。父亲就开始等啊盼啊，盼着我回来。年根儿的事情多，家家户户忙年。我姐妹多，母亲又有病，父亲又当爹又当娘的，他比别人家忙得多。即使这样，他每天傍晚，都去通往村里的十字路口站一会儿等一会儿，期待着儿子回来。他从腊月二十三起，一天不落，一直接到大年二十九,还没有见到我的踪影。

变天了。后半夜悄然下起了大雪。父亲睡不着了。父亲知道,这一年就剩最后一天了。这一天我回不来,就不会回家过年了。可偏偏遇到天气骤变。父亲更加上心。他吃过早饭,把鸡和刀肉炖上,又安排妹妹做扁食馅儿,自己冒着大雪,满怀希望地到村十字路口接我。

风吃劲地吼,雪不停地下。父亲的脚冻得麻木起来。他就不停地跺地驱寒。跺着跺着,脚下成了一对儿冰坨窝子,留下了深深的一双脚印。他不想离开那个地方。他在等他的儿子回家过年。

可是,等到了中午,除了风声雪影,他什么也没等到。

突然,有人喊:“伯,回家吃饭吧!”他以为是儿子不期走到他的面前,唤他回去。他定睛一看,是大女儿叫他。他无奈地跟大女儿回了家。

吃了午饭,他一个人又走了出来。洁白洁白的雪路上,又留下父亲一行大大的脚印。只可惜,那脚印只存在了一会儿,就像先前踏过的脚印一样,被大雪荡涤得无影无踪。

他来到十字路口,搜寻他踏过的雪窝子。雪窝子已被大雪覆盖,但还是浅浅地留下了痕迹。他依然重复地踏在那对雪窝上,生怕不能连续似的。他觉得站在老地方会等到儿子回来过年。

他站在冰天雪地里等啊盼啊,一直等到家家户户挂出了红灯笼,炸响起迎神接佛的鞭炮,他才对来接他回家的大女儿喃喃地说,你哥可能回不来了。

那一年我真的没有回成家。本来领导批准我回家过年的。可是到了年跟儿,部队又有了紧急任务,就取消了我的休假计划。我只得顾全大局执行任务去了。当时又没个电话,更没有手机,没办法马上通知到父亲。待我的信辗转到了家里,已经是翌年的正月初几了。

晚上,父亲还不死心。妹妹们都困得睡觉去了,父亲一个人坐在煤火台上,守着岁等我回家。直到深夜零点,鞭炮声爆起,新年的钟声敲响,父亲才自言自语地说“一夜连双岁，五更分二年”，今年是不会回来了啊！

我的休假，农历正月底才成行。这次我没写信预告。我揣摩年头的那封信一定惹了祸。我冷不丁地到了家，给父亲和全家人一个惊喜。父亲喜得急忙去翻腾过年给我留下的好吃的。妹妹在一旁嗔着脸埋怨我说，你可叫咱爸等苦了，他在雪地里等你的脚印还没化完哩！

第二天，我特意去路口找父亲的脚印。大路两旁的积雪还没有化完。父亲那对冰坨子脚印真是黑亮亮的还在。我心潮涌动着踏上父亲那对脚印，仿佛还能感觉到父亲身上的温度。

选自《百花园》2007 年第 3 期

结婚证

王庆高

这是20世纪70年代初的事情了。

那一年春天，我从连队调到政治处当宣传干事不久，组织上就派我和组织股的于干事到东北出差。部队出公差一般都派两个人。甭提我有多高兴啦！

我们一路坐火车到了吉林市。公事之余，我们在市区逛商店。于干事是成了家有孩子的人，想给妻子、孩子买点东西。我那时还是快乐单身汉，还没“对上象”，就跟着他瞎逛。他给妻子买了双皮鞋，给女儿买了件连衣裙，也激起了我的购物欲。买点什么呢？回想起在部队经常看到一些干部的家属来了，围着小四方饭桌吃饭，一家人暖融融的。东北木器家具又多又好，就买张小饭桌吧，将来成个家不就派上用场啦！

于是，我建议于干事到木器家具商店逛逛。于干事欣然。我们俩信步逛到一家土产公司的木器店。木器店里家具真多，琳琅满目。那些大的家具我连看都不看，我知道没法随身携带。眼睛四处寻找我心仪的小饭桌。在一个角落里，我看到了小四方桌，水曲柳的，自然花纹从枣红的油漆里跳出来，明晃晃的非常好看。我围着小四方桌从这个角摸到那个角，从这个腿摸到那个腿，正看看反看看，真有点儿爱不释手。远处两个售货员还在交头接耳，并不理会我对小四方桌的青睐。我便朝说话的两位售货员大声喊：“喂！小四方桌多少钱？”

“十二块钱。”地道的东北普通话，从我身后冒出来。

我吃了一惊，不知道什么时候一个高挑个儿、白皙脸蛋儿、辫俩长辫儿的年轻女售货员，已经跟在我的身后。我回身尴尬地一笑，还没说话，那边传来另一位售货员的声音：“有结婚证吗？”

“什么？结婚证？买个小四方桌还要结婚证？”我惊愕地向身旁年轻女售货员发问。

年轻女售货员嘴角微微动了动，聚出两个煞是好看的小酒窝儿，冲我点点头。

我扫兴地说：“我连个对象还没相上，哪来的结婚证！”

于干事摊开两手开玩笑说：“小兄弟，拉倒吧！”

我不死心地问那姑娘：“非要结婚证？”

那姑娘样子怪难为情似的没吱声。

我走到一位年龄大些的售货员身边，跟人家磨叽：“你看，我还没讨对象，我们出差，大老远的……”

她说：“这是规定。不过，在当地儿找个人证明一下也行。”

那会儿，商品不像现在给钱就卖。规矩严。我不到黄河心不死，逮住那位年龄大的售货员死缠硬磨，还指名要人家给做证明。于干事在一旁偷着笑。

大概磨得她没办法了，她推脱说：“你去找俺经理吧！”

我问：“经理在哪儿？贵姓？”

她说：“出门向右走两站地儿土产公司三楼，姓魏。”

我说了声谢谢，出门向右快步流星往土产公司跑。于干事在店里等我。

我敲开魏经理虚掩的门，向魏经理说明情况，魏经理摸着头皮，显得很为难的样子，但又没说不行。我看有门儿，就摇动三寸不烂之舌，喋喋不休地继续恳求,简直到了乞求的地步,魏经理还在不停地挠头皮。突然,那个高个儿年轻女售货员在门口有点儿气喘似的开腔道:“卖、卖给他一个吧,我做证还不行吗?”

魏经理不知何时屋里又多了个人,且是他们自己人。脸上先是惊愕,接着眉毛一挑露出了笑容,结巴了似的说:“行、行、行,卖一个吧,卖一个吧!”接着他向门市部打了电话。

我也不知道那姑娘啥时候跟着我来了这里。心里说,神啦! 成我影子了。

我谢过魏经理,感激又深情地望了望那位高个儿年轻女售货员一眼,不知道说什么好。先自出门下楼了。我像喝了一罐蜜,哼着小曲往木器店飞。路上不由自主地回头看我的“影子”。

我付款拿了小四方桌往外走,高个儿年轻女售货员已回到门口。我禁不住问了她姓名,她说她叫魏红,高中毕业刚分配到这儿工作的。我发誓说:“谢谢你的帮忙,我会记着你的!”

她深情地望了我一眼,抿了抿嘴没吱声。又露出两个花朵似的小酒窝儿,朝我点了点头。

我特意抬头看了看门牌号,背记在心里。

路上,于干事开我玩笑说:“你这次出差值呀,买小桌子连人心都买回来啦!”

我开心地笑啦。

笑了一辈子。

选自《百花园》2005 年第 2 期

邻 居

甘思孟

一大早,西隔墙邻居林发嫂来寻鸡:“小二妈,见俺那只大红公鸡了吗?”

“大红公鸡不见啦?”我走出厨房,帮她满院里巡视。

“昨晚没上窝,我想,它可能是恋群,住到别家了。”她一面说,一面“咕咕”地唤着,又向东邻走去。

按说,一只公鸡,不值得我在这儿啰唆。不过,我实在为林发嫂可惜。那只公鸡多喜人呀! 浑身像披一领大红袍,每天和邻家的母鸡厮跟(意为“相守”)一起,寻到食儿也不贪嘴,叨一叨,“咕咕”地叫几声,丢给身旁的母鸡吃。林发嫂常夸它:“这公鸡呀,懂人事儿!”

可是,当晚仍不见红公鸡的影儿。

是黄鼠狼叼走啦? 没听到鸡“吱唠”啊。是哪个馋嘴货杀吃啦? ……

我的二儿子正在电灯下看连环画,我问他可曾看到谁家有大堆鸡毛。

“没有呀。”孩子怯生生地望了我一眼。

“是谁给偷卖啦?”

孩子没吭。

“这,会丢到哪里去了呢?”

“我哪知道?!”小二变了哭腔,眼里噙着泪水。

我立刻警觉起来，瞧定他，盘问，哄劝。我那天爷，果真是我家小二和东邻一个孩子办的好事！昨下午，他俩将红公鸡指给小贩捕去了。

我不顾天黑，当即拿去卖得的两块三角钱，奔林发嫂家去。

“发嫂，是我那没出息的孩子……”我难过得鼻梁筋一酸，流出眼泪来。

林发嫂明白了事情的经过，把我推出屋门：“邻居百舍的，鸡猫狗的小事，值当往心里搁？孩子小，不懂事，要花钱……”

“他想买连环画！”我气得浑身打战。

“买连环画？……”林发嫂愣怔住了，过了片刻，又说，“好吧，这钱，我收下。”

第三天一早，林发嫂的孩子顺平从大门外跑进来，喊着：“小二！小二！”他像轻盈的小燕一样跳进屋当门，一扭脖子摘下书包，从里面掏出一大摞崭新的连环画，其中一本封面上印着雷锋的头像。顺平喜眉笑眼地拉着小二：“咱在班里设个小图书摊，好吗？”

我的眼睛湿润了，我仿佛看到了我那好邻居的一颗赤诚的心……

选自《河南农民报》1981 年 4 月 8 日

作者简介：

甘思孟，毕业于郑州大学中文系。1956 年任教于新乡市封丘县一中，1968 年调至新乡县六中，即七里营中学。“文革”结束后，曾拒郑州师专、新乡师专等教职邀请，扎根乡里，不拘小节，不修边幅，有竹林之风，亦为当地知名书法家，又多次获市县象棋大赛冠军。长期笔耕不辍，曾用笔名孔孟、甘思梦、一文、甘炎等，教书育人有方，为中学语文启发式教学的开创者之一。

种麦时节

甘思孟

别的队都开耧种麦了，第四队的家伙还不齐全。队长翟鸿科急得连觉都睡不安稳。唉，几场雨可把人害苦了，保管室淋得一塌糊涂，两张耧砸成了碎片片。到南村五里井崔木匠那里订制的一张耧，他许下八月十五掂月饼去取。掂月饼倒没啥，误了种麦可是大事。昨天晚上，队里几个老汉商量了半夜，都是叫往团支部书记小胖身上下劲。他们说："鸿科，你可要抓紧点小胖，只要他多向新媳妇做点工作，保准崔木匠能提前把耧给咱做好。"

鸿科又是一夜没睡好，天刚亮便披衣下床找小胖去了。

原来小胖刚过门的媳妇文英，就是五里井崔木匠的女儿。鸿科来到小胖家大门口，见门虚掩着，他便轻轻推开走进院里。这时，小胖和文英的新房里灯还亮着。鸿科奇怪地想：天快大明了，为啥屋里的灯还没吹灭？鸿科正要喊小胖出来，猛听到小两口叽叽咕咕，越说越热闹，他不由得往窗下挪了挪脚步。这时只听文英说："嗨！我还当种麦的啥东西都齐备了呢，原来连耧还没有。这么要紧的事你为啥不早说呢？这样吧，我马上动身回娘家去，说不定爹已经把耧做好了。"小胖说："你说得怪轻巧，爹说八月十五掂月饼去才把耧做成。"文英说："信不信由你，这会儿我算明白过来了。咱俩登记那天，爹和我说，'你要晚两天结婚，嫁妆也做成啦'。我说我啥嫁妆也不要。他就说，‘你不要人家可要。眼前带不走，迟几天我给送去’。我也没想想他要送啥，就对他嚷着说，‘你送去我也不要’。这会儿看来，他不是要送别啥，一准是要送耧来。”

鸿科在外面听得清楚，心中一高兴，嘴不由喊出了声：“文英啊，你说这可是真的？”

屋里的两个青年一愣，立即嘻嘻哈哈笑了起来。文英接着说：“是鸿科叔呀，快进屋里来吧。我说的一点不假。在我来的前两天，俺爹一天到晚钻在木作坊里。嘻，他说的八月十五掂月饼去，那一定是玩笑话，爹这几年过得高兴，跟谁都爱说几句玩笑话。”她说着开了屋门，和小胖一块走了出来。

在东屋睡觉的小胖娘被吵醒了，她笑着骂道：“鸿科呀，你这个老东西，大清早就来吵嚷啥？”

鸿科笑着回答说：“文英才过门两天都为队里没耧种麦着急哩，你这当婆子的倒睡得安安稳稳，小心媳妇批评你。”

文英赶紧过去和婆婆商量说：“娘，我到五里井去，看俺爹把咱队的耧做的咋样了。要是做好了，就和俺爹一块把耧弄回来。要是没做好，也催他快点做。”

他们正说得热闹，只听一个人在大门口说：“不用去催，我把耧用架子车拉来了！”文英一听就知道是爹来了，高兴得一边向大门跑，一边笑着说：“哎呀爹，这么早你可咋把耧送来了？”崔木匠笑着说：“我怕我的好闺女去催嫁妆呀！”他这一句话，说得大家都笑了起来。

选自《河南农民报》1963 年 10 月 8 日

背街的买卖

甘思孟

爷儿俩进了外贸局的铁栅门，几经打听，算是找到了收购兔毛的地址。老汉支起车问："这里收兔毛吗?"

"不收兔毛收啥?"办公桌后躺在藤椅里吞云吐雾的年轻人抬了抬眼皮，扔过来一句。老汉忙把包单放下，让验级、给价。

那年轻人伸手插进包单深处，抓出一把，撕了撕："三级。"

就三级呗，没法的事儿。"多少钱一斤?"

"二十。"

"开春不是六十一斤吗?"

"去年还卖到八十呢。"

说不清的理。而最终，理都掌握在有主动权的一方。老汉泄了气，却也填了一肚子气，蹲在门口吸了袋烟，"呸"一声，喊起孙子："走，不卖啦!"

爷儿俩穿过闹市，拐进一条冷清的背街。

"喂，这是一包袱啥呀?"

老汉扭回头，见一个瘦猴脸快步赶上来。

"是兔毛?"瘦猴脸问，"怎么不到外贸局去卖?"

"不卖啦！回头套被子呢!"老汉话中有气。

“套被子?”瘦猴脸讪笑,“啧,是比絮棉软和,可也老不划算。外贸上给多少钱一斤?”

“给他娘的二十!”

“二十? 嗯,也就是这样。这东西,越来越不值钱。听说快不出口了。喂,我说,真心卖不真心卖?”

老汉直问道:“咋,你想要?”

“我?”瘦猴脸皮笑肉不笑,“我不要,是一个朋友托我代买几斤,自己纺线打身毛衣。他情愿出二十五块一斤。”

“打毛衣? ……二十五? ……”老汉皱起眉心,思索了片刻,“好吧,就卖给你。”

就近过了秤,收了钱,爷爷拉起孙子走了。瘦猴脸用布单包了兔毛,拔腿往回走,在大街踅了两个圈子,一折身,钻进外贸局。

那年轻人从藤椅里弹出来,慌忙接下包袱,低声问:“是那老头的吗?”

瘦猴脸点点头,“那老东西真憨,我几句话,可哄得他滴溜溜转。伙计!今儿个咱做成了这宗生意,一斤赚二十块吧,嘻嘻……”

“嘻嘻,不止二十呢! 这一单毛,二级,牌价五十还多! ……”

“够咱俩喝一壶啦!”

这时,门外突然窜进来个孩子,两人都认得,正是刚刚见过面的跟着老汉卖兔毛的小孩。他那印着“少林武术”的鲜红背心裹着的小肚一鼓一鼓地,说:“爷爷看你不正道,就派我来跟踪。看吧,我这就去告你俩!”说罢,他飞步跑出门去。

这一鬼一判,都吓呆了。

选自《新乡晚报》1986 年 8 月 5 日

诀窍

刘万勤

嘎咕嘎咕，大麦先熟。布谷鸟的口令一经发出，麦浪嬉戏着干热的南风，胶泥色转眼就金黄金黄。一年一度的虎口夺粮大战，即在眼前。人们既发怵又高兴，虽说能掉下几斤肉，可成车的麦子能进家，比喝蜜还甜哩。家家及早磨镰，及早给牲口加料，给车辆绳索收拾来收拾去，扎好一场大战的架势。

责任田刚分到户，谁都高兴。猛一下，不是缺这就是少那。比如拉麦的车，都是把平车的车杆加长一截儿，套上牲口凑合用。肥肥实实的牲口拉个小平车，就像身上带个铃铛。可是没办法。经常在家干活的，遇麦天心里还有点底，可对于像我这样的人，这样的户，就懵懵的不知深浅。我在县里中学教书，家里除了媳妇，便是老的老小的小；分地按人头计，亩数又多，这活儿叫我不知咋招架。

我和媳妇分工，七亩地的麦子她管割、我管拉。她一个人割七亩地的麦子，活儿不轻；我管拉麦子这一头，使牲口可是“大闺女坐轿头一回”。牛虽高高大大，可它买来不久，捣不捣蛋心里还真没数儿。

开镰第一天，胡乱扒拉口饭，我把喂饱的牛装进平车里，套好，放上大杈和绳索，牵着牛缰绳出发了。媳妇比布谷鸟起得还早，我到地一看，她已割了好几个来回,一铺一铺的麦子躺在地上等着我拉。

麦地紧挨大路,车拐进地里,我就握起大杈装起麦来。大杈到我手里,像第一次握笔写字,横竖不听使唤。这还不算,一杈一杈装了半天,转眼车上的麦铺一趔,哗地掉了下来。我正在心急火燎,媳妇直直腰说:"唱文生的改唱武生,行头不对吧。你装一杈要拍拍按按,越瓷实越好。"我抹抹汗,照媳妇说的正在一杈杈拍着按着,路上从自行车上跳下一个小伙,我一瞥,是我的学生韩小伟。

"老师,拉麦呀。"他跟我打招呼,接着他说要去十里外的供销社买杆大杈。我无心跟他多搭话,一是装车装不好正着急,二是他在我心中是学习最笨的一个,就没啥兴致。他数理化最差,只是在物理上扭来转去,不知从数学先下手。这里是有诀窍的,他不懂物理化学成绩要上去,必须先学好数学,因为很多时候都牵扯计算。要求会背的文言文,我在讲解时他不听,却眯着眼在默背,像是笨鸟先飞。我心里起火,在理解基础上去背,才势如破竹,这主儿就不懂得这诀窍。一天他问我:"学习要上去的诀窍是什么?"我敷衍地说:"全靠自己用心去摸索。"

我边装车边想,这块地几车能拉完。眼一轮,最少得五车,满满一上午的活儿。铺好车底,就对装两边,尽量齐整整的。心想这回可不会返工了。我正在窃喜时,只见牛尾巴骨往上一抖一抖的。不懂这是啥信号,我刚转过身,惊人的一幕出现了:牛带起麦车,像兔子受惊一样上到路上,直朝村里狂奔,后面荡起升腾的狼烟。我顿时懵了,眼看车上的麦子随着平车的颠簸,丢了一路。正在心疼,猛然想起路上人多车多,要撞上车伤着人立马就有说不清的麻烦。

媳妇发现牛惊了,赶快停镰跟我一起收拾残局。牛从辕里挣脱出来,把平车丢在半路,尥向村里。心急,无奈,欲笑不得,欲哭不能。我和媳妇一路把成批的麦子抱起来,放在平车里,又把蹭断的套绳对接好,媳妇拉起平车,把仅有的麦子送向场里,我回去找牲口。到家,那赖皮竟站在牛圈里。我恼怒不堪,可是连打它的力气也没有了,只是狠狠骂它几句,牵起它又走出门外。和媳妇见了面,一起把牛又套进平车里。

我牵着牛走向麦地,身心都是麻咧咧的。太阳升起老高,洒下的是火。汗水糊满了我的头脸和全身。

活儿撵着,一进麦地,急着装车。媳妇割麦去了,我牵着牛缰绳不敢松手,生怕松了它再尥将起来。不敢松手怎么装车呢?在左右为难时,韩小伟自行车上绑杆大杈来到我面前。他下车站住,朝我笑着。可能他看出我的窘态,就大步走到我面前,说:"老师,这牛不老实吧?你顾得装麦,又怕牛跑,这里有个诀窍。"诀窍?我睁大眼睛看他。他怕我弄不明白,从我手里接过牛缰绳亲自示范。只见他托紧缰绳,把牛头扯得歪向一边,再死死把缰绳系在车杆上。"老师,就这么简单,你放心装车吧。"我顿时如临春风,开心地笑了。

我望着韩小伟远去的背影,一种强烈的羞愧感霎时袭上心头:小伟啊,你叫我老师,你才是我最好的老师!在学校如若能打个颠倒,我是你的学生,你会耐心教我很多学习的诀窍,即使我是最笨的大笨蛋,也会变得聪明起来。

媳妇对我不放心,朝我喊话:"装车,你一个中不中?"

我一笑,答道:"中,没问题!"

选自《微型小说月报》2020 年第 10 期

作者简介:

刘万勤,中学高级教师,河南省作协会员,新乡县作协副主席。出版中篇小说《翠叶红花》,诗集《弯弯地流淌》。曾获新乡地区文学创作奖;2017年组诗《红土地》获"中华情"全国散文诗歌大赛金奖;2018 年小小说《张大锤》获"讲好山东故事"优秀奖;小小说《圪垯叔的钥匙》载入《2019 中国精短小说年选》。

柱子的桃花运

刘万勤

柱子年近五十，佝偻着腰，还是光棍一条。那天他看见五叔说："昨晚我做个梦，一个老头在河边给我说：桃花运，桃花运。叔，你是文化人，啥是桃花运？"

五叔觉得有趣，就做了解释，之后取乐似的加一句："那个老头，恐怕就是你叔我了。"

又过些时候，五叔站门口，忽听"咱两个在学校"的唱段，声音情真意切，又似乎在摆来荡去。随之扭转身去，只见一辆电三轮开过来，可就是不见人的模样。近了才认出是柱子，柱子车把上滴溜个黑色唱戏机。

五叔常为柱子叹息。他十七八岁时，年轻气盛，跟人打赌扛檩条，为了一碗荷包蛋，硬是把腰扭出大毛病。家里缺钱，就没咋治，腰就开始弯，一弯不可收，一直弯到九十度。这一下可好，快半截身子入土的人了，还没赶上桃花运。

"叔，站着等婶子不是？"他一副似笑非笑的怪相，加上下巴那几根胡须一抖一抖，甚是滑稽。

五叔嘿嘿一笑。

五叔没想到，他那次解释了桃花运，柱子就迷上了桃花运。他暗自琢磨,桃花运,应该是桃花带来的好运气。于是黄河滩里放羊经过桃园时,望着粉嘟嘟的桃花,一待就是半天,还折了一枝初放的桃花放在鼻子上闻个够。回家像安放神灵一样,娇滴滴地插在床头瓶子里,嘴里咕哝道:“桃花桃花显显灵,柱子给你三鞠躬。”

五叔说:“你小子过的可是神仙日子呀,开着三轮唱大戏。”

柱子一努嘴:“这就是一人吃饱全家不饥的优越性,没有紧箍咒,想腾云就腾云,想驾雾就驾雾。”

五叔虽认为柱子是三等公民,但佩服他能干,脑瓜又灵动。他喂十几只奶羊,黄河滩里天天放,只只养得肥透透的。他懂羊经,小病不请人,接生自己接。一摸羊肚子,就知道怀着几只羔,隔皮能断货,而且每次断定下羔时间,误差不超半小时。

前时,五叔劝柱子申请低保,就凭残疾这一条。他连连摇头:“叔,咱不骗国家,喂奶羊我没少弄钱。天天羊奶当水喝,三天两头割肉吃,知足了。”说起羊奶,五爷想起村里三位百岁老人,都是他柱子天天免费送的。

这小子过得的确滋润。他还亲口说:“过年一个人扛条大猪腿,另割十几斤牛羊肉。晌午猪腿上拉一块,锅里滋啦滋啦一炒,四个馒头一碗肉,吃得顺嘴流油。吃罢嘴对水龙头,咕咚咕咚一气喝个够,再得劲不过。”五叔接过话说:“就是夜里睡觉搂枕头。”柱子的脸,即刻红成鸡屁股,叽咕道:“哪壶不开提哪壶。”

五叔到柱子家拿耙子,进屋一看,柱子正在里屋举起桃花祷告:桃花桃花显显灵,柱子给你三鞠躬。五叔扑嗤笑了:“心诚则灵啊!”五叔想,小子想媳妇快想疯了,怪遭罪的。还听说,他喜欢前街的二嫂,她五十多的人了,脸蛋还红扑扑的像三月桃花。他每次看见,两眼都直勾勾地看。二嫂刀子嘴,说:“看啥看?隔靴搔痒顶屁用!”他小子讨个没趣,几根小胡子抖半天。之后看见二嫂圆滚滚的屁股蛋一扭一扭的,就躲到墙角,直看到那屁股蛋没了踪影。

这天五叔家里走,又听见叮叮咣咣唱大戏的声音,知道是柱子车把上提溜个黑色唱戏机过来了。果然不假。这时五叔嘿地笑了,他想起前村一个媳妇年前死了丈夫,闺女也出了门,孤身一人过日子,想再迈个门槛。又听老伴说,她是姑家闺女的闺女,随即有心给大柱拉扯拉扯。这时五叔冲着大柱说:“柱子,桃花运!”大柱关掉唱戏机说:“五叔,我梦里的那老头要真是你,就倒八辈子霉,尽拿老侄开涮。”

“柱子,我真不涮你,涮你叫叔放屁腿抽筋。你快给叔说说,啥标准?”

大柱半天没说话。

“你说话呀!”

大柱看五叔样子有几成真,小胡子一抖,说:“破罗头斯跟个破粪叉。”

五叔很上心,真当一回事拉扯去了。他见到那女人,头一看给惊呆了,没想到长得这么好,这个好,跟墙上的画差不多,叫你嘴再巧也说不那么真切。反正比大柱喜欢的二嫂,强上几倍也不止。她还能说会道,精精灵灵手又巧,地里活儿不用说,裁裁剪剪不隔手。五叔不瞒不哄,把柱子的曲曲弯弯给说个一清二楚。她仔细听了,笑笑,说句:“只要会干活儿会过日子就行。”

五叔像得胜回朝的将军,兴冲冲地回到家就去找柱子。柱子家里正一门心思地瞅桃花,三鞠躬没有,不知道。五叔慌慌张张地喊道:“柱子,桃花运,成了!成了!”柱子心疑,坐下一说的确是真的,他下巴上的几根小胡须,抖得很兴奋,很激烈。

见面那天,五叔特意嘱咐柱子:“可把你那猪蹄好好洗洗,眼窝的灰,使劲用肥皂打打。”

爷儿俩骑车,沿黄河大堤走十里,就到了女方家。女家烟茶水果好招待。停有五分钟,五叔正想托词离开,让俩人掏心掏肺地好好谈谈,柱子却先说话了:“是鲜花,就该插到花瓶里。”话刚落音,站起就走出屋门。

五叔睁大两眼,给弄懵了,一拍大腿:“小子,你这唱的是哪一出?”

选自《微型小说选刊》2020年19期

鸡　毛

刘万勤

鸡毛从德望大哥家出来，觉得身上压下千斤重担，心口止不住地咚咚跳。

鸡毛已步入花甲之年。他身材单薄，个子矮小，走起路来活像一根鸡毛在飘。娘说他刚生下来时，一股风把鸡毛送进屋里，飘荡半天不落。爹说："这孩子就叫鸡毛吧。"

鸡毛活了大半辈子，没有在人前堂堂正正说过话，说起话来也结结巴巴，用村里人的话说，嘴笨得像棉裤腰。他在村里人的眼里，就像一根鸡毛，谁也看他不着。他常常暗自怄气。

家族里的红白喜事，以往都是德望操办。可他最近犯关节炎，行动不方便。往下按辈分和年龄就数着鸡毛了。眼看家族里要打发闺女，德望就把鸡毛喊到家里，说："这回你出面，事儿很简单，送客那天，在男方家里吃过饭后，和亲家接一下头，只问一句话：'啥时候回门（回门就是女家去车把闺女接回来）？'"德望一遍遍地说着，像教刚入学的小学生。

鸡毛总算有了出头之日，这是他梦寐以求的，实实地扬眉吐气。他从德望大哥家出来，走路轻飘飘、心里一美一美的，犹如他四十三岁娶媳妇那样的滋味。可他又担心，到时候，这句话能顺溜溜地说出口吗？要是说错，可就丢人打家伙了。他止住脚步,浑身战栗起来,越想越战栗,活像公鸡脖子上挨了一刀。回头退去这活儿?他立马摇摇头,要退了,人家才说草鸡毛哩。揽下了就扛过去,那年去黄河南推大粪来回四百里,要尿泥了?这回不就是说句话嘛,说不定这回我鸡毛就飞上天了。

回到家,他的嘴扑哧个不停。问题是,说出口时,不是顺顺溜溜的,总像有什么东西绊来绊去。他就大声练习:啥时候、回、回、门?说“回门”时,嘴跟舌头就不合作,他狠狠咬了一下舌头。一急,就嗵嗵地走出家门,到村东歪腰柳树下的大坑边,对着水和芦苇,一遍遍练习说回门。

吃饭时老伴来回寻他,寻到大坑边,他还在“回——门、回——门”说个不停,头也随之一摆一动。老伴心疼他,又知道他的本事,就劝他找德旺大哥退了这活儿。他俩眼立马瞪成铜铃大:你就、会门缝里看、看人!

老伴端一簸箕大蒜头,放院里喊他来掰做蒜种。他边掰边练习“啥时候回门”。“回门”总是说得不顺口。他就反复练。在他“啥时候回门”说得很顺溜时,老伴过来问:“你啥时候能掰完?”他一挥胳膊,小孩子似的大笑:“啥时候回门,我说得很顺溜了!”

睡梦里,他大叫一声:“啥时候回门?”把老伴吓得睁大眼睛:“这老东西,八成神经了,没有金刚钻,别揽那瓷器活儿。”他又叫一声:“我鸡毛,咋样?哈哈哈哈!”老伴眨着眼。

喜事说到就到了。老伴给他拿出新衣新裤新鞋袜,一身新崭崭的。侄子们跟他开玩笑:“今儿,鸡毛要当令箭了。”他脸憋得通红,要骂娘个腿,半天没有骂出口。侄媳妇们也跟他开玩笑:“毛叔,今儿可是要飞上天了。”他没法还嘴,就赤红着脸。忽而一看,黑压压的人,想着要说的那句话,心一缩,浑身又瑟瑟起来。

送客到亲家客厅,鸡毛坐在墙旮旯里,身子缩着,活像根鸡毛落在那里。本家兄弟寻他不着,半天才寻到墙旮旯,一把把他拽到首席上位。

吃喝完毕放筷儿了,亲家文文静静地走过来,一脸笑地拱手说:“都吃好没有？看还有啥事要吩咐的。”鸡毛没有反应，挨边坐的兄弟捣捣他，你站起来。鸡毛迟疑地站起来，却不作声。兄弟小声说：“就说那一句，说那一句。”

他满脸的肌肉在颤抖，一使劲，小鸡下蛋似的说：“啥时候、吃、吃喜面？”

顿时在座的都惊得瞪大眼睛。都知道南地错到北地了，可谁也不敢笑出声。亲家的脸一愣一愣的，半天才笑着说：“吃喜面，到时候再说吧。”兄弟赶紧纠正：“啥时候回门？”亲家止住笑说：“咱老规矩吧，第三天，中不中？”“中。”就这样定下了。

回去的车上，可炸了锅。哪有刚把闺女嫁过去，就问什么时候吃喜面的？尤其这话出自娘家人之口，就特失体面和大雅。年轻人说：“毛叔这惊句能上吉尼斯世界纪录了。”人多嘴杂，你一口他一嘴，齐向鸡毛狂轰滥炸。鸡毛此时招架不住，像只受伤的鸡，把头扎进裤裆里，浑身的哆嗦更密了。

回到家，他就滚到床上发起烧，汤水不进。老伴哭丧着脸说：“这回你鸡毛可上天了吧？就不知道自己几斤几两？”

鸡毛一个鱼打挺，翻身坐起，暴跳道：“吵！吵！不信，我就不信！再回，看我还、还鸡毛？”他猛地拉开门，发疯似的一扭一晃，像一根鸡毛，直向德望大哥家飘去。

选自《微型小说选刊》2020 年第 11 期

搓背小伙

靳长文

A 市的清雅阁浴池在当地久负盛名。我在 A 市工作已经五年有余，常去“清雅阁”泡澡，每次泡澡，我都请搓背工搓背，时间长了，和搓背工就都熟悉了。每次一到澡堂，泡一会儿不用打招呼，便有熟悉的搓背工来给我搓背，这已经成了习惯。

这一天，我又到澡堂泡澡，泡了一会儿，隐隐约约听有人问话：“同志，搓背吗？”回头，见一青年立于池边，光着上身，穿着短裤，单薄的身材，瘦削的脸庞，一看，便知是新来的，不认识我，而认识我的搓背工也一边忙着一边冲我笑，说：“就让他搓吧。”

于是就让他搓。

他搓的很认真很卖力很仔细，虽然技术不够娴熟。

在他搓的时候，我就问他：“你是什么时候来的？”

“刚来两天。”他咧嘴一笑。

“你原来干什么？”

“上学，现在仍在上，学的是法律。我家是四川农村的，很穷，为了给我交学费，家里几乎卖空了。以后怎么办呢？没法，我就想了这个法。”他继续说，搓背却一直没停。

搓完,冲洗,他又凑上来说:“让我再给你按摩按摩吧?”语气中显然已经亲近了许多。

说实话,他的按摩技术没法和其他搓背工比,但付费时我却多给他20元,而他说什么也不要,只收搓背费,连按摩也说是尽义务的。

我说这是我的一点心意,你收也得收,不收也得收,不然以后我就不让你给我搓背了。

于是他便收下。

于是每次泡澡我都请他搓背,每次都多给他些钱。

不知不觉就过了许许多多的日子。

后来,我再一次泡澡时,却不见了那个搓背工。有人对我说他已经毕业走了,说他不忍心和我说再见,并转达了他对我的谢意。

那次我没请人给我搓背。

两年后,领导派我到南方B市追索货款,我在B市一住就是半个月,可对方硬是赖着不给钱。无奈,只好写下一纸诉讼状。

结果问题很快就解决了。

帮我忙的就是当年给我搓背的那个小伙子,他已经是B市很有名气的律师了。

当我向他表示感谢时,他却幽默地说:“这也算是我给你‘搓搓背’吧。”

选自《粮油市场报》1996年11月5日

作者简介:

靳长文,男,1967年出生,河南省作家协会会员,新乡市文艺评论家协会副主席。1986年和文友组建“烛光文学社”。

割麦

靳长文

地里麦子熟透了。村民们都在心急火燎地抢收。

此时,老丁正蹲在田头“吧嗒吧嗒”地抽着旱烟。其实,他心里比谁都急,除了急着割麦子,他还得伺候残疾的儿子。儿子是在云南扫雷时被炸掉双腿的。老丁为了不拖累部队,便接儿子回家。临走时,部队首长紧握着老丁的手说:“谢谢您!感谢您培养了这么好的儿子。您有什么要求,尽管说。”老丁眼里噙着泪花,使劲地握了握部队首长的手,动情地说:“儿子为国负伤,值得!”村里敲锣打鼓放鞭炮,像迎接凯旋的英雄一样,把他们父子接回到家。从此,老丁在村里的地位无形中提高了,谁见了他都会主动先打招呼;平时家里有个什么事儿,大伙儿都乐意帮忙。但现在大家都忙着收割麦子,谁能顾上老丁呢?

忽然,有人喊:“收割机来了。”随即,马路上轰隆隆地开过来一辆联合收割机。人们纷纷扔下镰刀,围上去问这问那。老丁听说用它来收麦子又快又干净还不抛洒麦粒,心就动了,便也凑上去看个究竟,当听说收割一亩麦子需要五十元时,就立即缩了回来。这也难怪,儿子看病正需要用钱,哪还拿得出这么多钱来图省事呢?他把旱烟袋往裤腰里一插,握起镰刀,俯下身子唰唰唰地割开了。

收割机就像马儿踏进了草原,在麦海里奔驰。

不到两个小时,那边老张家的五六亩麦子便被联合收割机收完打净。收割机又凯歌高奏,开进了另一块麦地。

天黑了老丁才回到家,往床上一躺,任凭老伴怎么喊吃饭,就是一声不吭。

翌日,天刚蒙蒙亮,老丁拿起镰刀就又上地了,老远他就看见联合收割机在麦田里开动。走进一看,却是在自己麦地里精割细收。老丁在后面大喊:“喂,师傅,你割错了——割错了!”

喊了半天,开收割机的小伙子总算听见了,他探出头,笑眯眯地说:“丁师傅,没错!”

“我可没请你呀!”老丁疑惑地看着他。

“我是不请自到,您家里的情况我昨天听说了,很受感动。今天我就是来帮你忙的,分文不取,您就歇着吧。”说完,联合收割机就雄赳赳气昂昂地前进了。

老丁的眼睛一下子湿润了。

选自《广州日报》1996 年 10 月 30 日

颁奖嘉宾

一 兵

县城里这些年做公益活动的越来越多了，有专门献血的，有做义工的，有做志愿者的，有学雷锋的，有做环保的……每天这个小城的微信自媒体里，总会有这家抑或那家的公益组织活动出现在微信新闻里，人们对这些公益爱心组织的活动都很关注，点赞、转发、留言……积极性很高，非常吸引老百姓的眼球。

夏天一个周日的上午，一家公益组织在这个县城最繁华的地方组织为环卫工送矿泉水的活动。公益人士早早就聚拢了过来，大家都想献上自己的一份爱心，有的还带着孩子或者爱人一起来参加。大家分成不同的组别，在不同的十字路口，为环卫工分发矿泉水。

虽然是上午，但是夏天的太阳毒辣辣的，从一跳出地平线开始就炙烤着这个小县城，柏油路面几乎都被烤晒化了，走在上面都能听到粘鞋底的声音。环卫工老张戴着草帽，看到路中间车流中飘着一张传单被车带来带去，急忙穿过车流过去，用长夹子夹住传单，转身向路边走去。

这时一辆黑色 SUV 开了过来，老张正好挡住了 SUV 的路，SUV 驾驶室玻璃降了下来，一个留着小辫子的男子，随手扔出一个矿泉水瓶，紧接着又吐出一口痰，车窗又徐徐升起。老张并没有看清司机，但看了一眼黑色

SUV,无奈地摇着头,向矿泉水瓶走去……

过了一会儿,身穿红马甲的公益组织志愿者过来给老张发矿泉水,并告诉老张,过一会儿到十字广场集合一下,合个影。

老张忙着干了一会儿活儿,就急忙赶到了十字广场。

广场上,聚集了几十位附近路段的环卫工,还有十几位穿着红马甲的公益人士。一位公益组织的负责人组织大家排好队,环卫工站两排,公益组织人士站在前面一排,还扯出一个条幅,上面写着“关爱环卫工,酷暑送清凉”的标语,另有两个人扯着代表公益组织的旗帜在后面高高举过头顶,唯恐照片拍不到。

这时候,公益组织负责人和一个留着小辫子的男子走到队列前面。负责人介绍说:“各位辛苦的环卫工大爷大妈,今天我们×××公益团队联合我们县最著名的歌手郝阿心老师一起为大家免费发放矿泉水,感谢大家为这个城市做出的贡献。下面欢迎郝阿心老师给大家讲话,大家欢迎!”

一阵掌声响起……

小辫子男子双手示意大家掌声停下来说:“亲爱的环卫工们,你们每天起早贪黑,打扫马路,是我们这个城市美丽的创造者,我非常感动。我郝阿心,从今天开始也加入了咱们的×××公益组织,献爱心做公益,为大家服务!”

接下来又是阵阵掌声,老张看着小辫子,总感觉此人在哪里见过,心底不是太喜欢他。随后,大家照了大合影,小辫子又拉着几位环卫工合影,老张也被小辫子拉过来,老张极不情愿地和其他环卫工凑在一起,给小辫子当背景让他们合影。

随后的日子里,小辫子郝阿心不断出现在县城各个公益组织的活动现场,摆各种姿势合影照相,非常活跃。小城著名歌手郝阿心一时之间成了小城的著名爱心公益人士,出现在小城的各种自媒体甚至官方媒体平台。这些新闻里,做公益活动的镜头没有几张,大部分是郝阿心和公益对象以及公益人士的合影,好像每一个公益组织的每一场爱心活动,没有这个郝阿心就不行。

入秋了，树叶纷纷落下，每天早上环卫工老张都要早早起床才能扫完自己负责的路段。

这一天，环卫工老张从凌晨4点扫到清晨6点，就剩转盘十几米了。前面慢车道一辆黑色SUV停在路边，驾驶室不断从车窗里向外扔着鸡蛋壳、卫生纸、矿泉水瓶、瓜子皮……而距离SUV不到5米远的地方就有一个垃圾箱。

环卫工老张感觉这辆SUV很面熟，好像在哪里见过。老张顾不得多想，拿着扫把和垃圾斗走到SUV驾驶室外清扫地上的垃圾。

这时候一个小辫子男子把一块香蕉皮从车窗里扔了出来，紧跟着香蕉皮后面探出了脑袋，和老张打招呼："哎，老头儿，这一段是你打扫啊？"

老张一看此人，就是上一次公益组织给他们送矿泉水时那个和他们合影的男子，还是什么著名歌手郝阿心。老张急忙笑着说："是啊，这里我负责打扫，你起得真早啊。"

小辫子郝阿心说："嗯，辛苦啊！我们今天到省城一趟，在这吃点东西等个人。"

小辫子郝阿心说完就不再理老张了，和车辆里的人说着话。老张在小辫子郝阿心眼里，就是一名普通的环卫工，他根本就没把老张看在眼里，也懒得记住他的面孔。

老张扫完SUV丢出来的垃圾，倒在了自己的三轮车里，继续向前干着自己的活儿。等老张返回来时，SUV不见了，车子旁边又有一堆烟头、果皮一类的垃圾，老张无奈地摇摇头，及时把垃圾清扫干净。

第二年，五一劳动节前夕，老张被评为县城的劳动模范。颁奖现场热闹非凡，县里的各级领导都来了，颁奖现场还请来了一些颁奖嘉宾。

轮到老张上台领奖了，主持人一一介绍了大家的先进事迹，最后让颁奖嘉宾上台给劳模颁奖，站在老张面前的竟然是那个著名歌手小辫子郝阿心。

郝阿心对老张没有一点印象了，环卫工老张对郝阿心可是记忆深刻。这时候看着一脸皮笑肉不笑的郝阿心，老张的倔脾气不知何故一下就上来了，当郝阿心把证书和奖杯递给老张时，老张没有接，沉着脸看都不看郝阿心一眼。

台上所有的获奖者都拿到了颁奖嘉宾递过来的证书和奖杯，嘉宾们转过身来准备合影，唯独老张，就是不接郝阿心递来的证书和奖杯。主持人见状，急忙过来询问老张。

老张从主持人手里夺过话筒，大声说："这个人，根本不配给我颁奖！"

顿时整个会场鸦雀无声，郝阿心一脸尴尬，不知所措。

选自《2018 中国年度作品·微型小说》，现代出版社 2019 年版

作者简介：

一兵，本名王春喜，河南辉县人，当过兵，做过记者，出过书。河南省小小说学会会员、中国报告文学学会会员、河南省作家协会会员。新乡市作协副秘书长，辉县市作协副主席兼秘书长。郑州小小说传媒签约作家。作品散见于《百花园》《小小说选刊》《奔流》《河南日报》《中华文学》等。出版有《在路上蓦然回首》《稻田书屋记》《心路》《大槐树底下》等。

归心似箭

一 兵

她是怀着归心似箭的心情在大年三十下午匆忙赶到豫北农村婆婆家的。在村口她被在疫情防控点值班的村支书拦住,做了登记,测了体温,不发烧才让她进了村。作为医生,豫北农村这么到位的防控措施,更让她感觉到了这次疫情的严重性。

当她提着行李箱戴着口罩推开那扇油漆斑驳的街门时,系着围裙正在厨房的灶台上忙活的婆婆竟然没有认出她。

“你找谁?”婆婆问她。

“妈,我是小敏啊。”

婆婆惊喜万分,双手在围裙上使劲擦了擦:“小敏啊,看我今年这眼睛越来越不顶用了,什么都看不出来了。”

婆婆疾步走过来要帮着她拿行李箱,又突然停了下来,眼睛期盼地向她身后瞅一瞅。

“萌萌没来,疫情这么严重,我把她留她姥姥那儿,我自己回来了。”

“哦,赶快进屋吧。”婆婆脸上掠过一丝遗憾,满脸堆笑着说。

“你不是说今年医院忙不回来了吗?咋没打个招呼就来了啊。”婆婆跟在她身后说。

“我和别人调了个班儿,今天回来,初二回去。”她说。

一进屋,她就看到了墙上挂的丈夫的遗像。她怔了一下,呆呆地看着照片上的丈夫对着自己微笑。

丈夫是一名消防官兵。那天也是大年三十,一家三口做了一桌菜正准备吃,突然接到队里的火情电话。从和丈夫认识到结婚,丈夫不知去处置过多少次火情,每次她都为他提心吊胆。丈夫穿上衣服,女儿急忙绕过桌子跑去抱着他的腿。丈夫抱起女儿亲了一口。“萌萌乖,和妈妈在家不要淘气,爸爸一会儿就回来了。”看着丈夫急切的神情,她走上前,为他把扣子扣上。“萌萌来,让爸爸赶快走,你没看到爸爸归心似箭的样子吗。”

丈夫这一走就再也没有回来。女儿无数次地问她,爸爸啥时候回来啊?她对女儿说爸爸去很远的地方出差了,办完事就回来。女儿还问,归心似箭是啥意思啊?她含着泪说,归心似箭,就是遇到国家和人民的紧急大事,急着赶过去为国家和人民尽责尽力的心情。

“小敏,洗洗手吃饭吧。”婆婆看到她发呆地望着儿子的照片又掉泪了,端着一碗烩菜大米饭在旁边说。

她摘下口罩,把行李箱靠墙根儿放好,到水龙头前洗手。

“妈,没有香皂吗?”

“哦,用完了。我一个人在家,不常用,那不是有洗衣粉嘛。”

她用洗衣粉洗了洗手回到屋里,打开行李箱,从里面掏出一包医用口罩。

“妈,现在外面的疫情非常严重,我给你带了一包口罩。你在家不要出门,如果非得出门,一定戴上口罩,回来后一定要洗洗手。这是一瓶消毒液,这是喷壶,把家里多消消毒,特别是院子门口多喷喷,吃完饭,我再去给你买块儿香皂。”

丈夫十岁时就失去了父亲,婆婆含辛茹苦把他抚养大,供他考上了军校。每次丈夫和她谈到自己的身世,就会像个孩子一样在她怀里默默流泪。

这时她会给丈夫轻轻擦干眼泪,迎上自己的吻……

丈夫走了以后,她想把婆婆接到南方自己生活的城市一起住,可婆婆不去。婆婆说舍不得自己养的鸡鸭,舍不得豫北的这个村儿,这个小院儿,还有几分地里的活儿……

她就每年五一、国庆和春节三个长假带着女儿萌萌回家来看婆婆。每次回来,婆婆总是早早地在村口迎接她和女儿。

“我从电视里看,今年武汉这疫情可严重啊,全国都影响了。咱村的大喇叭这两天也在一个劲儿地广播呢。”

“是啊妈,全国去了好多医疗队,我们医院可能也要去,但还没有确定下来。”

“工作忙就不要管我了,我一个人在家有吃有穿的,啥也不缺。”

她从村里小卖部给婆婆买来香皂时,看到婆婆正给擦得一尘不染的丈夫的遗像上香烧纸钱。看着婆婆佝偻的身影,望着微笑着看着自己的丈夫,她的眼泪又扑簌簌地掉了下来。

婆婆走过来:“孩子别哭了,都过去了,都过去了……”

她抬头看到婆婆没有哭,眼里一滴泪花也没有。

突然,她的电话响了,单位的打来的。

“妈,我得走了,我们医院组织了医疗队也要去援助武汉,要求我今晚赶回单位,明早出发……”她一边收拾行李一边急切地对婆婆说。

婆婆急忙跑到里屋去,忙活半天,提了几个塑料袋子。“这是萌萌爱吃的糯米丸子,这是你爱吃的豆包……还有,这红包是给萌萌的压岁钱,我专门到镇上信用社换的新钱,到超市买的红包……”

“妈,你不用给萌萌压岁钱,她不缺钱。这是我给你的一千元钱,你收好了,别舍不得花,想买点啥就买,我得赶紧走。”

她迫切地想赶回单位,突然更真切地体会到了归心似箭的贴切含义。她最后看了一眼丈夫的遗像,提着行李箱就向外走。

村支书在村口的疫情防控点又挡住了她，不让她出村。她说明了情况。“不行啊，再急你可能也走不了了，现在出租车、公交车都停了，私家车更不让跑了。”她急得皱起了眉头。村支书接着说：“你别急，你的事确实万分重要，我给派出所联系一下试试。”

一会儿，一辆警车停在了村口。她提着行李放到后备厢，拉开警车车门坐上了车。

一直紧跟着她的婆婆急忙走到警车边，拍着玻璃喊她：“小敏，小敏。”

她急忙落下车窗：“妈，你回去吧，五一节我带着萌萌再来看你。”

婆婆把头伸到车里，伏在她耳际，用布满皱纹的手挡着嘴压低声说：“孩儿啊，遇到好的你就再找一个吧，啊，别亏待了自己……”

选自《小小说选刊》2020 年第 15 期

入伏饺子

一 兵

小暑刚过，天儿热得要命。

她请了假，也没有啥事，就是心情不好，不想上班，只想一个人睡到自然醒，不用为上班的那个时间点儿顾忌，不用一大早起床忙碌洗头刷牙、试穿衣服，直到把自己打理得整整齐齐，镜子前照了又照，才装出一副自信的样子出门上班。

空调开着，冷风嗖嗖，她盖着被子，像冬天一样，蜷缩在被子里美美地睡着，脸颊上带着微笑，好像在做一个非常美好的梦。

门外，突响起电动车上锁的刺耳的滴滴声，紧接着是开门的声响，推电动车子的动静儿。这些声响把她吵醒了，她知道是她来了，对门那人家的那个妇人，这时应该到了午时三刻。

平时她十一点半下班，回来坐电梯时，经常会遇到对门的妇人，她也是这个时候下班，都是这个点儿，十一点四十五左右。

她把头蒙了起来，知道对面的动静马上就开始了。

果不其然，切菜的声音，抽油烟机的声音，排风扇的声音，葱花炝锅的声音，叮叮当当翻炒菜的锅勺声，踢踢踏踏的走路声，都从对面透过门缝传了过来。

听声她就知道，对门又没有关房门，味儿飘进了她屋里，她闻到了那香味，那种爸爸妈妈当年做饭，自己赖在床上闻过的久违的味儿。

她刚住到这里几个月，离上班的单位近。她逃离了原来生活的地方，想逃得越远越好，甚至想离开这座城市，但她没有勇气，也没有经验，不知道离开这座城市，自己能去哪里。

对门的妇人每天午时回来后就开着屋门，从做饭，到吃完饭，她一家子的动静，一层楼住的家家户户都听得清清楚楚，包括他们日常的吵架声，也不避讳。

阳光透过窗帘的缝隙射进来，她感到了阳光的气息，加上对门叮叮咚咚奏起来的锅碗瓢盆交响曲，她再也睡不着了，爬了起来，下床拉开了窗帘，阳光照进来，她没有感到热，却精神一爽，伸了个懒腰，开始刷牙洗漱。

“你做的菜能吃吗？不会看着点，又煳了！”对门的男人埋怨。

“嫌我做得不好你做啊，在家里没事也不做饭，我一边炒菜还要洗衣服呢，爱吃不吃啊！”对门的妇人不甘示弱。

“做饭就专心做饭，一边做饭一边洗衣服，饭做不好，衣服也洗不干净。这菜煳的，吃了致癌呢。真不会过日子，冰箱里不是还有昨天晚上我做的酸菜鱼和排骨吗，就不能热一下吃……”对门的男人反驳。

“我不会过日子？我上班回来，还要做饭，洗衣服，你待在家里啥也不干，嫌我不会过日子，你去找个会过日子的女人啊，赶快搬出去，今天下午就搬出去，找一个会过日子的……”

接着还听到了乒乒乓乓摔东西的声音……

她刷牙的动作停止了，悄悄走到屋门口，透过猫眼看。但看不清对门屋里的情况，她就屏息听，可是啥也听不见了，对门好像不再有动静了，一切静止了。

妇人的心情她感同身受，这一幕简直就是自己离开那个小区前的翻版。唯一不同的是她不吵，就是要和他离，他甚至跪下来求她，她铁了心，就是要离。之后她才搬来这个小区。

洗漱、穿戴完毕，镜子前她照了又照，准备出门，想去外边透透气，顺便吃点啥。

对门的门还开着，她装作不经意向对门屋子里一看，对门一家四口人围在餐桌上吃饭，好像啥也没有发生一样。

她想不明白那妇人后来是如何想通的，反正换作她，她是想不通。

回来时，对门已经关上了门。邻居家的门开着，邻居家慈祥的老奶奶搬一把凳子坐在门口。过来住以后，老奶奶还一直问她有没有对象，想给她介绍对象呢。

屋里停水了，她想洗一把脸，就端着脸盆到邻居老奶奶家借水。她假装问老奶奶："俺对门的一家经常那样啊？"

奶奶压着声说："你来几个月了还不习惯吗？前两年吵得才厉害呢，还经常动手，一开始我还去劝架，后来我也不劝了，越劝啊他们越上劲，都说自己有理。据说为了孩子，现在是离婚不离家。唉，年轻人，慢慢就好了，这就是生活啊。"

半夜里醒来，天还没亮，她再也睡不着觉了。屋里很静，只有空调的风声，像冬季的寒风一样呼呼直吹。独处让她害怕，甚至产生一丝恐惧。她觉得浑身发冷，感到害怕。她开了灯，关了空调，让屋里的灯一直亮到天亮。

第二天中午下班，在电梯里碰到了对门的两口子，两人有说有笑，俨然不像一对离过婚的人。男的手里提着鼓鼓囊囊的刚买的菜，俩人说着明天初伏，准备饺子馅，晚上包饺子，商议着说儿子爱吃肉馅、闺女爱吃素馅，要调两种馅，还客气地邀请她一起吃。她看着他俩，也有一种想包饺子的欲望。

入伏第一天，她带着一盒自己努力包的不成样子的煮熟的饺子，回到了自己原来生活的小区，敲开了他的门。

选自《2019 中国年度作品 · 微型小说》，现代出版社 2020 年版

饭场上

刘长利

杨庄人吃饭可不像城里人。城里一家人围着桌子,每顿饭总要搞那么两菜一汤,金边瓷碗不大点儿。杨庄人喜欢用那种又粗又大的老海碗。除了他们饭量大,图省事儿外,还有一个重要原因,就是赶饭场。

晚上,劳作了一天的人们总需要那么一点精神食粮,这饭场就成了自发的娱乐场所。每到这个时候,你看吧:街道宽敞处总是聚满了人,一面呼呼啦啦地喝粥,一面听着广播匣子里的新鲜事儿。等到饭碗一放,你听吧:张家长,李家短,社会新闻,街头趣谈,各种稀奇事儿都在这里汇总。人们说一阵,笑一阵,旱烟吸足了,一天的疲劳也消失了,便各自满足地哼着小调儿,腆着溜溜圆的肚皮回家睡觉去。

这天傍晚,人们照旧端着老海碗,到村西头的老槐树下聚堆儿。饭场上有个杨老汉,因为辈分高,多数人叫他二爷,他一边眯着眼睛喝粥,一边习惯地扫了一眼:"唔,李长庆咋没来?"

"过午见他驮了一箱子烟酒从城里来,许是他那大闺女要出门子了吧?"答话的是个中年汉子,光着脊梁,正吃得满头大汗,是村里有名的老实疙瘩。

"你算了吧!"随着声音站起个"瘦猴儿"来,二十多岁,身子长得像根打枣杆子,却是满脸的机灵。小伙子专爱打听事儿,自称是个"业余记者",总能在人多的场合露一鼻子。

只见他向那中年男子瞪一眼:"你知道个屁!"而后故作神秘地说:"你们知道是咋回事?"见周围大大小小的眼睛齐刷刷地盯着他,一脸得意地点着烟,美美地抽了一口,故意压低声音:"你们知道不知道? 李长庆在城里贴告示了!"

"告示?"

"哎呀,就是帖儿! 一群傻蛋!"

杨二爷心里正不舒坦,每日里都是别人恭恭敬敬听自己说古道今,没想到今儿个让瘦猴给顶了。听得骂,猛地一拍大腿:"你小子骂谁?"

瘦猴可真机灵:"二爷,二爷,您别误会。我,我是说他!"他伸手一指大贵,把个老实人气得干咧嘴。

瘦猴见人们依然张着嘴巴等他讲,眉飞色舞道:"你们猜猜他贴的啥帖儿? 嘿! 去城里招工嘞!"

"招工?"人们都成了张飞穿针——大眼瞪小眼。就连杨二爷也是装了烟锅子忘了点火,支棱着耳朵等听下文。

"告示里说:有愿到我处收麦的,一天三块钱,管饭吃,外加一包'大前门'。他买的烟酒就是给那些帮工的准备的!

"啧,啧,啧! 好个李长庆,真想得出!"

"呀! 一天三元钱,还管饭管烟抽,划算吗?"大贵说。

"好你个不开窍的东西! 咋不算算? 他承包了二十亩地,看麦子的长势,少说一亩打六百斤,二六就是一万二。几天工钱算老几?"

"这雇工不是剥削吗?"

"好个二爷哩,李长庆昨天上公社可是吃了定心丸了。张书记说:'帮助收麦,给人打工钱,按劳取酬,不算剥削! 另外也给城里待业青年开了门路,不但不批评,还表扬呢!'李长庆这才乐滋滋地回来了。"

杨二爷吧嗒吧嗒地抽着烟,心里在思量:如今实行家庭联产承包制,他也包了二十亩地,虽说日子大变样,吃喝不再愁,可眼见麦子黄了梢儿,他又喜又愁。能打一万多斤麦子自然高兴。可劳力呢?家里儿子、儿媳,加上他三口人,这收麦子比不了别的,就像“匣子”里说的,真正的“龙口夺粮”啊。叫亲戚?请朋友?可谁不是忙得脚丫子朝天?万一节骨眼儿上下场大雨,麦子可就烂在了地里。这下好了,现成的办法,不用还等什么?看上边儿的意思,还真是让庄稼人富哩。

夕阳落山了。余晖把西天烧得火红火红的。橘红色的晚霞照在人们脸上,身上,给一切蒙上了柔和的面纱。饭场上的人们沐浴在霞光里,个个显得英气勃勃。

“哎,”有人提问,“那城里的愣小子肯来吗?”

“咋会不来?”杨二爷说:“谁还怕钱咬手?他们真要见了告示啊,不挤破脑袋才怪呢!”

“哈哈哈”,人们笑了,庄稼人的笑呵,是那样粗犷,开怀……

选自《平顶山日报》1983年1月29日

作者简介:

刘长利,中国作家协会会员,中国报告文学学会会员,河南省报告文学学会副秘书长,新乡市报告文学学会副会长,1982年以来发表出版文学作品逾200万字。著有文学作品集《山月弯弯》、长篇纪实文学《太行金印》等。曾获河南省“五个一工程奖”,《奔流》文学奖。多篇作品入选国家级、省级获奖作品集;作品被央视《读书》栏目朗读推介,并被新华网、《人民论坛》等媒体转发、评论。

送

轩　窗

她出门的时候没有打扮,脸都没洗。越不引人注意越好,她想。

街筒子有一二百号人吧,不算少。也只有在办红白事的时候,街里才热闹点。孝子们紧跟着棺木,在前面走着,哭声稀少。紧随着的是略远点的亲戚,只着半身孝衣或者只戴一顶孝帽。外围是围观的人,照例是老人孩子多点;个别成年人,是等着行礼或路祭的男亲,要不就是谁家好事的司机。

这人数不致使她难堪,她怕有嚼舌的街坊。

前边是第二个十字路口,有路祭。行礼的是死者兰枝的侄子。响器叫的是镇上最好的那家,首席唢呐春生功夫好,班子还有一个女黑头,一个阎派唱腔的女角,受人欢迎。她们不在,女黑头不适合在出殡队伍里,阎派女旦在棺木里。

现在吹的是秦雪梅吊孝,百听不厌,每回都听得想哭。

她没有像其他人那样围上去,她看的路祭多了。从简单的"小九拜"到复杂的"花七十二拜",从孩子到专业服务的祭师,小揖大揖,单跪双跪,挑袖拂袖,没有太大变化,无非是绷不绷得住,周正不周正,腿抖不抖的问题。春生说她不懂,那叫入戏不入戏的分别。

唢呐是含了情的。响器班走在最前头,隔了抬棺的和几层人,她看不清春生的表情。

“你也来了?”有人靠近她。是二曼。她二曼不是进城做了保姆了吗?听说在伺候一个退休老干部。

“我请假回来两天,正好把麦子种了。”二曼低声说,嘴角撇了撇,想笑没笑出。二曼的头顶有白发了。

她没吭声。二曼也闭了嘴。她们随着人流向前走,再有一个路口就直通坟地了。

这次是群祭,三个年轻人,像是外甥、女婿的身份。

“吹得好听。我有点想掉泪哩!”二曼说。二曼在暗示什么吗?她想说“你哭个毛”,又忍住了,低声骂:“兔孙!”

二曼又朝她挨挨,扯了下她的胳膊:“你骂我哩?骂吧!我悔哩!”

“我骂吹响器的!”她狠狠地说。

“春生哥吹得好啊……俺家那人没来,不知给哪儿混哩,不是东西……你还恨她?”二曼就不能住嘴吗?

她不接腔。没有风,但天阴着,冷。她把一个纸钱踩在脚下,使劲拧了几下,伸手找纸巾擤了一把鼻涕。

“兰枝人不坏,无端横祸,可怜哩……”二曼又叨叨。

二曼就不恨她?二曼男人就是个浪荡子,天生那号人。二曼习惯他吃东睡西。俺家春生跟他能一样吗?

她又寻唢呐声。正吹的是“哭周瑜”,还挺会找曲子哩!她心一横,盯着二曼:“你说,当初你为啥拉我去堵门?”

二曼拉拉身上的毛呢大衣,衣服紧,大概是雇主家给的。“菊姐啊,你总算跟我说话了。我不是看他俩不正常嘛!俺家男人不提了,天天不见影,春生哥再……我不想叫你跟我一样窝囊!有一段,俺男人很靠谱,又是给钱又是买衣裳,还给我好脸色,夜里还碰我哩!你猜,后来他说是兰枝提的条件哩!他见兰枝哄他,就又找别人啦!我是找俺家死鬼时,发现春生哥对她好的，我正在气头上哩！再说，我不是向着你们的吗？我想俺家死鬼她瞧不上，许能答应春生，他俩常在一起，也有条件嘛！”

她想一脚踹开二曼，但脚沉得抬不动。人群向前移动了。有几个老弱病残停了下来，他们嫌远，不去坟地了。

是把他们堵在屋里了。门就没闩。春生蹲在厨房旮旯里修水管，T恤卷上去，露了半截脊背；兰枝正弯腰递扳手。要是二曼不喊那句话就好了，要是二曼的语气是开玩笑的就好了。二曼说：“大伙来瞧稀罕，浪哩很啊！”

她羞得进也不是，退也不是。

春生跟他吵了一架：“你还叫俺俩咋搭班儿？你不知道响器班日子不好过？不知道就她最受欢迎？”

她菊香是要脸的人，再也没理二曼。可她觉得，春生心里有兰枝。可他就是不承认。她还没跟他们撕破脸皮，就出了那事。响器班一次出殡演奏，一辆失控的皮卡迎头撞来，有个人躲闪不及，是兰枝。春生感冒请假，她顶春生的班，她会吹唢呐。

不知不觉就到了坟地。是河堤下的一小片盐碱地。那里埋着兰枝二十年前病死的丈夫，他们没有孩子。

她突然觉得心慌，站不住。转身离开，再也听不到兰枝唱《秦雪梅吊孝》了，那腔调，那身段，她爱哩！

唢呐在卖力地响着。她流着泪狠狠地骂：“谁说不叫你送她了？”

选自《新乡日报》2020年5月15日

作者简介：

轩窗，本名邹海霞，女，新乡市小小说学会副秘书长，新乡县作协副主席兼秘书长，发表小说、散文、诗词等作品多篇（首）。

开 荒

陈来峰

几个月不下地，花婶胳肢窝都憋得难受。她逛到村十字口，迎面撞见闹闹娘风风火火地往孬蛋家赶。

“一起去玩两把儿！闲着也是闲着！”闹闹娘伸手扯花婶的衣襟。

花婶躲瘟疫似的躲开了叫：“俺可不会！脑子不够使唤哩。”

躲开闹闹娘，又三三两两地走来几个汉子，也直奔孬蛋家而去。

柳叶不知从哪里杀出来，眼神和花婶一对，嘴一撇，鄙夷地说：“啧啧，看看咱村的人都成啥了！地都盖了高楼了，闲得慌啊！要是能有几分地伺候伺候该多好啊！我一定让它长得旺旺的，一根毛草都没有。”

柳叶这么一说，花婶眼睛忽地一亮，说：“哎！柳叶，我发现一片荒地，可肥了，咱要不去瞅瞅？我看种点儿菜不错。”

两人志同道合，手挽手直奔村头而去。

一个废弃的旧厂房外边，一片黑乎乎的空地，在太阳下闪着光。柳叶弯腰抓一把土惊叫道：“我的娘啊！这么肥的地，种点菜一定收一大堆。”

花婶一巴掌拍在柳叶的腚上：“走！回家取锄头去，说干就干！”

不一会儿的工夫，花婶和柳叶折回来，撅屁股就干起来，汗水从身上密密地冒出，舒服极了。

柳叶耸耸肩,嗔怪道:“有这么好的宝贝地,你咋不早说呢！干点活多舒服啊!”

花婶委屈地说:“村里人玩牌的玩牌,出去做工的做工,我自己来开荒总觉得闷得慌。这下子好了,咱俩做个伴。”

说笑间,一片毛茸茸的地给整了出来,这时,工厂看门的老头走了过来,背着手说:“你们这是做什么呢？有力气没处使了。”

花婶笑脸相迎,说:“大哥,我们种点菜,你给我们看着啊！收菜了给你一起吃!”

老头笑出了一脸的核桃纹,咂着嘴说:“好说好说！这是俺儿的厂,我天天都在。”说着嘴一噘一噘的,好像已经吃上了鲜嫩的菜似的。

花婶和柳叶天天来回忙活着,施肥浇水,哒哒哒地跑来跑去。闹闹娘看见了,惊叫道:“你们俩弄啥哩！开荒去了？种地还没有种烦吗?”说着一扭一扭那肥硕的屁股,走了。

功夫不负有心人。那片地就是肥,种出的菜,叶子绿油油的;小黄瓜水嫩水嫩,浑身挂着刺鲜腾腾的;西红柿仰着圆溜溜的小脸,羞红着脸;豆角齐刷刷地垂下,似少女的长发……

花婶跟柳叶啧啧地称赞着,美得合不拢嘴。

村里不知啥时哗啦啦围上来一群人,都啧啧称奇。牛叔说:“柳叶啊,你们也不吭声,有好事也不想着大家!”

柳叶笑说:“想吃就来薅！谁吃不是吃啊！那边还有空地呢！下季咱一起种点别的。”

好多人闻听都跃跃欲试。

闹闹娘也在中间,眼馋地说:“难怪啊,花婶,不玩牌,净干些私活啊！明儿我也不玩牌了,净输钱了！腰间盘也突突了。”

众人笑翻,牛叔乐得直不起腰,咳嗽着说:“娘啊！还突突呢,你腰间盘是拖拉机啊!”

春去秋来，又该是播种的季节了。花婶和柳叶带领大伙在空地上审视。牛叔说："种麦子吧地太少，种点儿啥好呢？"柳叶脑子快，说："种大棚蔬菜吧！冬天菜鲜，吃不完还可以卖钱！"

大伙心里一亮，牛叔点头，又摇头说："可惜地块太小，施展不开拳脚。"

花婶去厂里上厕所，一眼看见一大片空地，杂草丛生的。花婶心一紧，快步找到看门老头，笑眯眯说："大哥！这菜吃着可鲜？"

老头乐了，说："鲜得很！还放心，绿色蔬菜啊！"

花婶指着那片空地说："要不你跟你儿商量下，那片地咱种大棚，有你一份。"

老头脸一沉，随即一挥手说："问啥问！我就当家，儿坐监了！厂子倒闭，欠人不少钱呢！"

花婶陪着抹了会儿泪，道别。

众人拾柴火焰高。大棚很快告成，冬天来了，蔬菜在大棚里暖暖地伸着腰，长势喜人。大伙吃不完的菜就拿去集市上卖掉，还有不少菜贩专门赶来买，厂区整个冬天人来人往，热闹非凡。

第二年开春，厂房轰然倒塌，夷为平地，土地露出了头儿，大伙纷纷拎起锄头又开始挥汗如雨，霎时，一片片整齐的耕田呈现。工厂的牌子已经换掉，"绿色环保有机蔬菜园"的牌子闪闪发亮。

园长是老头的儿子，这是花婶他们推举的。

选自《天池》2014 年第 12 期

作者简介：

陈来峰，男，新乡县人，作品散见《百花园》《天池》《羊城晚报》《河南日报》《思维与智慧》等报刊，部分小小说被选入高中语文模拟试卷。

麦 王

陈来峰

麦王被警车带走了。消息千真万确。有村民目睹，麦王是在田边查看小麦长势时，被两个警察推上车带走的，手上还套着锃亮的铐子。

消息一出，整个村子炸开了锅。

这都“六一”了，眼看过几天就该收麦了。在这节骨眼上，麦王被逮捕了，这不是开玩笑嘛！

村民的担心不是没有道理。

麦王原名乔文昌，是我们七里乡有名的麦子大王。赠送他这个雅号，不仅仅是因为他麦子种得好，更因为他爱惜麦子，珍惜麦子，自幼在麦田里光屁股长大的。老乔五岁时，父亲出了车祸，母亲改嫁他乡，一个本家叔叔收养了他。那个年代农村日子苦，吃饱肚子就是很奢侈的事，每当麦收时节，风吹麦浪，麦子飘香，乡亲们都欢腾地期待着吃顿饱饭。文昌更是会欢喜地挤出眼泪来。

那个丰收的景象，永远扎根在老乔的心底，像一个千年老树的根盘在那里，挪都挪不动。

记忆里，文昌是吃着百家饭长大的。叔叔一条腿瘸，家境不好，文昌经常挨饿，东家婶西家爷的，没少帮衬他。

如今的老乔可是了不得，在七里乡乃至河南省都是赫赫有名的人物。他呕心沥血打拼来的种子公司，将一粒粒麦子卖到了豫北，豫南，甚至卖到了湖北河北。七里乡大大小小的种子公司不在少数，唯有老乔的最红火。不因别的，都是冲老乔这个人来的。都知道，老乔人正直，麦种也跟他的人一样站得直，靠得住，颗颗粒粒饱满圆润，晶莹剔透。

老乔选的麦子，是七里乡天然的肥沃的土地里长出来的。即使是本村的村民乃至叔伯们的麦子，他也照章行事，干湿度要够，纯度要足，残次的麦子打死他也不收的。当然老乔给村民的价格也是其他村没法比的，他懂得报恩，晓得回报，乡亲们一个个都跟自己的父母亲一样，不！甚至比父母都照顾他，他知道用心去回报他们。但是，他做不来营私舞弊。

那年，老乔叔叔的麦子不够格，测量干湿度的时候，仪器叫声不断，老乔硬是给挡了回去。自此，村里没人再懒省事，也不敢。当然，老乔为了安抚叔叔，亲自拉车将麦子摊在路边晒，最后又以最高的价格收购。说起这事的时候，乡亲们频频竖起大拇指。

文昌牌麦种，也是最近几年才叫响的。起初那几年，老乔的公司也是举步维艰，尽管自己的种子质量不错，但是没有名气，想冲出家门，让人家出高价买，真是比登天还难。那年，周边几个朋友的种子公司都没少挣钱，大小车辆载着满当当的麦子进进出出，唯有老乔的公司门可罗雀。有人私下给老乔透消息，说学人家那几家，买来一些包装即可。名牌的毕竟是名牌……

话没说完，老乔一拳将桌子给砸了个坑，吼道："我乔文昌永远不会做坑人的事！"

这段记忆后来也传为佳话，方圆村民无人不晓。而，至此，老乔的耿直也出了名。

如今，却有人告发老乔造假，用人家的商标，这不是扯淡嘛！

但是，工商局、公安局都要按章行事。公家人办事有公家人的程序，不能你说没事就没事。当村民一群群自愿去给老乔做证的时候，老乔不禁掉了几滴心酸的眼泪。

老乔拉住村主任的手，红着眼对大家说："你们让我老乔，这，这辈子咋还你们的情啊！"

说完，泪如雨下。

假包装找到了，在老乔的仓库后面。但，假的总归是假的，很快罪犯被拽了出来。原来是村里的二孬。二孬去年的村主任被撸了。说被撸了，也可以说被村民给轰下来了，也可以说被老乔给拽出来了。

去年麦黄时节，老乔照常晚饭后去田野里走走，他不时仰头看看天，又嗅着麦香，满心欢喜。每年的这个时候，也是乡亲们最惬意的时候。老乔更是。可是，就在老乔往麦田里走的时候，月光下，他发现一片麦子倒下一大片，还听见呼哧呼哧的声响。老乔心说是不是野兔在糟蹋粮食，就怒吼着冲上去。谁知，月光下，两片白腚给露出来了，白花花的两个人急慌慌钻出来。是二孬和田寡妇。正在老乔不知所措时，闻声赶来的乡亲也都发现了丑事。于是，全村人都知道这件糗事……

后来，二孬就将这笔账记在了老乔的身上。

每每说起这事的时候，老乔满脸不快。他说："人在做，天在看！你糟蹋粮食，我是万万不会答应的！"

选自《天池》2015 年第 11 期

晓晓家的战争

陈来峰

晓晓接了闺密电话之后,再也沉不住气了。

闺密电话里说得很清楚,今早看见老公跟一个妖精似的女人来看车,而且是看那辆火红色的最新款。闺密算是机灵,一看这阵势忙躲了起来,头皮都发麻了,过后才想起给晓晓电话。

晓晓的火气瞬间燃烧起来。

难怪啊,老公最近也太不寻常了,出门要在镜子前梳妆好久,比新媳妇还腻。西服一套接一套还嫌少,偶尔陪自己逛商场,他眼睛贼溜溜直往男装那瞅,还伺机问这个颜色咋样,那个款式如何!

晓晓不得不怀疑了。上周老公说生意忙,一连三天都没回家,回家倒头便睡,对自己理都懒得理。

现在这女妖精终于现身了。晓晓泪如泉水般喷涌而出,打湿了衣襟。

上个月晓晓跟老公刚发生了一场战争。老公的缘由很牵强,不仅出口伤人,而且很粗暴地摔了一个杯子。晓晓当时难堪至极,要知道那是当着女友兰兰的面。事后,尽管老公多次道歉,甚至复习以前跪搓衣板的功课,晓晓还是对之耿耿于怀。

不就是不让跟兰兰好吗?兰兰不就是一个见不得光的小三吗?近墨者

黑的道理自己懂，可是多年的交情哪能说断就断。可老公就为这和自己要暴脾气。

去年夏天，晓晓因为给老公洗衣服，忘记掏口袋，一张条子被打成纸浆，引来老公一阵怒吼。晓晓当即就哭了，什么狗屁纸条，难道比自己老婆还重要吗？就那么黑着脸像训孙子似的。

眼看又一次大战就要爆发了，而且这次非同寻常，有可能滑向离婚的边缘，晓晓心里有很强烈的预感。

晓晓从家出来，打车飞奔向律师事务所，找到了做律师的同学。同学很热情，也很神秘地拉她到一个角落，爆料了一个私密的消息。前天，晓晓的老公来过事务所，咨询了好久，虽然晓晓老公不认识他，但他们的婚礼律师同学参加了，新郎的模样可是记得一清二楚。赶巧律师同学忙着出去，话就没有挑明。

从事务所出来，晓晓心更凉了，看来人家早已下手。

晓晓心里莫名地痛了起来，好像突然被撕咬了一口，撕心裂肺地痛。

晓晓想去银行查老公的账目，走到半路又停下了，一个电话将她拉了回来，呆在了那里。

电话是闺密打来的，说老公已经提车，钱刷得很爽快……

后面的话晓晓根本没有听进去，头早已炸开，嗡嗡作响。

一步一个趔趄地往回走，进小区，上楼梯，开锁，进门，晓晓像着了魔。

突然，一个身影冲来抱住了自己的腰。

晓晓刚欲发怒，房间音乐声骤然响起：祝你生日快乐……

一串闪亮的钥匙飘进自己的手心。

晓晓愣了，泪水决堤而下。

原来“妖精”是个车险管理员，而老公去事务所是为了公司的一场官司。

选自《金山》2014 年第 10 期

借　刀

张晓峰

张春的老婆孙影打电话过来，说她想吃饺子了，让张春把冰箱里的那块肉剁碎，拌成饺子馅，一会儿她回来包饺子吃。张春这两天正牙疼，什么活儿也不想干。可老婆的话又不敢不听，不听老婆的话，等老婆回来那就不光是牙疼了，会闹得你全身都不舒服。

张春切肉的时候才发现自己家的菜刀都快生锈了，把一块肉切开都很费劲，更别说剁碎了。张春今年被单位派到乡下挂职锻炼了，敢情这菜刀老婆没怎么用过。张春为了完成老婆交给的任务，就到对门陈涛家借了一把菜刀。陈涛是张春单位里的一个科长，去年两人为了争这个科长，闹得很不愉快。陈涛正在电脑前和一个女的视频聊天，从厨房拿了菜刀递给张春，忙又坐到了电脑前，把门带上了。

张春的钥匙忘在屋子里了，手机也没带。想再回陈涛家，可陈涛正和网友聊得热火闹天，自己去了不是讨没趣吗？张春就拿着菜刀下楼了，他想到小区门口的小诊所去找老同学刘兴民看看牙，如果刘兴民不忙的话，还可以顺便再下两盘棋。张春走到楼下的时候，碰见陈涛的老婆高琴回来了。高琴和张春打了个招呼，问张春去干什么。张春说，找刘兴民杀一盘。高琴跑着上楼去了。

张春走到刘兴民门口的时候，刘兴民却把门关上了。张春拍拍刘兴民的门：“你大白天的，关门干什么？是不是干见不得人的事了？”

刘兴民隔着门说：“张春，你想干什么？你别冲动好不好？别听信谣言好不好？”

张春说：“刘兴民，你在说什么？我听不懂。你快开门，给我拿点药，我牙疼得不行。”

刘兴民说：“你不要冲动，要考虑后果。你快点把刀子扔了，离开我家，要不然我报警了。”

张春想起来了，刘兴民是怕自己手里拿的菜刀，可是他为什么怕我拿菜刀呢？都说做贼心虚，刚才刘兴民说谣言什么的，莫非他真做了对不起我的事？年轻时刘兴民和自己是情敌，难道趁自己不在家，他们又做了见不得人的事？想到这儿，索性假戏真做，吓唬起了刘兴民：“身正不怕影子歪，你把门打开，咱把话说清楚。”

刘兴民说：“我真没做什么，那天晚上孙影生病了，在我的诊所里输了一夜水。她是我的病人，我们什么事儿也没有，不信你问孙影。”

说曹操，曹操到，孙影来了。可笑的是孙影脸上还敷着一层面膜，对了，她上午说是去做美容的。孙影惊惶地说：“张春，你拿着刀干什么？”张春说：“你比我清楚。”孙影哭了：“张春，你别冲动好不好？我以前是对你不好，可真没做对不起你的事呀！你真的是误会了。我今天才发现你这么在乎我，我在你心里这么重要。你放下刀子，跟我回家吧。我一听说你要做傻事，我护理没做完就跑回来了，你是我的天呀。你要进去了，我怎么办？”

老婆孙影这一哭，张春信了。老婆脾气不好，但人还是很正派的。张春说：“刘兴民，我其实是来看牙的，你胆子那么小干啥？你出来吧，我走了。”张春转过身，发现周围几只冷冰冰的枪口正对着自己，周围全是人。

警察冲张春喊：“张春，赶快放下刀子，否则后果自负！”

张春急了：“我是来找刘兴民看病的，你们报警干什么？谁报的警？”

陈涛的老婆从人缝里挤出来说:“我报的。怎么啦?我看你拿着菜刀,气势汹汹的样子,就知道你想干坏事。可没想到是拿着我家的菜刀。张春,也真有你的。你要杀人,你们家没有菜刀吗?借我们家的菜刀干什么?要嫁祸陈涛吗?不就为争一个科长吗?至于吗?况且,你争不过陈涛,应该怪你自己,跟我们有关系吗?”

陈涛也说:“张春,别怪我们。多亏我们及时通知刘兴民和你家人,并报了警,才没有铸成大错。你好好配合警察,把问题交代清楚,跟刘兴民好好认个错,说不定不会追究刑事责任的。”

选自《微型小说选刊》2016年第5期

作者简介:

张晓峰,曾用笔名张晓枫,河南封丘人。河南省作家协会会员,现任教于乡村中学。曾在全国各地报刊发表小说、随笔、书评2000余篇,作品多次被《青年文摘》《青年博览》《特别关注》《文摘报》等转载,作品多次获中国微型小说学会全国优秀奖,并入选各种选本近百次。

形象猪

晨　雨

东李村是全乡有名的养猪专业村。这几年,依靠养猪,村民们走上了致富路。村委会也办起了养猪场,每年猪出栏数都在万头以上。

东李村出了名,乡里每次向县、市汇报,都把东李村当成典型。这样一来二往,便有了领导参观、下来指导工作的种种应酬。

到了年底,是卖生猪的好季节,毛猪价一下上去了。村支书说,赶快卖了栏中的成猪,肯定有赚头。正在这时,乡里来了一个电话,说这几天市里领导要来参观,一定要保证猪的数量。村支书只好下令,暂缓卖猪,这样一直拖了半个月,乡里却没了音信。村支书气得直骂娘,这半个多月,成猪只吃饲料不长肉,白白浪费了几千斤饲料,再说这猪肉价格又有所回落,算下来损失了上万元。村支书斩钉截铁地说:“卖猪!”

谁知,刚卖过猪,乡长打电话来,说副市长来参观猪场的日子已定下,千万不能有一点儿差错。村支书顿时傻了眼,养猪场只剩下二三百头未成年的猪,现在去哪儿找那么多猪去?村支书急得团团转。正在这时,村会计走过来说,我有个主意,不知行不行,便俯耳对村支书如此这般地说了一遍。村支书听了,虽有点迟疑,但还是挥了挥手说:“你快去把‘泥人李’找来。”

等到副市长一行来参观时，猪栏里已是黑压压一大片猪。副市长及随行人员都远远站在猪栏外看，只见猪们有的在东跑西窜，有的在拱地，有的在懒洋洋地睡大觉。副市长很高兴，就走上前去，要亲自到猪棚里去看。

村支书忙拉住说："里面气味难闻，市长你就不必亲自进去了吧。"

副市长哈哈大笑说："你不了解我，当知青插队时，我曾经当过猪倌，整天和猪打交道。"说着便跳进了猪圈，随行人员也紧随其后跳了进去。

这时，大家都愣住了，原来在猪棚里，活蹦乱跳的猪中夹杂着一大批形态各异的猪塑像，或蹲，或爬，或卧……体态逼真，如不是用手触摸，一点儿也看不出假来。

乡长冲着村支书大声说："这，这是咋回事?"村支书张口结舌，答不上来。

还是村会计脑子来得快，只见他轻轻一笑，冲着村支书说："支书，咱就不要再隐瞒了。"然后冲着大家说："大家有所不知，这就是我们东李村养的猪又肥又壮的原因。你们看，一些猪吃饱之后，乱跑乱窜，能量都被消耗掉了，只吃饲料不长肉，长成猪的时间长，消耗饲料多。经过我们这几年的经验总结，我们请人塑造了一批这样的在地上静卧的猪，引导其他猪吃饱后也静息，只吃不动，静中长膘。这些猪塑像我们称为形象猪。要不是副市长今天莅临指导，这办法我们村会一直秘不外传。"

听了村会计的一番话，参观者都连连点头，齐声赞叹东李村原来有此绝招。副市长连连称妙，冲着村支书说："这可就是你的不对了，有好经验要向外推广，可不能只顾自个儿，这是典型的小农意识。"

选自《微型小说选刊》2001 年第 23 期

作者简介:

晨雨,本名陈荣霞,女,河南省作家协会会员,曾在国家、省、市级报刊杂志发表百余篇作品。多篇作品被《小小说选刊》《微型小说选刊》选载。现为《新乡日报》记者。

寻找英雄

晨　雨

省电视台要在A市拍摄一组“群众见义勇为斗歹徒”的镜头。A市的市长拍板同意，为增加真实感，导演提出现场抓拍，问市长行不行。

市长问：“什么叫抓拍呢？”导演就解释说，只有歹徒和被害人是演员，“歹徒”跑，“被害人”追，群众谁上去和“歹徒”搏斗就拍谁。

市长有些迟疑，说演员和群众互不摸底细，搏斗时万一手下重了呢？导演说没事，我们给“歹徒”演员说好，让他下手注意，群众下手重不要紧，我们就让“歹徒”内穿“铁背心”。

市长回头问副市长，副市长说这样好，对见义勇为者，我们作为英雄奖励。

第二天上午，拍摄工作按预订方案开始了。摄影机藏在面包车内，在大街的中心徐徐地行驶。此时，“歹徒”和“被害人”就在人行道上走着。面包车响了三声喇叭，“被害人”就一把抓住“歹徒”：“你怎么偷我的钱？”

他俩就扭打在一起，“被害人”边打边喊：“抓住这个小偷！”

眼看着“被害人”体力不支，被打翻在地，但他死死地扭住“歹徒”，拼命地喊：“抓住他，抓住他！”路人围观者甚多，但没人上前，道路堵塞，自行车铃响成一片。

车内，导演头上的汗流了出来。还好，这时有个老头喊："抓住他呀。""歹徒"猛然拔出匕首，喊："不要命的，上来！"两个年轻人一愣，停住了脚步"歹徒"又冲着"被害人"吼："松开，要不老子就放你的血。"

"被害人"手扯着"歹徒"的衣服，还在犹豫，旁边的人说："松开吧，没多少钱，放他走吧，破财消灾。""被害人"哭着说："这是救命钱呢！我爹躺在医院里呀。"

"偷了你一个人的钱，害得大家都过不去，你道德不道德？"一个急着赶路的中年人猛摁着车铃说。

"歹徒"猛地一挣，狠命向前跑。"被害人"紧追不舍，大喊着："他是小偷，截住他，抓住他！"

"歹徒"在人流中狂奔，如入无人之境，"被害人"还在后面撕心裂肺地喊着，导演在面包车中直想跳下来。

忽然，一个背着书包的小学生闪出人群，一手挥着书包，一手直直地伸出，做阻挡状。人们都惊得睁大了眼睛。

"歹徒"喊："小兔崽子滚开，要不宰了你！"

小学生定定地站在那里，喊："都来抓坏蛋，都来抓坏蛋！"声音尖尖的，嫩声嫩气。

车内导演大喜，喊："快拍大特写！"

这时，意外情况发生了，一个中年人跑来一把拉开小学生："别管闲事，快上学去。"并对"歹徒"拱拱手："他年纪小不懂事，你别在意！"伸手打了小学生一巴掌："就显着你了。"

副导演喊："停机！停机！"

导演冷冷地说："难得的镜头，继续拍！"

第二天，镜头在A市电视里播放，全市震惊，人们议论纷纷……

选自《小小说选刊》2000年第18期

巨　钟

晨　雨

这两年钟表制造业不景气，H 市红旗钟表厂步履维艰。为走出困境，该厂大力进行新产品开发，终于开发出了一种全自动电子巨钟。

此钟特大，置于 H 市中心最高的黄河大厦顶上，全市人民都能听到它报时。不仅该市引以为荣，还引来不少外市的市政管理人员前来参观。

红旗钟表厂见巨钟一炮打响，就趁热打铁加大宣传。紧接着，又向全国各地发出邀请函，准备召开产品新闻发布暨订货会。

岂料，就在会议召开的前一天，与会者纷纷前来报到的时候，黄河大厦顶上的巨钟突然停走了，派人上去看，检查者下来说毛病不小，一两天修不好。

钟表厂厂长顿时急晕了，因为明天会上，一项重要的内容就是到黄河大厦前看钟！

好在厂办主任脑瓜灵活，他在厂长耳朵边嘀咕了一阵，厂长的面色才平和了些，说："你快去办，找个老实可靠的，但是注意保密。"

几个小时后，停走的巨钟又恢复了走动。

厂里人说，这钟还算有良心，多少人为你忙，你要"罢工"，这会可就泡汤了。

此时，黄河大厦顶上的钟楼里，有个叫许二的工人正在暗自发笑。他说："你们还都蒙在鼓里呢，这哪里是它自己走，是老子在一下一下地拨嘛！你们也别骂我骗人，厂办主任让这样做的，两天给我200元钱呢。"

新闻发布订货会如期召开。

新闻记者、各地客户来了很多人，足有几百。H市对这个会也很重视，市里主要领导都出席了。按照会议议程，上午在宾馆开了新闻发布会，下午去看钟。

下午三点，几百人来到了黄河大厦前，主管工业的副市长对众人说："看，朋友们，这就是全省第一钟。"

人们抬头仰望，感叹道：此钟果然有气魄！

恰在此时，表针又停走了。厂长脸上的汗刷地就下来了。厂办主任说："可能是线路出故障了，我上去看看，大家稍等片刻。"他坐上电梯就上去了。

钟楼里，许二正呼呼地睡。中午，许二家人来送饭时，他一高兴喝了半斤酒。家人走后，酒劲上来，他就迷糊过去了。厂办主任上去就是两脚，许二一激灵站了起来，伸手去拨，钟又走起来了。

厂办主任下来，对大家笑说："线头松了，一紧就好。"大家都说，难免，难免。

忽然有人叫起来："看，表针怎么倒着转？"

厂办主任一看，可不，表针正沿逆时针方向走哩！他心里骂："这个混蛋……"但嘴上却说："怨我，怨我，我忙昏了头，线头接反了。"说完急匆匆地又蹿上了楼顶。等他下来，巨钟就又走得正常了。

厂长一再表示歉意，众人都说瑕不掩瑜。众多客户纷纷订货。

选自《微型小说选刊》2001年第10期

猪头李

许宗耀

金堤上有个劁猪匠，姓李，人称猪头李。

在金堤及金堤周围的村落，猪头李的一句话对一头猪的命运有绝对的决定权。劁了的，活个一年两年便被宰了；留着的娶妻或生子，能活个十年八载。

猪头李到哪村劁猪，小猪仔叫唤，小孩子也围在周围叫唤，抢猪蛋子不说，还喊“猪头李”，猪头李也不恼，照样给猪蛋子。孩子抢了猪蛋子，撒上盐，用麻叶包几层，放柴火锅底烧，麻叶烧焦取出来，剥开，猪蛋子外焦里嫩。猪头李当时很受很少吃肉的孩子待见。

一个夏天，猪头李游村串乡来到金堤外毛庄。

毛庄前不挨村后不挨店，孤村一个，地处老黄河身，流沙多，一起风，沙就聚堆，到处都是一两丈高的沙土岗，土岗上草木丛生，一人穿过，凄凉阴森。

干完活，天已擦黑，一个人过来，拍拍猪头李的肩膀说：“毛司令叫你。”

毛司令是金堤一带的土匪头儿，有百十号人，几十杆枪，跟豫北最大的土匪头儿王三祝是换帖朋友，在金堤是人见人怕的人物。

猪头李收拾好东西，来到毛司令家。毛司令见面就哈哈笑：“兄弟，你可来了，酒席我已经摆好了，我儿子从市里捎来的马家烧坊的好酒‘一马平川’，今个可得喝醉了！”

原来毛司令是惦记猪蛋子！毛司令打小就爱吃猪蛋子，尤其爱吃撒上盐用麻叶包着锅底烧出来的猪蛋子。猪头李的爹劁猪的时候，毛司令没少和同伴抢猪蛋子。

当即安排人去烧猪蛋子，四五个人就喝开了。约莫近三更时分，几个人都已酒气熏天。毛司令说：“五子，喊几个兄弟起来，干活。”又拉住猪头李说：“兄弟，今个让你开开眼，见过埋活人吗？”

“没……没见过，我胆小，就不去了。”猪头李说。

“你哪天不白刀子进红刀子出的，还怕啥！今个让你看看兄弟的营生！”

月黑风高，毛司令带着十来个人，抬起一个麻袋，一起来到庄外土岗深处。

毛司令吩咐众人挖好一个二三尺的深坑，从麻袋倒出一个汉子，汉子双手反剪绑着，嘴里塞了破布，被一脚踹趴，倒在坑里。

“等等，既然埋他，让他睡舒服些。”猪头李边说边跳到坑里。

“没想到你操刀的还这么磨叽。”毛司令嗤笑道。

猪头李磨正汉子的头，顺势塞眉头下一个大坷垃，一拍汉子的屁股，说，“趴好！”顺势一摸汉子反剪的手，湿水细麻绳拴着，偷偷拔出劁猪刀，猛往中间一划，绳嘣地开了，汉子含糊地叫了一声。

“猪头李，你在劁人呢！”众人笑道。

“我看人死了没，掐了一把。”猪头李也笑道，爬出坑，和众人一起埋土，将地面摊平，回去睡觉。

第二天，猪头李照样劁猪。

一直过了几年，也没听说被埋汉子的事。反正那时候死个人如同死个狗死个鸡，没多大声息。

后来，解放军从太行山南下。毛司令带领一帮人企图抵抗，全被剿灭。

猪头李想起被埋的汉子，不由得叹息："活不活，看他自己的造化了！"

1948年，工作组进村，队长姓韩，是一个高大的汉子，见有人劁猪，非常激动，一问旁人，劁猪人是猪头李，急忙上去拉住猪头李："你认识我吗？"

猪头李一脸茫然，摇摇头说："不认识。"

韩队长伸出右手，手背上有一道十来厘米的疤痕："这个伤疤是你划的！"

猪头李还是一脸茫然："领导，你认错人了，我不认识你。"

后来，成立农会，韩队长让猪头李当主任。猪头李说："我斗大的字儿不认识一个，让别人当吧。"猪头李怎么推辞也推辞不掉，当了副主任。

再后来，县里成立农畜牧委员会，在韩队长的推荐下，猪头李作为畜牧稀有人才去上班，成了公家人。

我见到猪头李时，是在他们村驻队，他早已从畜牧局副局长位子上退下来，在家养老，每天步履蹒跚地拖把藤椅立在门口看风景，有时候嘴巴下还滴拉着哈喇子。

这时，要有人说他就是猪头李，劁猪时身手如何矫捷，年轻人一定认为是讲笑话。

选自《金山》2013年第11期

作者简介：

许宗耀，男，中共党员，河南省原阳县人，中学高级教师，新乡市作协会员，新乡市小小说学会副秘书长。小小说作品在《小小说月刊》《金山》《小小说大世界》《羊城晚报》《河南日报》等报刊发表。现供职于河南省原阳县教育体育局。

李大本

许宗耀

单位的同事喜欢晚上聚堆儿喝闲酒，尤其是常住机关的人。一次，大家又聚在单位门口的食堂里，喝得醉醺醺了还不想散场。刘副局长就提议行酒令催酒，猜枚划拳又喝了一通，大家腻烦了，有人就瞅着李大本说，看看大学生能不能来点新花样。李大本说，既然这样，我怎样说大家必须怎样做，不能欺负我年轻。没人反对。李大本说，中师学历的喝一个。中师学历的人端起酒瓯，一气饮下了。大专学历的喝一个。大专学历的也一气饮下了。李大本说，酒也喝完了，散吧。好多人愣了，这小子就让我们多喝一个，他却没喝，就问，你咋不喝一个。李大本满脸前不见古人后不见来者的神情，说，没人和我一样学历，我和谁喝呢？刘副局长的脸当场就拉下了，说，哦，大本就了不起了。更有人硬着舌头嚷道，你跟局长一个办公室就了不起了，再大本你还不是毛小子一个。

李大本本不叫李大本，他从省重点大学毕业后，直接进到教育局工作，那时本科毕业生很少，回县里工作的更少，所以领导就没让他下到学校教课。酒后容易失德，再喝不定出啥乱子，说散就散了，不过从此开始有人李大本李大本地叫他，很少再叫他真名。

李大本觉得特没意思，就跟局长说了。局长说，木秀于林风必摧之，管他东西南北风，咬定青山不放松，像你这样教育专业毕业的本科生在咱县只有一个，好好发挥特长，假以时日，会让人刮目相看的。李大本觉得也是，就踏踏实实地躲在局长的里间读书写材料。省教育报社搞局长论坛，局长拍拍李大本的肩膀："这回看你的了，给咱县挣个荣誉，给你自个儿也挣个名声。"结果局长的论文得了一等奖，在省报发表了。局长高兴地奖励李大本500元："年轻人，好好干，我没看走眼！"

县里教育系统搞改革，材料整理自然压在了李大本肩上。最后成果汇总，出了一本书，县领导、局领导、科室主任把顾问、主编、编委的位置都占完了，只给李大本安了个校对的名儿。

李大本好些天像闷嘴儿葫芦，上班托着脑袋打瞌睡。局长也觉得出书的事儿有点不恰当，就说："不行你到下面走走，散散心。"李大本立马来了精神，说："好，我也想到下面搞搞调研。"李大本前脚刚走，局长就给校长打了电话。

李大本要去调研的学校是金堤初中。系统改革时，局长带李大本去过几次，后来整理典型材料，李大本自个在那儿住了一个星期。

到了学校，李大本主动要求担任八年级思想政治课的教师。校长连忙摆手，说："你是局长身边的大红人，还是当个副校长吧，不行的话我来当老师吧。"李大本说："我就是来教课的，你不让我教，我可去局长那儿告黑状。"

李大本走了一个星期，局长觉得屋内少了个人，倒也清净不少。半个月过去了，局长反而觉得一个人孤单了，没了李大本哗啦哗啦的翻书声和唰唰唰的写字声，干啥心里好像总没个底儿，越看办公室递过来的材料越觉得不完美，就给李大本打电话："该回来了吧。"

李大本嗫嚅着，局长听不清楚。局长就大声说："李大本，该回来了吧。"

李大本一听局长也叫他李大本，就挺直了腰："不回了，我要在这教书！"

要在那儿教书？局长没反应过来，啪地挂了电话。想想不对，校长使了啥迷魂药，竟将李大本迷糊傻了，放弃舒适的机关生活去艰苦的一线教书。

想到这里，就拨通校长的电话："你咋回事，李大本这是咋了？"

校长说："没咋回事儿，李大本在这工作可带劲儿了，担八年级的思想政治课不说，还开了心理咨询室。"

"有啥反常举动没有？"

"作风没问题，就是经常课余时间到校门口傻傻看标语，还说得空得再把标语刷刷。"

"还有啥？"

"对了，他还资助了八年级一个女生，是后进生，前一阵差点被开除。"

"叫什么？"

"盼盼。对了，系统改革那会儿您来我们学校，见过。她当时跟人打架，要被开除的，因为您说不要随便开除学生，我们就把她留下来了。对了，那次李老师陪您一块来的。"

局长的脑子里瞬间闪出一个画面：校门外，一个女孩坐在正对校门口的矮墙下，倚着墙壁，鼻涕眼泪一把一把抹在墙壁上。阳光斜打在墙壁上，墙壁上新刷的标语阳光中亮得耀眼，鼻涕眼泪沾在标语的一些字画上，这些字画应有的闪亮的光泽浑浊暗淡了许多。标语似乎前两天刚刚刷上，雪白的底儿，鲜红的字儿，内容是——为学生的一生奠基！

局长停了好大一晌，才继续对校长说："你告诉李老师，既然这么愿意干，就一定要憋着劲儿干出成绩来，到时，我带全县学校的校长到你那里去开现场会。"

选自《羊城晚报》2014 年 5 月 12 日

娘的枣花馍

郁 溪

一团发面，堆在案板上，冒着白气儿，被娘揉搓得温软光润。

娘用一双巧手，把面团拽拉成条，在案板上盘来绕去，然后用剪刀剪出花瓣，用红枣装饰花心，案板上便绽放出两朵白玉般的并蒂莲。

娘把枣花小心移入锅内，盖上锅盖儿，点上劈柴火，不大一会儿，锅盖儿四周便白雾缭绕，待整个厨房变得雾气腾腾，蒸馍味儿直蹿鼻孔，馍熟透了。揭开锅盖，两朵莲花更加丰满光润，灿然盛开，吃起来口感肯定比馒头筋道得多，功夫在面里藏着呢。

但谁也不能吃，枣花是用来祭祖的。在我们那一带，每逢过年，家家都要蒸个枣花馍摆在供桌上，只有过了农历正月十六，诸神归位，年味儿散了，全家人才可分食。

那一年，我六七岁，我娘蒸了一个并蒂莲大枣花，晾凉后放进馍筐里，馍筐上盖了一个粮缸盖儿，盖儿上面又压了一块砖，那馍筐就放在我床头的八仙桌上。

半夜，我起来撒尿，见那馍筐，忽然觉得有点饿。我知道那枣花馍不能吃，便吹了灯，把头蒙在被子里接着睡；可就是睡不着，翻来覆去，满眼都是枣花馍，满脑子都是枣的香甜，肚子也跟着起哄，咕噜咕噜直叫唤。

我小时候家里穷，一年难得吃几次白馒头，一次我感冒发烧一连几天吃不下饭，我娘给我蒸了几个白馒头，馒头吃完了我的病也好了，我给我娘说谁要让我天天吃白馒头，我愿意天天生病。从这件事上就知道馒头对我有多大的吸引力，摆在我床头的可是枣花馍，比馒头更好吃的枣花馍啊！

我的一只小手从黑夜里伸出来，脑子立刻发出阻止信号，可那只手有点儿不听使唤，自作主张地伸向了馍筐，肠胃也暗地里纵容，咕咕叫得更欢。一片黑暗，让我的眼睛有了推托的借口，我的手摸到了粮缸盖儿，摸到了上面的砖。移去砖，掀开盖儿，抓了枣花馍拿进被窝，蒙上头，像个躲进洞里偷嘴吃的小老鼠，我在被窝里津津有味地吃了个饱。

那枣花馍很大，我没吃完，也不敢放回馍筐，便把剩下的盖在被窝里。因为偷嘴吃，我整天提心吊胆，娘一进我那屋我就害怕，娘看我一眼我就心慌；可一到夜里，我又抵挡不了枣花馍那香甜的诱惑，躲在被窝里继续享用。

一连几天，娘也没说枣花馍的事，我偷偷把枣花馍吃了个精光。大年初一，我家祖宗的牌位前的供桌上往年放枣花馍的地方放上了一盒点心。

娘是不是把枣花馍的事忘了？或者是忘了惩罚我？我暗自庆幸，欢欢喜喜过了年，之后随奶奶走亲戚，与伙伴疯玩，我把偷吃枣花馍的事抛到了脑后。

过了农历正月初五，娘突然旧事重提，把我拉到院子里结结实实地揍了一顿。娘用柳棍狠抽我的屁股，每棍下去我的屁股上就肿起一条血印子，娘说打我是让我记住：做人一定要管住自己的手，不该拿的东西，再想要也不能拿；还要管住自己的嘴，不该吃的东西，再想吃也不能吃。

娘在我屁股上一共打了六棍，我的屁股整整肿了半个月，娘的话让我记了一辈子。

以后我离开家乡在外工作，有好多次，那样的枣花馍就摆在我面前，我都管住了自己，没再犯错。

如今娘已和我阴阳相隔，每逢过年，我都要蒸一个枣花馍，告慰逝去的亲人,同时也告诫自己:无论面对怎样的诱惑,什么时候都不能踏过道德和法律的底线。

选自《河南日报·农村版》2019 年 1 月 31 日

作者简介:

郁溪,原名于瑞红,河南省作家协会会员,新乡市小小说学会理事,长垣市作协副主席。作品发表于多种报刊,并有多篇获奖。著有散文集《心暖花开》,长篇儿童小说《花果山下的宝葫芦》。

俺那一亩三分地

郁 溪

俺那一亩三分地，在俺村西，是爹的命根子。爹种地舍得力气，那块地的庄稼年年比别人家的好，娘说那一亩三分地是俺家的粮食囤。地中间有一条小路，一头连着村大街，一头接着106国道。

割完麦，耩上豆，豆苗刚出齐，下场雨。爹干农活上瘾，一会儿不下地，他手脚都找不着地方搁。中午吃过饭，天刚放晴，他就要我们全家出动：扛着锄，提着锹，拿着铲，说到地里转转，改改水，除除草，剔剔苗。地中间的路洼，存了一坑水，腿肚子深，淹了一段。村人外出便拐进地里，踏歪了许多豆苗。娘生气，嘟囔个没完，爹扶起豆苗，边培土边吵娘："都是乡里乡亲的，不走地里，你让他插翅飞啊？"

在爹的指挥下我们正干得起劲，一辆黑色轿车下了国道，上了小路，开进了俺那一亩三分地，豆苗轧坏一大片。司机是个年轻小伙，歉笑着递出一张"大红版"，娘喜滋滋地接过，车开走了。正在干活的三婶、二大娘看见，眼馋得要命。二大娘说："那车咋不开到俺地里，给俺一张大红版，俺叫他从地这头碾到地那头。"娘笑说："俺那一亩三分地存财。"

约莫过了一个多钟头，那辆车又开回来了，三婶、二大娘跑过来。司机照例递出一张大红版，爹过去对他摇摇头："当俺是山贼啊，叫坐车的下来。”

从车里钻出一个四十多岁的男人，戴着眼镜，看上去文绉绉的。

爹说：“看你这架势，像个当官的，你们这人，花老百姓的钱不心疼，俺今天不要钱，要你出力，把轧过的地给我翻一通，走人。不然砸坏你的车。”

三婶和二大娘开始瞪大了眼，后来撇撇嘴，对视着一笑，各自走了。

司机上前要和爹理论，“眼镜”示意他把车开走，接过爹的铁锹开始翻地。天快黑的时候，地翻完了，“眼镜”递给爹一支烟，点着火，很礼貌地和爹道别。

回家娘正骂爹，支书来了，一进门就嚷：“二叔，你今儿给我闯了大祸。你拦的那辆车，坐车的主儿可是新上任的乡长，他下去调研，咋碰上你这号人，讹点钱也就算了，还让人家翻地。”

爹梗着脖子说：“乡长，乡长咋了，在俺那一亩三分地里，他能咋俺？”

“咋你？让你吃不完兜着走。”支书丢下一句话，气呼呼地走了。

过了几天，村上开会说要修一条由俺村通向国道的大路，就是把穿过俺家那地的小路加高加宽，修成柏油马路，刚好把俺那一亩三分地占完。三婶、二大娘家的地也擦了边，她们一起到俺家商量，说修路赔钱少，要叫开发商买去，能卖很多钱。二大娘说：“修路这事咱说啥也不能同意，咱几家拧成一股绳，那块地搁上几年，定能卖个好价钱，地是咱的，得咱说了算。”她们一起拿眼看着爹。

爹点上一支烟，猛吸一口，缓缓吐出来，盯着那烟雾说：“二嫂，你看人家外村，家家富得流油，咱要想富，也得先修路。如今上头给咱拿钱办好事，我豁上俺那一亩三分地，不赔钱也叫占，您两家合算着办吧。”

三婶和二大娘低着头走了。

几个月后，一条由村里通往国道的柏油马路修好了，路两旁是绿化带，种了花，栽了树。娘对爹说：“咱再也不能到地里扒挠了，没那一亩三分地，看你以后咋过。”

爹自有爹的办法，他和村民集资办厂，生意好得很，村民的日子一天天红火起来了。

选自《濮阳广播电视报》2013年7月10日

乡村鸡事

张志明

麦子要抽穗时，卖小鸡的南方人又来了。他挑着两大筐小鸡吆喝着进了胡家桥。那竹筐直径足有一米五，小鸡们叽叽叽地浅吟低唱着，从竹筐里迫不及待地挤了出来。

走到八队饲养室门口，饲养员牛大爷笑着站起来招呼南方人，南方人就笑着走进树荫下，从肩上放下两只大筐。

南方人年年来卖小鸡，村里人都认识。一到春夏之交，他就挑着小鸡来了。小鸡是赊的，秋后再来收钱。

树荫下的大人孩子围过来，南方人掀开盖子，一团团软软绒绒的黄和白露出来，挤挤挨挨，羞羞怯怯，一捧捧棉花似的，叫人忍不住伸手去摸，去碰。

南方人去饲养室灌水时，又有几个女人听到吆喝走出来，跟着的几个孩子早已跑到了鸡筐前。

南方人提水回来，给小鸡们饮水，撒小米，那一团团黄和白便蠕动起来，活泼泼，很可爱。女人们忍不住伸出手，孩子们也忍不住伸手。于是，女人打了孩子的手。那小手缩一下，瞅个空子又伸了过去。

南方人笑着，并不阻止，任由孩子们把小鸡捧在手心爱怜一番，再依依不舍地放回去。

人多起来,南方人说:“头茬鸡,好养,放心。”女人们便纷纷下了手,一个一个捉到手心里,仔细相看,然后放到带来的篮子、筐子,甚至草帽里。

个头偏小,温顺、安静的一般是母鸡;个头大,霸道、强壮、凶猛的一般是公鸡。女人都懂。

女人们挑完,确定了,就端着草帽捧着篮子放到南方人面前让他查看,登记名字数目,秋后照着收钱。

人的叽叽喳喳和小鸡的叽叽喳喳中,谁也没有注意,一个男孩把绒球似的一团黄偷偷装进兜里,沿着稻田边飞快地跑了。

住在河边的女人碧红睡了午觉起来,看到儿子小天在杏树下跟一个小鸡玩。他给小鸡摆了一盅水,撒了一片小米,铺了一层嫩嫩的青草。

碧红问儿子小鸡哪儿来的,小天说街上拾的,语气却明显虚软着。碧红微皱一下眉,盯紧儿子:“到底哪儿来的?”小天就收了手,低了头,懦懦地交代了。碧红赶紧捧着小鸡追到街上,饲养室前面只剩几个人,卖小鸡的早走了。

那小鸡个头不大不小,乖乖的,文文静静,碧红说肯定是个母鸡。

碧红就和儿子精心养着,养成,果然是个雍容的白母鸡。没到南方人来收钱,鸡就勤快地下蛋了。

秋收一结束,南方人就来了。美丽的碧红手里抓着美丽的白母鸡笑吟吟地出现在南方人面前,儿子小天也跟着,手中小篮里是鸡下的蛋。碧红把鸡朝南方人跟前送送,笑着说:“你的小鸡都没数?少了都不知道?给,替你养成了。”又拿过儿子手里的小篮也递过去,“瞧,都会下蛋了。”

南方人先没明白,待碧红笑着说完,南方人也笑了,伸手把碧红手里的鸡和蛋挡回去:“嗨,一个小鸡算啥,让孩耍吧。几百上千只小鸡,我哪数得清?”

你推我让,翻来覆去,南方人说啥也不要,鸡也不要蛋也不要。他说:“我天天到处跑,回去谁喂?”碧红就从身上掏出钱扔到南方人面前石磙上,说:“那就算我买你个小鸡。”南方人站起来,拿着钱追碧红。碧红抓着鸡提着蛋就躲。南方人追了半圈,觉出碧红是个美丽女人,推来搡去不好看,只好回到石磙旁继续收钱。

碧红回家把鸡蛋炒了,端了一大碗鸡蛋卤捞面条出来,迎见小天,小天说卖小鸡的把钱塞给他就飞一样跑了。

碧红跑到街上,哪还有南方人的影。

南方人走了,碧红心里咋想都不是滋味,总觉欠着人家。到了第二年春天,碧红算着南方人要来卖小鸡的日子,打算让那母鸡暖小鸡出来,等南方人再来还他小鸡娃。

白母鸡还真是善解人意,真就抱窝了。碧红真就暖出来一窝五只小鸡。

碧红家是下放户,小鸡暖出没几天,没等到南方人来,碧红家被批准回城了。男人急着回城,房子很快收拾好,东西都搬了回去。

碧红再等不及,就找到邻家狗蛋嫂,把母鸡和小鸡送给她,求狗蛋嫂喂上,等卖小鸡的来了,替她还一只小鸡。

狗蛋嫂左等不来右等不来,麦子都快熟了,南方人才来了胡家桥。狗蛋嫂急忙捉了已经拳头大的两只小鸡奔到街上,见到南方人,狗蛋嫂嗔怪着:“咋才来,还以为你死了!”

南方人腼腆笑着说:“媳妇坐月子,刚满月就出来了。”

狗蛋嫂说:“人家碧红叫还你小鸡,谁知你就是不来,这不,又长大了。”说着把俩小鸡扔到了南方人筐里。南方人急忙抓了出来,说:“不是一茬不合群,会欺负小的。”南方人还是死活不要。

狗蛋嫂说:“人家千叮咛万嘱咐,也是心意,你让我咋办?”

“我带两个大的,人家问我算咋回事,跟偷的一样。”南方人憨厚地笑。

两个人又是半天你推我让,南方人最后没办法,说:“算我卖给你吧,你给我五毛钱算了。”狗蛋嫂没法,掏出一块钱扔进南方人筐里,旋风一样跑了。

到了麦罢，碧红不放心，专门从城里回胡家桥来，问卖小鸡的来了没，狗蛋嫂一五一十学给她。

碧红留下的小鸡已经半大了，俊俏可爱。狗蛋嫂知道碧红在城里养不了鸡，就装了鸡蛋让碧红拿走，碧红也是说啥不要。两个人又推让半晌，见狗蛋嫂脸上要不高兴了，碧红只好装了三五个鸡蛋，放心地走了。

选自《小说选刊》2018 年第 10 期

作者简介：

张志明，男，河南省辉县市人，河南省作家协会会员，中国微型小说学会会员；作品见于《小说选刊》《百花园》《啄木鸟》《安徽文学》《小小说选刊》《微型小说选刊》《小说月刊》《短篇小说》《椰城》《微型小说月报》《小小说月刊》《金山》《天池》等众多刊物。

稻草垛上的猫

张志明

秋收季节,吃罢晚饭,社员们就三三两两地来到六队场上。他们都穿着长袖布衫,头上包着手里拿着五颜六色的毛巾。夜里要打稻了。

场很大,足有好几个篮球场那么大,堆满了等待脱粒的稻捆。稻捆之间挑起了晃眼的大灯泡,像一群小太阳。稻草和稻谷温热的馨香浮游在空气里。

人们先是坐在稻捆上说话,也有男人凑到女人堆里和闺女媳妇们厮闹。队里每个人都有外号,大家互相叫着笑骂,打闹,欢笑声在稻垛之间奔跑。

男孩小波出现了。小波只有十六岁,细高细白,像一棵黄豆芽。他早就不上学了,在队里跟着大人们干活,赶驴车、喂牲口,撒着欢儿混日子。

小波没有坐,他在人堆里没心没肺地转,俩眼溜来溜去。他在找一个女人,六队最美丽的女人,从城里下放到胡家桥的地主家的媳妇碧红。小波要看看碧红来了没有。

碧红正跟几个女子坐在稻捆上说话,根本没注意小波到处踅摸的热眼。

碧红个子高挑,皮肤白净,眉眼妩媚,穿一件米白色底面、墨蓝色花朵的衣衫,在村里女子们面前鹤立鸡群。那时男人们普遍胆小,只敢动嘴不敢动手。他们见到碧红,就会用嘴占她的便宜。碧红也不恼,只会笑骂着叫一声占她便宜的那个男人的外号当作回击。这样又漂亮又识耍的女人男人们都喜欢,女人们也喜欢。尽管她是被下放的地主家媳妇,在社员们眼里,她就是一个美丽女人,没人轻薄欺负她。女人们跟她在一起,好像自己脸上也有光,也漂亮了。

碧红的家在街边,小波有事没事总爱在那条胡同里走过来转过去,想多看碧红两眼。有时候碧红在窗户里绣鞋垫,有时候在院子里洗衣服。偶尔被碧红看见了,小波只是羞惭地笑笑。而碧红总会说,小鳖孩,转来转去干啥哩。

队长分好组,就开始打稻了,一台台打稻机开始飞转。运稻子的,打稻子的,掠稻谷的,堆谷堆的,垛稻草的,一个个忙碌起来。脚踏打稻机叽咕叽咕响成一片,唰唰唰,唰唰唰,谷粒被飞转的铁丝磙从稻穗上打了下来,转眼间打稻机前就是一堆黄灿灿的稻谷了。

碧红不会干活,站到打稻机后面,顾得了手上,顾不得脚下,手里的稻捆总像是要把她从打稻机铁丝磙上拽过去似的,吓得她一连声地惊叫。人们取笑她一番,就安排碧红站到打稻机一头,给打稻的递稻捆。运来的稻捆堆到她腿边,她站那儿不动,只需转手递给打稻机后面的人。

给碧红身边垛放稻捆的就是小波。分组时,小波假装无意早早站到碧红身后,于是他就跟碧红成了搭档。借着给碧红递稻捆,小波两次碰到了碧红白嫩的手。热火朝天中,碧红眯眼又抬眼仿佛只是随意地扫了小波一下,便又忙自己手里的活儿了。

打过的稻草运到场边垛起来,稻草垛像一座座炮楼样矗立在场边,垛与垛之间的缝道便成了迷宫。

11 点半,队长宣布停机。男人们把稻谷推到一旁堆成一个圆堆,整齐的草捆和杂乱碎草则分别垛起来。女人们取下头上的毛巾,摔打痒人的碎糠草屑,擦脖子抖领子。

南边仓库大院飘来了大米饭诱人的香味,是刚碾的新米,人们熬了半年的第一顿米饭。放足腥油，焖成香喷喷的咸米饭，让干了半夜的人们吃个够。闻着招摇飘来的大米饭香味，大家的口水咕咕涌出，肚子兴奋又迫不及待地叫起来。

碧红和一个娘们儿耳语了几句，两个人悄悄闪进了稻草垛里。小波当然不会错过这个秘密，他的眼像雷达一样，在人群里时刻扫来扫去，目标始终都是碧红。碧红她们一钻进稻草垛的迷宫中，小波立刻就明白了她们是去做什么的。

悄悄离开人群，小波一闪身钻进了另一个草垛的缝道中。

场子东边稻草垛后面是队里的菜地，白菜萝卜们在夜里悄悄地生长。碧红她俩在场边解开裤子蹲了下去，背对着草垛缝道里屏气的小波。

黑夜里，小波只看到两片圆圆的润白和一阵隐约的水声。

提起裤子站起来，碧红让那个女人替她看着人，说衣衫里痒得受不了，要脱下来甩甩。那女人笑道，没人看到咱来这了，老娘们儿了，怕啥呀。径自走了。碧红急骂道，鳖形，等会呗。那女人已经走远。

碧红脱了衣衫，上身就光了。那时女人没有内衣，即便是讲究的地主家媳妇。

碧红把衣衫甩甩抖抖，然后用毛巾擦拂脖子前胸后背。心怦怦急跳的小波还是看不清，只看到碧红胸前隐隐约约的两峰暗影。

就在这时，小波身边刚垛好的草垛突然塌了下来，小波的黑影就一下暴露在碧红眼前。碧红惊叫一声，就向回跑，边跑边套衣衫。

很快，大队治安主任来了，小波被捆起来，拽走了。

第二天，正准备把小波送到公社派出所，碧红一大早去了大队部。她说，她回家想了想，觉得小波不是想要流氓，他可能也是去解手的。她说稻草垛塌了是因为一只猫，因为草垛塌下来的时候，从草垛上跳下一只白猫，从她脚边跑过，钻进了萝卜地里。她是被白猫吓得喊的。她说你们冤枉小波了。

治安主任就去问小波，小波说他就是去解手，刚走到那草垛跟前，草垛就塌了。

治安主任开了小黑屋的门，把小波放了。

从那以后，小波再也不敢接近碧红了。有一天，碧红在街上碰到小波，她笑了笑，对小波说，没事去俺家找小天（她儿子）玩吧。

小波几次想去，但终究没去。

选自《微型小说选刊》2017 年第 23 期

隐 藏

张志明

晚饭后，队里饲养室又热闹起来。保管员坐在洋油灯下，等社员们来记工分。报完自己工分，很多人并不走，床上、地上、生火没生火的煤火台上，甚至牲口的饲料缸水缸沿上，随便坐着歪着圪蹴（方言，即蹲）着，要喷一会儿闹一会儿。

饲养室是西屋，三间全通着；三个门，两边的门牲口走，当中的门人走；中间靠西墙铺着一张床，北面门后是煤火台；北头拴着四五匹骡子，南头喂着四五头驴，还有一头牛。牲口们头都冲着中间，两排石槽南北相对，把房隔成三间。

饲养员黑生正忙着给驴们骡们添草加料。

坐在床边的罗圈笑着说，晌午去樱红嫂家借斗，撞见她正在屋抹身，光穿个裤衩，像个刚薅起来的脆萝卜，水灵灵白生生哩。看着黑生拿着簸箕又要出去，罗圈说，黑生叔，你抓紧吧，再过几年，都成枯蹙腌萝卜了。

黑生扔了簸箕，抓起马勺从缸里舀了一勺水，兜头浇了罗圈一身。罗圈大呼小叫，夺门而出，跑了。

在饲养室闹够了，几个人又钻进放草料的堂屋。那要饭的又来了。

要饭的是个男人，沙哑嗓，黑且粗糙，四十来岁，拉个平车，车上躺着瘫子老婆,旁边跑着仨小孩。他可是庄上的熟人,差不多每年都要来一回胡家桥。

要饭的把那瘫女人娇养得不行。女人不仅瘫,还哑,不能下车不会说话。社员们把饭端到街上,要饭的总是把稠的热的先让老婆小孩吃。瘫女人也争气,给他生了仨孩,两女一男,个个旺条条的。

每回来庄上,在街上吃了饭,要饭的就把车拉到饲养室院里,黑生跟他一起把堂屋的乱稻草铺铺垫垫,几口人住一夜。

把瘫女人照顾躺下,要饭的就来饲养室跟黑生说话,吸烟。仨小孩也跟来,在两边给驴们骡们喂草。

要饭的也知道黑生和樱红的事,两个人吸着烟,要饭的问,恁俩还没成?黑生拿烟袋去缸沿上磕掉烟灰,讪笑着说,孩们太多,顾不住。

樱红有仨儿,男人死了6年了。黑生仨闺女,老婆死了5年了。

黑生老婆死后第二年,社员们干活时就开始逗他俩,两家搬一团儿过算了,现在是老两口,将来是四对,多好,肥水不流外人田。

说得多了,黑生看出樱红也有意思,就跟爹娘姊妹们商量,谁知道家里人全都不同意。樱红那边也一样,娘家人一致反对。

俩人都是仨小孩,时光都过得紧巴巴哩,吃不够吃,穿不够穿,平常都是家人亲戚接济才凑合着过的。要是两家合一块,六个小孩,两头的人都不想再多管几个外姓人了。

这事就拖了下来。

虽然事没成,有人也曾半夜碰见过黑生在樱红家房前敲半天门,樱红就是不开。

樱红有一对狭长细眼,就像长着两条敏感柔软的触须,只要和人稍有对视,便立刻弹回。

要饭的和黑生吸了会儿烟儿、说了会儿话,拿起马勺去漂着草末的水缸里舀了水,咕咚咕咚喝下,吆喝孩儿们去睡。他说天太热,明个要起早趁凉快走。

第二天，要饭的凌晨4点就起来了，先把老婆抱上平车，又把迷迷瞪瞪的几个孩也放到车上，跟黑生道着别，拉起车走。

饲养室院外是队里的秧池地，一条斜路通到东边大街。黑生把他们送到路边。

看着要饭的拉着老婆孩子黑黢黢中远去，黑生在路边立了半天，突然就想起了樱红。烟吸完了，他本想回家一趟去拿烟丝，想了想，返回饲养室从缸里抓了一把玉米装兜里，回家去。

就恁巧，朦朦胧胧的街上，樱红手里拿着一包东西也正悄然走来。黑生拐进自家胡同，樱红走过了胡同口。俩人错过。

到了饲养室，门锁着，樱红就返回身来黑生家。

走到黑生家门口，樱红瞧见黑生正从院里出来，隐约见他手里也掂着一个黑乎乎的东西。

情急之下，连樱红自己也不明白自己，她一闪身躲到了墙拐角后面，眼睁睁看着黑生出了胡同。

樱红心怦怦跳，怨自己，专门来了，怎么就……

樱红以为黑生回饲养室了，轻轻进了他家，将那包东西放到了门缝里。

再出来，樱红在大街站了半天，还是回家了。

樱红开了锁，轻轻推开门，一脚迈进去，踩到一个软软的东西上面，她差点叫出来，心一下窜到了喉咙眼，腾腾狂跳。

先以为是猫，心里骂，要死呀，卧这干啥？慌乱迈过去，低头去打，去踢。

却不是猫。

点了灯，拿起来，居然是个小小布袋，小月娃枕头一样。里面是两升玉黍。樱红一怔，一下明白。

舀了半瓢凉水喝下，吹了灯，樱红坐在正间，愣了半天。

然后，樱红去门口看看外面的天，还早。

她拢拢头发，又出了门。

快到饲养室时，偏遇到起早的王七婶。

王七婶看到她，问，恁早起来干啥哩？

樱红只好停下，躲闪着眼睛，猫跑出了，不知跑哪儿了。

王七婶瞧瞧她，问，今个打扮的恁利索咋哩？

樱红还是躲闪着，等会儿想去俺娘家哩。说完往回走，喊猫。

早上，黑生仨闺女起来上学，在门里发现一个油纸包，抻开口一瞧，是两三碗酸菜。

黑生最好吃酸菜糊涂面条。

吃罢早饭，樱红出去躲了大半天，假装去娘家。

选自《百花园》2018 年第 10 期

古 风

杨彤云

娘患绝症，似炕头如豆的残灯，该安排后事了。可治病欠债，愁绪胀得狗饶胸闷，蹲草团上抱头苦思。

妻守在娘的炕头，沉默良久，说：“明儿个蒋庄会，只有卖咱那头牛了……”

狗饶惊得身一颤：“牛是咱家的宝……”

“反正俺不忍咱娘薄走！”

思虑再三，狗饶依妻之意：卖牛！

路远。狗饶早吃饭，揣俩锅饼，棚里牵牛，牛挣缰绳，“哞哞”叫得凄楚。狗饶嘴对牛耳：“无奈呀！”牛汪着泪随狗饶上路，边走边扭头回望，恋家之情催狗饶心酸。

到会已近午时，拴住牛，狗饶坐旁边等人问价……等到会上人稀，竟无人问津。狗饶急躁，起身吼：“谁买牛——”

总算有个铁塔似的黑汉过来问：“咋卖？”

“您说……您说……”狗饶激动得口吃。

黑汉衣襟下攥住狗饶两个手指，松开，再攥住五个手指，注视着狗饶的脸色。

“二十五块?”

“嗯。”

“三十!”

“二十七!”

未经中间人,成交!

黑汉伸手怀里抓钱,愣住了,抱歉道:“忘带钱了。”

狗饶抓紧缰绳,失望。

黑汉找来块青瓦,掰两半,递给狗饶一半,说:“明儿个午时,烽火台对瓦过钱!”

狗饶卖牛心切,稍加犹豫,说:“一言为定!”

“决不食言!”

狗饶松开缰绳,拿出锅饼,递黑汉一个,吃罢,揣着半片瓦回家……

守在娘炕头盼归心焦的妻,见狗饶回来,忙挑亮油灯,热饭,端夫手里,问:“卖了?”

“卖了。”

“多少?”

“二十七块!”

“中!钱哩?”

狗饶放下碗筷,掏出那半片瓦。

“破瓦片能当钱?”

“明儿个去烽火台对瓦过钱。”

“哪儿的买家儿?”

狗饶蒙了:咋就没问那黑汉家住哪儿哩!

妻愕然,双手捂住脸哭了:“咋恁傻哩——”

狗饶和妻辗转反侧,一夜没合眼……日头一竿子高了,还闷在炕上思忖:“是否去烽火台?唉,去!”

妻劝他:“枉然,家歇吧。”

狗饶饭也没心吃,揣上那半个凉瓦片,没精打采地朝烽火台挪……

日头偏西了,狗饶才蹭到。四野碱荒耀眼,一望无际;烽火台上蓬蒿丛生,迎风抖动,前不见村后不着店,恐惧陡然袭上发梢。

突然,那黑汉猛虎般蓬蒿间跃出,一拳击倒狗饶,怒吼:“你个龟孙,咋不守信约?等得我又饥又渴!七尺汉子岂有说话不算之理!”

狗饶爬起身,不觉哪儿疼,掏出那半片瓦。

黑汉对得严丝合缝,吧唧声摔了,当面验清钱,白花花的现洋哗啦地上一扔,大步流星地走人。

狗饶喊:“哪庄儿哩?”

黑汉头也不回:“彭砦——”

狗饶欣喜若狂地颠回家,已是掌灯时分。夫妻俩兴奋得鸡叫了也没睡意,正说着话儿,忽听“哞哞”的牛叫,耳熟,出来一瞧,牛又回来!惊喜之余,狗饶和妻商定:明儿个给那黑汉送牛……

选自《新乡日报》1998 年 1 月 5 日

作者简介:

杨彤云,新乡市经济开发区人,1986 年始发小说,迄今已发多篇,多次获奖,《古风》入选 2012 年版《大学语文》教材。

绝　戏

孙智慧

每接拍一部新戏,郭导都要亲自下去物色主要演员,特别是男女主角。幸运的是,这次男主角早早地就敲定了。遗憾的是,女主角却迟迟没有定下来。作为他的助手,我不得不善意地提醒他:郭导,我们不妨退而求其次,我们耗不起时间啊。

郭导一脸决然:找不出满意的人选,我就不拍!

郭导是个顽固而执着的人,擅长导演战争题材。这次,他改弦易辙,导演一部现代都市题材的偶像剧,关于青年人恋爱的,特别能赚人眼泪。他想借此来冲击时下的娱乐市场,奠定自己在娱乐圈坚不可摧的名导地位。

我不得不再次提醒他:郭导,我们已经耽误了好几部戏了,我们得吃饭!

郭导心里像吃了秤砣似的,他摆摆手不耐烦地打断我。

郭导正心乱如麻,物色了几个人选都不如意,要么素质挺好,长相却难如人意,好不容易觅得长相优越的,一张口又显得没多少涵养,甚至有个别的连普通话的字音都拿不准。这几天,他整个儿变成了一只昼伏夜出的蝙蝠,夜幕降临后就去舞厅、歌吧寻觅猎物。才三十几岁的年纪,几根银丝已悄悄爬上了他的后脑勺。

这天,我和他到商场为剧组购置一些日常用具。在商场门口的大柱子上看到一则演出启事，有好几天了，风刮雨淋，有些字已模糊不清。郭导看得极认真：兹定于8月26日在回春保健院游艺室演出，望市民踊跃到场观看。落款是“同乐歌舞团”。郭导抬腕看表，今天就是8月26日。我问他，去看吗？郭导沉思片刻说，当然要去，走，去看看。回春保健院其实就是个精神病院。落款署名的“同乐歌舞团”，我也略有耳闻，它是一个群众团体，吸纳的都是原来市歌舞团的下岗职工或社会上的文艺爱好者，比响器班的水平高些。回春保健院就在商场隔壁的胡同里，没几步就到了。

现场是一派热闹景象。游艺室面积不大，挤得满满当当。我和郭导找了个位置刚站好，观众群里爆发出一阵暴风骤雨似的掌声。我们驻足观望，一个年轻的女孩子正在台上为大家跳芭蕾。跳的是《胡桃夹子》里那段有名的双人舞。她没有舞伴，独个儿跳，但每一招每一式都是那么娴熟和投入。她那神圣庄重的神态分明让大家感受到了她舞伴的存在。她的目光清澈而高远，面孔圣洁而动人。郭导看着看着冲我直点头。我明白郭导的意思，他以前也搞过芭蕾，后来不知为啥转了行，是个懂艺术的人，他发现人才了。郭导带头鼓起掌来，观众也跟着一起鼓掌。舞蹈结束时，女孩单腿旋转，之后很专业地谢幕。

郭导盯着那双淡粉色的芭蕾舞鞋，又忘情地鼓起掌来。

就是她了。郭导兴奋得手舞足蹈，禁不住喊出声来。真是“踏破铁鞋无觅处，得来全不费工夫”。

我和他去找歌舞团的领队。那领队听完我们的话，头摇得像拨浪鼓：我也正纳闷呢，我们团里没这人，以前我们也碰上过这种情况，十有八九是他们院里的文艺爱好者，你们去找院长问问。

那位院长听完我们的来意后，眉头紧锁，面色沉重，说：“只怕要让你们失望了。”

郭导赶紧上前解释，并保证一定完整无缺地给送回来。

“你们误会我的意思了。”院长说，“你们也别着急，听我说完再做决定不迟。那个姑娘是我们院里的一个病人。来之前是跳芭蕾的,在省里获过奖。后来和自己的搭档耳鬓厮磨、日久生情,哪料她的搭档在占了她的便宜后找了个冠冕堂皇的理由远走高飞了。女孩就成了这个样子,一遇上文艺演出,她的芭蕾就成了保留剧目。可怜呐——”说完,院长直叹气。

透过窗口往外望,那个女孩正站在屋檐下向远处的一棵临风玉树凝望,兀自呆呆地出神。

从院长室出来,郭导突然变得沉默了许多。

最终,那部戏也搁浅下来,因为郭导改变了主意。他说了一句莫名其妙的话。他说他不愿把别人伤心的故事搬上荧屏,供大家消遣。谁也没有想到事情的结局会是这个样子,他可是个导演啊!

选自《微型小说选刊》2007 年第 2 期

作者简介:

孙智慧,男,1979 年 7 月出生,河南辉县人,河南省作家协会会员。至今已在《小说界》《北京文学》《四川文学》《文学港》《中国铁路文艺》几十家报刊发表小小说、故事 300 余篇;50 余篇作品入选《中国微型小说百年经典》等权威选本。出版作品集《野酸枣》《青出于蓝》《仲夏盛开的石榴花》《让青春的梦想飞扬》《不喜欢春天的女孩》。

榜　样

孙智慧

当我跌跌撞撞地从明裕公司出来时,天已擦黑。路边的霓虹灯朝我眨着眼睛,我的心里乱成了一团麻。这是我第十次应聘失败,我像只迷失了方向的丧家犬,在街上闲逛。这时,肚子开始咕咕叫着提抗议,我钻进一个小巷子里,希望弄碗烩面填填肚子。

经过几家小吃店,都是肮脏不堪、烟熏火燎,见了让人恶心,我便继续往前走。其时,正是万家灯火,我的泪潸然而下。我的家在太行山区,贫穷落后,父母省吃俭用供我上完大学,指望我能走出大山沟,没想到出师不利,找工作时屡屡失败。突然,我有种特别想家的冲动——现在母亲不知从地里回来了没有?我想哭,想痛痛快快地哭一场。我漫无目的地走街串巷,偶一抬头,泪眼迷蒙中,瞥见路旁的垃圾堆旁有一位妇人。她四肢蜷缩,右手拿着手电筒,脸儿乎匍匐在地,左手还在扒拉着什么——她多像我的母亲啊!我站在原地端视良久。好大一会儿,老妪才立起身。旁边的车子上已堆成一座小山,她拉着车吃力地往前走,我赶紧跑上前,替她推了一把。老妪感激地看着我,问:“你是干什么的?这么晚了咋还没回家?”

我的泪又下来了,情不自禁地倒起了苦水,我说我刚从学校毕业,正在找工作。

老妪很吃惊地看着我，她接过话头，羡慕地说："了不起，像你这样的大学生能帮我这个老婆子推车，你一定可以做出大成就的。"

我欲言又止，只是默默地用力向前推。不多会儿，就到了她家。老妪的儿子开了门，她儿子与她简直判若两人。他西装革履，很有气派。老妪说他是家国有企业的科长。

我的心一颤，科长的母亲去捡破烂儿！我忽然明白我缺少什么了。我受到了莫大的鼓舞，底下的话我一句也听不进去了。我没有逗留，告辞而去。

我开始乐观地投入生活和工作，彻底放下架子，从最基层做起，由办事员一步步干到经理的职位。光阴荏苒，好几年过去，这件事我几乎淡忘了。

这天，我正准备乘车去外地公干。就要上车时，一位老大娘喊："小伙子，等一下，你让我找得好苦。"等我弄明白是叫我时，老大娘已经走到我面前，手里还拎着一袋苹果。当认出眼前的大娘就是捡垃圾的老妪时，我大吃一惊，忙问："大娘，有什么事吗？"

大娘把手里的苹果塞给我，还朝我鞠了一躬，态度十分恭敬，她认真地说："我是来谢谢你的，那晚多亏你帮我。那阵子，我儿子刚从科长的位子上下了岗，却不肯接受现实，整天窝在家坐吃山空，连老婆都跟人跑了。最后，终于碰上你，我跟我儿子讲，你是位大学生，不怕丢人现眼帮我这个老婆子捡垃圾。我儿子终于振作起来，现在能够自食其力了。"

我听明白了，原来我做了别人的榜样。望着大娘远去的背影，我在心里祈祷：老人家，一路走好。其实，是您挽救了两个迷途的儿子啊！

选自《小小说选刊》2005 年第 13 期

童 话

孙智慧

教政治的方老师今年已经42岁了，人到中年的方老师待人和蔼，说话总是和和气气的。遇见学生犯了错误，她不急也不恼，总是和颜悦色地跟学生讲道理，直到学生低下了头，她才肯罢休。

这天，方老师到附近的华隆购物广场去买了一些日用品。刚走到华隆广场门口，就看见从里面风一样“刮”出一群人，大多是年轻人，他们穿得花花绿绿，特别显眼的是一个女孩子，染着红黄相间的头发，长发掩住了半边脸，但不乏清秀，酷似方老师当年的女儿。方老师习惯性地用手抬了抬眼镜，再一眼望去，却发现那女孩子的纤纤玉指并拢着悄悄地伸进了前面一位老大娘的口袋里。小偷！这个词从方老师脑子里闪电般浮现，她脚下加了劲儿，三步并作两步，窜到女孩子的跟前，一把拽住了女孩的手。女孩的手像被火烧一般想缩回去，方老师的手像铁钳一样牢牢地扣紧了。也许是心虚，女孩竟随着方老师来到一个僻静处。

方老师端详着面前的女孩子，心里一紧，女孩左眼上的一颗黑痣深深地攫住了她的心，方老师说：“姑娘，你不过十几岁，可不能误入歧途呀！我给你讲个故事吧。”

女孩子像看外星人般瞪着方老师，方老师全不理会，十分认真地讲起来:“有个女孩,家里的条件很好,母亲在一所学校教书,父亲在外地做生意,并且生意做得越来越大。母亲在学校里承担着繁重的教学任务,年年被评为优秀教师,每天总是早出晚归的。女孩在另一所学校读书,父亲回来一次就用钱来补偿,女孩要什么给什么,要多少给多少。没想到女孩迷上了网吧,成天和一些社会青年混在一起,直到有一天,有个小青年没了钱,女孩帮着小青年哄骗着一位打工妹到了僻静处,抢劫十一块五毛钱,犯了法。后来,女孩的母亲与父亲相互指责,吵过闹过,还动了手,最后离了婚。女孩的母亲为此三天三夜没吃下饭,想着女儿的一生可能就要被葬送,她在心里一遍又一遍地呼喊:女儿,你快回来吧,女儿,你快回来!”

故事讲到这里,广场一侧有个黄头发的小伙子急急地跑过来,瞅见女孩劈头就问道:“我找了你半天,咋样,有收获没有?”他又瞥一眼旁边的方老师问:“她是谁?”

女孩像抓了根救命稻草,尾随而去。两个人的谈话在方老师耳畔炸响。

“那位是谁? 你亲戚?”

“不认识! 她唠唠叨叨地给我讲童话呢,把我当成了十岁的小孩子,简直神经病一个!”

两年以后,方老师应邀到一家劳教中心做政治教育演讲。开场白还是那个故事,面对着下面坐着的劳教人员,方老师讲道:“有个女孩,家里的条件很好,母亲在一所学校教书,父亲在外地做生意,并且生意做得越来越大……”

故事还没讲完,方老师就听到下面传出一阵嘤嘤的哭泣声。方老师放眼望去,找到那个声源,那人已经瘫倒在地,嘴里一个劲地喊着:“妈妈,我错了,妈妈,我对不起您。”方老师细细观瞧,发现她的左眼上有颗美人痣! 那天发生的事情就像是刚才发生的一样,在方老师的记忆里浮现出来。

方老师扶着肩膀一耸一耸抖得厉害的“美人痣”说:“孩子,我讲的不是童话,它是实实在在发生过的呀。二十多年前,我女儿和你一般大小,左眼上也有颗美人痣。只是她不是钻网吧,她去的是录像厅。”话未说完,方老师已经哽咽,两行热泪顺着脸颊淌下来。

只是,很多时候,方老师总是忍不住去想:为什么,为什么上次却说不到女孩的心坎上呢?

选自《微型小说选刊》2009 年第 14 期

绝 地

王之双

好人不常在，祸害遗千年。虎头虎脑、五大三粗的难得，在而立之年，一夜间就伸胳膊蹬腿撒手西去了。走时，丢下三个没爹少娘的孩子——永生、永存、永在和一座在村里如鹤立鸡群的红瓦房。因为当时村里都是些草棚、泥墩，而难得却盖起一座里面土墙外面包砖的里生外熟。这在当时还是史无前例的，村人无不羡慕、惊叹！

难得去世后，三个孩子在叔叔难找的照料下渐渐长大成人，模样酷似父亲，个个身材魁梧、顶天立地。

永生 20 岁那年，年轻气盛，带领村里一班人在县城搞建筑。一天中午下班时，不慎一脚踩空，从二层楼上摔下来，永生当场气绝身亡。

弟弟永存是村里的电工。一个风雪交加的傍晚，永存去配电室放电，刚出院门，一辆货车由于转弯路滑刹不住车，将永存撞出老远。在送往县医院抢救的途中，永存因内出血过多而一命归西。

大哥、二哥死后，三弟永在在高人的指点下请了位风水先生。风水先生在宅院周围极其慎重地巡视一周后，连连摇头：“屋门正对路，北处不立户。路为箭，这宅院是绝地，谁住谁丢命，除非刀枪不入、三头六臂的孙悟空。”

不久，永在因患心脏病丢了性命。宅院从此冷落死寂，死寂得像一座坟墓，再也无人踏入。

几年过去，屋内梁上墙角蛛网密布，院内杂草横生，一片狼藉。

一外地下放户想要此宅，托人找难找讨价，最后三千元成交。后来不知听谁说此处不留人，便疑心反悔，难找立马把价压到一千，下放户更觉其中有诈，摇头摆手，三百元钱也不要了。

十年后，昔日鹤立鸡群的里生外熟，如今在一排排拔地而起、雄伟整齐的楼房的映衬下，如鸡立鹤群，凄惨荒凉，一败涂地。

本村青年常兴旺，努断筋建起一座化工厂，搞了三年，赔得一无所有，倾家荡产，领着妻子风琴和儿子鹏飞搬到村外大窟窿小眼睛的机井房里。正是十冬腊月，难找看到年幼的鹏飞冻得两耳生疮，脸蛋溢红，顿生怜悯，就劝常兴旺搬到里生外熟里，好歹也能遮风蔽寒。乞丐哪嫌馒头黑？常兴旺感激不尽，携妻带子搬进来，暂住过冬。好心的难找又拿出自己的积蓄让辍学的鹏飞又回到学校。

这一暂住就是八年。

这年，刻苦钻研勤奋好学的常鹏飞考上了北京一所著名大学。

寒窗几载后，学业有成的常鹏飞毕业后被分配到本县电业局任局长。

后来，年轻有为的常鹏飞因政绩卓著被提到县政府任常务副县长。常鹏飞把父母接到县里。

有一年，常县长和父母坐小车来到生他的小村庄，特意观看了养他的已缺砖少瓦、低矮潮湿的里生外熟。年过半百的常兴旺为感谢难找的大恩大德，从县城买来一些礼品，并拿出两千元感谢难找的救命之恩。难找再三拒绝。常兴旺总觉过意不去，让儿子认难找为父，常县长就做了难找的干儿子。

人迹不留的绝地竟养育了一位县长！这事在小村庄立刻炸开了锅。

村里有人出两万要买这宅院。

此后，又有人一口出五万！

有一暴发户相中了这宅院，托朋友找难找，竟出八万想在此处建座二层楼。

这时两鬓斑白、糊糊涂涂的难找谁也没答应，竟把它让给了一位孤苦伶仃无依无靠的五保户。

选自《北京文学》2006 年第 7 期

作者简介：

王之双，1998 年开始写作，文章散见于《北京文学》《牡丹》《星火》《草原》《人民日报》《新华每日电讯》《小说月刊》《短篇小说》《故事会》等报刊。作品多次被《青年文摘》《意林》《小小说选刊》《微型小说选刊》转载，并获奖和收入选本。出版小说集《坏男人好女人》。现为中国微型小说学会会员、河南省作家协会会员、辉县市作协副主席。

神奇的来电显示

王之双

昨天晚上，明星浇了半夜地，清早睡得正香，在邮电所上班的表哥来找他。明星从被窝里探出头问啥事。表哥说没事，想来串串。就把头伸进门帘，一看表妹已教学去了，就钻进里间，把手里的提包往桌子上一放，和明星攀谈起来。“一圈里亲戚你最有钱了，你有猪场，业务繁忙。如今新上市一种来电显示，高科技产品，对方与你谈业务，你若不在家，等回来一看来电显示上的号码，就知道是谁打的电话，和对方取得联系，可方便了。”说着，表哥从提包里拿出一个粉笔盒大小的方疙瘩。明星问多少钱。表哥说3块。

明星接过左看右看，这么精美的东西才3块？明星正要去上衣口袋里摸钱，表哥说现在不要钱，每月底交电话费时加3块新业务费。

明星迟疑了：“你是说一年要交36块？”表哥点点头：“别说36块，就是3600块在你看来也不过是九牛一毛。”

明星把来电显示递给表哥，说：“等我考虑考虑，过两天给你个信儿。”表哥临出门时说：“表弟，钱花哪儿哪儿好，别不知道享受。”

半年过去，明星把这事早忘得一干二净。一次交电话费时，明星看到表哥正在后厅忙活。明星慌忙躲起来，以后每次交电话费，都让邻家捎去，以防表哥再纠缠不休。

一天中午，明星刚端起碗，电话响了，妻子跑在前面："喂，找谁?""你是艳丽吧？今天晚上我在村头石桥下等你，不见不散。"妻子看了看明星，压低声音问："你是……?"电话里传来一阵忙音。明星的脸顿时暗下来，朝满脸绯红的妻子吼："原来你外边有情夫！老实交代他是谁!"妻子被一向柔声细语的丈夫震住了，愣了半天，嗫嚅道："我真的不知道。""装得挺像!"明星气得暴跳如雷，怒发冲冠，像头疯狮，恨不得将妻子吞下去。

到了晚上，明星看管妻子不让她出门半步，到厕所也屁股后面跟着。

第二天中午，明星坐在沙发上看报纸，电话忽然又响了，妻子拿起话筒。"我知道在村头你是怕碰见熟人或者是身不由己，那就改在今晚8点乡红豆录像厅见。"晚上，明星气呼呼地把妻子的自行车锁住，一直熬眼看着妻子，熬到深夜12点才迷迷糊糊睡着了。

第三天中午，电话没有响，但明星仍没有放松对妻子的监视。晚上，电话又响了，明星跑步夺过妻子手中的话筒："喂，你……"还没有说出第三个字，电话挂了，明星"啪"地扔下话筒："那龟孙到底是谁？你说!"妻子的脸由红泛紫，嘴唇哆嗦了几下，终没有讲出话来，眼里有闪亮的东西在滚动。"泪水洗不掉耻辱，也招不来怜惜和同情，看来不动大刑你不招!"明星抡胳膊挽袖正要对妻子动手，南方一客户走进来，说车在猪场等着装猪。明星强压下火气向猪场走去。

晚上，明星翻来覆去睡不着，像得了心病，一直在猜想妻子的情夫是哪一个。忽然，明星想到了半年前表哥推销的来电显示。

清早，明星顾不得吃饭，早早来到邮电所找到表哥，说想装一部来电显示。表哥显出无可奈何的样子说："以前我们是搞促销，装一部每月3块新业务费，如今所里有规定，装一部每月5块钱。"

明星二话没说，接过表哥递过来的来电显示，急急忙忙地回家接在了电话上。

从此，电话里再没有听到那个男人的声音。猪场的业务都打明星的手机，每当电话响起都是些亲戚朋友的交往。

明星顿觉轻松，感激地给表哥打电话："你的来电显示真神，我在下面帮你做了宣传，很多人都说要安装。"

表哥爽快地笑了，赞许道："啥是个亲戚？近邻也没有亲戚亲呀……"

明星一下愣了，洗耳恭听，那个"陌生男人"的声音竟是表哥的！

选自《小小说选刊》2004 年第 18 期

玉石蛋

王平稳

文涛、文丽兄妹俩都考上了大学，无奈家徒四壁，生病的母亲需要照料，兄妹俩最多只能有一人去上大学，另一位必须挣钱理家筹学费。两人不间断地争吵，谁都想去上大学，谁都又想让对方去上大学。每次争吵都不了了之，无奈最后两人约定：谁先拿到通知书谁去上大学。可是两人心知肚明，对方已经拿到了入学通知书，眼看日子一天天地滑过，离入学报到的时间越来越近，急得他们恨不得给对方一记耳光。

这天家里发生了一件稀奇事，母鸡下了一只“玉石蛋”。玉石蛋形状像鸡蛋，又比一般的鸡蛋小，坚硬如石，透明如玉，在阳光下观察，随着角度的不同呈现出浅黄、浅蓝的颜色，村民都啧啧称奇。稀奇事并没有引起兄妹俩的兴趣，他们都有心思，再说自家的鸡自己最清楚：家里粮食紧张，兄妹俩常去拔野草喂小鸡，为了给小鸡补充营养，就去屠宰场捡骨头，砸碎拌着野菜喂小鸡。可能小鸡吃骨头和石子多了，鸡蛋被钙化了。

这天早晨，吃过早饭，文涛对妹妹说：“我有事上市里去一趟。”

文丽答应了一声匆匆去了工地。

“我们都可以上大学了，我们再也不用为学费发愁了！”晚上回家，文涛晃着手里的百元大钞说，“两万元，卖玉石蛋的钱。”

文涛说他在市里找到一位教授，教授说这种情况是母鸡变异的结果，玉石蛋的形成过程同珍珠的产生过程一样。只要按照先前的方式饲养，母鸡还会继续下玉石蛋，这是母鸡产下的第一个蛋，成色还不算十足，但也值两万元。教授牵线，文涛将玉石蛋卖了两万元。

"母鸡成了我们家的摇钱树了！"文丽天真无邪地听着文涛叙说事情的来龙去脉。

"是啊，我们都可以上大学了。小丽，拿出你的通知书。"小丽像一只百灵鸟一样从箱子最底端拿出入学通知书。

"哥，你也将通知书拿出来吧。"文涛从墙壁裂缝里抽出入学通知书，两人相视大笑。

要开学了，文涛将文丽送上南下的火车，文丽挥着双手，高声呼喊到学校联系。列车渐渐消失在两道铁轨之间，文涛淌出两行幸福的热泪，扭转头，拭了一把泪水，沿着黑色的铁轨回家收拾东西准备第二天去劳动局报道。其实，那天文涛不是去卖玉石蛋，而是去报名外出打工了。市劳动局和广东一家大企业签有劳务输出合同，外出务工人员一般三年都能拿回五万元左右的报酬，村里有几个小伙子今年从广东回来了，他们是三年前去的。文涛报了名，通过了各项体检后被录用了。文涛再三请求劳动局李局长，先借两万元，等工作了再从工资中扣除，在了解了文涛的特殊情况后，李局长和招工处张主任同意了，文涛将玉石蛋送给了李局长做谢礼。

傍晚村主任领着劳动局李局长和一个银丝满头的老人来找文涛，李局长介绍说，老人是位古董老板，古董店遍布全国，老人看着玉石蛋爱不释手，李局长就将玉石蛋卖给了老人。老人今天亲自来找文涛，是想和文涛商量，看能不能将下玉石蛋的母鸡卖给他，条件是支付他们兄妹俩上四年大学的所有学费和生活费，文涛借劳动局的两万元也不用还了。

老人穿着考究，精神矍铄，用柔和征询的目光看着文涛，操着广东口音说："小伙子啦，我提的条件你同意不同意的啦？"

没想到骗妹妹的谎言变成了现实，文涛感激涕零，跑到院子里逮住那只母鸡抱进屋，用绳子系住母鸡两条腿，交给了老人。口说无凭，老人当即给文涛立下了证据，双方签了字按了手印，老人抱起母鸡同李局长回去了。

村主任让文涛安心上大学，文涛的母亲村主任自会安排人照顾。

在回去的路上，李局长笑哈哈地对老人说："爸，你的广东话学得真像，要是在电话里，我还真以为是哪位广东老板呢……"

选自《北京文学》2007 年第 4 期

作者简介：

王平稳，1982 年 4 月出生，河南辉县人，河南省作家协会会员。下过车间，进过机关，自考大学，现在孟庄镇政府供职。2003 年开始发表小小说，作品散见于《北京文学》《微型小说选刊》《小小说选刊》《民间故事》《民间传奇故事》《古今故事报》《京华时报》《天津日报》等报刊。

女儿的预言

王平稳

我一怒之下炒了老板的鱿鱼，亲朋好友深深为我叹息，说现在找份满意的工作比登天还难。我不以为然，堂堂一名重点大学毕业生，在小县城里还找不到一份合适的工作？当真正忙活找工作时，才得以验证，听到的都是冷冰冰的同一句话：不需要人！一时，我恐慌了，没有收入怎么应付上有老、下有小的家庭开支呢！

天无绝人之路，九龙山国家地质公园风景区招聘一名办公室主任，我顺利通过了笔试，面试时间另行通知。

一时间，亲朋好友同学邻居都给我鼓劲，帮我出谋划策，说现在的单位花样百出，想尽花花肠子面试整人，有让人比赛游泳的，有给人出脑筋急转弯的，有让人比赛爬树的。他们给我找来各种各样的面试资料，请来应聘成功人士现身说法，我好像是在为一场无比残酷的战斗做实弹演习。

终于在这天下午，我接到了招聘单位的通知：第二天上午 9 点赶到风景区面试，不准坐车或开车，可以骑自行车、电动车或摩托车。这是哪门子面试？我搜肠刮肚，将脑海里学到的面试技法和实战案例翻腾了一遍，也没有想出个所以然。

亲戚朋友纷纷猜测，有的说是锻炼应聘者的毅力，风景区海拔 1000 多米，骑摩托车也得一个小时；有的说是在测试胆量，上山全是盘山路，骑车可危险了；有的说是测试你们的注意力，面试时说不定会冷不丁地问沿途所见所闻；有的说是检验面试者是否按照要求骑车上山了；有的说如果在路上发现诸如小偷呀、破坏公物呀等违背道德的事情时，一定要阻止，说不定那就是考题……我一一记在心中，睡觉时好几次都因为面试题目出乎意料而在梦中惊醒。

早上起床，晕晕乎乎洗漱完毕，原本不想吃早饭，老婆已经做好了，刚10岁的女儿给我盛好了饭，放在了餐桌上等我吃。再怎么着也不能拂了她娘儿俩的心意，我坐下来风卷残云般吃了早饭，准备起身时，女儿为我准备好了头盔和护膝，又递给我一件雨衣，说："天气预报今天有雨，爸爸，你拿件雨衣吧。"要不是怕辜负女儿的乖巧和懂事，我才不会拿雨衣呢，外面一点都没有下雨的征兆。

9点，我准时赶到了景区面试处，那里已经有十几个人了，大多都是年轻小伙子和小姑娘，手里拿着厚厚的简历表。景区工作人员让我们稍等，董事长来了就开始面试。

我们一直等到10点半，面试也没有开始，外面却下起了雨，越下越大。我心中一暖，幸亏听了女儿的话，带了一件雨衣。11点了，外面的雨毫无停歇的意思，景区工作人员对我们说："对不起，刚才董事长来电话说，他要接待一位重要领导，来不了了。请大家先回，面试时间另行通知。"

这不是在糊弄人嘛！顿时，办公室炸开了锅。

"下这么大的雨，让我们怎么回去呀？"

"你们这不是耍人吗？没时间面试就别通知我们来呀！"

"你们人事主管是摆设呀，非得让董事长亲自面试？"

既然人家已经下了逐客令，再待下去就是浪费时间，老婆孩子还在家里等着呢。我披着雨衣骑着摩托车回家了。刚进家门，还没等我汇报结果，女儿就先为我端来了热腾腾的饭菜："爸爸，饿了吧？先吃饭，吃了饭再听你的好消息。”

饭桌上，我强忍着没有叙述上午的经历。吃过饭，老婆洗碗去了，女儿搂着我的脖子说：“爸爸，我是先知，能猜出面试结果。你肯定过关了，我的爸爸是最厉害的。”我正想叙述上午的经过，手机响了，是景区人力资源部打来的，说：“祝贺你，你通过了面试，明天可以来报到了。”

我一头雾水，问：“不是还没有面试吗？”对方说：“已经面试过了，你的雨衣就是最佳答案。今天所有面试者中，唯有你带了雨具，从容不迫地离开了景区。我们就是想招聘一名办事细心、考虑周全的办公室主任，由你主持景区的后勤工作，我们放心。”

天哪！他们竟然出了这样一道面试题，我兴奋地将女儿搂在了怀里。

选自《微型小说选刊》2009 年第 10 期

斗 棋

王平稳

市人民医院103病房,53床住着老王,55床住着老张。他们让家人带来了一副象棋,闲时就在54床上对弈,以调剂单调苦闷的住院生活。这天,54床被安排进一个新病号。碰巧了,54床也是个棋迷,且傲气十足。

老王、老张对弈,54床看不了半局就哼着鼻孔说:“臭棋!”接着便开始为两位棋友“指点迷津”,看谁棋势处下风就“扶持”一下。老王、老张下棋本身只为消遣,谁知半路杀出个傲慢自大的冒牌“程咬金”,两人无法再安静地消遣了,就轮番向54床挑战。

老王对54床说:“老兄棋艺不错啊,可否赐教两盘?”

54床大言不惭,说:“好啊,我就给你们露两手看看。不过咱们有言在先,我下棋有个习惯,就是要让对方一个车。”

老王说:“老兄,别那么傲。下棋无非就是为了娱乐,何必俯视别人呢!”

54床看老王不乐意,有些恼羞成怒地说:“这是我的规矩。在局里没有人能下得过我,而且我都要让对方一个车。”

老王不恼不怒地说:“病房里无尊长,我也不是你的下属,我们只是病友而已,一定要公平。”

54床稍退一步说:“那好。我这个车放着不用,如果我犯规就算我输,行吧?"

老王说:"随你的便。只要开心就成,没有必要太看重输赢。"

棋局开始。54床着红棋先走,老王不紧不慢地应对。二人均攻守兼备,你来我往,拼杀了足有半个小时,54床左边的红车果然没动一下,最后以和局告终。老王拱手抱拳说:"我输了,老兄棋艺确有独到之处,只是锋芒毕露,遇高手必折其锐,还是收敛些好!"

54床说:"败军之将不可言勇!"又转头对老张说:"我们杀一局如何?按刚才的规矩,让你一个车。"

老张没多言,只是做好了全力以赴的准备。一局下来,老张被杀得片甲不留,只好拱手认输。

54床愈加得意忘形,说:"这几年我还从没碰到过对手。原先局里还有个小青年能和我过几招,现在我在局里局外很少能碰见棋艺高超的人。都说我是什么'棋王',我看我也当之无愧啊。呵呵!"

"谁是'棋王'啊?"一个十五六岁的少年提着饭盒进了病房,走到老王面前说:"爸,谁是'棋王'呀?让我跟他学两手。"老王无语,只是默默地微笑。

54床拍拍胸脯说:"我啊!我就是。小伙子想学两招儿?那我就指点一下你。"

少年指指棋盘说:"那就有劳'棋王'指点了。"

54床有些飘飘然,又有些心不在焉。他傲慢地说:"让你一个车你也赢不了。"少年无语,只是静观棋局。54床全没把少年放在眼里,睁一只眼闭一只眼地走着棋。少年看出了54床棋局上的破绽,便挥军猛进。渐渐地,54床有些招架不住了,他想调兵回防,但为时已晚,败局已定。少年自语道:"老师常说:飞龙潜海,深藏不露;青山高耸,高人更在青山上。"又走了几步,54床败在了少年的"立马车"之下。

54床感到受了莫大侮辱,他强词夺理道:"胜败乃兵家常事,不足为怪。来,再杀一局。"54床不再说让车了,摆好棋局就先行一步。

很快,54 床又输了。

54 床有些懊恼地问:“你老师是哪位棋圣高人?”

少年指着老王说:“我爸爸啊。我学了爸爸不少招数。”

54 床哑然。

选自《小小说选刊》2004 年第 23 期

舞台效果

张　松

李健决定把自己的女儿李丹送到艺术学校。有这样一种想法,不过十分钟。他在一家事业单位上班,平时工作很忙,腾不出时间来照顾女儿。即使有一点富裕的时间,也要挤出一部分用来会女朋友,这让他觉得亏欠女儿太多。这不是说李健对女儿不关心,相反,他对女儿是百依百顺的,女儿吃什么,穿什么,要什么,只要一张口,他都尽量满足。女儿在很小的时候就没了母亲,这让他在做父亲的同时,还得担当起母亲的角色。

刚刚遇到一件非常头疼的事,女儿李丹升高中的成绩下来了,几门功课加起来,还不满 200 分。这让望女成凤的李健非常失望,他关起门来,把女儿狠狠地揍了一顿。女儿没哭,李健倒心疼得流起泪来。

“李丹,你也不小了,今年 15 岁了吧,个子都赶上爸爸了,升不上高中,你将来干什么?”李健搂着女儿,唉声叹气地说。

“我根本就不喜欢读书,我喜欢唱歌。”李丹噘起嘴。

“上次学校歌咏比赛,我记得你没有排上名次。”李健皱了一下眉头。

“他们懂什么,一群土老帽儿,现在是什么年代?周杰伦时代。重要的是舞台效果,服装、灯光、乐器、道具,一样都不能少。”女儿李丹把头发轻轻向后拢了一下。

李健注意到自己的女儿真的长大了。这倒不是因为她个子高，而是女儿比以前更爱打扮了。短短的运动发型，染成了紫色，两只耳朵上各打了两个耳孔，带着两对廉价的耳环。

“下个月月底，艺术学校招生，我让你去试试。”李健沉思片刻，对女儿严肃地说。

李健给女儿李丹找了一位声乐老师，辅导她学习简单的乐谱、练气和发声。没教几天，老师找到了李健。他说他教不了李丹，李丹唱民族音乐不行，美声更是找不着调，或许，让她学点儿通俗歌曲，没准儿还行。

李健把女儿领回了家，给她买了好多的CD光盘，让她对着音响唱。

“光这样不行的，老爸。我要的是舞台效果，服装、灯光、乐器、道具一样都不能少。没有实战经验，一考试，肯定又被淘汰了。”在女儿的嘟囔中，李健领着李丹到了全市有名的月朦胧歌厅。

多好听的名字啊！李健看着女儿落落大方地登上了舞台，手拿麦克风，说请给点掌声，下面就真的拍起巴掌来。她唱了一首最近很流行的歌曲——杨臣刚的《老鼠爱大米》。边唱边跳。说真心话，他没有发现女儿唱这首歌有哪儿出色，除了屁股扭动灵活之外，就是耳朵上挂着的两只明晃晃的大耳环惹人注目，这是女儿为今天的登台亮相，缠着他到超市里特意选购的。她边唱边喊一声：“请给点儿掌声。”台下真的就掌声雷动了，这种场景，把李健也感染了。他看见有一位比李丹大几岁的女孩子，手捧一束鲜花，送到了李丹的手上，还趴在李丹的耳朵上，轻轻说了几句。

抚摸着耳朵上的两只明晃晃的大耳环，李丹趾高气扬地走到了父亲的身边：“老爸，我唱得怎么样？”

李健望着女儿的耳朵看了一会儿，慢吞吞地吐出一句话：“也就那个样儿。”

“你胡说，老爸。没听见掌声嘛？还有，这束红玫瑰。”李丹得意地把花举到父亲前面。

“那女孩在你耳边说了些什么?”

“夸我唱得好呗!”李丹边说边偷偷地朝刚才送花的那位女孩的座位瞥了几眼,那女孩也远远地朝她送来微笑。

李健心里有一种隐隐的担忧,担忧女儿来这种场合,时间长了,万一有个差池,自己怎么向她逝去的母亲交代?

“下个月月底就要进行音乐摸底考试了,我要天天来这里练歌。”李丹摇晃着爸爸的肩膀撒娇地说。

李健最终同意了女儿的要求,但有一个条件,就是每天晚上10点钟之前必须回家。李健先是不放心地陪女儿练了几次,发现也没什么让人担心的,到后来就干脆让女儿一个人去了。

临到考试的那天,女儿突然失踪了。李健心急如焚,打着“的”找遍了女儿可能去的地方,最后来到月朦胧歌厅。

“你找李丹小姐?呵呵,走啦!咱们这儿庙小,盛不下她这位大仙儿。她早就被人盯上了,哄她、捧她,把她带到南方坐台去了……”歌厅老板叼着一支烟,伸出兰花指,边比画边说。

李健一屁股跌坐在大厅的地板上,脑子里一片空白……

选自《微型小说》2006年9月上旬

作者简介:

张松,男,河南省新乡市人,曾用笔名岸边、黑雪等,自由撰稿人,河南省作家协会会员。曾长期从事诗歌创作,在《星星诗刊》、《大海洋》诗刊(台湾)、《文学巷》等刊物上发表诗作三百余首。出版诗集《金海岸》。后转向中短篇小说和小小说创作,在《文艺生活》《百花园》《四川文学》《小说月刊》《文学港》《六盘山》《牡丹》《短小说》《金山》等杂志发表小说多篇。

一种清香

张　松

我是在“今夜星辰”见到环的。我不相信她会来新乡这座城市。

从 KTV 包间走出来时，我已经喝了七瓶啤酒。站在三楼大厅的楼梯口，手里夹一支烟，眼睛无聊地沿着大厅的梁柱，一直延伸到楼顶的天花板。这时候，一位面容清癯的女子，搀扶着一位酒醉的男人朝楼下走来。几乎和我擦肩而过的时候，一缕淡淡的青苹果一样的清香，袭击了我的嗅觉神经，被往事的片断，轻轻割了一下。环用的就是这种散发着青苹果清香的香水，那时候，我时常依偎在环的怀里，望着满天的星斗，咀嚼人生、诗歌和爱情。

她已经走到我的身边，就要擦肩而过了，说了一句：“看你，又喝多了。”她的话，让我打了一个激灵。七年前，环也是这样说我的。那时候，我年纪轻轻，很能喝酒，每次喝得酩酊大醉，都是环扶着我，把我送回住处。路上，环不止一次地说：“看你，又喝多了。”

我定睛看了一眼就要和我擦肩而过的她，心不免怦怦地跳了几下。肯定是环，几乎保持了和七年前一样柔美的容貌和身段，只是头发剪短了，染成了淡淡的金黄，人比过去更清瘦了一些。她依然是目空一切的样子，从不侧脸看她身边来来往往的人。她搀扶着的这位男子，长得并不起眼，矮矮胖胖的。但他右手的中指上，戴着一颗硕大的蓝宝石戒指，在灯光的照映下闪着刺眼的光泽。看年龄，他比她大十几岁，在我身边，晃晃悠悠地打了一串饱嗝儿。这使得七年前就袭上我心头的那种青苹果一样的清香，在酒气的熏染下，弥漫出一种酒精发酵后的烂苹果的味道。

她的肩，轻轻抖动了一下，身体似乎在瞬间凝固。她的头慢慢向身后扭去，就要扭过来了。突然，她搀扶着的那位男子，身体很沉重地向前一倾，她的一只手，用力地抓住了那位男子的肩膀。男子晃了几晃，站稳了，就像七年前，我晃了几晃，晃进了环的怀里。那时候，我是一位狡猾的大男孩，我只能用这种方法，投身到环温暖的怀抱。环似乎也非常喜欢我这样，喜欢我在似醉非醉的状态下，把身体轻轻依偎在她怀里。

环写得一手好诗，否则的话，我就不会跑一千八百里路程，从新乡来到她那座当初我还很陌生的城市里，一待就是两年。正在师范读书的环，帮我在一家公司找了一份还算轻松的工作。我们的诗歌，在棕榈和银杉编织的城市上空，像百灵鸟一样欢乐地唱歌。

那一天，公司里有一位叫雯的女孩过十九岁生日，我曾经拒绝过她很多次的约会邀请，面对她的十九岁生日，我思虑再三，不好再拒。我们两个人待在一间酒吧里，喝了很多的酒，她在红葡萄酒里掺进的那一句句火一样炙热的话语，把我彻底地燃烧了。她用一缕缕哀怨的目光，把我死死缠住，在我的宿舍里，我把雯想象成一只受伤的小鸟。

环知道了我和雯所发生的一切，按她的话说，第二天中午她就知道了。那一天晚上，环总是做梦，在梦中，环周身落了一层粉红色的桃花。第二天中午，环来到了我的住处，她望着我惺忪的双眼，又低头看了看凌乱的床铺，一句话没说，就匆匆地走了。半个月后的一天晚上，环把我写给她的一大摞诗稿都拿了过来，她颤抖着声音缓缓地对我说："我等了你十五天，就是想听你一句诚实的话。现在，一切都不重要了。"

我含着泪回到了新乡。我在离开棕榈和银杉编织的美丽城市后，给环打了不下十次电话。我发誓，从那以后，我再也不会和她有任何联系了。

我看着她搀扶着那位比她大十几岁的男子，一步步向楼下走去。烂苹果的气味，从我的身边消散，随之飘来的是七年前青苹果的清香。我立在楼梯口，整个身体，像一只放飞的风筝，轻轻飘了起来。我朝着她的背影，在高处大喊："你是环吗？"

我听到一个声音，很低沉的一个声音，从楼下传来："看你，还是一身酒味儿。多少年了，你这臭毛病，得改一改。"她的手，轻轻拍打着那位男子的肩膀。

选自《百花园》2006 年第 1 期

别把爱情当回事

葛长海

想当初,我们这些无聊的男生把我们班“及格”以上的五位女同学称为“五朵班花”。

稳坐班花头把金交椅的,叫刘丽娜。她是我们校长的千金。她体态微丰,中等个子,羊脂一样细腻的皮肤,眼波如潭。她穿衣打扮别具风格,要么一身红装,要么一身素裹,再不犹如夜行女狭一般。她的美丽是轻佻的庄重、张扬的内敛、病态的健康。她从不正眼看我们这些男生,天马行空,独来独往。她冰雪聪明,英语要么考零分,要么考一百分。难得她向我们英语老师请教一次,可怜我们初出茅庐尚未成家的男教师在给她讲解时手足无措,面呈酡色,挥汗如雨。她傲慢如雪,清冷如兰,不知成了多少男生青春的偶像,卑微不才如我,在许多年以后还无法将其从我的记忆深处抹去。

班花之尾叫陈玉梅,促狭的男生私下里称其“狗尾巴花”,有续貂凑数之意。其实,以在下当年的眼光看,她的美丽可与刘丽娜并称“绝代双姝”。沾并校的光,很荣幸,我和她一块儿从乡下解散的高中插班到县城这所中学就读。原本留着短辫的她进城后逐渐脱胎换骨,留起清水挂面一样直溜的黑发。她身材窈窕,走路爱低着头,虽然服饰落伍,但天生丽质依然从落伍的服饰后面脱颖而出,成为校园里美丽的另类。令人遗憾的是,她的学习成绩很糟糕,简直可以说是一塌糊涂。作为旁观者,如今想来,她进城读书的目的在书外,她恋爱了,恋爱的对象是我的同桌马俊——他父亲是公安局局长。顺便说一句,我所在的班人称“高干班”,同学们大都是县城里头面人物的公子、千金。有那么一天,马俊对我说:“哥们儿,你去和关茜坐同桌吧。”

我不情愿,但别无选择。

关茜也是班花之一。她娇俏的身姿十分惹人爱怜,和男生打交道时很大方,不卑不亢,灵动的、顾盼生辉的大眼睛相当勾人。然而,她对我的到来明显心存敌意,她的敌意充斥着我那段青涩的日子。就这样,马俊和陈玉梅成为班里新鲜传奇的主角,我和关茜却时不时地演绎着冷若冰霜的故事。半年后,关茜扔下“琼瑶”开始在我的白眼下温情脉脉。聪明灵透如我,明知成为她感情报复的垫背,居然耐不住青春的骚动,换了青目和她半真半假、半投入半敷衍地玩恋爱游戏。多年后,我不得不承认,女人,尤其是美丽的女人,是天生的外交家,纵横捭阖来自天赋。可是,不管是真情还是假意,其实都是一山不容二虎的玩意儿,其自私劣性很快浮出水面露出端倪并迅速膨胀至张牙舞爪。某一日,马俊用不容置疑且夹杂着愤懑的口气对我说:“请换换座位。”

祈使句有时表示客气的请求,有时表达无理的命令。遵循游戏的规则,我乖乖地去和陈玉梅坐同桌。此时的陈玉梅已是恍若隔世,只见她满脸菜色,着实我见犹怜。她似乎活明白了,很平静地接纳我的回归。我当时就想:敢情,面黄肌瘦并非都是营养不良所致。她似乎要用心读书了,时常向我请教一些简单的问题,她有些夸张的笑声经常划破自习的课堂,她这种举动常常使敝人成为各种目光的焦点。她对我越来越好,我俩竟然发展到一个碗里搅勺子。老天,颟顸鲁钝如我,哪里修来的艳福?

事情的发展往往不按预订的轨道。离高考还有两个月时,马俊找到我说:“换!”陈玉梅不仅对我无丝毫留恋,反而欣欣然盯着马俊,脸上流溢着柔情若水和百娇千媚。

马俊在两个女人的夹击下成熟,他居然游刃有余地与两个女人“合谋”,玩弄我于股掌之间,我的自尊和颜面何存?于是,我被“气”病了,患上空洞型肺结核,无奈只有休学回到家乡的小山村,看云卷云舒、蚂蚁上树。

再见马俊已经是这一年的岁末,他领到高中毕业证后按照他父亲的安排到我所在的乡,在乡政府当通讯员。说实话,我懒得巴结他。不过,这小子还算有点良心,看在我为他当电灯泡的分儿上,居然步行十里山路来看望准备返校复读的我。再提起同学们,就有些置身事外的从容,离散后曾经发生过的一切都已云淡风轻。他告诉我,班上只有刘丽娜考上重点院校,其他人连个中专都没捞着。刘丽娜在毕业的最后一次聚会上很矜持地同班里所有的男生进行过很友好的交谈,让这些“候补丈夫”们激昂不能自持。谈到我,马俊信誓旦旦地向我保证是一字也不贪污地复述她的原话:“葛××同学今年很有希望考上大学的,可惜了!”马俊评论说,很有惺惺相惜的意思在其中。我嗅出他话里比山西老陈醋还酸的味道,虽然同样激昂不能自持,却无法遥想她当时说这句话时的语气和神态。为掩饰失态,我反唇相讥道:“你的一妻一妾现如今怎么样?”马俊摇头笑笑,说:“嘿,哥们儿,千万别把爱情当回事!”

十年后,在市里工作的我经过反复权衡在县城购置了一套三室一厅的房子。节俭的惯性使然,装修房子时,花钱请了两位师傅,自己也换上高中时代的衣服打起小工。完工那天,我灰头土脸地领着两位师傅去一家极为普通的饭店吃饭。令人意外的是,在饭店正厅的墙上我看到许多熟人的照片,照片的下面都有注释的字条,让我把他们的名字与现时的归宿挂上钩:

本店经理陈玉梅女士和留法博士刘丽娜小姐合影。

本店经理陈玉梅女士和公安局刑警队队长马俊先生合影。

本店经理陈玉梅女士和地税局稽查科科长关茜女士合影。

本店经理陈玉梅女士和工商局个体科科长索永虹先生合影。

…………

宴请过两位师傅后，我去结账，收银的女人头也不抬地说：“五号，五十八块。”我递过去一张老人头，她给我找零时抬起头，我看到了那张曾经稔熟而最终陌生了的面孔，她挽着很俗气的高高的发髻，仿佛扣着的海螺。她已经不认识我了，或者说不屑于重新认识我。她商业味很浓地对我笑道：

“走好，欢迎下次光临。”

选自《牡丹》2004 年第 1 期

作者简介：

葛长海，男，1971 年生于河南省辉县南姚固村。现供职于新乡市某单位。偶有感触，萦怀难忘，我手写我心。

石门沟往事

葛长海

女人要是不漂亮,可以夸她有气质;要是连气质也谈不上,该怎么夸?

下班后,我那颇有气质的妻子怪模怪样地对我笑道:“给,这是一个女人给你打电话留下的电话号码。”她把“女人”两个字咬得特别狠,怎么听着都像“女银”。

我拨通电话大声问:“你好,哪位找我?”对方没搭腔,电话就断了。一直在我身旁抹桌子的妻子,这时把抹布一摔,满脸疑云地瞅着我。

我急了,又拨通电话,不待对方说话就大声呵斥:“你害我不是?说话啊!”笑声从听筒那边溪水一样传过来。我的记忆闸门一下子打开了。

五年前,我大学毕业被分配到石门沟小学教书,去车站接我的是一位连气质也谈不上的姑娘。一见面,她就劈头盖脸地问我:“说,为啥来俺这里教书?”那口气跟审贼似的。我没好气地坦言:“来,是为了走。”她不再说话,扭头就走。我背着行李正在她身后,深一脚浅一脚地走了一个多小时的山路,真累得够呛。我放下自尊问:“喂,还有多远?”她头也不回地说:“不远。”绕过一道山崖,我又问:“同志,还有多远?”她停下来扭头看我一眼说:“快到了。”说完,她自顾自地往前走。我鼓足勇气又随着她走有半个多小时,这时的我气喘如牛,步履蹒跚,我的自尊已经完全给山路抻平了:“大姐,到底还有多远?”她绷着脸走回来说:“咱走了差不多一半路。”

我一屁股坐在行李上。她走到一棵楝树旁,背对着我坐下。约有半个小时光景,她走到我身边问:“太阳落,狼出窝。你到底还走不走?”我赌气地瞪她一眼,兀自临风看景。她叹一口气说:“我给你背行李中不中?”

我空着手垂头丧气地跟在她身后。没走十分钟,她对迎面走来的中年男子说:“校长,我把秀才给您接回来了,真费神。”闻听此言,我这个气呀,就甭提了。

后来我知道,她叫郭小辫,土生土长的石门沟人,也是学校唯一的炊事员。在跟她接触的两年里,她的泼辣与能干给我留下了深刻的印象。当年她22岁,在山里姑娘中间,这个岁数还没有出嫁并且尚未订婚的身份是相当尴尬的。可她依旧没心没肺地缠着我们这些“先生”,开着没边没沿的玩笑。

一年后的一个星期五下午,其他老师都早早回家,我的心情不好就没走。她问我晚上吃什么。我说随便炒个菜。她说你又要喝酒啊。我点点头。当天晚上,我在宿舍独酌。她端着一碗菜进来。这时的我已让酒精烧得忘乎所以:“丑闺女,来跟哥哥喝两杯。”她不急也不恼,就势坐在床上。我们边喝边聊。“你女朋友不要你了?”“可不是。”“就因为你在俺这儿教书?”“可不是。”“你心里很有她?“那当然。”“我看她是有意激你气你。再说,人不能一棵树上吊死。要是她不愿意嫁给你,我嫁给你算了。”“哟,妹妹你可真是高看我。嘿,你可真可爱。我真想亲你。”她看了我一眼,就起身走到门口,把门关上,把窗帘也拉上了。

我大为震惊。郭小辫哈哈大笑起来:“没那个胆吧?”我站起身来,迎着她的目光走过去。“别,别来真格的。逗你玩呢。”她开始惊慌失措,“得了,咱们可千万别再进一步。”我知道她说“再进一步”是什么意思,酒意全消。

我们真的没再进一步,以后再见面时,彼此觉得很尴尬。不过,我觉得我们的心很近。

我放下话筒,妻子问我谁要结婚,我说是郭小辫。妻子很感兴趣:“闹了半天,是那做饭的丑丫头呀。前些年你在她那个山沟里教书,我去看你,经常在她家住,她待我可好了。这样吧,咱出去给她买个礼物捎过去,怎么样?”

我点点头。平时我和妻子经常意见相左,这次算不谋而合。

选自《小小说选刊》2003 年第 12 期

我和收废品的老任是亲戚

葛长海

我平日里滴酒不沾，家中来了客人，三杯五杯，也能应酬。日积月累，阳台角落积攒的酒瓶堆尖压摞，我总想找个机会处理掉，但机缘不巧，硬是一日日拖延下来。

“破铺衬、烂套子、酒瓶子、纸箱子的卖——”这天，我正在家闲坐，一阵吆喝声传进耳膜。正瞌睡间有人给送枕头，我没来由地感到窃喜，应声道：“收破烂的，一单元二楼西侧来一下。”

“噢——”

收废品的攥着蛇皮袋进来了，只见他年过六旬的模样，一脸的风尘。我默念着“满面尘灰烟火色，两鬓苍苍十指黑”，把他领到阳台上，用手一指道：“就这一堆，您瞧着给吧。”

老人努力挺挺佝偻的腰和我做生意：“白酒瓶子，大的五分，小的三分；啤酒瓶三毛。”

我点头认可。

瓶子被老人分类摊放开，末了，他拣出其中一个啤酒瓶子，抻长脖子道：“这个，还没开封呢，给您留着？”我摆手道：“不要了——也不知是去年还是前年的，可能过了保质期了，你把它当酒瓶子收了吧。”老人忸怩道：“我不能收。”

“为什么?”我感到诧异。

“我只收酒瓶子,”老人缓缓道,“这是一瓶啤酒。”

我有点不耐烦:“我不是说了,你把它当酒瓶子收走,出门找个起子,把里面的酒倒掉,剩下的难道不是啤酒瓶子?”

老人正色道:“啤酒瓶口子要是开烂了,一分钱不值,算你的还是算我的?”闻听此言,我哭笑不得:“算了算了,送给你总行了吧,我不要钱,你把它拿走吧。”

老人又一次忸怩道:“那怎么好意思沾您的光,您要真不要了,我就当好啤酒瓶子收了。”

送走这个收废品的老人,回头想想,我觉得可笑。这时,对门老黄来借火,煤球一时燃不上来,我就当闲话同他聊起这件事。老黄听完淡笑道:“你说的是老任,这一带收废品的人里数他最较真。”

隔没几天,老黄上我家来。一见面,老黄就憋着笑道:“我说,你可把老任害苦了。”我一时想不起,怔忪道:“老任,哪个老任?”老黄说:“收废品的老任。你那天把那瓶啤酒当瓶子卖给他,他回到家打开盖子,原本想倒掉啤酒,转念一想,又觉得挺可惜的,就喝了。这不,这两天上吐下泻,送到我们医院诊治,人都住院了。”我急忙撇清:“有你做证,这事怨不得我。”老黄说:“不怨你,怎么会怨你呢? 老任也说不怨你,怨他自己老不长心。”

再见到老任已是春节前,我又卖给他一堆废品。末了,我拎出一箱果奶,含笑对老任说:“老任,这个过期了,你当纸箱子收了吧,里面都是纸盒子,麻烦你自己倒吧,可不要喝,喝了,出了事,我可不负责。”老任鼻翅一红道:“我咋能老不长心呢。”

春节后的一天,我正在家中闲坐生闷气,突然,门铃叮咚叮咚响个不停。我边开门边不耐烦道:“摁两下就行了,还没完没了了。哦,老任,啥事?”

老任脑门上冒着热气,点头哈腰道:“屋里说话好吗?”

老任站在我家客厅里,情绪很激动:“我就站着说吧。我那死老婆子,趁我没在意,把我回收的你那箱果奶当年礼送亲戚了,我想要是真有人喝了出事可怎么好。你知道,年礼是俗礼,你送我我送他,转来转去的。为这事,这个年我都没过踏实。一家挨一家得问,这不,这就问到你这里来了。”

我边往茶几上摆菜碟边让座:“老任叔,请坐。老任叔,一家一家问下来,你问了多少家?”

老任坐进沙发里,腰更佝偻了,他搓着手小声说:“七家,你家是第八家。”

我憋着笑说:“放心,老任叔,您找到家了,那箱果奶在我家阳台上撂着呢,我准备留着当废品再卖给你呢。话说回来了,虽然拐了八道弯,咱们毕竟是亲戚。既然是亲戚,您到我家来了,又是大过年的,我就得陪您喝两杯,您可不要客气哟。”

选自《北京文学》2007 年第 1 期

方鸟蛋

刘焦莉

朱熹十二岁那年春天的一个下午，跟他的几个伙伴上山玩耍。山林里百鸟啁啾。朱熹一抬头，望见一个鸟窝，就喜不自胜地喊："鸟窝。"于是，捋胳膊挽袖子，唾手搓沫，伸展胳膊，抱着树干，两脚蹬树，前胸空虚，像猴上树那样一步一步攀了上去。巴眼一看窝里有几枚蛋，蛋竟是方的。他摇摇头，怕看错，使劲眨眨眼再看——还是方的。但他仍不敢确定这就是鸟蛋，在他的认知里没听说过蛋有方的。于是，他把鸟蛋小心装进兜里，准备回家问他那"百事通"的大哥。

他哥一看，猛然睁大了眼，一脸惊喜地问他在哪弄的鸟蛋。朱熹说在山里。他哥急忙叫他跟他一起重去找那鸟窝。

朱熹从他哥那急切劲儿和刚才喜出望外的表情判断，这一定是个稀罕物。就好奇地问他哥这是啥鸟蛋。他哥有心事似的说先找到鸟窝再说。

天渐渐黑了下来，几个人迷了路，咋也找不到那个鸟窝。他哥的脸随天色黑了下来。朱熹的心情被他哥的脸色染了一层灰黑，但还是憋不住追问这到底是啥鸟蛋。他哥语气淡漠，表情木然地说："忘了。"

朱熹小心赔上笑脸说："谁不知道你过目不忘。"

"我四五岁时在《天镜园》里偶尔读到的，都十来年了，早配饭吃了。你太想知道就自己去找吧。”他哥指着院里的书房，淡漠地说。

朱熹半信半疑地看了看他哥那冷劲儿，借着下弦月半明半亮的月光，瞟了眼带有出厦，楣头上挂着《天镜园》的匾额，他熟悉又陌生的书屋——熟悉是因他从记事起这房子就在那儿，陌生是因书屋里的书不认他。四间房，楼上楼下全是书，每个屋的书都码得整齐，摆得满满当当。他心说，偌大的书屋里藏着一枚方鸟蛋，要想找到它跟大海捞针差不多。他搔了下头，哀叹自己真的要被一枚鸟蛋难住？放弃追究又不是他的性格。最主要的是，他不能忍受他哥那半阴半阳的态度。

睡了一觉，朱熹做出个叫全家人惊掉下巴的决定：他要住进天镜园，十年读完所有书。他爹朱松赶紧过来问情况，才得知是昨天的方鸟蛋引发的。他爹看着朱熹稚嫩且坚毅的表情，心里窃喜。于是，就跟他说：“你四岁的时候，我指着天对你说那是天。你反问天依附在哪儿，天的上头有什么东西，你还记得吗？”

朱熹眨巴下明亮的眼说没忘。他爹像是自言自语，又像是对他说：“《天镜园》书屋里有方鸟蛋，还有天。”

朱熹仰脸看天。脚步移进父亲的父亲的父亲的读书处——天镜园，图书四壁，充栋连床。

寒来暑往，四季更替——春天，院里的西瓜瓤大牡丹花香气穿轩入户，沁人心脾；夏天，槐高竹深，樾暗千层，一泓涟漪，水木明瑟；秋天，海棠疏杂，幽窗开卷，字句碧鲜；冬天，梅骨古劲，暗香缕缕，滇茶妩媚。然，四季风致，不入其心。

他哥天天去帮他驱撵字里行间的拦路猫，盯着读书进度。当他看到还剩几本书就要读完时，把“方鸟蛋”塞进书里。

十年树木也树人。看书看到眼卷韧。十年后一个春天的上午，朱熹在最后一本书里读到：“方鸟蛋——槟榔槟榔，媲蛋四方。沉香木树上筑巢，灵芝草为窝。”耗时十年，最后一刻找到了方鸟蛋，并没有让他欣喜若狂，而是眨眼寻思:怪不得十年前他哥非叫他领他重去找那鸟窝,原来这鸟巢里的一棵草、一根棍都是值钱宝。

“迷路是天意。”他哥说,“现在你所得到的可比沉香木、灵芝草贵重得多。出窝吧。”

他来到院里伸了个懒腰,仰脸望天——眼神穿过九霄,思绪驰骋于浩渺无垠的宇宙。

“今天看到的天跟十年前看到的天不一样吧?”他哥笑说,“古有屈大夫《天问》横空,今有朱熹《问天》问世。”

“谢十年前‘忘了’的托词。”朱熹朝他哥边施礼边说,“天镜园,望天镜……”

选自《山西文学》2020 年第 11 期

作者简介:

刘焦莉,获嘉县人,发表过小小说、散文若干篇,出版过长篇小说《梦话》。

怀　旧

孟宪航

英和妩是在厕所里认识的。

那天英方便完了，翻遍了每个口袋，才发现自己确实连一点手纸都没带（来的时候她分明记得有呀），这可怎么办。她着急地想着，眼睛迅速地四下搜寻，离她不远处倒是有一小片废纸，心里这才稍微踏实了一点，她想等没人的时候捡起来，然后……谁知等了一会儿，人不但没减少，反而更多了，大有络绎不绝之势，在众目睽睽之下捡一小片废纸，这对英来说犹如小偷偷了东西当众被抓一样，简直是奇耻大辱。有心向别人要吧，又觉得不好意思，难以启齿。就这样反反复复思量着，竟熬过了半个小时，她的腿已经酸麻得犹如针刺一样，她再也忍受不住了。这时人渐渐少了，最后剩下一个人的时候，她鼓足勇气决定向人要了。

她咬了一下嘴唇，咽了一口唾沫，正要和那人搭话，对方却笑着先开口，显然是窥察出了英的窘态："是用手纸吧？"

"哎！"英几乎没加思考就顺口答道，同时已经迫不及待地接过了手纸，眼里充满着感激。

于是，两人就认识了，相互说出了各自的姓名、住址、工作单位，那人叫妩，在这附近的一家食品店当营业员。

英也在这附近商店工作，她在工作中有一个习惯——爱上厕所，而且很有规律：每隔一小时一次，一天大约七八次（特殊情况则更多，例如拉肚、遇到单位装货卸货、心情不佳等）。

无独有偶，妩的工作习惯及规律与英恰巧吻合，自从因“手纸”事件认识后，两人关系愈加密切，相同的职业共同的爱好与习惯，使她俩很快成为知己。而她俩的交往大都是在厕所里进行的，很自然，厕所就成了她们闲聊、说笑、交流感情的重要场所。随着她俩感情的逐步加深，厕所在她们心目中显得越发重要了，尽管那里的气味不好，可她们却毫不在意，乐此不疲地或窃窃私语或高谈阔论，每隔一个小时一次，一天来七八次从未间断。偶然有一方来晚了或者没来，另一方总是蹲在厕所里耐心地等上一会儿。等上了双方都会意地一笑，真的没等上，到下一次的时候，等的一方总是显出生气的样子，数落对方一番，说些“你不来，我一个人真没意思”之类的话，仿佛这一天当中上厕所七八次也是工作中不可缺少的项目。以至于当她俩听说附近这片民房，特别是连同这座厕所一起要拆迁的时候，竟有些不知所措了，脸色陡然而变，神情恍惚，喃喃地说：“这不可能！这怎么可能呢？”

当然，这是可能的。不久，来了几辆铲车、卡车、推土机，轰隆隆的声音震得山响，那些参差不齐的民房还有那座年久失修的厕所顷刻间变成了一片废墟。眼望此景，英和妩都落了泪，仿佛失去了什么重要的东西，哽咽着反反复复说：“平平安安多好，为什么非要……非要拆掉，吃饱撑的！”

几个月后，一栋本市最大的综合性营业大楼拔地而起，昔日那种破旧拥挤繁杂的面貌荡然无存。开业这天人山人海，热闹非凡。大楼的最东侧是大酒店，取名叫“十里香”，烹饪各种南北大菜和各地风味小吃，这里同样是熙熙攘攘。

英和妩也挤在人群当中，她俩忧心忡忡地东张西望，不像是购买东西，倒像是在寻找着什么。忽然英大声喊了起来，像发现新大陆一样眼里闪着兴奋的光彩，指着楼东面的“十里香”，愤愤地说：“这下面就是那个厕所！”

“对，就在这！”妩也愤愤地证实，眼里闪着同样的光辉。

于是，英妩逢人便说这楼下原先是个厕所，是个很臭很臭的厕所，什么十里香，简直是十里臭！

人们听后只是笑笑而已，照样出出进进，照样大口吃肉、大口喝酒。自开业以来，这里承办各种喜庆宴席，一些小伙常常喝得酩酊大醉，一摇一晃地口里还唱着：好酒，好酒……

选自《小小说月报》1998 年第 9 期

作者简介：

孟宪航，男，1965 年出生，河南省作家协会会员，中国曲艺家协会会员。出版《艺圃青青》。

紫槐花

张建广

操场边的洋槐开花了，白的玲珑似玉，紫的烂漫如霞。

下午第一节刚下课，何敏打了声报告，神色慌张地走进办公室。

“老师，我丢钱了。”

“丢多少？在哪儿丢的？”

“丢了800元。”

“你哪来那么多钱？”我大吃一惊，说话的声音有点大。

何敏的眼泪“哗”地一下出来了，泣不成声。原来是她爸妈常年闹离婚，她和奶奶住一起，自己保管着春节攒下的压岁钱。

看她哭成那样，我沉默了片刻，低声问她说：“啥时候丢的？钱搁哪儿了？”我从抽屉里拿出纸巾，递给她擦擦鼻涕和眼泪。

她稍微平静了点，抽泣着说：“我一直就夹……历史书里了。刚才书包里都翻遍了……”

她没有提供出任何有价值的线索。明天“五一”放假，她这个时候来报告，算是给我出了一道难题。我答应帮她调查调查，安慰她说钱肯定能找回来。何敏抹着眼泪出去了，可我心里一点把握也没有。忽然间我想起了一篇文章——《装在信封里的小太阳》，于是灵机一动，立刻在网上找到它，打印出来。走进教室，我让课代表大声朗读那篇小说。

同学们你看看我，我看看你，不知道我这葫芦里到底卖的什么药。

“何敏同学在班里丢了800元钱，我想帮她找回来。”

教室里立马沸腾起来，同学们议论纷纷。一分钟后，大伙恢复了平静，齐刷刷地看着我。

“人非圣贤，孰能无过？我推荐这篇文章的用意很简单，就是希望那个犯了错误的同学，能像文中的库柏一样诚实和勇敢。”我尽量让自己的目光和语气柔和些，生怕一不小心伤害了孩子们的自尊心。

“今天，我留给大家一项特殊的假期作业。回到家后，每人准备一个信封，如果钱不在你那，你就在信封里放一张净纸。”我停顿了一下，接着说，“如果钱在你那，把钱装信封，返校后全班统一交上来，我替你还给何敏，这事就当从未发生过。”

“放学吧！”铃声刚好响起，同学们窸窸窣窣地整理好自己的书包，陆续走出教室。

两个男生紧跟在我身后，其中一个刚进办公室就大声说：“老师，我怀疑是李小雨，她和何敏是前后桌，两个人总在一起玩，她肯定知道何敏把钱带学校了。”

“这说明不了什么问题。说话要有根据，不能凭空猜测。”

“真的老师，昨天下早读后，全班就她没去吃饭，一个人待在教室里不知道干啥。”他争辩着。

另一个男生也抢着说：“老师，昨天下午放学后，我看见李小雨请几个女生去‘二胖凉皮店’吃炒凉皮，她平时可没这么大方过。”

我将信将疑，不过平时李小雨经常和男生发生矛盾，不排除他俩有公报私仇的可能。

班长也进来了，我把那两个男生打发出去，随手关上门。

“张老师，我想跟你说个事儿。”

"好,你说。"

"前天下午上体育课时,体育老师训了李小雨一顿,她说她肚子疼就一个人回班了。还有,今天课间我看见她带手机了,好像还是个新的。"

又是李小雨。

李小雨是班里的问题女生。她的个性像个男孩,留着短发,脸庞清秀,说话做事总是风风火火的。爸妈离婚后,妈妈带着她和弟弟一起生活。后来,妈妈再婚,就把她送进了学生公寓,学习和生活都由公寓老师代为管理。由于缺少家庭的关爱和青春期叛逆,她时不时地会犯点小错误。那次体育老师批评她,就是因为她攀折操场边的紫槐花。事后我找她谈话,她说想去当兵,而且还要当特种兵,那样的话就没人敢欺负她了……

"五一"节后,除何敏外,同学们悉数上交"作业"。回到办公室,我小心翼翼地逐个打开信封,希望从中看到勇敢的"库柏",可所有的信封里装的都是一张净纸。我感到失望甚至恼火。有人轻轻敲门,是何敏,我示意她进来。她双手呈给我一个洁白的信封。

"这是谁的? 你的? 你怎么也……"

"不,不,这信封不是我的。张老师,那个同学已经把钱还给我了,这信封就是他让我转交给您的。"

"谁?"我差点从椅子上跳起来。

"老师您别问了,我们两个发过誓,永远保密。"她笑盈盈地着看我,我不便再去追问。

何敏出去后,我急切地打开信封——一小串压平了的紫槐花,散着微微的清香;一张作文纸上面,工工整整地写着:"老师,谢谢您!"

选自《大观》2020 年第 12 月刊

作者简介:

张建广,男,河南省辉县市人,河南省新乡市作协会员,辉县市作协副秘书长。散文、小小说等散见于多家报刊。

七 月

董美华

七月的晌午，太阳懒洋洋地歪在A小区东北角，少了几块瓷砖的景观池里，一株睡莲无力地舒展着枝叶，蝉有一声儿、没一声儿地叫着，街上有车驶过，什么鸟叽歪了一小声儿，又静下了。

忙了一上午的人们刚刚进入午休，整个小区都好像沉浸在睡梦中了。打破这种宁静的是老胖。

有辆快递车驶在A区楼下，快递员正拨电话。十几辆电车乱糟糟地挤在楼门前。老胖从刚刚停好的电四轮上下来，喘着粗气拖下一大包东西，“呼哧”扔在地上，“啪”一声把车门拍死，抱怨和咒骂声瞬间爆发。

“一群不长眼的东西！乱停乱放！路是你家的？好狗不挡道，看我不放了你的气！扔了你的车！”

一语惊醒梦中人。楼上有几只脑袋偷偷朝下瞄了一眼，知道老胖没下黑手，就放了心。午觉睡不成了，楼道里渐渐有了声响，上学的，上班的，带孩子遛弯的，热闹起来。

七年前，老胖搬来的时候，邻居都叫她七月。那时的她刚结婚，不胖，白里透红的脸就像那水灵的桃子，一掐一包水，人见人爱的模样。

七月的男人叫健，眉眼端正，身材魁梧，一副理想男人的标准。健在外人眼里,人模狗样的,还行。健在七月眼里,带着男人器官是真的,没有一点儿男人成色也是真的。健有两大嗜好,嗜酒、嗜赌。七月除了做夜市小吃,白天还摆地摊贴补家用。七月挣的钱没少让健用各种法子顺走,七月只好在衣服里上缀个放钱的口袋,防贼似的防着。

七月慢慢变成了邻人嘴里的老胖,不再是那个白里透红的水灵桃子,反倒越来越像七月里一只长荒的胖冬瓜,胖到一屁股坐上电车就寻不见车座了。脾气也变了,以前的七月随和,逢人就说话,开口就笑;现在的老胖自私蛮横,死不讲理。谁家浇花不小心溅了水,碰巧她楼下经过,定要不依不饶地从二楼骂到最高层。公摊楼道,老胖全当自己家的,她放什么杂物都行,人家要是落下什么东西,她非指桑骂槐地咒人十八代不可。楼上的住户开始还同情她,可怜她命苦,摊上个赌棍。后来,她越来越胡搅蛮缠,骂得难听,更不听劝,便由着她疯,只当笑话看了。

老胖的儿子苗苗刚上小学,长得又瘦又小,可怜见的,像自生自长的茄子棵强努出的一颗小果,还因无人照看蔫儿得不像话。

那是个周末,老胖从苗苗书包里翻出了成绩单。成绩单上的分数像蹿起的火苗,立刻点燃了老胖,她一声高过一声地责骂:“我花钱给你买的学习资料,当擦屁股纸用了?真是上梁不正下梁歪,没出息!”

“砰”一声,健带上里屋的门,厉声道:“好好的睡觉天,全让俩扫把星给糟蹋了。”

“睡睡睡!啥也不干,净找事,咋不死在哪个旮旯!”老胖悻悻地呵斥,连带着一阵响雷般的击门声。门抖着,墙抖着,地砖也抖起来了,似乎整栋楼都有点失控。

健推开门,扯着嗓子叫:“滚!”

老胖不语,瞪着眼珠瞄准健。健使劲白了一眼,忽又背过身去,把自己扔床上,号了起来:“妹妹你大胆地往前走哇……”里屋门大开。

老胖没纠缠,而是恶狠狠地指着苗苗骂:“祸害人的东西……考个倒数第二,白瞎了给你买卷子的钱!笨死了!猪!”

“滚!”这次是苗苗,颤巍巍地尖叫。

“你再说一句!”老胖怒吼着,张开铁钳般的大手拎起了苗苗的右脸,似乎要吃掉眼前这个瘦小的人儿。苗苗倔强地仰着右脸,惊恐的泪水顺着老胖的手背一滴滴流下。“妈!我不敢了!妈!我不敢了!”苗苗巴巴地求饶。

老胖松了手,留了一大片乌青在苗苗右脸上。这个时候的苗苗俨然没有了抵抗的勇气,像一只被缚的小老鼠蜷缩在角落,抽泣着,和着里屋一起一伏的打鼾声。

健突然走了。喝了大半夜的酒,人没抢救过来。老胖用撕心裂肺的哭声通报了整个小区。老胖不哭健,老胖哭自己,哭自己的命:“我的命好苦呀!一屁股债!这窟窿补不齐呀……前天下水道堵了,水管漏了一个月了,我这到底是过个啥?”

住在老胖家隔壁的大树被吵醒了,打开灯,看了下表,正是深夜三点。女儿花花上厕所,眯缝着眼睛问大树:“爸,老胖家咋了?”大树应:“没事,睡吧,闺女。”

小区楼上的黑窗子有几盏亮了灯,又灭了。大树点燃了一支烟,抽了半支才睡下。

老胖忘不了那一刻,大树手提一个工具箱找上门,问:“苗苗,哪儿堵了?”

大树进屋,只干活不说话。没一会儿,管道通了,漏水的水龙头也修好了。临走,他撂下一句话:“有事让苗苗叫我。”

老胖愣了一下,锐气没了,嗓子眼儿里挤出一句“谢谢”,嘴一撇,眼圈红了。

大树媳妇去年因癌症死了,大树卖掉B区的大房子,带着七岁的女儿花花住在老胖家隔壁。大树做厨卫装修生意,舍得出力,一口气扛上比他个头都大的箱子,走起路来还脚下带风。

那天，老胖看仔细了，本来黑脸大嘴、又胖又丑的大树，似乎不是太难看。

那时起，老胖包饺子，总要先给大树端去热腾腾的一大碗。老胖摊韭菜合，第一张给大树，第二张给花花和苗苗，最后约莫都吃饱了，她才满足地坐下慢慢吃。

不知何时，有人想起死了男人的老胖和没了媳妇的大树，刚巧一说和，这两家就并成一家了。

两米长的沙发，老胖坐东头，大树坐西头。

大树说："别摆地摊了，我养活你们娘儿俩。愿意给我做饭吗？"

老胖听了，心一紧，眼里冒出两汪泪花，赶紧说："我愿意。"

大树望着玩得正欢的苗苗和花花，一咧嘴，露出了洁白的牙。大树问："以后，我叫你啥？"

老胖笑成了一朵花，赧然应答："七月。"

选自《大观》2020 年第 12 月刊

作者简介：

董美华，1975 年 10 月生人，籍贯为辉县市胡桥乡请下佛村，现供职于辉县市交通运输局。自幼酷爱文学，1994 年参加工作以来，多年从事文字、宣传工作。新乡市作协会员，发表、获奖作品有《七月》《女人酒》《最后的板拱门》。

把二叔种在土地里

江红斌

立春的午后，阳光灿烂，融融暖意随处播撒，离村不足百米的王家坟也沐浴在阳光里。坟间葳蕤的芦苇摇曳多姿，我突然想起幼年时在那里采过茅茅芽。茅茅芽是茅草的嫩芽，纺锤形，青黄的嫩皮包裹着一团棉絮样的芽孢，口感绵软微甜、清爽多汁，是儿时难得的美味。我想到那里找找看。

与村中过年的喧嚣不同，村外安宁祥和。绿茵似的麦田像没睡醒的婴儿，舒展身体，躺在大地的怀抱里。略带寒意的微风，裹挟着阳光的温度扑面吹来，清凉不失温柔，和煦不失鲜爽，难怪人们都说农村的空气好哩！

田埂边零星点缀着几株高高的杨树，田野便有了三维的感觉。大地丰满，更加生动活泼。喜鹊比冬天平添了几多活力，在大树与麦田间颉颃翻飞。柔和的阳光下，它们舒展着身体，黑白相间的双翅拍打出惬意的节奏，粗犷的喳喳叫声终于打破了田野的宁静。春天来了，大地完全苏醒了。二叔说过，大地最有灵性，冷暖有知。

一条带斜坡的田埂通向王家坟。斜坡上是二叔种的一拃多高的青菜。有菠菜、生菜、莜麦菜、上海青等，由于冬天保温好，碧绿诱人。二叔不能容忍荒地。他总是咂着嘴巴说，这地荒着是在糟蹋粮食呢！沟渠旁、坟头间，哪怕是路肩上的荒地，二叔都会开发出来，撒上种子。村人对二叔开荒种地的收入不屑一顾，但看到二叔花团锦簇样的种植也会从内心发出慨叹。

田埂太窄，稍不留神就会跌落在麦畦里。脚踩在柔嫩的麦苗以及松软的土层上，就像踩在地毯上一样，轻松，飘逸，身心为之一振。初春带给我青春样的感受，有了鸟雀飞翔一样的渴望。

这时，我看到坟边的麦地里有一男一女在那里忙活。男的身板敦实宽厚，手握一把锄头，弯腰在用力锄草。他那姿态让我想起在牲口套里卖力劳作的老黄牛。女的身材有些孱弱，弯腰拔着麦地里的草，袅娜的步态有些霓裳羽衣舞的神韵。我不禁叫好：好一幅原生态的人勤春早图啊！

这是二叔两口。二叔矮胖身材，四方脸，黑红的肤色在阳光下泛着结实的光芒。二婶却是细高身材，线条柔美透着健康。他俩年逾古稀，精神依然矍铄，阴阳互补体现得淋漓尽致。

我笑着说："大过年的还要下地。"

二叔停住手中活计，抬头看我。嘴角上叼着的烟卷已经燃尽，长长的烟灰毛毛虫样弯曲着。二叔吐了烟头，说："啥年不年的。有农活就要下地。"

"你们在锄草？"

"是啊。立春了，草芽刚发出来，要及早根除。"

"这个时节有什么草呢？"

"灯笼棵、风筝棵、疙节草、灰灰菜、米米蒿、蔓荠荠、面条棵、小鸡蛋棵……多哩！"二婶一口气说了十多种。她顺手在麦垄里拔出一棵嫩草放在手心里让我看。那小草两三厘米高，嫩黄色，枝叶舒展，精神饱满，让我想起襁褓里的孩子。我认得那是米米蒿。二婶感慨道："多鲜嫩啊，三年自然灾害时，早当饭吃光了！"

我知道，灯笼棵是酸浆，风筝棵叫夏至草，疙节草其实就是节节草，小鸡蛋棵学名叫蒲公英，都有清热解毒、祛痰止咳的作用。遍地的米米蒿却是鼎鼎大名的葶苈子，是一味泄肺逐水的良药。我不知道，这些功效卓著的中药材，在麦地里居然是杂草。

我说:“现在都喷洒除草剂了。”

二叔说:“除草剂让土壤板结,破坏了土壤的结构,还是锄草好。现在肥力足分蘖多,麦垄几乎下不了锄。”

我问二叔:“全村的土地都流转给园林公司种景观树了,这里怎么还在种麦子?”

二叔把锄头横放在田边,一屁股坐在锄把上,跟我唠起嗑来。他说:“这儿地块太小,园林公司不要。不过也好,我俩有土地可种。要不,我只能每天去寂照寺门前晒太阳,你二婶也只有去跳广场舞了。”

“这是眼珠子地啊!”二叔指着地里那眼废弃的老砖井说,“自打有了井,这地逐年增产。浇地从辘轳、解放水车、离心式水泵,一直到潜水泵,越来越先进。现在国家政策大力扶持农业,已经实行了喷灌。电闸一合,想什么时间浇地都行。”

二叔抬眼望向远处的杨树,神色有些黯淡。高高的树梢上,分上下层筑着两个鸟巢。二叔说:“如今日子过得好,喜鹊也盖起了二层洋楼。可别像顺口溜说的那样,花喜鹊,尾巴长,娶了媳妇忘了娘。土生土长的人,土地就是娘啊!”二叔说:“现在种地完全机械化,多省力啊,种地的人却越来越少!”

我安慰悲观的二叔说:“农业机械化还不是最终目的,我们还要因地制宜,发展符合自身的特色农业,提高更大的收益。”

一句话又提起了二叔的兴致,他说:“让土地获得最大收入才是正理。”二叔说得高兴,有些把持不住,兴奋在眉梢跳跃。他指着脚下的耕地说:“土地是万能的,只讲付出不讲回报。无论你如何对它锄铲犁耙,它从不叫苦叫屈。只要播种,好好侍弄土地,种啥收啥。种瓜得瓜,种豆得豆,种棵红薯苗能收一嘟噜红薯哩……”

二婶在一旁忽然插嘴道:“种啥收啥吗?”她指着王家坟里茅草下一片空地说:“过几年该把你二叔种在土地里了!”

二叔听了爽朗大笑起来,开心地说:“我们农民本来就是土人。土里生土里长，在土里刨生活，吃土里长的果实，喝土里冒出的水，活着的一生都离不开土地，死了还要回到土里去。种在土里，我温暖舒服，心安理得！”

我们被二叔的一番话逗笑了，笑声在孟春的阳光里发散，被微风送得很远，也把我那颗蠢蠢欲动的总想离开村庄的心吹到了九霄云外。脚踏在松软的土地上，我感到春天的温度正在复苏我的全身。土地敞开胸怀拥抱着我，这让我温暖无比。

回村的时候，那坟头有没有茅茅芽萌出已经无关紧要，我耳朵里回响的是麦田里的对话，人勤春早的画面一直在我脑海里萦绕。麦田里的麦苗叶肥茁壮，该浇返青水了。鸟巢里的喜鹊也该修理巢穴迎接新的孕育。这时，我惊奇地发现，村口挺立的几棵毛白杨树，虬枝纷繁，树枝梢头，一簇簇的蓓蕾精神饱满，蓄势待发。这之后，我的思维一直停留在把二叔种在土地里的问题上。

选自《新乡日报》2020 年 3 月 28 日

作者简介：

江红斌，“60 后”，河南省获嘉县史庄村人，乡村医生，行医三十多年。爱好文学，有小说、散文、诗歌散见诸多种报刊及网络。

七嫂是我的邻居

黄 文

七嫂是我的邻居。

打我记事起就没有七哥的印象，只听老人说七哥也是个巧人，可惜命短，早在我两岁时就丢下了如花似玉的七嫂狠心走了。别人可怜七嫂，就张罗着给她找人家，她却总是摇头："我不能负了那死鬼，好歹把他那俩孩儿养大。"

那些年粮食紧缺，七嫂孩子小又不挣工分，日子就过得紧巴巴的，七嫂漂亮的脸上也没了血色，孩子则经常饿哭。

于是便有人见了七嫂从队里的庄稼地往家里偷玉米穗儿，紧接着便是三天的批斗会，又有好事者往七嫂脖子里挂了一串破鞋。三天过后七嫂在床上再也起不来了，俩孩子在床头使劲地哭。母亲熬了一碗稀粥端过去，好说歹说地劝，七嫂不言，两眼无神而麻木。母亲惊异于她的眼中竟没有泪，于是便又提到七哥，提到两个可怜的孩子，七嫂才幽幽地叹了一口气："婶，你回吧，我撑得住。"

起床后的七嫂仍偷，无论青菜萝卜还是小麦玉籽，半明半暗，看见的人心知肚明也懒得再说，毕竟一个寡妇娘儿们带俩孩子，真的不容易。

七嫂"手长"在华家屯成了公开的秘密，以至到后来无论于公于私，但凡能顺手塞进衣袋或揣进怀里的东西,她都能带回家去。

几年前姐姐出嫁时请来自江苏的木匠小赵做家具,七嫂来串门,走时临出街门顺手掏走了我家鸡窝里的一个鸡蛋,恰被小赵看见,饭时说与母亲,母亲笑笑说:“随她去吧,她就这毛病。”

其实现在的日子好过了,七嫂的儿子小柱也已成家,日子蛮过得去,可她这毛病就是改不了,为这事小柱两口没少和他娘生气,可最终谁也没辙儿。好在七嫂并不小气,我打小在她家玩,她家的花生、点心之类没少让我吃,与街坊共事也挺大方,手又巧,缝缝补补、穿针走线很在行,街坊有事相求也没让人失望过,所以人缘倒还不错。

好日子才过没几天,七嫂就病了,病得很重,时而清醒时而昏迷,儿子小柱请来了范医生,范医生一番诊断之后开出了几样药让小柱上城里去买。买回来已是深夜,范医生连夜配药给七嫂挂吊针,可一瓶很重要的药却怎么也找不到了,小柱便发狠地说:“我明明买过亲手装包里的,咋就不见了呢?”再次上城去买,回来时七嫂已咽下了最后一口气,小柱自责得直扇自己的脸,众人忙劝,小柱才流着泪去张罗七嫂的后事。

当二婶掀开被子给七嫂换寿衣时,才惊异地发现她手里牢牢地握着一个小瓶,众人忙看,却是丢了的那瓶药,母亲叹了口气说:“她还是被这毛病害死了呀!”

选自《文艺生活》2006年第2期

作者简介:

黄文,男,54岁,20世纪80年代老民师,现在私立学校打工,发表诗歌、散文、小说等各类文学作品数百篇(首),作品散见于《河南日报》《新乡日报》《洛阳晚报》《文艺生活》《小说月刊》等,多次获奖。

哑 嫂

宋雪梅

哑嫂死了，是被车撞死在村西马路边的。肇事者逃逸。

听到此事，才突然想起，前几天回老家时没有见到哑嫂，原来她死了。心想，死了好，死了就不用再受罪了。但又一想，不对，说不定是被人故意撞死的。那么，谁会去害一个哑巴？

哑嫂是经人介绍嫁入俺村的。她住我家错对过，男人叫天龙，小时候患过小儿麻痹症，腿有残疾，人长得白，大眼，中等个儿，如果不是这点儿毛病和家里穷，他绝对不会娶一个长得黑瘦、大板牙、歪嘴巴的哑巴。

哑嫂长相丑陋，她刚嫁到我们村时，人们往往用“哑巴来了”来吓唬哭闹不停的孩子。由于哑嫂长相磕碜，有人挑逗她男人：“你和哑巴咋办那事？”男人不避讳也不恼怒，总风趣地说：“用明星画儿蒙住她的脸，和明星一个样，不差啥。”弄得人们哄堂大笑。

我每次回家，哑嫂都会兴奋地张着个大嘴巴，啊、啊、啊……喔、喔、喔，半天憋不出一个字地来和我打招呼。有时，会拽起自己的衣角让我瞧，又有人送她衣服了。每当节假日，在老家休息时，每天清早都能看到哑嫂挥着大扫帚从自家门口扫起，将一条街打扫得干干净净。每个寒冷的冬天，哑嫂都会不知疲倦地满大街跑，捡枯树枝、废木材，抱到家门口的石磨旁垛起来。

那里是一个饭场，无论春夏秋冬，留守在家的老人、妇女和孩子吃饭时都会端着饭碗围在石磨旁。特别是冬日，会用哑嫂捡的木柴点起一堆火，边吃边聊边取暖。有时，柴不够了，就有人喊一声："哑巴，没柴了。"这时，哑嫂会毫不犹豫地扭头就走，沿街低头寻找枯树枝，捡起来，抱在怀，再迅速跑回，添加到将熄的火堆里。

哑嫂不光长相丑陋，还半傻，做饭不知道生熟，洗衣服不知道干净。她男人残了不能干重活，生活靠吃低保。

除了结婚，哑嫂没有穿过新衣服，平时都是穿亲戚们送的旧衣服。男人不待见哑巴，高兴了就做顿饭，不高兴了自己外面吃。哑嫂常常是饥一顿饱一顿。男人爱吃肉，家里没有钱。但凡听说哪里有病死猪的，就拖回家，剥了煮着吃。有时，吃不完，就卖给做火腿的小厂家。从开始捡，到后来的上门收购，她男人从此做起了贩卖病死猪的勾当；并在自家院子里挖了个大池子，用病死猪的内脏养鲇鱼。大夏天的，他收病死猪、剥病死猪，弄得院子内外臭气熏天，苍蝇乱飞。邻居们明知道他做违法事，坑害人，也没人举报，就怕一对可怜的人没法儿生活。

连续几年，每天天不亮，哑嫂男人就开着三轮车出门收购病死猪，为了方便，男人还印制了名片，后来发展到在家等电话，预约上门服务。前几年的一个春节前，雪大路滑，他开的三轮车翻沟里了，一车子的死猪堆在他身上，要不是好心人救他，早就没命了。人们都说是报应，是老天爷惩罚他。但他并没有意识到，身体恢复后，变本加厉，将村里瘸的拐的半精不傻的统统集中到自己的旗下，专门从事病死猪收购、加工、销售、养鱼等"一条龙"作业：有外出收购的，有在家宰杀的，有在家养鱼的，有外出送货的，还有在家做饭侍候他的；他自己待在家里喝茶、看电视、收账，电话遥控指挥生意——日子过得好不惬意。

生意做大了，有钱了，就有人投怀送抱了，再也不用用明星画儿挡哑巴的脸了。哑嫂住在破旧的老院子里，男人给她买些鸡蛋，丢下零钱，十天半月也不去看一次。哑嫂不会做饭，一听到街上喊卖烧饼，就飞跑出去买一个，回去冲一碗不知道生熟的鸡蛋水，就是一顿饭。我曾经看见她一手拿烧饼、一手端鸡蛋水在大街上喝，心想，哑巴生活不错嘛，烧饼配鸡蛋。母亲却告诉我："说什么呀，卖烧饼的来了，她就有馍吃；不来，就得饿肚子。一天就两顿，可怜死了。"

更为可怜的，哑嫂有一个20多岁的大姑娘。长得随她男人，白皙，个儿高、大眼，美人一个。刚出生时，男人怕哑嫂不会照应，也怕吃哑嫂的奶长大了也是半傻，一生下来就抱去她二姑家养了，一直到上初中了才回到家里。由于当时家里条件差，学校里常有人取笑她有瘸爹傻妈，她恨他们生了她，一赌气离家出走了。后来听说嫁人了，婆家经济条件不错，婆家人只知道她是"孤儿"。

一次，有邻居在镇上碰到了那女孩，告诉她哑嫂病了，劝她回家看看。一个傍晚，她悄悄回家，给哑巴丢下几百块钱，没待几分钟就走了。

男人不回家，女儿扔下些钱再也不露面，哑嫂每天躺在肮脏的床上痛苦地呻吟，邻居们可怜她，今天张家几个馍，明天李家几个水果，后天王家一碗面，轮流照顾。

怎么也想不到，一天早晨村民锻炼身体时，发现哑嫂被撞死在路边，惨不忍睹。人们百思不得其解：是哑嫂忍不了病痛，自己偷偷跑出去故意让车撞的，还是有人故意将她扔到路上给撞的？

哑嫂死了，再也没有人会拿哑巴来吓唬哭闹的小孩了，再也见不到清早哑嫂清扫大街的身影了，再也寻不见那个满大街捡树枝的哑嫂了。

傍晚，村头的火堆仍熊熊燃烧，但咋不暖和了呢？

选自《大地文学》2016年第4期

作者简介：

宋雪梅，从事新闻写作和办公室文字工作多年，喜欢读书写字。在《中国妇女报》《检察日报》《中国邮政报》《中国国土资源报》《大河报》《河南商报》《中国邮政》《公民与法》《大地文学》等报刊发表散文、小小说、随笔百余篇。

亲情如歌

陈与点

老贺这两天特别兴奋，晚上睡都睡不着，在床上烙油饼似的翻来覆去。是啊，这事儿摊到谁身上都淡定不了。儿子贺晓考上清华了，这是全村从未有过的骄傲啊！

可是，老贺却蓦地想到另一个儿子王云，顿时就像被兜头泼了一盆凉水。大伙儿都知道，王云是老贺在村集市口捡到的孩子。捡到时他裹在一个破旧的毛毯里，身边只有半张作业本纸，上边歪歪扭扭写着王云二字。老贺看孩子可怜，便将他抱回家，算是给儿子找了个伙伴，也是多了一个儿子。老贺想，"王云"兴许是孩子父母的名字，为了让孩子记住，便让他也叫王云了。村里人也把王云叫作贺小二。王云跟贺晓一个班，但学习成绩却一直上不去，最终也没能考上大学。学习不好，多少就有点破罐破摔，他平日对老贺这个当爹的也不怎么孝敬，张口闭口都是咋挣钱。老贺心里着急呀，没少给他讲道理，但是王云左耳朵进去右耳出来，就像刮风一样不留痕迹。老贺也没少吵他骂他。

村里出了个清华大学生，村里人三五成群地都过来祝贺。老贺满脸笑容地迎来送往，跟这个说两句，再跟那个说几句。俗话说乐极生悲，大家正笑语喧哗，老贺突然一下子栽倒在地上。大家赶忙将他送到了医院。医生说是突发脑出血，情况紧急，下了病危通知书。贺晓急急地去交钱签字。王云陪护在病床前。老贺时而清醒时而意识模糊，但已经说话不灵，只是嘟嘟囔囔地说："晓，晓，钱，遗嘱……"这时正守在老贺身边的王云心里涌出一股醋意："眼看就要不中了，还一口一个晓、晓，光记得亲生儿子。私藏了钱，全留给亲儿子，还成天说对我俩一样看待……"王云越想越生气，干脆从老贺上衣夹层里抓出存折，不顾一切地跑到银行，把钱打到自己的卡上。

王云心怀鬼胎地回到医院，还没走进病房，就听到贺晓的喊声："怎么可能？怎么可能？是不是你们验血验错了？"昔日儒雅的哥哥，如今红着脸，跟医生吵得不可开交。

原来父亲急需要输血，而主动献血的贺晓血型不符。王云鬼使神差似的，挽起袖子说"我试试"。一验血竟然配对成功。看着血液从王云胳膊上抽出，又一点点滴进父亲血管里。兄弟俩都在心里盼望着父亲能尽快好起来。但老父亲还是安详地去了。王云与贺晓都大哭起来。

王云向贺晓说了父亲的遗嘱。两人到家打开小保险柜，那是老父亲从不让他们看的秘密。里面只有父亲给他们的一封信，信上说自己一直在打听王云的亲生父母，但一直没有打听到。他怕捡来的王云融不进他们的家庭，就将二人的名字对换一下，他说他相信两个孩子长大都会成才的，也会明白他的苦心。王云与贺晓都愣了，都不约而同地想起输血的事。贺晓的泪一滴一滴地滴在那封信上。父亲的信上还说，自己本领不大，留下的钱也不多，贺晓上学要学费，王云在家要创业。你们就对半分了吧。以后要靠你们自己了——我最大的希望就是要你们自立和成人。希望你们有进步了，不要忘记到我的坟头上说一声。

王云一把掏出自己的卡和父亲的存折，哇地大哭起来。

选自《平原晚报》2019 年 11 月 20 日

作者简介：

陈与点，新乡市人，“00后”。上中学时曾被评为新乡市优秀团员、新乡市优秀学生干部，发表过文章，演过话剧，主持过学校文艺节目。现为北京某大学大一学生，优秀学生代表。

花蕊夫人的笑

刘志学

自大宋举兵伐蜀，花蕊夫人就再也没有笑过了。蜀帝孟昶虽临灭国之祸，但仍昼夜拥着花蕊夫人，挟弹骑射，游宴寻诗。

夸了海口“反夺中原易如反掌”的大将军们不是被俘，就是不战而逃，坏消息一个接一个，但孟昶却一直纳闷为什么花蕊夫人再也不笑。

成都周围，尚有十四万大军可以保国，孟昶却要自缚降宋。消息传来，花蕊夫人终于笑了，而且嘴角笑出了一滴一滴的血，滴在了案几上那副用红绫结着的檀板上。宫女要擦拭，花蕊夫人摆了摆手。

随满朝文武被解往东京的时候，花蕊夫人只带走了那副沾着血的檀板。

大宋皇城的城墙高入云端。花蕊夫人应诏觐见宋帝赵匡胤的时候，抬眼望了一下宣德门的飞檐。她有些眩晕，定了定心神，才随引路的宦官进了侧门。

就是龙位上高坐的这个脸色蜡黄的男人，在东京北廓的陈桥驿搞了一出黄袍加身的把戏，就轻易取走了别人的江山，现在，他又取走了我们的江山。花蕊夫人面君时刚想到这些，那副檀板就“哗啦”一声掉在了地上。

檀板落地的声音很响很清脆。赵匡胤愣了一下，站在百官之首的晋王赵光义也愣了一下。此后，哥俩的目光，便没有离开过花蕊夫人，虽然花蕊夫人自孟昶降宋之后，再也不施粉黛。

花蕊夫人低头跪着，一言不发。

“你就是那个‘花不足以拟其色，蕊差堪状其容’的费氏？奉诏面君，怎么不说话？”还没等宦官提醒，赵光义先开了口。

赵匡胤的喉结动了几下，摆了摆手：“也罢。朕举兵入蜀，尚不允焚荡庐舍，驱逐吏民，岂能为难一去国女子？不过，朕早已听说你能诗善词，在蜀中时，曾作宫词百首，传于坊间。今日可否乘兴赋词，以慰朕心？”

皇帝的声音刚落，晋王赵光义便指了指那副檀板：“陛下降诏，贱妇敢不从命？”

花蕊夫人抬起头，看了看微笑着的赵匡胤，又看了看瞪着她的赵光义，发现哥俩的眼神很相似。

云袖翻飞，檀板在花蕊夫人的纤纤玉手中打出花儿来。板声变韵之后，花蕊夫人依着节奏念道：“君王城上树降旗，妾在深宫哪得知；十四万人齐解甲，更无一个是男儿。”

赵匡胤激动了，赵光义惊呆了，他们都为那句“更无一个是男儿”而变色；花蕊夫人却笑了，只有离她最近的宦官才看得出，她嘴角轻撇，是在冷笑。但花蕊夫人那一笑，却刻在了赵匡胤和赵光义的心里。

几天后，蜀帝孟昶死了，御医说是暴病而亡。花蕊夫人闻报，却对镜梳妆起来，且扎起了蜀中十分流行的朝天髻。宫女过来帮忙，被她推开了。朝天髻结好后，花蕊夫人轻敲檀板，望空吟道：“……三千宫女皆花貌，共斗婵娟，髻学朝天，今日谁知是谶言。”这是她被解往东京的路途上，在驿馆的墙壁上写下的那首《采桑子》。

一曲唱罢，花蕊夫人不但没哭，反而又笑了，且又笑出了血，一滴一滴落在了粉红色的对襟锦衫上，灿若桃花。

皇帝曾降诏，令宫女好生照料花蕊夫人，所以宫女们一看花蕊夫人口中淌血，便慌作一团，花蕊夫人却收起檀板，揣入怀中，站起来对宫女说：“准备接诏吧。”

果然，皇帝宣花蕊夫人进宫侍读的诏书，随后就到了。

此后，皇帝陛下每天散朝之后，都要到花蕊夫人居住的宫中，听她打着檀板，吟唱她安居蜀中时的“词一百”。皇帝喜欢看花蕊夫人笑，但花蕊夫人不但再也没有笑过，而且即使是吟诵那些与亡君孟昶逍遥应对的艳词时，也没有笑过。于是，皇帝便很郁闷。

晋王赵光义找了个借口，来见花蕊夫人。她亲奉香茶之后，摇着檀板，唱起了那首长长的《宫词》，并且边吟边笑，笑得赵光义浑身颤抖，听到“虽道君王不来宿，帐中长是炷牙香”时，赶紧正了正衣冠，逃命似的走了。花蕊夫人看到，晋王转头的那一刹那，眼睛里有一道寒光。

皇帝很想再看到花蕊夫人的笑，于是便在郊外找了一块颇似蜀地的宫苑，带着花蕊夫人去狩猎，晋王赵光义也被招来随行，是花蕊夫人提的建议。

一只锦鸡飞过，赵匡胤撩开戎袍，张弓搭箭。锦鸡落地，在草丛中挣扎。

赵光义看了看冷颜依旧的花蕊夫人，进言说，此等头彩，应劳驾花蕊夫人去取。皇帝于是很客气地给花蕊夫人道辛苦。

花蕊夫人轻移莲步，去捡拾锦鸡，伸手时，锦鸡竟扑棱着翅膀，昂起头来，似乎要啄花蕊夫人。众人呆住了，唯有赵光义忽然张弓，一箭射出，正中花蕊夫人的胸口。

那副从蜀地带来的红绫结着的檀板，从花蕊夫人的怀中滑落，碰到了锦鸡翅下的箭柄，声音很响，也很清脆。

花蕊夫人临倒下时，望着皇帝笑了笑，而且笑得比宫苑里盛开的桃花还要灿烂。

赵光义看到自己的箭簇离弦时，花蕊夫人分明闪过身子，迎向那只利箭，于是翻身跪倒：“臣罪该万死！臣情急出手，不料想……”

没等晋王说完，皇帝便打断弟弟赵光义的话，问："你看见了吗？她终于笑了。"

选自《微型小说选刊》2015 年第 19 期

作者简介：

刘志学，河南封丘人，常用笔名凌寒、老枪、封邑生等，现居北京。系中国微小说与微电影创作联盟执行副主席、中国微型小说学会第二届理事。已出版长篇小说、小说作品集等十余部，作品曾被改编为连环画、有声小说、舞台剧、电影等艺术形式。小小说曾获多种奖项，曾被收入中学阅读教材，曾被选入中考试卷、高考模拟试卷。曾参与策划、编剧、监制、统筹多部电影、电视剧。

致仕

刘志学

落了轿，刚走进拱宸门，窦元宾又来扯梅询的袍袖。

梅询虽然老了，但仍很敏捷地闪开了，还抬起胳膊，用官袍的长袖掩住了鼻子。窦元宾于是又扑了个空，同僚们于是又跟着大笑。

“梅香窦臭”，在一朝的同僚中早就成了共识：梅询每天早上丑时就起床，变着花样燃上各种香，熏自己的朝袍，然后再把袖子拢着去上朝；窦元宾虽贵为宰辅之后，却经常几个月不洗澡，身上的臭味能飘过大内垂拱殿的九脊顶，把飞过的鸟儿熏下来。有一次，梅询还在窦元宾的脖子上看到两只虱子，差点儿把早朝前刚吃下的莲子羹吐出来。

现在，这个盯着梅询不放的窦元宾，又试图让他好不容易拢进袖子的檀香之气散发出来。梅询闪开之后，鄙夷地看了看窦元宾，快步走开了。身后，同僚们一片讪笑。

梅询已经七十五岁了，三朝元老，官至翰林侍读学士。按大宋规制，七十岁致仕，但梅询还不想退休，因为不但先帝真宗赵恒喜欢他的熏香味儿，现在的皇帝赵祯，更喜欢他的薰香味儿，有时候三更半夜批奏章累了，还要宣梅询进宫，嗅嗅他袖子里的檀香味儿。梅询一直觉得，他不能有负圣恩。

散了朝，窦元宾取出早已准备好的折子，并没有递上去，而是故意走到梅询面前，展开来让他看：一位姓胡的知府，刚六十五岁就请求致仕的奏报。

梅询带的是《江楼晚眺》，准备在面君时唱和。窦元宾看见了，一把抢过去，嗓门很大地朗诵起来："潮落蚌耕洲，霞天雨尽收。月来山寺候，云驻海间秋。野鹜驯舟绕，红鱼逐饵游。欣然乘此兴，呼酒醉高楼！"

窦元宾读完，又去扯梅询的袍袖；梅询又看见窦元宾的脖子上爬着一只虱子，于是赶紧跳开。由于跳得急，他跌倒在地，崴了脚脖子。窦元宾赶紧去拉，把嘴凑在梅询的鼻尖下说："梅大人，不要反应这么强烈嘛。没有我窦元宾的臭，哪儿显出你梅大人的香呢？"

梅询这次真的吐了，吐出来的苦胆水，比窦元宾身上的气味大多了。

"梅大人，现在咱俩都是臭不可闻的人了。"窦元宾指着梅询颌下的垢污，又奚落梅询。

梅询忽然觉得窦元宾这家伙，太无耻了。

回到家，梅询换了干净衣服，第一次没有薰香，就出门散心。他拄着拐杖，刚出家门，忽然看到街角有一个小乞丐，正旁若无人地边挠痒边唱莲花落。梅询停住脚步听了一会儿，一瘸一拐地走过去，问："你怎么这么欢喜啊？"

"太阳好，我晒得舒服，自然就欢喜了。"小乞丐眼睛都没睁，说完，接着唱，"潮落蚌耕洲，霞天雨尽收……"

梅询听出他唱的居然是自己写的《江楼晚眺》，好奇地问："你识字吗？读过书吗？"

小乞丐仍然没睁眼睛，说："我不识字。人生烦恼识字始，我干吗要读书？"

梅询听了这话，心里一颤，"人生烦恼识字始"也是自己说过的话，于是接着问："那你刚才唱的莲花落，是谁教你的？"

小乞丐没有答话，站起来准备走。

梅询不顾小乞丐身上的臭味儿，拽着他说："你要是给我说谁教你的，我给你一锭银子，省得你再去讨饭。”

小乞丐这才睁开眼睛，说：“谢谢梅大人，窦元宾窦大人已经给我两锭银子了，他还教我给你说‘人生烦恼识字始’，我也不知道是啥意思。”

梅询呆住了：我这么大年纪，空有一肚子才学，天天给皇帝起草公文、天天和窦元宾这样的家伙打嘴仗，连乞丐都弄上门了……梅询忽然觉得自己这官儿当得真累，回到家里，把所有的薰香炉都收起来，第一次下了辞官的决心。

皇帝赵祯虽然没有恩准梅询的致仕请求，但因为再也没有嗅到梅询袍袖里的檀香味儿，十天后，把他外放许州。在许州知府任上，梅询对“野鹜驯舟绕，红鱼逐饵游”的日子越来越向往，每个月都要上表辞官；可皇帝赵祯仍然十分怀念曾经的“梅香”，所以，梅询的每道致仕奏表都被压了下去。

梅询每上一次奏表，郁闷就增加一层，终于，七十八岁那年在任上去世了——到老，也没实现致仕的愿望。

选自《百花园》2015 年第 5 期

木锤爷

刘志学

骑河镇的大人小孩都知道,木锤爷打小记性就不好。打小记性不好的木锤爷就因为记性不好才娶了跟了他一辈子的木锤奶。

据说本来那天下雪时,木锤爷应该去他的东家上房里送江米甜酒的,但木锤爷没记性,就把东家的话忘到了脑勺后头。木锤奶就成了木锤奶,木锤爷就没娶上东家的女儿兰花。

兰花从小就害一种叫"胃寒"的病,兰花就离不开木锤爷的江米甜酒。因为那个时候还叫椿叶儿的木锤奶的爹爹陈四仙说,兰花的胃寒病,只有木锤爷的江米甜酒能降住。陈四仙是骑河镇唯一的看病先生。

于是,木锤爷就天天往兰花的闺房里送江米甜酒。后来,木锤爷干脆住到了兰花家,专门为兰花酿那种酸酸的、甜甜的江米甜酒。

木锤爷住到了兰花家,就风刮不着、雨淋不着了,当然,他那个江米甜酒担子也就撂下了。

没有了江米甜酒担子和那个一摞三个的拨浪鼓响,四邻八乡的街道上就像少了些什么,静寂了很多。

木锤爷的江米甜酒担子之所以在四邻八乡名气大,是因为他是踩着高跷走村串巷的;而且,大闺女小媳妇只要一听见木锤爷的拨郎鼓响,总七手八脚地把树根疙瘩、桌子凳子啥的推到路口上，等着看木锤爷的笑话。但木锤爷总是踩着离地三尺高的高跷，旋风般刮来，看见有路障，就稍一刹腰，一个大鹏展翅或者旱地拔葱，担着那个两头各有一个搂都搂不住的江米甜酒坛子从路障上跃过去，稳稳地落地，面不改色气不喘，但一般这时木锤爷的两个高跷腿子已经插进地下尺把深了。拔出来，嘿嘿一笑，便开始迎着那些大姑娘、小媳妇热辣辣的眼睛，给她们一勺一勺地从坛子里打酒。

还叫椿叶儿的木锤奶那时候还是个大姑娘，听那个拨浪鼓听惯了，看那个大鹏展翅、旱地拔葱看惯了，就把火辣辣的眼睛直直地往木锤爷的眼睛上迎。但木锤爷似乎没看见，也不多看她几眼。椿叶儿就故意赊账，但木锤爷的记性不好，总想不起来给她要，甚至等椿叶儿提了醒，木锤爷还在高跷上拍脑瓜："你瞧瞧，你瞧瞧……俺都忘哩……嘿嘿……"接了钱，还是不肯多看她一眼。

木锤爷撂了江米甜酒担子，住进了兰花家，椿叶儿自然就再也听不到那个拨浪鼓响了，于是就倚着门框傻傻地看天上的云彩，把每一块云彩都看成了江米甜酒担子。

其实木锤爷心里只放着兰花哩。这还是后来东家给椿叶儿爹亲口说的。东家只有这一个独养女儿，他知道女儿兰花离了木锤爷的江米甜酒就吃一口吐一口，早晚也是没活命，所以就有招光棍儿一人的木锤爷入赘的意思，并私下里寻了椿叶儿爹，准备让他保大媒。

住进了兰花家的木锤爷一下子长衫马褂地阔了起来，但心里却像丢了什么似的不痛快。木锤爷没事儿了就去找兰花聊天。东家看到头抵头挤在一起的木锤爷和兰花，眼睛就笑成了月牙。

那个时候整个骑河镇只有他一个男人能进去兰花的闺房，而且畅通无阻，谁都不拦，都知道木锤爷是去送江米甜酒的，是去治兰花的胃寒病的，而且大家都知道兰花还给木锤爷绣了一个花肚兜；木锤爷穿着那个花肚兜时，就总是在夜里梦见兰花。

有一回兰花衣服还没穿齐整，木锤爷就端着一个小坛子闯了进去。木锤爷就看见了兰花胸前卧着的两个小馒头。坛子立即掉在地上打烂了。

那天就下起了雪。木锤爷在铺了一层雪的院子里摆上了几张桌子和凳子，专门踩着高跷给兰花表演在桌子、凳子上飞来飞去的大鹏展翅和旱地拔葱，把头一回看见他还有这本事的兰花乐得咯咯咯咯地笑个不停，木锤爷就担着江米甜酒担子一遍又一遍地表演。终于在兰花的笑声里累倒了，晚上吃了俩锅饼就躺到专门给他准备的小屋里呼呼大睡了。

吃晚饭时陈四仙也在。东家笑眯眯地看了看狼吞虎咽的木锤爷，说："木锤呀，天交二更时，你往上房送一小坛子江米甜酒来……"看看木锤爷点了几点头，又"嗯"了一声，这才对着椿叶儿爹陈四仙捋着胡子笑。

其实那天晚上东家是选了黄道吉日，把椿叶儿爹这个大媒人请来，要给木锤爷和兰花定亲的。但二更过了，三更过了，直到快五更了，还不见木锤爷送酒来。东家稳不住神儿了，就和椿叶儿爹踩着雪到木锤爷的小屋里寻他，就看见木锤爷和椿叶儿赤条条裹在一个被窝里。

那天椿叶儿是和她爹陈四仙一起来兰花家的。她想见木锤爷，就摸黑去他的小屋里找他，然后浑身燥热、稀里糊涂地滚进了木锤爷的被窝，当然也由椿叶儿变成了木锤奶。

椿叶儿的爹陈四仙用柳条把椿叶儿抽了个半死，灰着脸逼着木锤爷娶了椿叶儿，兰花却不久就香消玉殒了，因为她再犯了胃寒病，东家无论如何都决不再要木锤爷的江米甜酒。买了别人的，喝下去却不济事儿。等木锤爷抱着一坛子酒跪在东家门前时，兰花也抱着木锤爷留下来的酒坛子闭上眼睛了……

木锤爷听见院子里有东家的哭声时，这才从地上站起来，咚咚咚地擂门，狮吼一样地号："兰花啊——他们的酒里，冇加大枣啊——啊啊啊——俺知道得太晚了呀！"

木锤爷砸了他的江米甜酒坛子担子、一把火烧了那副高跷架子后，几十年了，再不提兰花。后来有人问他那晚为什么没去东家的上房送甜酒，木锤爷总是脸一寒，撂下两个字儿："忘了！"扭头就走。于是，木锤爷记性不好忘性大的事儿就慢慢地传遍了整个骑河镇。

现在，年已八十的木锤爷连木锤奶也忘掉了。医生说他患的是阿尔茨海默症，也就是老年痴呆，失忆只是这种病的一种症状。木锤爷总怔怔地看木锤奶半天，说："你是谁呀，老拽着俺干啥？"

木锤奶的眼里就蓄满了泪，说："俺是椿叶儿啊！"

"椿……叶儿？俺不认识……"

"俺是打小就爱看你担着江米甜酒的椿叶儿！江米——甜酒，你想想？"木锤奶不死心。

"唔——俺不认识江米，也不认识甜酒……哪村的？"木锤爷仍恍恍惚惚的。

木锤奶急了，翻出来那个被她暗地里藏了大半辈子的红肚兜，捧到木锤爷面前问："你看看，这是谁给你做的？"

木锤爷眼睛突然一亮，抢过那个红肚兜捧在怀里，扑通翻倒在地上，吼："兰花啊——他们的酒里，有加大枣啊——"

木锤奶哭成了一堆，边哭边数落："俺伺候了你一辈子，你把俺忘干净啦！"

选自《小小说选刊》2009年第18期

游戏而已

刘志学

到现在我也无法给同事小叶一个准确的答案，尽管她问了我无数遍。

小叶现在遭遇了一个空前的难题：她究竟是不是遇到了爱情？

这个问题似乎很可笑。很多人都觉得她不应该找人讨教，因为是不是遇到了爱情，那应该是她自己才能说得清的事儿，但小叶不这么认为。她说："我现在在这个城市举目无亲，早就把列位当成亲人啦！都到这时候了，你们不帮我，算什么亲人啊？"

接着，小叶又指着我的鼻子说："尤其是你，整天自诩为心理医生，连这点儿问题都说不清楚，还有脸儿活着？直接跳楼算了。"

我生怕这个满嘴跑火车的丫头往下再说出什么大不敬的话来，于是赶紧大义凛然地指着她的鼻子说："小叶，如今你遭遇了这么大的事儿，作为你的同事、大哥兼朋友，我要再不两肋插刀，就不配你喊了我这么多年的哥们儿！"

其实我对小叶要请教的问题根本还没搞清楚，等她啰里啰唆地说完了她的故事，我有点儿傻脸了——她其实现在已经是"小三儿"了。

千万别误会，小叶恋上的那个男人并不是大款儿、高官什么的，相反，那个名字叫作岸伟的家伙连个工作都没有，全靠他的现任老婆在集贸市场贩卖青菜养活他。

要知道小叶可是本单位唯一的一个女编辑啊，这之前大伙发动了各种社会关系，试图让她早日结束单身生涯，最终介绍的每一个小伙子都被小叶损得一塌糊涂，因此小叶现在的芳龄尽管已经二十有六了，已经很成熟了，但是这爱情来得实在让我们很跌眼镜。于是我赶紧发动全办公室的同志们给小叶做思想工作，好使她在“插足之路”上悬崖勒马，但我们苦口婆心地大小道理讲干了嗓子，最终却被小叶的一句话给噎得全体卡了壳——

“哥们儿，现在请都别再给我上大课了。四书五经、道德人伦啥的，我未必比各位懂得少。现在我只想向各位咨询一个问题：我是不是遇到了爱情?!”

当然没谁正面回答她的问题，因为搞不好我们单位就要冒出来一个横刀夺爱的“皇姑”来，那这世上岂不就又多了一个苦兮兮的“秦香莲”？所以我们还得继续做思想工作，而且大家一致同意把这艰巨的任务交给了我，我立即有了临危受命的神圣感。

我自然得先从根源上做工作，便开始很仔细地了解小叶是怎么认识那个名叫岸伟的有妇之夫的，然后再了解他们进入“爱情”的过程，如果从这个“链条”中找到了一个“缺口”，那剩下的工作，我还是很自信能够轻而易举地维护我“心理医生”的荣誉的。谁知道我旁敲侧击、迂回纵横地跟小叶聊了好半天，终于打探到的原因俗得让我有点儿泄气——

小叶要死要活地非岸伟那臭小子不嫁的原因，居然是因为她和岸伟在街上一不小心撞了自行车。把小叶的脚踝骨摔得软骨组织挫伤的时候，岸伟二话没说，直接抓着自己的自行车扔到了人行道上，而且还踹了两脚。岸伟边踹还声音很响亮地骂：“你这破车，怎么会有资格碰到这么漂亮的姑娘？你这破车，怎么能这么不长眼睛？”骂完后就立即向小叶道歉。

小叶说，那天她觉得岸伟酷死了，简直绅士极了。于是就有兴趣和他互留了电话号码，后来就渐渐入了感情的瓮。

我于是郑重其事地帮他分析道:"那家伙……哦不不……你的岸伟实际上那天是怕你缠着他不放,搞不好要赔上一笔医药费,所以才表现得对自行车大义灭亲的样子,试图让你同情并宽容他,谁知道你竟然迅速'全身心'地同情起来了?你仔细想过没有,第三者插足啥的咱先不说,就算他是一优秀青年,如今连生活都得靠他老婆卖青菜来维持,你说说,你将来真的和他生活在一起……"

"这个你甭管,你就说我问你的问题得了,我是不是遇到了爱情?!"

我的天,这丫头啥时候多了一根犟筋啊!我没辙了。我觉得我有必要会会那个名叫岸伟的家伙,于是用商量的口气说:"小叶啊,我想请你那位岸伟先生吃顿饭,你给联络联络?"

小叶瞪着眼睛看了我半天说:"不会是鸿门宴吧。"接着,眼睛骨碌碌转了一下,又说,"这好办,明晚七点半,零点咖啡屋吧。"

"你……也去?"我要从另一个缺口做工作,自然不希望小叶也去的。

"那当然。我不去,你们说不到一块儿,动起手来咋办?你们男人不是有'劝赌劝酒不劝色'一说吗?"

我哑然了。这丫头嘴里又开始跑火车,我觉得从她这里打开缺口已经毫无希望了,就不再理她,开始在我办公桌后头的书橱里,寻找一些探讨婚外恋什么的资料。小叶能不能悬崖勒马,就在明晚这一着棋了,我必须做好充分的准备工作。

翌日晚,我按时到了零点咖啡屋,却没见到那位岸伟先生。

小叶很淑女地饮下一杯深红色的红枣茶之后说:"那个岸伟啥的,都是没有影儿的事。你们真的以为我那么秀逗啊?!我在这个城市活得很没劲儿,只是和你们做个游戏而已。"

暖黄色的牛眼灯下,小叶说这话时,眼睛望着卡座旁边的落地玻璃窗外来来往往的人流……

选自《小小说选刊》2010年第8期

想当画家的秀姑

范子平

秀姑自小画画带才。那年新来的图画老师在黑板上教画房子,秀姑却在图画本上画起了图画老师讲课的模样,图画老师一眼扫到还恼,可拿起本子一看就愣了,秀姑画他画得贼像!后来他到秀姑家,虽然家徒四壁,但白灰墙上满当当是画,都是柴炭抹的,有山有水有羊群,还真是栩栩如生,远远超过他本人的水平。

秀姑家在老龙盘村,那里山水风景美。那年一个大画家来写生,在老龙盘住了一个多月,很喜欢秀姑的画,送给秀姑画画的书,还辅导秀姑画画。他走时带走了秀姑画的几张画,其中的《老龙盘小学》在全国少年美术大赛中得了一等奖。大画家还争取了免交学杂费的优惠指标,推荐秀姑去上美院附中的美术班。秀姑兴奋地对爹娘说:“我要好好上学,我要当画家。”

可秀姑的爹娘不同意。姐弟四个中,秀姑是老大,让秀姑上到小学毕业,已经是破例了。爹娘还等着秀姑干活帮衬父母、养活弟妹呢。秀姑不仅没有走出山村,反而辍了学。秀姑哭了一场,从此像车轱辘一样忙碌起来,挑水、砍柴、耕耘、收割……就这样一年又一年。秀姑很想抽空画几笔画,但是每天实在是累,一有空闭上眼睛就睡着了……秀姑想,嫁了人就有了自己的家,总可以自己当家练画,朝着当画家的路子快奔呀!

秀姑嫁了人，都说对方是好人家。丈夫是生产队长，很忙。秀姑要管自留地，还要干家务，种菜、做饭、沤肥、喂猪、养鸡鸭，没有得闲的时候。有一天，秀姑看见门外几只鸟儿在鹅黄嫩绿的春柳丛里跳上跳下，就想起老师教的诗“两个黄鹂鸣翠柳”，去找了画笔画起来，刚勾好线条，丈夫回来了，一看灶火是冷的，勃然大怒，一把将秀姑的画撕了个粉碎，骂道：“你是队长的老婆，不是城里的学生！全生产队的人都看着我，你不操好家务，画什么鸟画！”秀姑哭了一场，她想队长不会当一辈子，只好等着丈夫从干部位子上下来的那一天。

一直到分责任田的时候，丈夫才免去了队长职务。这时秀姑已经三十多岁了。她先后有了三个孩子。大孩子要上学，小孩子要喂奶，丈夫不会操持责任田。秀姑又是个好强的人，责任田不愿种差了，又恐怕孩子站不到人前。田里施肥除草，家里洗洗涮涮，还要辅导孩子做作业题，根本拿不起画笔。她只盼着孩子快长大，给她腾出画画的时间来。

不知不觉十几年过去了。孩子争气，两个考上了城里的师专，一个农业技校毕业来家种田。秀姑又开始考虑画画的事。正在这时，丈夫又突然脑出血，经抢救虽然保住了命，却瘫痪在床，大小便失禁。秀姑心地善良，端屎端尿、喂饭喂药、看护输液，洗晒被褥，忙得没个白天黑夜，哪里还有画画的空闲？没几年工夫，头发都白了。秀姑心里还是想当画家，只盼着丈夫痊愈，能让自己有空儿练画。

不知不觉又是十几年过去了，丈夫去世了，三个孩子都成家有了孩子。秀姑操持了四场红白事，脸上皱纹成网。六十岁的秀姑决心重操画笔，正好那年有中老年书画大赛，秀姑送去一幅《拓荒牛》，引起了轰动。秀姑就想再专心练画，她心里抹不去当画家的情结。可是儿子和媳妇儿们寻上门来了，要秀姑给他们看孩子。秀姑实在不想再陷到家务里了，可孙子孙女也都来了，一句句“奶奶”喊得秀姑揪心，秀姑就只好先看护孙子孙女，看罢这家的看那家的，她看护孩子很尽责，尽责尽得自己没一点时间。她只盼着孙子孙女快长大，让自己腾出时间练画。

一晃又是十多年过去。孙子孙女都上学了。七十多岁的秀姑长叹一声，到商店买了好多画笔和宣纸、颜料。她要当画家，她要开始大干了，可自觉身体状况大不如前，到医院一检查，肝癌晚期！

秀姑去世时，儿子儿媳和孙子孙女都守在身边，病房里满满当当的，大家都说秀姑命好，可以放心地走了。大儿子趴在秀姑耳边问："妈，你还有啥事情要交代？"秀姑吃力地睁开眼睛，声如游丝道："我想当画家……"她一直到断气也没阖上眼睛。

选自《小小说选刊》2004 年第 19 期

作者简介：

范子平，中国作协会员，河南省小小说学会副会长，新乡市小小说学会会长。发表小小说 300 篇，多篇被《小说选刊》《短篇小说选刊》《小小说选刊》《微型小说选刊》《读者》《视野》《中华文摘》》《中华活页文选》《中外文摘》《文化博览》《青年文摘》《语文教学与研究》《中学生阅读》等转载，被选入 100 多种权威选本，获小小说金麻雀奖和全国小小说优秀作品奖、佳作奖、征文奖、原创作品奖等。杂文、报告文学多次获国家级、省级奖项，多次被收入各种选集。长篇小说《机关这些事》作家出版社出版后，被新华网、中国青年网、中国经济网和新浪、搜狐、凤凰等网站重点推出；被多地选为世界读书日推荐书，并选入廉政建设"清风"书目。

刺杀未遂

范子平

从海水里潜上岸的时候，谢尔曼一眼就看到了楼上闪着蓝光的宣示牌：“未经允许勿上岸，勿靠近和进入楼院，违者后果自负”。仿佛一股血腥味浓重地逼来，又像乌云重重压在头顶的那种感觉，使他憋闷得透不过气来。使命感在催促着谢尔曼，但他知道稍有不慎就是灭顶之灾。奥迪不仅是动物实验组织的领衔科学家，还是个心机颇深、防范严密的阴谋家。这个小岛的楼房内外处处充满杀机。谢尔曼对自己的聪明机警充满自信，但也许运气才是关键。他小心翼翼剪除岸边的防护网。有九条小道呈放射状从楼院通往岸边，按照预先的研究，他毫不犹豫选定走第二条。他轻挪脚步到了高大院墙的外边——看来选择是正确的，如果走错，瞬间便灰飞烟灭——根据情报，只有一条小道没铺设敏感地雷。他贴近院墙，环楼的院墙上有六个门，但五个门内都是陷阱，踏上就万劫不复，他斟酌许久，才从第三个门进去，上帝保佑，安然无恙。楼房有青、蓝、灰三个楼道，他伏下观察推算后，从灰色楼道进去上了楼梯。一路顺风，连警报器都没有刺啦一声。看来上帝确实在暗中帮他！现在他站在门口，戴上透视镜观测，奥迪坐在他那硕大的写字台后，正专心致志书写着什么。肯定又是动物试验论文，这家伙的论文尽管促成了一些治疗人类顽疾的新药，但总有成千上万个动物命丧黄泉！突然，奥迪似乎朝他微笑一下，接着一头趴在桌上，这是在施展什么阴谋？他顿生疑窦，伏下仔细观测四周，看不出什么异常，他打开屋门，扣动扳机，一串复仇的子弹射了出去。警铃大作，警察冲了过来。他本没有活着出去的想法，只有解心头之恨的愉悦感，扔掉冲锋枪，举起手来，乖乖地让警察戴上手铐。

法庭开庭审判轰动全国的刺杀奥迪教授案。公诉人问谢尔曼刺杀动机。谢尔曼回答：我们动物保护组织多次发出警告，奥迪置之不理，因而才有此行动。

公诉人公布调查结论：动物保护组织并没有安排这次刺杀行动。

公诉人向法庭陈述：犯罪嫌疑人谢尔曼之所以这样残忍刺杀，是因为他乃奥迪教授的亲生子，当年奥迪教授在德国做访问学者期间，和青年讲师安妮产生婚外情，抛弃谢尔曼母子，和安妮小姐结婚。这一直使谢尔曼耿耿于怀。

律师辩护说，经充分调查了解，谢尔曼有着刺杀的动机，有着刺杀的时间和充足条件，但他没有产生刺杀的具体事实。首先，奥迪先生对可能来自动物保护组织的刺杀有着充分警惕，特别是通过监控装置，他对谢尔曼前来刺杀的过程随时了如指掌，这个我们可以清晰推断。请注意时间的对照：谢尔曼上岸的时间是 21:36:20，而岸边的敏感微型水雷，是 21:36:19 关掉反应器而失效的。谢尔曼踏上第二小道的时间是 21:38:17，但第二小道的触发地雷是 21:38:16 关闭的。他进入第三个院门的时间是 21:42:46，而第三个院门的陷阱是 21:42:45 关闭的。他踏上灰色楼道的时间是 21:45:39，但灰色楼道两侧的自动射杀装置是 21:45:38 关闭的……电脑监控装置对这些有清晰的记录。这就是说，奥迪先生高度紧张，对谢尔曼的举动认真观察，并随时做出反应，但这个反应不是防范谢尔曼刺杀，而是竭力保护谢尔曼的生命。

公诉人发言说：请注意，经弹道检测，奥迪先生身上的子弹，正来自谢尔曼的冲锋枪。

辩护律师说:请注意电脑对奥迪先生的身体的详细记录,他是服药自杀在先,死于21:51:22,而谢尔曼射出第一颗子弹,是21:54:08。因此,谢尔曼不应以刺杀罪判刑,只能以刺杀未遂罪和侮辱尸体罪判刑。还有,奥迪先生死前一边看照片一边在电脑上书写一封信。照片是谢尔曼儿时的照片,请允许我宣读:

亲爱的儿子谢尔曼:你在动物保护组织,我在动物实验组织,我们父子属两个阵营,还有三十年前因我的错误而形成的深沟。我为当年的错误后悔不已,曾多方寻找你们母子而不得,听说你母亲之死更是内疚!从安妮离开后,我一直独身。现在我能尽力做到的,只是想让你不要伤亡于这次行动,也不要以谋杀罪判刑,吻你!负罪的父亲。

法庭里鸦雀无声,突然传来悲恸的一声哭叫:"我的爸爸——"这是谢尔曼发出的。

选自《小小说选刊》2011年第14期

撒手锏

范子平

在实验小学教毕业班的老师，人人都有自己的撒手锏，而语文老师姚摇，因为参加工作时间短，撒手锏就没有众多资深老师明显，但是肯定也有的，要不然，怎么会才教两三年工夫，就调到毕业班教课兼班主任呢？

姚摇讲课以学生为中心，不要说学生不好好听讲，就连哪一个学生上课精力投入不到位，没有充分动脑筋思考，她都能分辨出来，并且当堂纠正，一般不会拖到下一节课。

这学期姚摇接了一个新班，偏教育局又安排全学区的语文教师来听她的观摩课。姚摇虽说已经久经沙场，但还是进行了认真的准备。她准备不是研究写教案，因为那些她早已成竹在胸；也不是布置学生怎么发言，因为她觉得那样太假气。她主要是设想学生在课堂上的各种表现。

她讲的是课文《春天的故事》，学生反应热烈，充分参与，一个个发言踊跃。预先设计的教学目的都已达到，可以说是一节非常成功的示范课。下边听课的老师都发出了钦佩的目光。但是就在这时，她发现一个学生——上一任班主任特意向她交代的调皮鬼王小路，正低着头往抽屉里看什么，看得很专注，一时似乎是把这一节语文课都忘记了。他在干什么呢？按说，教学目的已经达到，不应该节外生枝，如果在这个时候出什么她应付不了的问题,前边的示范教学就功亏一篑了。但是,姚摇说到底还是不服气,她不相信自己会控制不了局面。她与生俱来有一种挑战心理。更主要的是,她觉得,只要有一个学生对自己的课心不在焉,就不能说明这节课是完全成功的。

她沉着地点名了:“王小路,你站起来。”

王小路毫不在乎地站起来,手中竟然还拿着一个本子,那分明是一个数学本子。

姚摇说:“小路,你对这一节课有什么不满意吗?”

一般的老师不会这样问,因为好像在暗示让学生来挑老师的毛病。学生真是说出对你的课不满意,你又能怎么着呢?

但是姚摇就是姚摇,她有充足的心理准备。她的打算是要王小路说出自己的具体意见,然后自己循循善诱,给出解答,让其他学生受到启发。她说过,只有在动态中教课的老师才是合格老师。

王小路看看四周,低了头不说话。姚摇更加相信自己的判断,她说:“没关系,你大胆说出来。我们自由对话,只要讲真心话,其他一切都无所谓。”

王小路说:“我很满意,您上课我向来都满意的——我只是在做数学作业。”说完还扬了扬数学本子。

姚摇说:“语文课为什么要做数学作业呢?”

王小路说:“我不是每节语文课都做数学作业的,只是——只是昨天上数学课我妈有病,我请假耽搁了。”

姚摇让王小路到讲台上,给了他一段粉笔,说:“你左手在黑板上画个方形,右手在黑板上画个圆形。注意,两只手要同时动作,同时开始,同时结束。”

听课的老师发出了细微的议论声。刚才还在为姚摇担心的本校校长、教导主任都露出了会心的微笑。他们知道,姚摇是要通过具体的事例,来说明“专心致志是搞好学习不可缺少的条件”。他们相信姚摇会说出一番娓娓动听的道理。

但是，谁也没有想到，王小路两只手同时动作，一只手画出规范的方形，一只手画出规范的圆形，而且同时画完，没有一点破绽！在下边听课的老师们，有的好奇，有的着急。是呀，下边姚摇该怎么办呢？

姚摇却灿烂地微笑着，透出心底的喜悦。她说："小路，那么你是说，这一节语文你也完全掌握了？"

王小路站起来，把这节课的重点，包括时代背景、重点词语、语法练习，乃至意境欣赏说了一遍，简练而又全面。姚摇忘形地走下讲台，到王小路的课桌前，拉着他的手高兴说："好，好！"

姚摇回到讲台，兴奋地说："你们知道高斯吗？他八岁的时候，算数就超过了他的父亲。上小学的时候，他的计算能力已经远远超过了老师。到十九岁的时候，他就干净利索地解决了两千年来无数数学家梦寐以求的正十七边形数学难题。后来，他成了一个伟大的数学家。如果我们发现自己具有某种才能，一定要珍惜，千万不要放过！"

姚摇又说："但是，同学们，各人有各人的学习道路。如果你不能一手画圆一手画方，那么，还是要专心致志地学习才能取得好成绩。我们千万不要放弃自己的努力。"

课堂里响起了一片热烈的掌声。

选自《小说选刊》2020 年第 8 期

蝈蝈儿张

范子平

蝈蝈儿张叫张二碰，他家是均家营的小户人家，偏又从小没了爹娘。均家营人善，不欺小户，街坊邻居东一口西一口地将他养到十来岁。后来他就在均家营北地给人看地挣生活。均家营北地低洼存水多，庄稼长得格外的绿，蝈蝈儿张就老是生活在漫天漫野的绿色里。均家营的北地有高粱玉米，有芝麻大豆，他最喜欢大豆地里的蝈蝈儿，肚儿大，后腿长，一叫就是半晌，不歇气的。他到地里总是躬着腰，放慢脚步，静静地听一阵。大豆地里的蝈蝈儿不好逮，哪怕叫得正欢，只要听到一点点动静，就立即偃旗息鼓，一声不吭，好像埋伏的士兵，停老长时候才"吱吱"小声哼一下，像是拉弦时拉弓轻擦琴弦的颤音，也像是浇地时哪条地埂跑了一点儿水从枯叶上流过，但又激不起一点小浪花那种似有似无的声音。蝈蝈儿张的耳朵可真是尖，就是微微这一声，他仿佛一下子戴上透视镜，大步上前，两只手朝那片豆叶上一合，毛茸茸的豆叶子上边，一只大蝈蝈儿就到了他手里。要说蝈蝈儿的两瓣硬牙也很厉害，要是咬到指头肚上，没准儿就咬出了血，就是咬到手掌上，虽然啃不住肉皮，但是划拉的红印印也挺疼。对付这种咬，可不敢乱来，要是一慌张，不是失手扔掉了蝈蝈儿，就是拨拉掉了蝈蝈儿的大腿，那就白逮了。一般的逮蝈蝈者，只要两只手轻轻一夹，夹得蝈蝈儿有点迷糊就老实了许多，然后放到笼里让它慢慢还原去。蝈蝈儿张不这样，他只是按照手掌上的感觉，顺势摸到蝈蝈儿的额头，两只指头轻轻移过去，就抚摸似的捏住了蝈蝈儿的头，那蝈蝈儿一点也不受损伤。那时候蝈蝈儿张老拿蝈蝈儿送人，均家营有孩子的家，差不多都得到过他的蝈蝈儿。到了夏秋天气，村里一片蝈蝈儿的叫声。

蝈蝈儿张快三十岁的时候，成了亲，有了孩子，家里就得有花销了。旁人家卖粮卖菜，他就到城里卖蝈蝈儿。他的蝈蝈笼子也编得格外好，用高粱秆儿脖上的那段，咱这里叫"搁当儿间"，粗细一致的，颜色一律的，编成各种各样的蝈蝈儿笼，有宽檐儿大堂，有窄檐儿小屋，有四方四正的小阁楼，有通体六棱的三层塔，有顶子尖尖还带欧美式窗子的教堂，有翘翘的玲珑画舫，不重样儿，每个都是艺术品。

蝈蝈儿张的蝈蝈儿不愁卖，都是带笼卖，他总是比人多卖几块。时常有人问他："都是三块，你咋卖五块？"他总是别了头不理他们。当地很有名气的万财农工商公司老总汪中兴听说了，专门开车到农贸市场，他的司机分开众人让老总到摊位跟前。汪中兴拿起笼子爱不释手，连连夸奖："就是好，这笼子编得就是好！卖五块，值！"蝈蝈儿张凝着眉，挺不高兴地接他一句："光这笼子编得好？"汪中兴一愣，一时不知什么意思。蝈蝈儿张说："我说这蝈蝈儿呗！集市上嘈杂，也分不清个好赖，可你掂了笼子走，一出这里就知道，到家一听，你就放不下了！这是均家营北地的蝈蝈儿，跟别地方的就是不一样！均家营的蝈蝈儿，绿油油个儿大，肥嫩，大腿粗壮小腿长，腿上锯刺儿尖，跳得高，落地轻快，更要紧的，是叫得欢实，促促促促，唧唧唧唧，声儿悠长，夜静时候，传出几里地！床头要是挂几个均家营的蝈蝈儿笼子，就跟音乐会似的，箫笛琴弦啥都有！"汪中兴激动起来，说："你的蝈蝈儿，我全要了，每个六块，给你加一块！长期供货，现钱交易，咱签个合同！"蝈蝈儿张连连摇摇头："你心意我领，可是你这都弄走，别人不是都要不成了？我在这里卖五六年了，就是卖个人缘，卖个滋味。"后来汪中兴又到均家营找蝈蝈儿张说了几次，这笔生意到底没做成，许多人都说蝈蝈儿张傻，不适应商品社会潮流，白白丢了财。

均家营都谈论开发区的时候，蝈蝈儿张还压根儿没往心里去。谁想到这形势说变就变，没有半年工夫，均家营成了大工地，塔吊林立，推土机、汽车来来往往，北地正长的麦苗被连根拔掉，除了新挖的大坑，到处堆满了钢筋、水泥、红砖、木料。哪里还会有蝈蝈儿的身影！均家营村一下子富了，光卖地款就上亿元，每个村民一年就补助上万元。到了秋天，蝈蝈儿张住在新起的楼房一层里，一百五十平方米，里边装修的城里人一样，彩电、空调样样有。可是，蝈蝈儿张高兴不起来，他没事总是到老北地那一带转悠，看着高楼大厦唉声叹气。那天夜晚，蝈蝈儿张先入睡了，老伴儿忽然听见床边响起蝈蝈儿的叫声，还不是一个，有的细长，有的沙哑，促促促促，唧唧唧唧，叫得特别有韵味。老伴惊喜地喊："他爹，咱家来蝈蝈儿了，你听！"话音刚落，忽然发现，那蝈蝈儿声响正是从蝈蝈儿张口中出来的。蝈蝈儿张微笑着鼓着嘴，流出的声音绵绵不绝。老伴儿一推他，那声音戛然而止，代之而来的是一连串沉重的呼噜声，老伴儿的泪就出来了。

选自《小说选刊》2019 年第 10 期

后 记

这是新乡市小小说的第一个选本，是新乡市小小说作家几十年创作成绩的一个结晶，毫无疑问将载入新乡市的文学史。这也是我们新乡市小小说学会成立以来的一项大事，现在有了眉目，令人欣慰，也令人感慨。

新乡市小小说学会是2020年11月22日成立的。新乡市小小说作家队伍强大，不少优秀作品广为人知，要说也该有一个学会。事实上，多年前同道就不止一次商量过成立学会的事。市作协换届后，文辉主席又跟我议了多次，他要把这一块做起来。开始我是推辞的，文辉再三阐述道理，我也只好允诺。但是我很清楚，并非是我比他们强，只是因为他们比我忙。无论是工作还是创作，他们都在拼搏的路上。而我，似乎从来就没有拼搏的身体，更没有拼搏的勇气和毅力。何况到了这个年纪，虽然还不算是“闲暇，闲暇，第三个闲暇”，但除了有时需要帮子女带带孩子的“硬性任务”外，也就是秉持得过且过的“保命哲学”而已。学会成立了，按照议程我在会上即兴表态时也讲了几句，其中提到新乡市小小说要出一本选集。这有可能就是一句大话，但同道朋友听到耳里，记在了心上。有一位文友，也是小小说的名家呢，当场就给我发微信赞扬和鼓励，这就容不得我后退了。

于是有了这次选本的征集，有了几十位作家的精品荟萃。学会秘书长郑俊甫做了大量工作。他是知名小小说作家，也是肯埋头苦干的人。

我曾设想过以此选本的质量，以新乡市小小说团队在全国各地市的位置，应该能列入出版计划，实行市场化运作。但那需要很长时间，存在着许多不确定性,仔细斟酌之后还是放弃了。

这就需要找人帮助了。我曾在经济管理部门工作过,跟许多企业家打过交道,出这本书属于公益事业,找一位企业家合作也许能办得到吧。但在找人谈好之前仅仅是“也许”而已。

正巧这时就来了一个北京的电话,问:“范老师您还记得我吗?我是张守蕊呀。”虽然三十多年没有过音信,我仍然肯定地说,当然记得了。我教书生涯有十六七年,一多半时间都是教高三毕业班,一说这个名字,那模样就站立在眼前,可见印象颇深。她学习成绩是好的,但更主要的是为人正派,说话办事很有条理,是当时高三年级里数得着的优秀班干部。她说还是咱县的企业家到北京洽谈项目,才打听出您手机号。没多久,他们夫妻到新乡来看我。原来她和爱人杜永忠在北京办了一个“方兴集团公司”,还在安阳和郑州都有规模不小的分公司,专业从事审计、验资、资产评估、投资咨询等服务,手下既有北大博士也有资深专家,事业干得红红火火。永忠也说是我的学生,其实只是他在初中尖子班读书时我给他们代过两天课而已。当时我并没有将他们与这本书联系起来,因为谈话除了回顾校园岁月,就是谈孩子的家庭教育。他们的孩子很优秀,跟他们具有前瞻性的家庭教育方法很有关系。我说这方面你可以出一本书,肯定会畅销。

之后一个多月,我才忽然想起,可以就合作出书的事征求一下他们意见。于是发了微信,特意说明这属于公益事业,没有什么经济回报。但不到一个小时,守蕊就微信回复,说她和爱人永忠经过商议,决定做。他们不仅有文化理想,而且言必信行必果。杜永忠著有《方兴梦》一书,看来,他们的企业之所以朝气蓬勃,卓越的理念与做事风格是重要一条啊。

中国小小说事业的领军人物杨晓敏先生是新乡获嘉人,多年来对新乡市的文学特别是小小说创作非常关爱,这次他又拨冗为本书写了序,高屋建瓴的视角和缜密细致的评析,更体现了他一贯的“对广大小小说作家的爱与知”。

我自己有过许多想法，但以往的经验证明，大多最终也只是想想而已。发愤忘食，乐而忘忧，不知老之将至云尔，那是孔子，不是咱草木之人能够做到的，否则人家还叫圣人吗？囿于能力水平，也由于年龄和身体的缘故，深感自己能做的事究竟有限。不过我想，能做一件事就做一件事，做成一件事也是好的。所以，依赖诸君帮助，此书终于能够出版发行，我能感觉到心灵的慰藉。新乡小小说之林正愈加葱郁，同道都在努力着，更具魅力的小小说名篇还在后边呢。

范子平

2021 年 7 月 21 日于河南新乡